Poul Anderson

KINDER DES WASSERMANNS

Herausgegeben und mit einem Nachwort
von Hans Joachim Alpers

MOEWIG
Deutsche Erstausgabe

Titel der Originalausgabe: The Merman's Children
Aus dem Amerikanischen von Rosemarie Hundertmarck

Umschlagillustration: Norma/Maroto
Umschlagentwurf und -gestaltung: Franz Wöllzenmüller, München
Redaktion: Hans Joachim Alpers
Verkaufspreis inkl. gesetzl. Mehrwertsteuer
Auslieferung in Österreich:
Pressegroßvertrieb Salzburg, Niederalm 300, A-5081 Anif
Printed in Germany 1981
Druck und Bindung: Mohndruck Graphische Betriebe GmbH, Gütersloh
ISBN 3-8118-3516-5

Für Astrid und Terry

Prolog

Steil erhebt sich die Küste von Dalmatien. Eine knappe Seemeile landeinwärts steht die Stadt Schibenik hoch auf einem Berg über dem Fluß Krka und blickt auf die Berggipfel im Osten. Hier bildet das Wasser ein breites Becken, das in seinem weiteren Lauf zum Meer hin enger wird. Flußaufwärts stürzt es sich jedoch in tosenden Kaskaden aus dem See, den es zusammen mit anderen Quellen geschaffen hat.

Zu der Zeit, als Karl Robert von Anjou der Knabenkönig von Kroatien und Madjarien wurde, bestand das Land entlang dieser Wasserfälle zum größten Teil aus Urwald, ebenso das Ufer des Sees, ausgenommen die Stelle, wo sich der Krka in ihn ergißt. Dort hatten Menschen den Wald schon längst gerodet und den Boden unter den Pflug genommen. Ein wenig weiter flußaufwärts, ungefähr da, wo der Chikola einmündet, drängte sich das Dorf Skradin an die Festung seines Herrn, des Zhupan.

Doch auch hier spukte die Wildnis bis in die Burg hinein. Nicht nur, daß man des Nachts Wölfe heulen und des Tags Schakale bellen hören konnte, daß einem die Felder von Hirschen und Wildschweinen zertrampelt wurden und daß sich gelegentlich ein Elch mit seinem mächtigen Geweih oder ein Auerochse sehen ließ. Unheimliche Wesen wohnten im Umkreis – Leschi zwischen den Bäumen, ein Vodianoi in den Tiefen – und seit kurzem, so wurde geflüstert, eine Vilja.

Zhupan Iwan Subitsch schenkte solchem Gerede unter seinen Leibeigenen kaum Beachtung. Er war ein strenger, aber gerechter Mann, nahe verwandt mit dem großen Ban Pawel und sich daher einer größeren Welt als der ihren bewußt. Zudem hatte er Jahre in der Fremde verbracht, viele davon in Kriegen, die ihn gehärtet und mit Narben bedeckt hatten.

Ebensowenig fürchtete sich sein ältester Sohn Mihajlo vor den Gespenstern des Waldlandes. Tatsächlich hatte der Jüngling die Sagen, die ihm in seiner Kinderzeit erzählt worden waren, schon beinahe vergessen; denn er war in der Abtei von Schibenik erzogen worden, hatte Reisen zu den verkehrsreichen Häfen Zadar und Split unternommen und war einmal über die Meerenge nach Italien übergesetzt. Was ihn betraf, so wünschte er sich Reichtum und Ruhm und ein Entrinnen aus dem Einerlei, in dem er seine Kindheit verbracht hatte. Zu diesem Zweck schloß er sich mit Iwans Hilfe dem Gefolge von Pawel Subitsch, dem Königsmacher, an.

Trotzdem hing er an seiner Heimat und besuchte Skradin oft. Dort kannte man ihn als fröhlichen und gutherzigen, wenn auch manchmal gedankenlosen Menschen, der Farbe, Lieder und kurzweilige Geschichten aus der Welt dort draußen mitbrachte.

An einem Morgen zu Sommeranfang verließ Mihajlo die Burg, um auf die Jagd zu gehen. Ein halbes Dutzend junger Burschen begleitete ihn. Drei waren Wachen und Leibdiener, die aus Schibenik mitgekommen waren. Im Augenblick herrschte Frieden sowohl mit den Venetianern als auch zwischen den mächtigen Klans, und den letzten Räuber dieser Gegend hatte Iwan Subitsch schon vor mehreren Jahren köpfen lassen. Aber immer noch reisten Männer nicht gern allein, und Frauen taten es nie. Die übrigen Gefährten Mihajlos bei diesem Ritt waren sein jüngerer Bruder Luka und zwei freie Bauern, die als Führer dienen und die grobe Arbeit übernehmen sollten. Eine Meute Hunde lief hinterher.

Einen prächtigen Anblick boten die jungen Leute. Mihajlo war nach der neuesten westlichen Mode in ein grünes Wams, eine grüne Hose, ein safrangelbes Hemd, einen mit Seide gefütterten Umhang, Halbstiefel und Stulpenhandschuhe aus korduanischem Leder gekleidet. Auf den langen braunen Locken trug er eine Samtkappe, das Gesicht war glatt rasiert. Wenn sein Pferd im Übermut tänzelte, klappte der Hirschfänger, den er am Gürtel trug. Er saß auf seinem Tier, als seien er und das Roß eins. Seine persönlichen Diener waren kaum weniger farbenfreudig gekleidet; ihre Speerspitzen blitzten in der Sonne. Lukas knielanger Mantel, seine Überjacke und die mit Kreuzbändern verschnürten Kniehosen unterschieden sich kaum von der Kleidung der Bauern, nur daß sie aus feinerem Stoff und an Ärmeln und Saum reicher bestickt waren und sein randloser Spitzhut statt eines Besatzes aus Kaninchenfell einen aus Zobel hatte. Er und sie trugen kurze, krumme Bogen sowie Messer von einer Größe, daß sie es mit einem Bären aufnehmen konnten.

Die Hufe klapperten über die Straße und stampften über die Feldwege. Im Gegensatz zu den fränkischen Herren behandelten die kroatischen Adligen ihre Untergebenen im allgemeinen mit Achtung, und hätte Mihajlo es sich einfallen lassen, quer über das zarte Grün der sprießenden Felder zu reiten, dann hätte er sich vor seinem Vater verantworten müssen. Als sie an einer Weide vorbeikamen, erschreckte er ein paar Kälber, indem er lustig ins Horn stieß, aber Stangenzäune hinderten sie am Ausbrechen.

Gleich darauf befand er sich im Wald, auf einem Wildpfad. Hier ragten gewaltige Stämme in die Höhe, verflochten sich die Zweige hoch über ihren Köpfen, flüsterten die Blätter. Die Sonne sprenkelte den Bogen schattiger Dome mit goldenen Flecken. Von fern schallte Vogelgesang herüber und wurde von dem hier brütenden Schweigen verschluckt. Die Luft war warm, doch es lag eine gewisse Schärfe in ihr, und sie war voller Düfte, die nichts mit Haus und Kuhstall zu tun hatten.

Die Hunde nahmen einen Geruch auf und begannen zu bellen.

In den nächsten paar Stunden erlegten die Männer einen Hirsch, einen Wolf und ein paar Dachse. Eine Wildsau entkam ihnen, aber sie waren recht zufrieden. Am See angekommen, schreckten sie eine Schar Schwäne auf, ließen ihre Pfeile fliegen, holten drei herunter. Nun dachten sie daran, nach Hause zurückzukehren.

Es geschah, was Gott zuließ.

Ein weiterer Hirsch kam ans Ufer, hundert Schritte von ihnen entfernt. Die Sonnenstrahlen des Spätnachmittags ließen goldene Lichter und bläuliche Schatten über sein Fell hinlaufen, denn er war weiß, beinahe so groß wie ein Elch. Schon reckte sich sein sprießendes Geweih wie Bäume zum Himmel.

„Bei allen Heiligen!“ rief Mihajlo und sprang auf die Füße. Zwei Speere verfehlten den Hirsch, der wartete, bis die Männer wieder im Sattel waren. Dann floh er. Aber er verschwand nicht im dicken Unterholz, wohin ihm die Pferde nicht hätten folgen können. Er blieb auf dem Weg, und ständig schimmerte sein Körper durch die Blätter. Vergebens setzten ihm die Reiter mit Gebrüll nach. Hin und her führte er seine Verfolger, hierhin und dahin und rundherum. Die Zeit verging. Die Pferde waren erschöpft, die Hunde hechelten, als der Hirsch endlich an den See zurückkehrte.

Der helle Wasserspiegel war in Dunkelheit getaucht. Die Sonne war untergegangen und hatte nur einen Schwefelstreifen am westlichen Himmel zurückgelassen. Im Osten wurde das Purpur schnell zu Schwarz; ein einzelner Stern ging auf. Nebelfetzen zogen dahin.

Fledermäuse schossen durch die Luft. Es wurde kalt. Stille erfüllte alles.

Wie ein Gebilde aus Nebel erschauerte das gekrönte Tier und war verschwunden.

Mihajlo schluckte einen Fluch hinunter. Luka bekreuzigte sich immer wieder, und die Diener taten desgleichen. Beide Bauern sprangen aus den Steigbügeln, fielen auf die Knie, rissen die Hüte ab und beteten laut.

„Wir sind genarrt worden", murmelte Sisko, der ältere von beiden. „Aber von wem und warum?"

„In Gottes Namen, machen wir, daß wir wegkommen", flehte sein Freund Drazha.

„Nein, wartet." Mihajlo nahm seinen ganzen Mut zusammen. „Unsere Pferde müssen ausruhen. Wir könnten sie umbringen, wenn wir sofort weiterritten. Das wißt ihr."

„Willst du – willst du denn die Nacht hier verbringen?" stotterte Luka.

„Eine Stunde oder zwei, bis der Mond aufgeht und wir den Weg finden", antwortete Mihajlo.

Einer seiner Diener starrte auf das Quecksilber über den Tiefen, auf den zerfetzten Pflanzenwuchs unter der Wasseroberfläche und widersprach: „Herr, das ist kein Ort für Christen. Hier riecht es nach alten, heidnischen Dingen. Das war kein Hirsch, den wir gejagt haben. Es war der Wind, und jetzt ist er dahin entschwunden, wohin der Wind zu gehen pflegt. Warum?"

„Was, du willst ein Mann aus der Stadt sein?" spottete Mihajlo. „Unsere Sinne haben uns irregeführt, das ist alles. Zu verwundern ist es nicht, müde, wie wir sind." Er spähte durch die Dunkelheit nach ihren Gesichtern. „Es gibt keinen Ort auf der Erde, der nicht für Christen ist, wenn sie den Glauben haben", erklärte er. „Kommt, rufen wir unsere Heiligen an. Wie könnten uns die Teufel dann ein Leid tun?"

Ein wenig ermutigt stiegen die aus dem Sattel, die es nicht bereits getan hatten. Sie beteten zusammen, nahmen den Pferden die Sättel ab, begannen, sie mit Tüchern zu reiben. Weitere Sterne erschienen am dunkler werdenden Himmel.

Mihajlos Lachen brach die Stille. „Seht ihr? Wir brauchen uns nicht zu fürchten."

„Nein, niemals", sang eine Mädchenstimme. „Bist du es wirklich, mein Liebster?"

Er drehte sich um und erblickte sie. Seine Gefährten erkannte er nur noch als verwischte Gestalten in der Dunkelheit, aber sie, die durch die Binsen an Land stieg, sah er ganz deutlich. Ihr nackter Körper und das offene Haar waren hell, ihre Augen groß und glänzend. Sie näherte sich ihm mit ausgebreiteten Armen.

„Jesus und Maria, steht uns bei", ächzte Drazha hinter ihm. „Es ist die Vilja!"

„Mihajlo", bat sie leise, „Mihajlo, verzeih mir, ich versuche ja, mich zu erinnern, ganz bestimmt."

Irgendwie brachte er es fertig, sich ihr im Dämmerlicht am feuchten Seeufer entgegenzustellen. „Wer bist du?" rang es sich durch das Erdbeben in seiner Brust. „Was willst du von mir?"

„Die Vilja", jammerte Sisko. „Dämon, Geist! Betet sie weg, Männer, bevor sie uns in ihre wässrige Hölle hinunterzieht."

Mihajlo schlug das Kreuz, machte die Knie steif, sah das Wesen gerade an und befahl: „Im Namen des Vaters und des Sohnes und des Heiligen Geistes ..."

Ehe er sagen konnte: „Hebe dich hinweg!", war sie so dicht bei ihm, daß er ihre feingeschnittenen Gesichtszüge erkennen konnte.

„Mihajlo", flehte sie, „bist du es? Es tut mir leid, wenn ich dir weh getan habe ..."

„Nada!" rief er.

Sie blieb stehen. „War ich Nada?" fragte sie ihn verwirrt. Nach einer Weile setzte sie hinzu: „Ja, ich glaube, ich war es. Und sicher warst du Mihajlo ..." Sie lächelte. „Das heißt, du bist es. Ich habe dich hierher zu mir gebracht, nicht wahr, Mihajlo, mein Liebster?"

Er schrie auf, fuhr herum und lief davon. Seine Männer flohen ebenfalls, in allen Richtungen hinein in die Dunkelheit. Die Pferde gingen durch.

Als der Lärm verstummt war, stand Nada, die Vilja, allein. Weitere Sterne waren erwacht. Das letzte Nachglühen des Sonnenuntergangs war verschwunden, aber im Westen war der Himmel noch bleich. Diese verschiedenen Lichter schimmerten auf dem See, und er gab sie an sie weiter, bis sie eine schlanke Biegung, eine weiße Welle, ein Glitzern von Tränen war. „Mihajlo", sagte sie. „Bitte."

Dann vergaß sie es, lachte und glitt in den Wald.

Die Jäger langten einzeln, aber sicher zu Hause an. Was Sisko und Drazha zu erzählen hatten, ließ die Leute noch mehr als früher vor dem wilden Wald auf der Hut sein. Mihajlo berichtete nicht mehr, als er mußte. Andere merkten bald, daß er nicht mehr der fröhliche Jüngling von ehedem war. Er verbrachte viel Zeit mit dem Burgkaplan und später mit seinem Beichtvater in Schibenik. Im Jahr darauf trat er in ein Kloster ein. Sein Vater, der Zhupan, war darüber alles andere als glücklich.

Erstes Buch

Der Krake

1

Der Bischof von Viborg bekam Magnus Gregersen als neuen Erzdiakon. Dieser Mann war gelehrter als die meisten; er hatte in Paris studiert, und er war aufrecht und fromm. Aber die Leute fanden ihn zu streng und sagten, sie sähen ihn ebenso ungern kommen – ihn mit seiner langen, dünnen Gestalt und seinem langen, sauren Gesicht –, wie sie jede andere schwarze Krähe in ihren Feldern sähen. Der Bischof meinte, ein Mann wie dieser werde gebraucht, denn in den Jahren des Aufruhrs, der nach König Waldemars des Siegreichen Tod Dänemark verwüstete, war Laschheit eingerissen.

Auf seinem Ritt entlang der östlichen Küste von Jütland, die er als kirchlicher Profos unternahm, kam Magnus auch nach Alsen, womit nicht die Insel, sondern ein Dörfchen gleichen Namens gemeint ist. Es war arm und einsam, hatte tiefe Wälder hinter sich und die Sümpfe von Kongerslev im Norden. Nur zwei Straßen führten dorthin, eine über den Strand und die andere, die sich in südwestlicher Richtung auf Hadsund zuwand. Jedes Jahr im September und Oktober schlossen sich die Fischer des Dorfes den Hunderten an, die im Sund ihre Netze auswarfen, wenn der Hering zog. Ansonsten sahen die Bewohner wenig von der Außenwelt. Sie zogen ihre Netze durch das Wasser und bestellten ihre mageren Äcker, und sie starben an der Erschöpfung und legten ihre Gebeine hinter der kleinen Holzkirche zur Ruhe. In Orten wie diesen wurden immer noch viele alte Bräuche befolgt. Magnus hielt sie für heidnisch und beklagte, daß es kein einfaches Mittel gab, mit ihnen aufzuräumen.

So wuchs sein fehlgeleiteter Eifer auf das Doppelte, als er gewisse Gerüchte über Alsen hörte. Niemand dort wollte ihm sagen, was seit jenem Tag vor vierzehn Jahren geschehen sei, als Agnete aus dem Meer zurückkam. Magnus nahm sich den Priester allein vor und verlangte von ihm strengen Tones, die Wahrheit zu erfahren. Vater Knud war ein nachsichtiger Mann, in einer dieser winzigen Katen geboren, und er hatte lange Zeit ein Auge vor dem zugedrückt, was er für geringfügige Sünden hielt, die seiner Herde in ihrem harten Leben ein wenig Freude brachten. Aber nun war er alt und schwach geworden, und Magnus hatte die ganze Geschichte bald aus ihm herausgeholt.

Als der Profos nach Viborg zurückkehrte, lohte heiliges Feuer aus seinen Augen. Er ging zum Bischof und erklärte: „Mein Herr, bei meiner Runde durch Eure Diözese habe ich beklagenswert viele Zeichen von Teufelswerk gefunden. Aber ich hatte nicht damit gerechnet, auf ihn selbst zu stoßen – oder, anders ausgedrückt, auf ein ganzes Nest der übelsten, gefährlichsten seiner Dämonen. Und das fand ich in dem Stranddorf Alsen."

„Was meint Ihr?" fragte der Bischof scharf, denn auch er fürchtete eine Rückkehr der alten Zaubergötter.

„Ich meine, daß sich vor der Küste eine Stadt des Seevolks befindet!"

Der Bischof entspannte sich. „Wie interessant", meinte er. „Ich wußte gar nicht, daß in dänischen Gewässern noch welche übrig sind. Das sind keine Teufel, mein guter Magnus. Sie ermangeln der Seelen, ja, wie alle anderen Tiere auch. Aber sie bringen das Seelenheil der Menschen nicht in Gefahr, wie es zum Beispiel die Bewohner eines Elfenhügels tun können. Tatsächlich wollen sie nur selten etwas mit Adams Stamm zu tun haben."

„Diese sind anders, mein Herr", antwortete der Erzdiakon. „Hört zu, was ich erfahren habe. Vor zweiundzwanzig Jahren lebte in der Nähe von Alsen eine Jungfrau namens Agnete Einarstochter. Ihr Vater war ein Freisasse, nach Meinung seiner Nachbarn recht wohlhabend, und sie war sehr schön, und folglich hätte sie eine gute Heirat machen können. Aber eines Abends, als sie allein am Strand spazierenging, kam ein Wassermann ans Ufer und warb um sie. Er brachte sie dazu, mit ihm zu gehen, und sie lebte acht Jahre in Sünde und Gottlosigkeit unter dem Wasser.

Dann geschah es, daß sie ihr jüngstes Kind hinauf auf eine Schäre brachte, damit es Sonnenlicht trinken könne. Das war in Hörweite der Kirchenglocken, und während sie dasaß und die Wiege schaukelte, begannen sie zu läuten. Heimweh – wenn nicht Reue – erwachte in ihr. Sie ging zu dem Wassermann und bat ihn, ihr Urlaub zu geben, damit sie wieder einmal das Wort Gottes hören könne. Unwillig gab er seine Zustimmung und brachte sie ans Ufer. Doch vorher ließ er sie schwören, drei Dinge nicht zu tun: Ihr langes Haar nicht herabzulassen, als ob sie unverheiratet sei; sich nicht zu ihrer Mutter in den Kirchenstuhl der Familie zu setzen und sich nicht zu verneigen, wenn der Priester den Allerhöchsten nannte. Aber sie tat alle diese Dinge: das erste aus Stolz, das zweite aus Liebe, das dritte aus Ehrfurcht. Da nahm die göttliche Gnade ihr die Schuppen von den Augen, und sie blieb an Land.

Danach kam der Wassermann sie suchen. Es war wieder ein heiliger Tag, und er fand sie bei der Messe. Als er die Kirche betrat, drehten die Bilder und Statuen die Gesichter zur Wand. Keiner der Versammelten wagte es, die Hand gegen ihn zu erheben, er war so groß und stark. Er bat Agnete inständig, zu ihm zurückzukehren, und es hätte gut sein können, daß er sie zum zweiten Mal überredete. Denn diese Rasse ist nicht abstoßend und hat keine Fischschwänze, mein Herr. Abgesehen davon, daß sie breite Füße mit Schwimmhäuten und große, schräg stehende Augen haben und die Männer unter ihnen bartlos sind und einige grünes oder blaues Haar besitzen, sehen sie im großen und ganzen doch wie schöne Menschen aus. Seine eigenen Locken waren so golden wie ihre. Und er drohte ihr nicht, er sprach mit ihr voll Liebe und Kummer.

Doch Gott verlieh Agnete Kraft. Sie weigerte sich, mit ihm zu gehen, und er kehrte ins Meer zurück.

Ihr Vater verfügte über genug Klugheit und Geld für die Mitgift, daß er sie ins Inland verheiratete. Man sagt, sie sei nie wieder fröhlich gewesen, und es dauerte nicht mehr lange, da starb sie."

„Wenn es ein christlicher Tod war", warf der Bischof ein, „verstehe ich nicht, wieso ein bleibender Schaden angerichtet worden sein soll."

„Aber das Seevolk ist immer noch da, mein Herr!" rief der Profos. „Die Fischer sehen sie oft, wie sie sich lachend in den Wellen tummeln. Soll da ein Mensch, der sich mühsam das Nötigste zum Leben vedient, der in einer armseligen Hütte mit einer häßlichen Frau wohnt, nicht unzufrieden werden, soll er nicht vielleicht sogar Gottes Gerechtigkeit in Frage stellen? Und wann wird ein anderer Wassermann ein andere Jungfrau verführen, dieses Mal für immer? Das wird um so wahrscheinlicher jetzt, da die Kinder Agnetes und ihres Liebhabers erwachsen sind. Es ist ihnen fast schon zur Gewohnheit geworden, an Land zu kommen, sie haben Freundschaft mit einigen Knaben und jungen

Männern geschlossen – und mehr als Freundschaft, so hörte ich erzählen, mit einigen Mädchen.

Mein Herr, das ist Satanswerk! Wenn wir Seelen verlorengehen lassen, die unserer Obhut anvertraut sind, wie sollen wir uns beim Jüngsten Gericht verantworten?“

Der Bischof runzelte die Stirn und rieb sich das Kinn. „Ihr habt recht. Aber was sollen wir machen? Wenn die Bewohner von Alsen bereits tun, was verboten ist, wird ein weiterer Bann sie kaum davon abbringen. Ich kenne dieses hartschädelige Fischervolk. Und wenn wir uns vom König Ritter und Soldaten erbitten, wie sollen diese auf dem Meeresgrund kämpfen?“

Magnus hob einen Finger. Es flammte aus ihm heraus: „Mein Herr, ich habe derlei Dinge studiert, und ich kenne das Heilmittel. Diese Meeresbewohner mögen keine Dämonen sein, aber die Seelenlosen fliehen immer vor dem Wort Gottes, wenn es ihnen in der richtigen Weise auferlegt wird. Habe ich Eure Erlaubnis, einen Exorzismus durchzuführen?“

„Ihr habt sie“, antwortete der Bischof erschüttert, „und dazu meinen Segen.“

So kam es, daß Magnus nach Alsen zurückkehrte. Mehr Bewaffnete als üblich klirrten hinter ihm her, für den Fall, daß die Dorfleute Ärger machen würden. Diese sahen zu – einige voller Neugierde, einige verdrossen, ein paar unter Tränen –, als der Erzdiakon sich an eine Stelle oberhalb der Unterwasserstadt hinausrudern ließ. Und da verfluchte er mit Glocke, Buch und Kerze feierlich das Seevolk und befahl ihm in Gottes Namen, für immer zu verschwinden.

2

Tauno, das älteste Kind der schönen Agnete und des Königs von Liri, hatte seinen einundzwanzigsten Winter gezählt. Zu seinen Ehren wurden viele Lustbarkeiten veranstaltet. Die köngliche Halle war von Meeresfeuer erhellt, das die Muscheln und Spiegel und goldenen Platten zurückwarfen, und zwischen ihnen, nach oben und unten und rings im Kreis, nach Norden, Osten, Westen und Süden, nach oben und unten woben die Tänze Muster auf schwebenden Pfaden; man sang und schmauste. Tauno erhielt Geschenke, kunstvoll gefertigt, und nicht nur aus Gold und Bernstein und Narwal-Elfenbein, sondern auch aus Perlen und rosigen, spitzenartigen Korallen, die im Lauf der Jahrhunderte durch Reisende von weither mitgebracht worden waren. Es gab Wettbewerbe im Schwimmen, Ringen, Harpunieren, Musizieren und Runenzauber. In dämmerigen Räumen, die kein Dach besaßen, weil sie keines brauchten, und in den wallenden Gärten mit ihren roten, grünen, purpurnen und braunen Gewächsen, wo Quallen wie weiße und blaue Blüten schwebten und Fische wie Meteore dahinschossen, wurde der Liebe gehuldigt.

Danach ging Tauno auf eine lange Jagd. Obgleich das Seevolk von den Früchten des Meeres lebte, tat er es diesmal zur Unterhaltung und vor allem, um noch einmal die herrlichen norwegischen Fjorde zu besuchen. Mit ihm kamen die Mädchen Rinna und Raxi, zu seinem Vergnügen und zu ihrem eigenen. Sie hatten viel Spaß unterwegs, was Tauno viel bedeutete; denn zu oft war er unter seinen leichtherzigen Artgenossen ernst, und manchmal verfiel er in dunkles Brüten.

Sie waren auf dem Weg nach Hause, und Liri war schon in Sicht, als das Unheil sie traf.

„Da ist es!" rief Rinna aufgeregt. Sie schoß voraus. Ihre grünen Haarsträhnen fluteten über den schlanken weißen Rücken. Raxi blieb bei Tauno. Lachend schwamm sie um ihn herum, und jedesmal, wenn sie unter ihm vorbeikam, streichelte sie mit den Händen sein Gesicht oder seine Lenden. Ebenso verspielt wollte er sie haschen, aber immer war sie dann schon außer Reichweite. „Fang mich!" forderte sie ihn heraus und blies ihm Luftblasenküsse zu. Er grinste und schwamm stetig weiter. Die Halbblut-Kinder hatten die Form der Füße von ihrer Mutter geerbt und waren daher im Wasser weniger schnell und geschickt als die Rasse ihres Vaters. Trotzdem hätte ein Landmensch vor Staunen die Luft angehalten bei ihren Bewegungen. Und an Land kamen sie besser zurecht als ihre Vettern. Sie waren mit der Fähigkeit geboren worden, unter Wasser zu leben, ohne – wie ihre Mutter – eines besonderen Zaubers zu bedürfen, der sie vor dem Tod durch Ertrinken, Salz oder Kälte schützte, und das Seevolk mit seinem kalten Fleisch liebte es, ihre wärmeren Körper zu umarmen.

Über Tauno entflammte die Sonne die Wellen und bildete ein Dach aus glänzenden Rippen, die ein Muster auf den weißen Sand unter ihm malten. Um ihn leuchtete das Wasser in den Farben von Smaragden und Amethysten, bis die Entfernung es verdunkelte. Tauno spürte, wie es an ihm vorbeirauschte, wie es auf das Spiel seiner Muskeln mit Liebkosungen wie eine Geliebte antwortete. Goldbrauner Tang strömte aus Muschelfelsen nach oben und schwankte mit jeder Bewegung der Fluten. Eine Krabbe kroch über den Meeresgrund, ein Thunfisch, blau und weiß und schön, glitt weiter weg vorbei. Das Wasser war nie dasselbe: hier kalt, da mild, hier bewegt, da ruhig, und außer dem Geruch nach Tang, den die Menschen am Strand wahrnehmen, trug es tausend verschiedene Geschmäcke und Düfte mit sich. Auch war es für die, die hören konnten, voller Geräusche, voll Glucksen, Schwatzen, Kichern, Krächzen, Spritzen. Schwapp-schwapp-schwapp klatschte es gegen das Land, und durch jeden Wirbel und jedes Gurgeln fühlte Tauno das gewaltige, langsame Ziehen der Gezeiten.

Jetzt war Liri ganz deutlich zu sehen: Häuser, die kaum mehr waren als Bäume aus Meerespflanzen oder Rahmen aus Elfenbein und Walrippen, in dieser Welt des geringen Gewichts zart und phantastisch gestaltet, umgeben von weiten Gärten mit Schlingpflanzen und Anemonen. In der Mitte stand die Halle seines Vaters, des Königs: Groß, alt, Stein und Koralle in feinen Farbabstufungen, geschmückt mit Schnitzereien, die Fische und Vögel und andere Tiere darstellten, die zum Meer gehören. Die Pfosten der Haupttür zeigten die Gestalten des Herrn Ägir und der Herrin Ran, der Fenstersturz war ein Albatros mit zum Auffliegen ausgebreiteten Schwingen. Über den Wänden erhob sich eine Kuppel aus Kristall, zur Oberfläche hin offen. Der König hatte sie für Agnete bauen lassen, damit sie, wann immer sie wollte, im Trockenen sein, Luft atmen, an einem Feuer unter Rosen und was seine Liebe ihr sonst noch vom Land herbeiholte, sitzen konnte.

Das Seevolk glitt umher – Gärtner, Handwerker, ein Jäger, der eine Koppel junger Seehunde trainierte, ein Austernsammler, der an einer Bude einen Dreizack kaufte, ein Junge, der ein Mädchen an der Hand auf eine mit weichem Licht erfüllte Höhle zuführte. Bronzeglokken, vor langer Zeit aus einem untergegangenen Schiff geholt, wurden geläutet. Sie klangen klarer durch das Wasser als je durch die Luft.

„Harru!“ rief Tauno. Plötzlich schoß er vorwärts; Rinna und Raxi schwammen ihm zur Seite. Alle drei stimmten das „Lied der Heimkehrenden“ an, das er für sie gemacht hatte:

O Heimatland, Herzensstrand, hier ruf ich Heil dir!
Den Tag weiht dem Tanz, laßt des Tritonshorn Tosen
Und Kessellärm künden mein Kommen. Ich kann euch

Der Mären gar manche vermelden. Die Möwen
Begrüßten, umgeben von goldenem Glanze,
Die Sonne. Dort ...

Plötzlich fingen Taunos Gefährtinnen an zu schreien. Sie hielten sich die Hände über die Ohren, sie kniffen die Augen zusammen, sie ruderten blindlings mit den Armen und stießen mit den Beinen, bis das Wasser schäumte.

Tauno sah, daß dieser Wahnsinn ganz Liri erfaßte. „Was ist das?“ rief er voller Entsetzen. „Was geschieht da?“

Rinna jammerte laut. Sie konnte ihn weder sehen noch hören. Er hielt sie fest. Sie wehrte sich gegen ihn. Mit seiner ganzen Kraft packte er sie von hinten mit den Beinen und einem Arm. Mit der anderen Hand griff er in ihr seidiges Haar, um ihren zuckenden Kopf festzuhalten. Er legte den Mund an ihr Ohr und beschwor sie: „Rinna, Rinna, ich bin es, Tauno. Ich bin dein Freund. Ich möchte dir helfen.“

„Dann laß mich los!“ Ihre Stimme brach vor Schmerz und Angst. „Das Läuten füllt die See, es schüttelt mich wie ein Hai, meine Knochen fallen auseinander ... das Licht, die grausamen Flammen, blenden, brennen brennen ... die Worte ... laß mich los, oder ich sterbe!“

Völlig verwirrt gab Tauno sie frei. Er stieg ein paar Ellen in die Höhe und entdeckte den zitternden Schatten eines Fischerbootes, und er hörte eine Glocke ... war auch ein Feuer an Bord und sang eine Stimme in einer Sprache, die er nicht kannte? Nicht mehr als das ...

Die Häuser von Liri schwankten wie bei einem Beben. Die kristallene Kuppel auf der Königshalle zerbrach; glitzernde Scherben regneten herab. Die Steine wackelten und rutschten auseinander. Der Zerfall von Bauwerken, die hier gestanden hatten, seit das Große Eis schmolz, ließ Tauno bis ins Mark erschauern.

Undeutlich sah er seinen Vater auf sich zukommen. Er ritt auf dem Mörderwal, der seinen Luftraum in der Halle hatte und den niemand sonst zu besteigen wagte. Ansonsten hatte der König nichts anderes als seinen Dreizack, und er war in nichts gekleidet als seine eigene Majestät. Doch irgendwie war sein Ruf zu hören: „Zu mir, mein Volk, zu mir! Schnell, bevor wir sterben! Rettet keine anderen Schätze als eure Kinder – und Waffen – kommt, kommt, kommt, wenn ihr am Leben bleiben wollt!“

Tauno schüttelte Rinna und Raxi, bis sie halbwegs wieder bei Verstand waren, und brachte sie zu den anderen. Sein Vater, der umherritt und das entsetzte Seevolk zusammenzutreiben versuchte, fand die Zeit, die ernsten Worte an Tauno zu richten: „Du, der du halb sterblich bist, spürst es nicht mehr als mein Reittier. Aber für uns sind diese Gewässer nun mit einem Bann belegt. Für uns wird das Licht lodern und die Glocke läuten, und die Worte werden uns verfluchen bis zum Weltenende. Wir müssen fliehen, solange wir noch die Kraft dazu haben, und uns in weiter Ferne eine neue Heimat suchen."

„Wo sind meine Geschwister?" fragte Tauno.

„Sie hatten einen Ausflug unternommen", antwortete der König. Seine Stimme, die wie eine Trompete geschmettert hatte, wurde flach und ausdruckslos. „Wir können nicht auf sie warten."

„Ich kann es."

Der König faßte seinen Sohn bei den Schultern. „Das gibt mir neuen Mut. Eyjan allein kann Yria und, aye, den jungen Kennin nicht beschützen. Ich weiß nicht, wohin wir gehen werden. Vielleicht kannst du uns später finden – vielleicht ..." Er schüttelte seine sonnengoldene Mähne. Sein Gesicht verzog sich zu einer Maske der Qual. „Fort!" rief er laut.

Verwirrt, geschlagen, nackt, die meisten ohne Waffen und Werkzeuge, so folgte das Seevolk seinem Herrn. Tauno blieb zurück, die Fäuste um die Harpune geklammert, bis sie außer Sicht waren. Die letzten Steine der königlichen Halle fielen auf den Meeresgrund, und Liri war eine Ruine.

3

In den acht Jahren, die sie unter Wasser lebte, gebar die schöne Agnete sieben Kinder. Das war weniger, als eine Meerfrau vollbracht hätte, und vielleicht hatte die unausgesprochene Verachtung dieser Frauen sie ebenso auf das Land zurückgetrieben, wie die Glocken der kleinen Kirche und der Anblick strohgedeckter Holzhäuser sie angezogen hatten.

Denn wenn auch das Seevolk wie andere Bewohner des Feenreichs das Altern nicht kannte (als entschädige sie Der, Dessen Namen sie nicht nannten, auf diese Weise für das Fehlen unsterblicher Seelen), so hatte ihr Leben doch seine Härten. Haie, Mörderwale, Zahnwale, Rochen, Seeschlangen und ein Dutzend anderer tödlicher Fische jagten sie; die Geschöpfe, die wiederum von ihnen gejagt wurden, waren oft gefährlich; heimtückische Winde und Wellen konnten ihnen den Tod bringen; viele wurden ein Opfer von giftigen Zähnen und Stacheln, von Kälte, Krankheit und Hunger. Besonders galt das für die Kinder. Man mußte damit rechnen, bis auf einige wenige alle zu verlieren. Der König hatte mit denen, die seine menschliche Gefährtin ihm schenkte, Glück gehabt. Hinter seinem Haus waren nur drei Gräber, auf denen er die Seeanemonen nie hatte sterben lassen.

Die vier Kinder, die übriggeblieben waren, trafen sich in den Ruinen von Liri. Um sie lagen in chaotischen Haufen die Überreste der Halle und der geringeren Heimstätten. Schon welkten die Gärten, schon zerstreuten sich die Fischherden. Trümmerstücke schwammen umher, Krabben und Garnelen schwärmten durch die Nahrungsvorräte, wie an Land die Raben über eine Leiche herfallen. Der Treffpunkt war dort, wo die Haupttür gewesen war. Der Albatros lag schwingenlos. Der freundliche Herr Ägir war auf das Gesicht gefallen, die Herrin Ran, die Menschen in ihren Netzen fängt, stand grinsend oben. Das Wasser war kalt, und die Wellen, die über ihnen ein Sturm aufgewirbelt hatte, schluchzten um Liri.

Die Kinder des Wassermanns waren unbekleidet, wie es unter Wasser außer bei Festen üblich war. Doch sie hatten sich mit Messern, Harpunen, Dreizacks und Stein- und Knochenäxten versorgt, um gegen die Bedrohung gewappnet zu sein, die sie außerhalb ihres Gesichtskreises enger und enger einschloß. Keines von ihnen sah ganz und gar nach Seevolk aus. Aber die älteren drei hatten die hohen Wangenknochen, die schrägen Augen und im Falle der beiden Jungen die Bartlosigkeit ihres Vaters geerbt. Sie kannten die dänische Sprache und einiges vom Leben der Dänen, aber als sie sich jetzt unterhielten, taten sie es nach Art des Seevolks.

Tauno, der älteste unter ihnen, ergriff das Wort. „Wir müssen uns entscheiden, wohin wir gehen wollen. Schwer war es schon, dem Tod zu wehren, als alle noch hier waren. Allein halten wir es nicht lange durch."

Er war auch der größte, hochgewachsen, breit in den Schultern, vom lebenslangen Schwimmen mit Muskeln bepackt. Sein Haar, von einem mit Perlen besetzten Stirnband zusammengehalten, fiel ihm bis auf die Schlüsselbeine. Es war gelb mit einem ganz leichten Hauch von Grün. Seine Augen waren bernsteinfarben und standen weit auseinander. Mund und Kiefer unter der stumpfen Nase waren schwer. Da Tauno viel Zeit an der Oberfläche oder an Land verbracht hatte, war seine Haut braun.

„Sollen wir denn unserm Vater und unserm Stamm nicht folgen?“ fragte Eyjan.

Sie zählte neunzehn Winter. Für eine Frau war auch sie groß. Ihre Kraft lag unter den vollen Kurven ihrer Brüste, Hüften und Schenkel verborgen, bis sie einen Liebhaber fest an sich drückte oder eine Lanze in ein sich herumwälzendes Walroß trieb. Sie hatte die weißeste Haut, denn ihr Haar war bronzerot. Bis auf Schulterlänge floß es an ihren kühnblickenden grauen Augen und dem regelmäßig geschnittenen Gesicht vorbei.

„Wir wissen nicht, wohin sie gegangen sind“, erinnerte Tauno sie. „Weit weg muß es sein, denn das hier waren die letzten guten Jagdgründe, die rund um Dänemark für unsere Art noch übriggeblieben waren. Sicher können andere Stämme des Seevolks, die in der Ostsee oder entlang der norwegischen Küste leben, ihnen unterwegs weiterhelfen, aber für so viele zusätzliche Leute, wie es die von Liri sind, haben sie keinen Platz. Das Meer ist sehr groß für eine Suche, meine Schwester.“

„Wir können uns doch aber erkundigen“, fiel Kennin ungeduldig ein. „Sie werden Spuren hinterlassen. Die Delphine wissen bestimmt, in welche Richtung sie sich gewandt haben.“ Ein Funkeln sprang in seine Augen und machte sie noch sommer-blauer als sonst. „Ha, welch eine Gelegenheit umherzustreifen!“

Er zählte sechzehn Winter, war noch nicht weit von zu Hause fort gewesen und spürte nur den jugendlichen Drang, die Welt jenseits des Horizonts zu erkunden. Er hatte seine volle Größe noch nicht erreicht und würde niemals groß oder breit werden. Andererseits war er ein beinahe ebenso behender Schwimmer wie die vollblütigen Wassermänner. Sein Haar war von einem grünlichen Braun, sein Gesicht rund und sommersprossig, sein Körper mit den farbenprächtigsten Mustern bemalt, die die Bewohner von Liri kannten. Seine Geschwister trugen keine Bemalung. Tauno war zu düsterer Stimmung, Eyjan hatte immer die Mühe gescheut, die dies kostete, und Yria war schüchtern.

Diese Jüngste flüsterte: „Wie kannst du scherzen, wenn ... wenn ... alles verschwunden ist?“

Die anderen scharten sich enger um sie. Für sie war Yria immer noch die Kleine, in ihrer Wiege von einer Mutter zurückgelassen, der sie ständig ähnlicher wurde. Sie war klein und schmal, ihre Brüste begannen eben erst zu knospen. Ihr Haar war golden, ihre Augen blickten riesig aus dem spitzen Gesicht mit den leicht geöffneten Lippen. Stets hatte sie sich von Lustbarkeiten ferngehalten, soweit dies der Tochter eines Königs möglich war; nie war sie allein mit einem Jungen weggegangen. Jeden Tag hatte sie Stunden damit verbracht, die weiblichen Künste zu erlernen, über die Eyjan nur spottete, und weitere Stunden in der Kuppel, die einmal Agnete gehört hatte, wo sie mit Agnetes Schätzen spielte. Oft lag sie auf den Wellen, blickte zu den grünen Hügeln und den Häusern am Strand hinüber, lauschte dem Glockengeläut, das das christliche Volk zum Gebet rief. In letzter Zeit war sie mit diesem oder jenem ihrer eigenen Art, wenn diese es erlaubten, mitgegangen, war im Dämmerlicht über einen Strand gehuscht oder hatte sich hinter einem vom Wind verkrüppelten Baum, im Heidekraut versteckt wie ein furchtsamer Schatten.

Eyjan umarmte sie schnell und rauh. „Du hast einen zu großen Anteil von unserm sterblichen Erbe mitbekommen“, erklärte die ältere Schwester.

Taunos Gesicht war finster. „Das ist eine schreckliche Wahrheit. Yria ist nicht stark. Sie kann nicht schnell schwimmen und ohne Ausruhen und Essen auch nicht weit. Und wenn wir von Tieren angegriffen werden? Wenn der Winter uns fern von den warmen, seichten Gewässern überrascht? Wenn die aus Liri Vertriebenen sich zur Arktis durchschlagen? Ich weiß nicht, wie wir sie auf unsere Reise mitnehmen können.“

„Können wir sie nicht bei irgendwelchen Pflegeeltern hierlassen?“ fragt Kennin.

Yria schmiegte sich in Eyjans Arme. „O nein, nein“, flehte sie. Es war kaum zu hören.

Kennin wurde über seine eigene Torheit rot. Tauno und Eyjan sahen sich über die gebeugten Schultern ihrer kleinen Schwester hinweg an. Es gab nur wenige unter dem Seevolk, die einen Schwächling aufnehmen würden, wo doch die Starken schon genug Mühe hatten, für sich selbst zu sorgen. Hin und wieder mochte ein Wassermann es tun, aber dann geschah es aus Verlangen. Sie konnten nicht wirklich hoffen, einen zu finden, der dieses Kind haben wollte, wie ihr Vater eine bestimmte erwachsene Jungfrau begehrt hatte, und etwas Gutes taten sie dem Kind damit auch nicht an.

Tauno mußte seine ganze Willenskraft zusammennehmen, um es auszusprechen. „Ich glaube, bevor wir aufbrechen, sollten wir Yria am besten zu dem Volk unserer Mutter bringen.“

4

Der alte Priester Knud wurde von einem Klopfen aufgeweckt. Er kletterte aus seinem Alkovenbett und legte, im Dunkeln umhersuchend, sein Gewand an, denn das mit Asche bedeckte Herdfeuer spendete kaum Licht. Dann tastete er sich zur Tür. Seine Knochen schmerzten, seine Zähne klapperten vor Kälte. Er fragte sich, wer im Sterben liegen mochte. Er hatte jeden Spielgefährten überlebt ... „Ich komme, in Jesu Namen, ich komme."

Der Vollmond war spät aufgegangen. Er warf eine quecksilberne Brücke über das Kattegat und ließ den Tau auf den Hausdächern glitzern. Aber die beiden sich kreuzenden Straßen von Alsen lagen in völliger Finsternis, und das Land dahinter war zum Tummelplatz für Wölfe und Trolle geworden. Merkwürdig ruhig waren die Hunde, als fürchteten sie sich zu bellen. Die ganze Nacht war von knisternder Stille erfüllt. Nein, irgendwo ertönte ein Geräusch. Es klang hohl. Ein Pferdehuf? Das Höllenpferd, das zwischen den Gräbern weidete?

Vier standen in einer Wolke aus ihrem eigenen Atem, so ungewöhnlich kalt für die Jahreszeit war die Nacht. Vater Knud holte tief Atem und bekreuzigte sich. Er hatte, außer dem einen, der in seine Kirche gekommen war, niemals Meerleute gesehen – es sei denn, ein in seiner Kindheit erhaschter flüchtiger Blick war mehr als ein wundersamer Traum gewesen. Doch was konnten die da anderes sein? Er hatte genug Berichte von denen unter seinen Pfarrkindern gehört, die sich dann und wann mit ihnen trafen. Die Gesichtszüge des Mannes und der Frau zeigten diesen fremdartigen Schnitt, bei dem Jungen fiel es weniger auf, und dem Mädchen war kaum etwas davon anzumerken. Doch auch von ihr tropfte schimmerndes Wasser, auch sie trug ein Hemd aus Fischhaut und hielt einen Speer mit Knochenspitze in der Hand.

„Ihr, ihr, ihr müßtet doch ... fort sein." Die Stimme des Priesters klang dünn in der frostigen Stille.

„Wir sind Agnetes Kinder", erklärte der große Mann. Er sprach Dänisch mit einem singenden Akzent, der in der Tat, so dachte Knud wild, ausländisch klang. „Ihres Erbteils wegen hat der Zauber uns nicht berührt."

„Kein Zauber – ein heiliger Exorzismus ..." In Gedanken rief Knud Gott an. Er straffte die mageren Schultern. „Ich bitte euch, werft keinen Zorn auf meine Pfarrkinder. Es war weder ihr Werk noch ihr Wunsch."

„Ich weiß. Wir haben ... einen Freund gefragt, was geschehen ist. Bald gehen wir fort. Doch zuerst möchten wir Yria in Eure Pflege geben."

Das und auch die Tatsache, daß die nackten Füße seiner Besucher, wie er sehen konnte, von menschlicher Form waren, erleichterte den Priester ein wenig. Er bat die vier herein. Sie folgten ihm ins Haus, und sie rümpften die Nase über den Schmutz und die Gerüche in dem einzigen Raum, dessen sich das Pfarrhaus rühmen konnte. Knud schürte das Feuer, zündete ein Binsenlicht an, stellte Brot, Salz und Bier auf den Tisch und setzte sich – die Besucher füllten die Bank – auf einen Schemel, um mit ihnen zu reden.

Lange dauerte dieses Gespräch. Auch als er schon versprochen hatte, sein Bestes für das Mädchen zu tun, dauerte es noch an. Ihre drei Geschwister würden eine Zeitlang verweilen, um sich dessen zu vergewissern. Er sollte Yria jeden Abend in der Dämmerung zum Strand gehen lassen, damit sie sich mit ihnen treffen konnte. Vater Knud bat sie inständig, ebenfalls an Land zu bleiben, aber das wollten sie nicht. Sie küßten ihre Schwester und nahmen Abschied. Yria weinte leise und hoffnungslos, bis sie einschlief. Der Priester deckte sie zu und versuchte, auf der Bank noch ein bißchen zu schlafen.

Am nächsten Tag und je weiter der Sommer fortschritt, war Yria besseren Mutes. Schließlich war sie ganz fröhlich. Agnetes Verwandte hielten sich von ihr fern und fürchteten sich zuzugeben, daß sie ihr Blut in sich trug. Aber Vater Knud sorgte so gut für sie, wie es seine mageren Mittel erlaubten. Er half, daß die anderen Halbblutkinder bei ihren regelmäßigen Treffen – schnell wurden sie zu kurzen Begegnungen – frischgefangene Fische mitbrachten. Für Yria war das Land so neu und wundervoll, wie sie selbst es für die Jugend des Dörfchens war. Es dauerte nicht lange, und sie war tagsüber der Mittelpunkt einer übermütigen Schar. Was die Arbeit anging, so wußte sie nichts über menschliche Pflichten, aber sie war willig zu lernen. Kirsten Pederstochter unterrichtete sie im Weben und meinte, sie könne ein ungewöhnliches Geschick erwerben.

In der Zwischenzeit hatte der Priester einen jungen Mann nach Viborg geschickt und anfragen lassen, was mit dem Mädchen geschehen solle. Konnte ein Halbblut getauft werden? Er betete darum, dem möge so sein, denn andernfalls wußte er nicht, was aus dem armen, lieben Ding werden sollte. Der Bote war schon zwei Wochen weg; sie mußten im Bischofssitz sämtliche Bücher wälzen. Endlich kehrte er zurück, diesmal zu Pferde, begleitet von Wachen, einem klerikalen Famulus und dem Profos.

Knud hatte Yria in der Christenlehre unterrichtet, und sie hatte ihm mit großen Augen und meistens schweigend zugehört. Jetzt prüft Erzdiakon Magnus sie im Pfarrhaus. „Glaubst du wahrhaftig an den einen Gott", fuhr er sie an, „den Vater und den Sohn, der Unser Herr und Heiland Jesus Christus ist, und den Heiligen Geist, der von ihnen ausgeht?"

Seine Strenge schüchterte Yria ein. „Ich verstehe es noch nicht so recht", flüsterte sie, „aber ich glaube, guter Herr."

Nach weiterer Befragung teilte Magnus unter vier Augen Knud mit: „Es kann nichts schaden, sie zu taufen. Ein unvernünftiges Tier ist sie nicht, obwohl sie dringend weiterer sorgfältiger Unterweisung bedarf, bevor sie konfirmiert werden kann. Ist sie ein Köder des Teufels, wird das heilige Wasser sie von hinnen treiben; ist sie nichts weiter als seelenlos, wird Gott einen Weg finden, es uns wissen zu lassen."

Die Taufe wurde für den kommenden Sonntag nach der Messe angesetzt. Der Erzdiakon gab Yria ein weißes Kleid, das sie anziehen sollte, und wählte den Namen einer Heiligen für sie: Margrete. Ihre Furcht vor ihm verlor sich ein wenig, und sie stimmte zu, die Nacht vom Samstag zum Sonntag im Gebet zu verbringen. Am Freitag nach Sonnenuntergang drängte sie ihre Geschwister, zum Gottesdienst zu kommen – die Priester würden es sicher erlauben, weil sie auch sie zu gewinnen hofften –, und sie weinte, als Tauno, Eyjan und Kennin ihr die Bitte abschlugen.

Und so kniete Yria an einem Morgen, als der Wind weiße Wolken über den Himmel jagte und die Wellen tanzten und glitzerten, vor den Bewohnern von Alsen in der Holzkirche unter dem Schiffsmodell, das im Mittelschiff aufgehängt war, während Christus über dem Altar hing. Vater Knud führte sie und die Paten durch das Ritual, schlug das Kreuz über ihr und verkündete voller Freude: „Ich taufe dich im Namen des Vaters und des Sohnes und des Heiligen Geistes. Amen."

Sie schrie auf. Ihre leichte Gestalt fiel in sich zusammen. Aus den

Kirchenbänken waren das Zischen scharf eingezogenen Atems, ein paar Schrcie und heisere Rufe zu hören. Der Priester bückte sich, vergaß seine Steifheit in seiner Hast und zog sie an sich. „Yria!" rief er. „Was fehlt dir?"

Sie keuchte und blickte sich um, und in ihren Augen stand ein großes Nichtbegreifen. „Ich ... bin ... Margrete", sagte sie. „Wer seid Ihr?" Profos Magnus ragte über ihnen auf. „Wer seid Ihr?"

Knud wandte seine von Tränen überfließenden Augen dem Erzdiakon zu. „Bedeutet das, daß sie – daß sie tatsächlich seelenlos ist?"

Magnus wies auf den Altar. „Margrete!" sprach er sie mit soviel Eisen in der Stimme an, daß das rauhe Fischervolk verstummte. „Sieh dahin! Wer ist das?"

Ihr Blick folgte dem knotigen Finger. Sie erhob sich auf die Knie und schlug das Kreuz. „Das ist unser Herr und Heiland Jesus Christus", antwortete sie in ziemlich festem Ton.

Magnus hob die Arme. Auch er weinte, aber des Wunders wegen. „Sehet, ein Wunder!" rief er. „Ich danke Dir, allmächtiger Gott, daß Du mich, den elendsten aller Sünder, zum Zeugen dieses Zeichens Deiner unendlichen Gnade gemacht hast." Er wandte sich an die Versammelten. „Kniet nieder! Lobpreist Ihn! Lobpreist Ihn!"

Später, als er mit Knud allein war, erklärte er, ruhiger geworden: „Der Bischof und ich dachten uns, daß etwas in dieser Art geschehen könne. In Eurer Botschaft teiltet Ihr uns mit, daß sich die heiligen Bilder nicht von ihr abgewendet hätten. Zudem fanden wir in den Archiven Legenden aus den Tagen, als Ansgar und Poppo die Dänen missionierten. Bisher galten die Legenden als zweifelhaft, doch sie scheinen einige Wahrheit zu enthalten. Deshalb kann ich deuten, was wir gesehen haben.

Mischlinge haben wie der Elternteil aus dem Feenreich keine Seelen, und zweifellos sind ihre Körper ebenso alterslos. Doch Gott ist bereit, auch diese Wesen anzunehmen, sogar dann, wenn sie schon erwachsen sind. Als Margrete getauft wurde, verlieh Er ihr eine Seele, wie Er es bei einem neugeborenen Kind tut. Sie ist ganz und gar menschlich geworden, sterblich im Fleisch, unsterblich im Geist. Wir müssen gut darauf achten, daß sie ihr Seelenheil nicht verliert."

„Warum kann sie sich nicht erinnern?" fragte Knud.

„Sie ist wiedergeboren. Sie hat die dänische Sprache behalten und dazu alle irdischen Fähigkeiten, die sie sich erworben hatte. Aber von allem, was in irgendeiner Weise Verbindung zu ihrem früheren Leben hat, ist sie gereinigt worden. Das muß die Gnade des Himmels sein, denn jetzt kann der Satan das Heimweh nicht mehr dazu verwenden, das Lamm von der Herde wegzulocken."

Der alte Mann schien eher beunruhigt als erfreut zu sein. „Ihre Schwester und ihre Brüder werden das übel aufnehmen."

„Ich weiß Bescheid über sie", erklärte Magnus. „Sagt dem Mädchen, sie soll sich mit ihnen am Strand vor jenen sieben Bäumen treffen, die niedrig und dicht beieinander wachsen. Ihre Zweige werden meine Männer verbergen, die dort mit gespannten Armbrüsten ..."

„Nein! Niemals! Ich will es nicht haben!" würgte Knud hervor, der wohl wußte, wie wenig Machtbefugnis er in dieser Sache hatte. Schließlich gelang es ihm, Magnus zu überreden, die Halbblut-Geschwister nicht aus dem Hinterhalt zu überfallen. Sie verließen die Gegend bald. Und wie mochte die Wirkung auf Margretes neue Seele sein, wenn eine Bluttat so gut wie das erste Erlebnis war, dessen sie sich erinnerte?

Deshalb befahlen die Priester den Bewaffneten, sie sollten nur auf ausdrücklichen Befehl schießen. Alle warteten hinter den Bäumen; es war kalt, windig und dunkel. Margretes weißes Gewand schimmerte schwach von der Stelle her, wo sie verwirrt, aber gehorsam stand, die Hände über einen Rosenkranz gefaltet.

Durch das Seufzen der Blätter und das Klatschen der Brandung war ein neues Geräusch zu hören. Aus dem Wasser wateten der große Mann, die große Frau und der Junge. Man konnte gerade noch erkennen, daß sie unbekleidet waren. „Unzüchtig!" zischte Magnus zornig.

Der Mann sagte etwas in einer unbekannten Sprache.

„Wer bist du?" entgegnete Margrete auf Dänisch. Sie wich vor ihnen zurück. „Ich kann dich nicht verstehen. Was willst du?"

„Yria ..." Die Frau breitete ihre nassen Arme aus. „Yria." Sie sprach jetzt dänisch, und in ihrer Stimme schwang die Qual mit. „Was haben sie dir angetan?"

„Ich bin Margrete", antwortete das Mädchen. „Sie sagten mir, ich ... müsse tapfer sein ... Wer seid ihr? Was seid ihr?"

Der Junge knurrte und sprang auf sie zu. Sie hob das Kruzifix. „In Jesu Namen, hebt euch hinweg!" schrie sie entsetzt. Er hätte ihr nicht gehorcht, aber sein Bruder hielt ihn zurück. Der große Mann stieß einen erstickten Laut aus.

Margrete fuhr herum und floh über die Dünen auf das Dorf zu. Ihre Geschwister blieben eine Weile stehen. Sie sprachen verwirrt und betrübt miteinander, und dann kehrten sie ins Meer zurück.

5

Die Insel, die die Menschen Laesö nennen, liegt vier Seemeilen östlich vom nördlichen Jütland. Bedeckt von Sand und Heidekraut, vom Skagerrag wie vom Kattegat her vom Wind gefegt, hat sie nur wenige Bewohner. Und doch haben ihre kleinen Kirchen das Seevolk für immer von einem Ort verbannt, der einmal sein größter Versammlungsplatz war – denn damals hieß sie Hlesey, Hlers Insel, wobei Hler ein anderer Name für Ägir ist. Schon früh hatten christliche Priester mit Glokke, Buch und Kerze alle Wesen des Heidentums von dort vertrieben.

Aber gerade unterhalb dieser Insel liegt das Inselchen Hornfiskrön, wie ein Walkalb sich an seine Mutter schmiegt. Es ist kaum mehr als ein Riff, mißt vom einen Ende zum anderen etwa eine halbe Seemeile, und doch ist es dünn mit Heidekraut bewachsen. Nie hatte hier jemand gelebt oder daran gedacht, die Unheiligkeit auszutreiben. Es schwebte noch genug von den älteren Mächten der Meeresgötter um diesen Ort, daß sich das Seevolk vom Süden her nähern und an Land gehen konnte.

Hierhin hatte Vanimen, der König, an einem Tag, als Regen vom Westen herangetrieben wurde, den Liri-Stamm gebracht. Sie waren längere Zeit unterwegs gewesen, als ein gesunder Erwachsener gebraucht hätte, denn sie hatten viele Kinder bei sich. Außerdem konnte eine so große Schar nicht gut während der Reise aus dem Wasser leben, und bald schwächte der Hunger alle.

Als sie an Land wateten, fühlten sie den Wind kalt über ihre Körper streichen und die ersten stechenden Tropfen des Regens. Der Sturm heulte, kreischte und pfiff, während zu ihren Füßen stählerne Wellen mit fliegenden Mähnen tobten und grollten. Sand zischte weiß. Im Westen türmte sich Dunkelheit, durch die der Blitz Runen zeichnete; der östliche Himmel wurde von niedrigen Wolken verborgen.

Vanimen stieg auf die höchste Düne in der Nähe – der körnige Sand verletzte die Schwimmhäute zwischen seinen Zehen – und wartete, bis seine Gefolgsleute sich niedergelassen hatten. Einen majestätischen Anblick bot er ihnen, wie er mit dem Dreizack in der Hand da stand. Er war größer als die meisten anderen und mit Muskeln bepackt unter der schneeweißen Haut. Seine Narben erinnerten daran, wie viele Jahrhunderte er schon erlebt, wie viele furchtbare Schlachten er schon geschlagen hatte. Goldenes Haar hing ihm naß bis über die Schultern herab und um ein Gesicht, das dem seines Sohnes Tauno sehr ähnlich war, nur daß der König seegrüne Augen hatte. Ruhe lag in ihnen, Kraft, Weisheit.

Das war eine Maske, die er angelegt hatte. Sie hatten keine Hoffnung mehr, sie waren zum Untergang verurteilt. Zerbrochen von dem, was geschehen war, richteten sie in ihrem Elend die Augen auf ihn allein.

Allein fürwahr, dachte er. Je länger er lebte, desto einsamer wurde er. Wenige aus dem Seevolk erreichten sein Alter; in Liri war es niemandem gelungen. Irgend etwas holte sie, öfter früh als spät, es sei denn, sie hatten Glück und eine außergewöhnliche Geschicklichkeit. Kein Freund aus seiner Knabenzeit war übriggeblieben, und seine erste Liebste war seit Hunderten von Jahren nur noch ein Traum. Eine kurze Zeit lang hatte er zu glauben gewagt, mit Agnete hätte er das gefunden, was die Sterblichen Glückseligkeit nennen. Er hatte genau gewußt, daß es nur einen Augenblick an Zeit dauern konnte, bis ihr Fleisch verwelkte und sie dorthin ging, wohin die Menschen gehen mochten. Er hatte sich ausgemalt, ihre Kinder würden ihm ein Maß an Freude schenken. (Oh, vielleicht am bittersten von allem war, daß er die Gräber der drei, die gestorben waren, nicht mehr pflegen konnte.) Tauno, in dem sich die Begabung zum Barden, deren Ansätze sich schon beim Vater zeigten, voll entwickelt hatte; Eyjans gesunde Schönheit; die Hoffnung, die Kennin gab; Yria, voller Vertrauen, im Aussehen ihrer Mutter so ähnlich – aber sie waren fort, zurückgelassen worden, und konnten sie denn die weiten Meere absuchen, um sich dem Stamm und dem Vater wieder anzuschließen?

Er durfte nicht schwach werden, erinnerte Vanimen sich. Als sei es eine körperliche Anstrengung, schob er sein Leid beiseite und wandte die Aufmerksamkeit seinem Volk zu.

Es waren ungefähr sieben mal zwanzig, sah er. Vielleicht war es das erste Mal, daß sich irgend jemand die Mühe machte, sie zu zählen, und selbst heute war er der einzige, der daran dachte. Sein langes Leben und das ständig anwachsende Gewicht der Erfahrung sowie des Nachdenkens über diese Erfahrungen hatte ihn der Unkompliziertheit beraubt, die seiner Rasse zu eigen war, und ihm einen Geist verliehen, der grübeln konnte wie der eines Menschen.

Mehr als die Hälfte der Versammelten waren Kinder. (Und was die Kinder betraf, so waren mehrere auf der Flucht hierher gestorben.) Sie drängten sich um ihre Mütter – ein Säugling an einer Brust, ein Krabbelkind, das die Mutter vor dem Unwetter abzuschirmen versuchte, ein Kleines, dessen Glieder sich bereits streckten, das sich aber immer noch an einer Locke ihres Haares festhielt und mit großen Augen in eine Welt hinausstarrte, die unfreundlich und fremd geworden war ... Erwachsene Männer und Frauen ohne Kinder standen abseits von diesem Haufen. Unter dem Seevolk war die Vaterschaft so gut wie immer bloße Vermutung und niemals von Wichtigkeit. Die Nachkommen wurden von den Müttern wie auch von den Liebhabern, die sie zur Zeit gerade hatten, den Freundinnen der Mütter und deren Liebhaber, im Grunde von dem ganzen Stamm aufgezogen.

Ausgenommen Agnetes Kinder natürlich ... Wie sie sich bemüht hatte, in ihnen den Sinn dafür zu erwecken, was sie für richtig und anständig hielt! Nachdem sie fortgegangen war, hatte Vanimen ihnen von ihrem menschlichen Erbe mitgegeben, was er konnte; schließlich hatte er im Laufe der Jahrhunderte einiges von Menschenart gelernt. Jetzt fragte er sich, ob er ihnen damit einen Dienst erwiesen hatte.

Wie dem auch sein mochte, diese hohlen Gesichter hier waren ihm zugewandt. Er mußte ihnen mehr anbieten als das leere Heulen des Winds.

Er füllte die Lungen und rief mit Donnerstimme: „Volk des untergegangenen Liri, hier müssen wir uns entscheiden, welchen Weg wir einschlagen wollen. Wenn wir blindlings umherziehen, werden wir sterben. Doch jede Küste, von der wir wissen, daß wir uns dort ernähren könnten, ist entweder für Wesen des Feenreichs verboten – die meisten sind es –, oder es gibt dort schon so viele von unserer Art, wie dort leben können. Wohin also sollen wir uns wenden?"

Ein junger Mann rief eifrig: „Brauchen wir eine Küste? Ich habe mich schon wochenlang im offenen Ozean ernährt."

Vanimen schüttelte den Kopf. „Du könntest es nicht jahrelang tun, Haiko. Wohin wolltest du gehen, wenn du Ruhe oder eine Zuflucht brauchst? Wo wolltest du ein Heim errichten oder auch nur das dazu notwendige Material finden? Wir können die Tiefen für kurze Zeit aufsuchen, aber wir können nicht dort bleiben. Sie sind zu kalt, zu dunkel und zu unfruchtbar; Schlick bedeckt alles, was wir von Schären und Kliffs und Sandbänken ausgraben. Ohne einen wohnlichen Ort, und besonders ohne Werkzeuge und Waffen, wärest du nichts anderes als ein Tier, schlechter für das Leben gerüstet als der Hai oder der Mörderwal, die dich jagen und töten würden. Und noch eher als du würden die Kinder, die Hoffnung unseres Blutes, sterben. Nein, wir sind wie unsere Vettern, die Seehunde, wir brauchen die Erde und die Luft ebenso, wie wir das Wasser brauchen."

Das Feuer, dachte er bei sich, war den Menschen vorbehalten.

Er hatte von den Zwergen gehört, aber der Gedanke, unter der Erde zu leben, ließ ihn schaudern.

Eine schlanke Frau mit blauem Haar ergriff das Wort. „Bist du sicher, daß wir in der Nähe keinen Ort finden können? Ich habe den Finnischen Meerbusen durchquert. An seinem Ende sind reiche Fischgründe, die niemand von unserer Art bewohnt."

„Hast du jemals gefragt, warum, Meiiva?" entgegnete Vanimen.

Überrascht antwortete sie: „Ich wollte es immer tun, doch dann habe ich es wieder vergessen."

„Die sorglose Art des Feenreichs", seufzte er. „Ich habe es herausgefunden. Es hat mich beinahe das Leben gekostet, und noch Jahre danach habe ich deswegen Alpträume gehabt."

Die auf ihn gerichteten Blicke verloren ihre Stumpfheit. Das war wenigstens besser als die Gleichgültigkeit der Verzweiflung. „Die Sterblichen dort sind Russen", erklärte er ihnen, „ein anderes Volk als die Dänen, Norweger, Schweden, Finnen, Letten und Lappen, die sonst in diesen Gegenden wohnen. Die Wesen der Halbwelt, die das Land mit ihnen teilen, sind ... ebenfalls anders: manche freundlich, aber andere unheimlich und noch andere fürchterlich. Mit einem Vodianoi könnten wir es vielleicht aufnehmen, aber eine Rousalka ..." Die Erinnerung fiel über ihn her, kälter als der Wind und der stärker werdende Regen. „Jeder Fluß scheint eine Rousalka zu haben. Sie tritt in der Gestalt eines Mädchens auf, und es heißt, sie sei früher einmal eines gewesen, bevor sie ertrank. Aber sie lockt Männer in die Tiefen und hält sie für entsetzliche Foltern gefangen. Auch ich wurde in einer Mondnacht, als die Flut flußaufwärts wanderte, verlockt, und was dann geschah und was ich sah – kurz, ich entkam. Aber an Küsten, wo diese Gefahren lauern, können wir nicht leben."

Schweigen herrschte; der Regen peitschte nieder. Es gab keine Farben mehr, das Auge fand nichts anderes als Grautöne und Dunkelheit. Nahebei zuckten Blitze auf, der Donner rollte vom unsichtbaren Himmel herab.

Endlich ließ sich einer der älteren Männer hören, der geboren worden war, als Harald Blauzahn in Dänemark regierte. „Ich habe unterwegs darüber nachgedacht. Wenn wir an einem Ort, wo unsere Art wohnt, nicht als Gruppe Zuflucht finden können, wäre es dann nicht möglich, daß wir einzeln oder zu zweit in die verschiedenen Gegenden ziehen? Ich glaube, so Person für Person könnte man uns aufnehmen. Vielleicht würden sich die anderen über das Neue, das wir mitbringen, sogar freuen."

„Für einige von uns mag das die Antwort sein", mußte Vanimen einräumen. Er hatte erwartet, daß dieser Vorschlag gemacht werden würde. „Aber nicht für die meisten von uns. Denke daran, wie wenige Nester des Seevolks noch übrig sind. Wir waren die letzten an einem dänischen Strand. Ich glaube nicht, daß sich alle von uns auf sie aufteilen ließen, ohne daß sie darunter zu leiden hätten. Ganz bestimmt würden sie sich weigern, unsere Kleinen aufzunehmen, die erst noch jahrelang gefüttert werden müssen, ehe sie eine Hilfe bei der Nahrungsbeschaffung sind."

Er reckte sich, um so groß wie möglich im Sturm dazustehen. „Und außerdem", rief er ihnen zu, „*sind* wir das Liri-Volk. Wir haben unser Blut, unsere Sitten, unsere Erinnerungen gemeinsam, alles das, was uns zu dem macht, das wir sind. Wollt ihr euch von euren Freunden und Geliebten trennen, wollt ihr alte Lieder vergessen und niemals ganz richtig irgendwelche neuen lernen, wollt ihr das Liri eurer Vorfahren – die dort gelebt haben, seit das Große Eis sich zurückzog – sterben lassen, als sei es nie gewesen?

Sollen wir einander nicht helfen? Sollen wir es wahr werden lassen, was die Christen behaupten, Feenleute könnten nicht lieben?"

Mit offenem Mund starrten sie ihn durch den Regen an. Mehrere Säuglinge schrien. Endlich antwortete Meiiva: „Ich kenne dich, Vanimen. Du hast einen Plan. Laß uns ihn beurteilen."

Ein Plan ... Er hatte nicht die Macht, Befehle zu erteilen. Liri hatte ihn zum König erwählt, nachdem die Knochen des letzten Führers auf einem Riff gefunden worden waren, eine Harpunenspitze zwischen den Rippen. Er hatte den Vorsitz bei selten vorkommenden Streitgesprächen. Er entschied bei Zwistigkeiten, obwohl nichts außer dem Wunsch, sich die allgemeine Achtung zu erhalten, den Verlierer zwingen konnte, sich nach diesem Urteil zu richten. Er verhandelte im Namen seines Volkes mit Siedlungen an anderen Orten – das war nur selten erforderlich. Er führte die wenigen Unternehmungen an, die ihre vereinten Kräfte erforderten. Er war der Leiter ihrer Feste.

Seine wichtigsten Aufgaben lagen außerhalb der Tradition. Er mußte ein Gefäß der Weisheit, ein Ratgeber für die Jungen und die Zweifelnden sein, ein Bewahrer und Lehrer der alten Bräuche. Als Hüter der Talismane, als Zauberkundiger bewahrte er Liri vor Ungeheuern, böser Magie und der Menschenwelt. Er verkehrte mit den Mächten ... aye, er hatte Ran selbst zu Gast gehabt ...

Zum Lohn hatte er in einer Halle wohnen dürfen anstatt in dem einfachen Haus eines gewöhnlichen Wassermannes, es wurde für seinen Unterhalt gesorgt, wenn es nicht sein Wunsch war, selbst auf die Jagd zu gehen, er erhielt Kostbarkeiten zum Geschenk (allerdings wurde auch von ihm erwartet, daß er großzügig und ein guter Gastgeber war), er wurde von einem Stamm, der im allgemeinen nicht viel von Ehrerbietung hielt, hoch geachtet.

Alle diese Vorteile hatte er eingebüßt bis vielleicht auf diesen letzten, und er war Bestandteil der schweren Pflichten, die immer noch auf ihm lasteten.

Er sprach: „Dies ist nicht das ganze Universum. In meiner Jugend bin ich weit gewandert, wie einige unserer Rasse es zuweilen zu tun pflegen. Westwärts bin ich bis nach Grönland gekommen, wo ich erfuhr, daß es in den Ländern noch weiter im Westen sowohl Seevolk als auch Menschen gibt. Weder von der einen noch von der anderen Rasse hatte je ein lebendes Mitglied dort einen Besuch gemacht, aber die Kunde war gewiß, und die Delphine bestätigten es mir. Viele von euch werden sich daran erinnern, daß ich hin und wieder davon gesprochen habe. Es sollen dort wunderbare Strände und seichte Gewässer sein, von denen die Christenheit so gut wie nichts weiß und so auch keine Herrschaft darüber ausübt. Wenn wir in diese Gegenden gingen, hätten wir sie für uns selbst – Weite, Leben und Schönheit, um darin zu wachsen, frei und im Frieden."

Das Erstaunen machte sich in Stimmengewirr Luft. Haiko war der erste, der ausrief: „Gerade noch hast du behauptet, mitten im Ozean könnten wir nicht lange bleiben. Können wir – vor allem die Kinder unter uns, und auch die meisten Erwachsenen – eine so lange Reise überleben? Da hast du den Grund, warum niemand von unserer Art dort wohnt!"

„Wahr, Wahr." Der König hob seinen Dreizack. Schweigen trat ein. „Aber hört mich an", sprach er. „Auch ich habe nachgedacht. Wir könnten den Weg ohne Verluste oder doch mit nur geringen zurücklegen, wenn es unterwegs Inseln gäbe, auf denen wir uns ausruhen, neue

Kräfte sammeln und bei Gefahr Zuflucht suchen könnten. Es gibt aber keine? Nun, was haltet ihr von einer schwimmenden Insel, die wir mitnehmen? Eine solche Insel wird ein Schiff genannt.

Die Menschen haben uns, die wir ihnen nie etwas angetan haben, soviel Leid zugefügt, daß sie uns etwas schuldig sind. Ich sage: Nehmen wir ihnen ein Schiff weg und steuern wir es nach Westen – in die Neue Welt!"

Am Abend hatte der Sturm sich gelegt, und ebenso war es mit dem Sturm, der unter dem Liri-Volk getobt hatte. Nach Stunden des Für und Wider hatten sie zugestimmt. Die meisten von ihnen versuchten gegen Morgen, Schlaf zu finden, und rollten sich hinter den Dünen zusammen. Ein paar aber jagten nach Wild, von dem sie sich ernähren konnten.

Vanimen schritt mit Meiiva immer wieder rund um das Inselchen. Sie standen einander nahe, waren vor und nach Agnete oft Liebende gewesen. Weniger flüchtig, mit mehr Gefühl begabt als die anderen, konnte sie ihn häufig aufheitern.

Im Osten bildete der Himmel einen veilchenblauen Kelch für die ersten Sterne. Im Westen strömte es in Rot, Purpur und heißem Gold. Das Wasser bewegte sich leuchtend und einschläfernd. Die Nacht war ruhig und etwas milder als bisher; sie roch nach Tang und Ferne. Man konnte schon Hunger, Müdigkeit und Weh beseite schieben, um sich einer Stunde der Hoffnung zu erfreuen.

„Bist du ehrlich überzeugt, es sei zu schaffen?" fragte Meiiva.

„Ja", erklärte der König. „Ich habe dir ja erzählt, wie ich die Umgebung dieses Hafens in der letzten Zeit immer wieder und wieder ausgekundschaftet habe. Wir müssen uns eben auf die Lauer legen und eine günstige Gelegenheit abwarten. Doch zu dieser Jahreszeit glaube ich nicht, daß es lange dauern wird; die Stadt betreibt viel Handel. Niemand wird es wagen, uns des Nachts zu verfolgen, und bei Sonnenaufgang werden wir weit fort und nicht mehr aufzuspüren sein."

„Weißt du, wie man mit einem Schiff umgehen muß?" wollte sie wissen. „Das ist heute überhaupt nicht zur Sprache gekommen."

„Nun, ich weiß nur wenig – das, was ich selbst gesehen oder von Menschen erfahren habe. Ich hatte früher gelegentlich Freunde unter ihnen, wie du dich erinnern wirst", antwortete Vanimen. „Aber wir können es lernen. Die Gefahr dabei sollte nicht groß sein, wenn wir achtgeben, nicht zu nahe an eine Küste zu kommen. Auch sollten wir ohne Hast vorgehen." Schneller fuhr er fort: „Denn wir werden unsere Insel bekommen. Wenn wir uns abwechselnd auf ihr ausruhen können, brauchen wir weniger Nahrung; so können wir uns durch die Jagd ernähren. Und natürlich brauchen wir uns keine Sorgen um Süßwasser zu machen wie die Menschen. Und wir finden unseren Weg besser als sie. Außerdem wissen wir, daß sich dort, wohin wir steuern, nicht der Rand der Welt befindet, über den die Wasser tosend in den Abgrund stürzen, sondern sicheres Land, und das allein schon bedeutet den Unterschied, der uns retten wird."

Sein Blick wanderte vom Sand und mageren Pflanzenwuchs zu dem schimmernden Sonnenuntergang am westlichen Horizont. „Ich weiß nicht, ob ich die Kinder Adams bemitleiden oder beneiden soll", murmelte er. „Wirklich, ich weiß es nicht."

Meiiva ergriff seine Hand. „Du fühlst dich auf seltsame Weise von ihnen angezogen", meinte sie.

Er nickte. „Aye, und im Fluß der Jahre immer stärker. Ich spreche nicht darüber, denn wer würde es verstehen? Doch ich spüre ... ich weiß nicht ... daß mehr in der Schöpfung ist als unser glitzerndes, unstetes Feenreich. Es kommt nicht darauf an, daß die Menschen unsterbliche Seelen haben. Wir haben das immer für ein zu niedriges Entgelt dafür gehalten, daß sie ans Land gefesselt sind. Aber ich habe oft darüber nachgedacht ..." – seine freie Hand ballte sich zur Faust, in seinem Gesicht arbeitete es – „... was haben sie in diesem Leben, hier und jetzt, inmitten allen Elends, was können sie schauen, für das wir auf immer blind sind?"

Stavanger im Süden Norwegens träumte unter einem abnehmenden Mond. Sein Licht baute eine unterbrochene Brücke über den Fjord, wo kleine Inseln dunkle Erhebungen bildeten, versilberte das Stroh und die Schindeln der Dächer, machte die Steine der Kathedrale weich und wurde in den Fenstern lebendig, und es verwandelte die Straßen unter den Galerien der Häuser in noch tiefere Abgründe der Schwärze. Es berührte die Galionsfigur und Masten der Schiffe am Kai ...

Auf dem Achterdeck eines bestimmten Schiffes fiel Kerzenlicht durch dünngeschabtes Horn. Das Schiff kam aus der Hansestadt Danzig und war einmastig wie eine Kogge, aber länger und schlanker, von der neuen Art, die man Hulk nannte. Am Tag hätte man sehen können, daß sein Rumpf eine leuchtend rote Beplattung mit weiß-gelber Trimmlinie hatte.

Mondstrahlen tanzten über die verstohlen herbeischwimmenden Wassermänner. Sie empfanden keine Kälte, keine Furcht; sie waren auf Beute aus.

Vanimen führte sie ans Ziel. Das Freibord lag höher, als er springen konnte, aber er war zuvor an Land gewesen und hatte gestohlen, was er brauchte. Ein Wurfhaken faßte mittschiffs die Reling. Von ihm baumelte eine Strickleiter, an der er emporkletterte.

So leise er war, wurde der Wachtposten doch auf ein Geräusch aufmerksam. (Die Mannschaft besuchte die Kneipen und Bordelle.) Dieser Wachtposten nun kam mit Laterne und Pike vom Heck herunter. Grau fing sich das Mondlicht auf dem Stahl und den Streifen in seinem Bart. Er war kein junger Mann mehr, sondern dick und langsam. „Wer ist da?" rief er auf deutsch, und als er sah, was da an Bord gekommen war, schrie er entsetzt: „O Jesus, hilf mir! Hilfe, Hilfe ..."

Sie durften nicht zulassen, daß er den ganzen Hafen zusammenschrie. Vanimen ergriff den Dreizack, den er an einer Schlinge auf dem Rücken trug, und stieß zu. Blut spritzte, der Wachtposten fiel auf das Deck. Er wand sich. „Johanna, Peter, Maria, Friedrich", keuchte er – waren es die Namen seiner Frau und seiner Kinder? Er wandte die Augen Vanimen zu, hob halb die Hand. „Gott verfluche dich dafür", stieß er hervor. „St. Michael, mein Namenspatron, Streiter des Herrn, räche ..."

Vanimen stieß nochmals zu und der Wachtposten verstummte. Wassermänner kletterten die Leiter hinauf. Sie achteten kaum auf die Worte des Sterbenden; niemand außer ihrem König verstand Deutsch. Vanimen blieb einen Augenblick stehen. Das Herz tat ihm weh. Dann warf er die Leiche über Bord und übernahm das Kommando auf dem Schiff.

Es war keine leichte Aufgabe, denn seine Gefolgsleute waren völlig ahnungslos, was sie zu tun hatten. Ihr ungeschicktes Hantieren erzeugte Lärm, der bestimmt irgendwelche Ohren an Land erreichen mußte. Sie waren bereit zu kämpfen, wenn sie mußten. Aber es tauchten keine weiteren Menschen auf. Unklug war es, in der Nacht nachzusehen, was los war, wenn sich irgendein Aufruhr hören ließ, und falls es eine Bürgerwehr in Stavanger gab, so kam sie zweifellos zu dem Schluß, es gehe nichts Ungewöhnliches vor – vielleicht eine Rauferei unter Betrunkenen.

Die Vertäuungen wurden losgeworfen. Das Segel entfaltete sich und füllte sich mit der Landbrise, deretwegen Vanimen bis zu dieser späten

Stunde gewartet hatte. Für Feenaugen gab es genug Licht, um danach steuern zu können. Der Hulk stahl sich die Bucht hinunter. Als er an einer Insel vorbeikam, gingen die Meerfrauen und ihre Kinder an Bord.

Bei Sonnenaufgang lag Norwegen weit hinter ihnen.

6

Ingeborg Hjalmarstochter war eine Bewohnerin von Alsen und etwa dreißig Winter alt. Sie war früh Waise geworden und mit dem ersten jüngeren Sohn verheiratet worden, der sie hatte haben wollen. Als er mit dem Schiff, auf dem er arbeitete, unterging, machte kein anderer Mann ihr einen Antrag, denn sie hatte sich als unfruchtbar erwiesen, und er hatte ihr nichts hinterlassen. Die Gemeinde sorgte für ihre Armen, indem sie sie jeweils für ein Jahr an jeden vermietete, der sie nahm. Diese Haushaltsvorstände wußten gut, wie sie den Wert ihres Geldes in Form von Arbeitsleistung herausholen konnten, ohne ungebührlich viel Geld für das Essen oder die Kleidung ihrer Schutzbefohlenen auszugeben. Ingeborg fand jedoch einen anderen Weg, indem sie den Roten Jens dazu überredete, sie auf den Heringsfang mitzunehmen. Sie verkaufte zwischen den Buden am Strand, was sie anzubieten hatte, und kehrte mit ein paar Schillingen zurück. Danach machte sie die Fahrt jedes Jahr mit. Ansonsten blieb sie zu Hause, ausgenommen die Markttage, an denen sie auf der Waldstraße nach Hadsund wanderte.

Vater Knud bat sie inständig, ihren Lebenswandel zu bessern. „Könnt Ihr für mich eine bessere Arbeit als diese finden?“ sagte sie lachend. Er konnte nicht umhin, sie von der Kommunion auszuschließen, wenn auch nicht gleich von der Messe, und zu dieser kam sie selten. Der Grund war, daß die Frauen ihr auf der Straße nachzischten und vielleicht auch einen Fischkopf oder einen Knochen nach ihr warfen. Mit den Männern war im großen und ganzen besser auszukommen, aber auch sie stimmten zu – und wenn es nur der Zungen ihrer Ehefrauen wegen war –, man dürfe ihr nicht erlauben, unter ihnen zu wohnen.

Sie bezog eine einfache Hütte am Strand, etwa eine halbe Meile nördlich von Alsen. Die meisten der unverheirateten jungen Männer kamen zu ihr und die Mannschaften der Schiffe, die vor Anker lagen, gelegentlich ein wandernder Händler und nach dem Dunkelwerden Ehemänner. Hatten sie keine Kupfermünzen, nahm sie alle Art von Bezahlung an, wodurch sie den Namen Stockfisch-Ingeborg erhielt. Dazwischen war sie allein, und oft wanderte sie weit am Strand entlang oder durch die Wälder. Sie fürchtete sich nicht vor Räubern – töten würden sie sie wahrscheinlich nicht, und was kam es auf das andere an? – und nur wenig vor Trollen.

An einem Winterabend vor fünf Jahren, als Tauno gerade begann, das Land zu erkunden, klopfte er an ihre Tür. Als sie ihn eingelassen hatte, erklärte er, wer er sei. Er hatte die Hütte aus der Ferne beobachtet, hatte Männer verstohlen hineingehen und stolzgeschwellt herauskommen sehen. Er versuche, so sagte er, etwas über die Bräuche des für ihn verlorenen Volks seiner Mutter in Erfahrung zu bringen; wollte sie ihm sagen, was es damit auf sich hatte? Es endete damit, daß er die Nacht mit ihr verbrachte. Seitdem war er viele Male bei ihr gewesen. Sie war anders als die Meermädchen, im Herzen wie im Fleisch irgendwie wärmer. Ihr Gewerbe bedeutete ihm nichts, denn seine Gefährten im Meer wußten von der Ehe ebensowenig wie von den anderen Sakramenten. Er konnte viel von ihr lernen und ihr viel erzählen, wenn sie Lippe an Lippe unter der Bettdecke lagen. Ihrer Freundlichkeit, ihrer Zähigkeit und ihres trockenen Humors wegen hatte er sie gern.

Sie ihrerseits ließ sich von ihm keine Bezahlung geben, und sie nahm nur wenige Geschenke an. „Von den meisten Männern denke ich nichts Schlechtes“, sagte sie. „Von einigen schon, wie von dem grausamen alten Geizhals Kristoffer, in dessen Hände ich gefallen wäre, hätte ich nicht diesen Weg gewählt. Ich kriege eine Gänsehaut, wenn er grinsend angeschlichen kommt.“ Sie spuckte auf den Lehmfußboden, dann seufzte sie. „Aber er hat Geld ... Nein, die meisten sind nicht schlecht, diese Männer mit den struppigen Bärten, und manchmal schenkt ein junger Bursche mir Freude.“ Sie zauste sein Haar. „Du gibst mir mehr, ganz gewiß, Tauno. Verstehst du nicht, daß es darum ganz verkehrt wäre, wolltest du mich bezahlen?“

„Nein, das verstehe ich nicht“, antwortete er aufrichtig. „Ich besitze Dinge, die die Menschen, wie du mir erzählt hast, für wertvoll halten, Bernstein, Perlen, Goldstücke. Wenn sie dir helfen könnten, warum sollst du sic nicht bekommen?“

„Nun, ein Grund unter anderen ist“, erwiderte sie, „daß die Nachricht bis zu den Herren rund um Hadsund dringen würde, Stockfisch-Ingeborg handele mit solcher Ware. Sie würden wissen wollen, wie ich sie erhalten habe. Ich will nicht, daß mein letzter Mann eine Kapuze trägt", womit sie den Henker meinte. Sie küßte ihn. „Sagen wir doch, deine Geschichten von dem Wunderland unter Wasser bedeuten mir mehr, als alle mit Händen zu greifenden Dinge, die Reichtum kaufen kann."

Sie machte mehrmals Andeutungen, daß sie sich danach sehne, wie die schöne Agnete mitgenommen zu werden. Er war taub dafür, und sie gab es auf. Warum sollte er sich auch eine unfruchtbare Last aufhalsen wollen?

Als Profos Magnus das Seevolk exorzisierte, ließ Ingeborg eine Woche lang keinen Menschen bei sich ein. Ihre Augen waren noch lange Zeit nachher rot.

Doch dann stand Tauno wieder vor ihrer Tür. Er kam aus dem Wasser, nackt bis auf das Stirnband, das seine Locken bändigte, und einen scharfen Feuerstein-Dolch an einem Gürtel um die Hüften. In der Rechten hiel er einen Speer mit Widerhaken. Es war ein kalter Abend, Nebel stieg auf, bis man das Schwappen der kleinen Wellen nicht mehr hören und die Sterne nicht mehr sehen konnte. Ein Geruch nach Tang, Fisch und, vom Inland her, nach feuchter Erde hing in der Luft. Der Sand knirschte unter seinen Füßen, das Dünengras zerkratzte seine Knöchel.

Zwei junge Fischer näherten sich der Hütte. Sie hatten ein brennendes Holzstück bei sich, mit dem sie sich leuchteten. Tauno konnte in der Dunkelheit weiter sehen als sie. Auch wenn sie die gleichen Mützen, Röcke und Hosen trugen wie alle Fischer, erkannte er sie. Er trat ihnen in den Weg. „Nein", sagte er, „heute nacht nicht."

„Ja, aber, Tauno", meinte der eine mit dümmlichem Grinsen, „du willst doch wohl nicht deine Freunde um ein bißchen Spaß oder Ingeborg um diese schöne große Flunder bringen? Wir werden nicht lange bleiben, wenn du es so eilig hast."

„Geht nach Hause. Bleibt dort."

„Tauno, du kennst mich, wir haben uns unterhalten, Ball miteinander gespielt, du bist an Bord gekommen, als ich mit dem Ruderboot allein draußen war, ich bin Stig ..."

„Muß ich dich töten?" fragte Tauno, ohne die Stimme zu erheben.

Sie sahen ihn an im trüben Flackern des Holzes. Hoch ragte er über sie auf, muskelstrotzend, bewaffnet, das Haar so naß wie das einer

Wasserleiche und mit einem leichten Grünton im Blond, das Seevolk-Gesicht und die gelben Augen so kalt wie Nordlichter. Sie drehten sich um und gingen eilends zurück. Durch den Nebel hallte Stigs Stimme: „Sie hatten recht, du bist wirklich seelenlos, du verdammtes *Ding* ...“

Tauno schlug gegen die Tür der Hütte. Es war eine sackende, grau verwitterte Bretterbude mit Torfdach, ohne Fenster, obwohl der Feuerschein nach draußen und die Luft nach drinnen drang, wo das Moos, mit dem die Ritzen gestopft waren, ausdörrte. Ingeborg öffnete, ließ ihn ein und schloß die Tür wieder. Neben einer Tranlampe hatte sie ein niedriges Feuer brennen. Ungeheuerliche Schatten krochen über die doppelt breite Schlafplattform, Schemel und Tisch, die wenigen Koch- und Nähgeräte, die Kleidertruhe, Wurst und Stockfisch, die von den Dachbalken hingen, und die Stangen über den Dachbalken, auf denen ein Vorrat an Schiffszwieback aufgespießt war. In einer Nacht wie dieser erhob sich der Rauch kaum vom Herdstein bis zum Loch im Dach.

Taunos Lungen brannten immer eine Minute lang, wenn er an Land gekommen war und sie mit einem einzigen Ausatmen, wie das Seevolk es zu tun pflegte, geleert hatte. Die Luft war so dünn, so trocken (und er kam sich halb taub vor, weil er alle Geräusche nur noch gedämpft hörte, obwohl er bestimmt besser sah). Der Gestank hier war schlimmer. Er mußte husten, ehe er sprechen konnte.

Ingeborg hielt ihn wortlos umschlungen. Sie war klein und voll, hatte eine Stupsnase, Sommersprossen und einen großzügigen, weichen Mund. Ihre Haare und Augen waren dunkelbraun, ihre Stimme hoch, aber süß. Es hat schon Prinzessinnen gegeben, die von der Natur weniger gut bedacht waren als Stockfisch-Ingeborg. Tauno mochte den Geruch nach altem Schweiß in ihren Kleidern ebensowenig, wie er alle üblen Gerüche der Menschheit mochte, aber darunter nahm er einen sonnigen Duft nach Frau wahr.

„Ich habe gehofft ...“ flüsterte sie endlich. „Ich habe gehofft ...“ Er löste ihre Arme, trat zurück und wog finsteren Gesichts den Speer in der Hand. „Wo ist meine Schwester?“ fragte er kurz.

„Oh, Ihr geht es ... gut, Tauno. Niemand wird ihr etwas zuleide tun. Niemand würde es wagen.“ Ingeborg versuchte, ihn von der Tür wegzuziehen. „Komm, mein unglücklicher Liebster, setze dich, trink einen Schluck, mach es dir gemütlich bei mir.“

„Erst haben sie ihr alles genommen, was ihr Leben ausmachte ...“ Tauno unterbrach sich, weil er von neuem husten mußte. Ingeborg ergriff das Wort. „Es mußte sein. Christliche Leute konnten sie nicht ungetauft unter sich leben lassen. Du kannst ihnen keinen Vorwurf machen, nicht einmal den Priestern. Eine höhere Macht als ihre ist hier am Werke gewesen.“ Sie zuckte die Schultern und lächelte, wie er es oft gesehen hatte, mit einem Mundwinkel. „Für den Preis ihrer Vergangenheit und daß sie alt und häßlich werden und in weniger als hundert Jahren tot sein wird, gewinnt sie die Ewigkeit im Paradies. Du magst lange Zeit leben, aber wenn du stirbst, ist es aus mit dir wie mit einer ausgeblasenen Kerzenflamme. Ich selbst werde meinen Körper ebenfalls überleben, aber wahrscheinlich in der Hölle. Wer von uns dreien ist am glücklichsten?“

Immer noch voller Zorn, aber ein wenig ruhiger geworden, lehnte Tauno seine Waffe an die Wand und setzte sich auf die Schlafplattform. Der Strohsack raschelte unter ihm. Das Torffeuer prasselte und ließ blaue und gelbe Flämmchen tanzen. Sein Rauch wäre, wenn weniger dick, angenehm gewesen. Schatten duckten sich in den Ecken und unter dem Dach und kamen hervorgesprungen, Mißgestalten auf den Bretterwänden. Die Kälte und Feuchtigkeit machten ihm nichts aus, obwohl er unbekleidet war. Ingeborg, die inmitten des Raums stehengeblieben war, erschauerte.

Er spähte durch die Dunkelheit zu ihr hinüber. „Soviel weiß ich“, sagte er. „Im Dorf ist ein junger Bursche, von dem sie hoffen, sie könnten einen Priester aus ihm machen. Er erzählte meiner Schwester Eyjan davon, als sie ihn allein antraf.“ Sein Lachen rasselte. „Sie sagt, es sei nicht unangenehm, bei ihm zu liegen, abgesehen davon, daß er von frischer Luft Niesanfälle bekommt.“ Sofort wurde er wieder ernst. „Das ist nun einmal die Art, wie die Welt schwimmt, und wir können nichts tun, als uns aus dem Weg zu halten. Und trotzdem ... gestern abend machten Kennin und ich uns auf die Suche nach Yria, weil wir uns überzeugen wollten, daß sie nicht mißhandelt wird. Puh, der Dreck und Schmutz in den Gräben, die ihr Straßen nennt! Hinauf und hinunter gingen wir, zu jedem Haus, ja sogar zur Kirche und zum Friedhof. Wir hatten sie von fern nicht erblicken können, weißt du, tagelang schon nicht mehr. Und wir hätten es gewußt, wenn sie im Inneren von etwas gewesen wäre, ob in einer Hütte oder einem Sarg. Sie mag jetzt sterblich sein, unsere kleine Yria, aber ihr Körper ist immer noch zur Hälfte der ihres Vaters, und in jener letzten Nacht am Strand merkten wir nichts davon, daß er seinen Geruch wie vom Tageslicht beschienene Wellen verloren habe.“ Er schlug mit der Faust aufs Knie. „Kennin und Eyjan waren außer sich. Sie wollten ins Dorf stürmen und ihre Fragen mit vorgehaltener Harpune stellen. Ich sagte ihnen, wir würden nur unser eigenes Leben aufs Spiel setzen, und wie könnten Tote Yria helfen? Doch hart war es, bis zum Sonnenuntergang zu warten, wo du, Ingeborg, hier sein würdest, wie ich wußte."

Sie setzte sich neben ihn, einen Arm um seine Mitte, eine Hand auf seinen Schenkel, die Wange an seine Schulter gelegt. „Ich weiß, wo sie ist", sagte sie ganz leise.

Er blieb steif ablehnend. „Nun? Was ist also geschehen?"

„Der Profos hat sie mit sich in die Stadt Viborg genommen – Warte doch! Er hat ja nichts Böses mit ihr vor. Wie könnten sie es wagen, einem Gefäß der göttlichen Gnade etwas anzutun?" Ingeborg sprach im Ton eines Menschen, der eine Tatsache berichtet, und danach höhnte sie: „Du bist vor die richtige Schmiede gekommen, Tauno. Der Profos hatte einen Schreiber bei sich, und der war hier, und ich fragte ihn, ob sie schon einen Plan hätten, wie sie unser Wunder füttern wollten. Die Leute in Alsen sind nicht unfreundlich, sagte ich zu ihm, aber reich sind sie auch nicht. Sie hat kein Garn aus der Unterwasserwelt mehr, das sie zu ihrem Vergnügen spinnen kann. Wer will ein Mädchen haben, das wie ein Kind alles von neuem lernen muß? Wer nimmt eine Pflegetochter an, für deren Mitgift er aufzukommen hat? Oh, es würde sich schon etwas finden – die niedrige Arbeit, die die Armen tun müssen, eine Heirat mit einem Matrosen auf einem kleinen Fischerboot oder das Leben, das ich für mich erwählt habe – aber wäre das das richtige für ein Wunder? Der Kleriker antwortete mir: „Nein, so etwas sei auch gar nicht beabsichtigt. Sie würden sie mit sich nehmen und sie in das Asmild-Kloster in der Nähe von Viborg stecken."

„Was ist das?" wollte Tauno wissen.

Ingeborg tat ihr Bestes, es ihm zu erklären. Sie schloß: „Sie werden Margrete ein Dach über dem Kopf geben und sie unterrichten. Wenn sie das richtige Alter erreicht hat, wird sie die Gelübde ablegen. Dann wird sie dort in Reinheit und zweifellos weit und breit verehrt leben, bis sie stirbt, was bestimmt im Geruch der Heiligkeit erfolgen wird. Das heißt, wenn man glaubt, daß der Leichnam einer Heiligen nicht stinken wird wie deiner und meiner."

„Das ist ja grauenhaft!" rief Tauno entsetzt aus.

„Wieso? Viele würden es ein unerhörtes Glück nennen."

Er durchbohrte sie mit seinen Blicken. „Du auch?"

„Hm ... nein."

„Bis an ihr Lebensende zwischen Mauern eingeschlossen, geschoren, schwer gekleidet, schlecht ernährt, so soll sie Gebete näseln und dabei das verwelken lassen, was Gott ihr zwischen die Beine gelegt hat. Sie wird niemals die Liebe kennenlernen, niemals Kinder um sich haben, kein Heim und keine Familie wachsen sehen, nicht einmal im Frühling unter blühenden Apfelbäumen spazierengehen dürfen ..."

„Tauno, das ist der Weg zur ewigen Seligkeit."

„Da möchte ich meine Seligkeit schon lieber jetzt haben. Soll danach das Dunkel kommen. Und im Grunde deines Herzens willst du das gleiche, auch wenn du einmal behauptest hast, du hättest die Absicht, auf dem Totenbett zu bereuen. Euer christlicher Himmel scheint mir ein zu schäbiger Ort zu sein, als daß ich darin für immer leben möchte."

„Vielleicht denkt Margrete anders darüber."

„Mar ... ach ja. Yria." Er brütete eine Weile, das Kinn auf die Faust gestützt, die Lippen fest geschlossen. Sein Atem ging laut in der verqualmten Luft. „Wenn es das ist, was sie in Wahrheit möchte", meinte er schließlich, „so soll es geschehen. Aber wie können wir es wissen? Wie kann *sie* es wissen? Wird man ihr eine Vorstellung davon lassen, daß die Welt außerhalb ihres düsteren Klosters wirklich und schön ist? Ich will nicht, daß meine kleine Schwester betrogen wird, Ingeborg."

„Du hast sie an Land geschickt, weil du sie nicht von den Aalen gefressen sehen wolltest. Welche Wahl hast du nun noch?"

„Keine?"

Die Verzweiflung des Mannes, der immer so stark gewesen war, schnitt ihr wie ein Messer ins Herz. „Mein Lieber, mein Lieber." Sie drückte ihn an sich. Aber statt in Tränen auszubrechen, besann sie sich auf die alte Hartköpfigkeit des Fischervolks.

„Es gibt ein Ding, das unter den Menschen jeden Weg – außer dem zum Himmel – öffnet, und den braucht es nicht unbedingt zu versperren", sagt sie. „Das ist das Geld."

Ihm entfuhr ein Wort in der Sprache des Seevolks. „Sprich weiter!" befahl er auf dänisch und umklammerte schmerzhaft ihren Arm.

„Um es mit dem einfachsten Wort zu sagen: Gold." Ingeborg versuchte, sich loszumachen. „Oder alles, was für Gold eingetauscht werden kann, obwohl das Metall selbst am besten ist. Siehst du, wenn sie Vermögen hätte, könnte sie leben, wo sie wollte – wäre es groß genug, am Hofe des Königs oder in einem anderen Land, das reicher als Dänemark ist. Zu ihrem Befehl stünden Diener, Bewaffnete, Lagerhäuser, reiche Äcker. Sie könnte unter ihren Bewerbern wählen. Dann, wenn es ihr Wunsch wäre, dies alles zu verlassen und zu den Nonnen zurückzukehren, hätte sie freie Wahl."

„Mein Volk hatte Gold! Wir können es aus den Ruinen ausgraben!"

„Wieviel?"

Sie sprachen noch lange Zeit darüber. Die Meerleute hatten nie daran gedacht, etwas zu bewerten, das ihnen nichts als ein Metall war, für die meisten Zwecke zu weich, wenn es auch hübsch anzusehen sein mochte und nicht rostete.

Schließlich schüttelte Ingeborg den Kopf. „Zu wenig, fürchte ich", seufzte sie. „Im normalen Verlauf der Dinge wäre es viel. Das hier ist etwas anderes. Das Asmild-Kloster und die Kathedrale von Viborg haben in Margrete ein lebendes Wunder. Sie wird Pilger von überallher anziehen. Die Kirche ist ihr gesetzlicher Vormund und wird sie für deine paar Becher und Teller nicht gehen lassen, damit sie eine Familie gründen kann."

„Wieviel wäre dann nötig?"

„Eine überwältigende Summe. Tausende von Mark. Siehst du, einige müssen bestochen werden. Andere, die nicht käuflich sind, muß man mit großen Geschenken an die Kirche gewinnen. Und dann muß noch genug übrigbleiben, daß Margrete reich ist ... Tausende von Mark."

„Welches Gewicht?" brüllte Tauno und hing den Fluch eines Wassermannes daran.

„Wie soll ich das denn wissen, ich, die Waise und Witwe armer Fischer, die nie auch nur eine Mark in der Hand gehabt haben? ... Ein Schiff voll? Ja, ich glaube, ein Schiff voll würde genügen."

„Ein Schiff voll?" Tauno sank zurück. „Und wir haben nicht einmal ein Schiff."

Ingeborg lächelte traurig und strich mit den Fingern über seinen Arm. „Kein Mann gewinnt jedes Spiel", murmelte sie. „Du hast getan, was du konntest. Laß deine Schwester sechzig Jahre damit verbringen, ihr Fleisch zu verleugnen, und danach die Ewigkeit mit der Entfaltung ihrer Seele. Vielleicht erinnert sie sich an uns, wenn du zu Staub geworden bist und ich brenne."

Tauno schüttelte den Kopf. Er kniff die Augen zusammen. „Nein ... Sie ist mit mir vom gleichen Blut ... das ist kein ruhiges Blut ... Sie ist scheu und sanft, aber sie wurde für die Freiheit der weiten Weltmeere geboren ... Wenn die Heiligkeit in ihr bei einem Leben unter alten Jungfern mit Haaren am Kinn sauer wird, welche Aussichten hat sie dann auf den Himmel?"

„Das weiß ich nicht. Ich weiß es wirklich nicht."

„Also wenigstens eine freie Wahl, ohne Zwang. Um sie zu erkaufen, eine Schiffsladung Gold. Elende zwei Tonnen, um Yrias Wohlergehen zu erkaufen."

„Tonnen! Als soviel habe ich es mir nicht vorgestellt – bestimmt genügt weniger. Ein paar hundert Pfund sollten reichlich sein." Ingeborg wurde ganz aufgeregt. „Meinst du, du könntest soviel finden?"

„Hm ... warte. Warte. Ich muß mein Gedächtnis durchforschen ..." Tauno setzte sich bolzengerade auf. „Ja!" rief er. „Ich weiß es!"

„Wo? Wie?"

Mit der Quecksilbrigkeit des Feenreichs begann er, Pläne zu entwerfen. „Vor langer Zeit stand auf einer Insel mitten im Ozean eine Stadt der Menschen", berichtete er. Er sprach nicht laut, und er erschauerte, während er in die Schatten starrte. „Groß war sie und vollgestopft mit Reichtum. Ihr Gott war ein Krake. Sie warfen ihm wertvolle Opfergaben hinab – Schätze, um die er nichts gab, aber dazu auch Kühe, Pferde, verurteilte Übeltäter, und die konnte der Krake fressen. Er brauchte sich selbst nichts weiter zu fangen als hin und wieder einen Wal – oder ein Schiff, dessen Mannschaft er verschlang, und im Laufe der Jahrhunderte hatten er und seine Priester die Zeichen zu verstehen gelernt, die ihnen verrieten, daß bestimmte Schiffe auf Averorn unerwünscht waren ... Der Krake wurde dadurch träge und ließ sich über mehrere Menschengenerationen nicht sehen. Es war auch nicht notwendig, denn Außenseiter wagten es nicht mehr, die Stadt anzugreifen.

Mit der Zeit zweifelten die Inselbewohner selbst daran, ob er mehr war als nur eine Fabel. Inzwischen hatte sich auf dem Festland ein neues Volk erhoben. Dessen Händler kamen, und sie führten nicht nur Ware mit sich, sondern auch Götter, die keine teuren Opfer forderten. Die Leute von Averorn strömten diesen neuen Göttern zu. Der Tempel des Kraken stand leer, seine Feuer brannten aus, die Priester starben und wurden nicht wieder ersetzt. Schließlich befahl der König der Stadt, die Rituale nicht länger fortzuführen, durch die er seine Nahrung gefunden hatte.

Nach einem Jahr erhob sich der Krake, fürchterlich in seinem Hunger, vom Meeresgrund, und er versenkte die Schiffe im Hafen, und mit seinen Armen langte er ins Inland, wo er Türme umwarf und Beute ergriff. Wahrscheinlich hatte er auch Gewalt über Erdbeben und Vulkane – denn die Insel wurde überflutet und ging unter und ist heute von der ganzen Menschheit vergessen."

„Wunderbar!" Ingeborg klatschte in die Hände. Im Augenblick dachte sie nicht an all die kleinen Kinder, die mit der Stadt untergegangen waren. „Oh, das freut mich!"

„So wundervoll ist es nicht", widersprach Tauno ihr. „Das Seevolk erinnert sich an Averorn, weil der Krake dort noch immer sein Lager hat. Sie machen einen weiten Bogen um ihn."

„Ich ... ich verstehe. Aber du mußt doch einige Hoffnung haben, wenn du ..."

„Ja. Es ist einen Versuch wert. Hör zu, Frau: Menschen können nicht unter Wasser leben. Das Seevolk hat keine Schiffe und auch keine Waffen aus Metall, das nicht in kurzer Zeit zu Rost zerfällt. Noch nie haben beide Rassen zusammengearbeitet. Wenn sie es täten – dann vielleicht ..."

Ingeborg schwieg lange Zeit, bevor sie so leise, daß es kaum zu verstehen war, sagte: „Und vielleicht würdest du getötet werden."

„Ja, ja. Was hat das zu bedeuten? Jeder wird geboren, um zu sterben. Meine Leute stehen füreinander ein – das müssen sie –, und ein einzelnes Leben gilt bei uns nicht viel. Wie könnte ich an das Ende der Welt reisen, wenn ich wüßte, ich hätte nicht alles in meiner Macht Stehende für meine kleine Schwester Yria getan, die wie meine Mutter aussieht?" Tauno nagte an seiner Unterlippe. „Aber das Schiff! Wie bekomme ich das Schiff und die Mannschaft?"

Sie sprachen darüber. Sie versuchte, ihn von seinem Vorhaben abzubringen, aber er verbiß sich immer mehr in den Gedanken. Schließlich gab sie nach. „Vielleicht kann ich dir zeigen, was du wünschest" sagte sie.

„Was? Wie?"

„Du mußt wissen, daß die Fischerboote von Alsen für das, was du im Sinn hast, nicht seetüchtig genug sind. Auch könntest du von keinem ehrbaren Eigentümer ein Schiff mieten, weil du seelenlos bist und dein Vorhaben wahnsinnig ist. Aber es gibt eine Kogge – kein großes Schiff, aber doch eine Kogge –, deren Heimathafen Hadsund ist, die Stadt, die ein paar Meilen von hier am Ende des Mariager-Fjords liegt. Ich gehe an den Markttagen nach Hadsund und habe auf diese Weise ihre Männer kennengelernt. Sie fährt die Häfen an, für die sie Fracht bekommt, und ist nordwärts schon bis nach Finnland, ostwärts bis nach Wendland, westwärts nach Island gekommen. In so entlegenen Gegenden hat sich die Mannschaft nicht über ein bißchen Piraterie erhaben gefühlt, wenn keine Gefahr damit verbunden zu sein schien. Es ist eine Bande von Raufbolden, und ihr Kapitän, der Eigentümer, ist der schlimmste. Er stammt aus einer guten Familie in der Nähe von Herning, aber sein Vater schlug sich im Streit zwischen den Söhnen des Königs auf die falsche Seite, und deshalb konnte er Herrn Ranild Grib nichts anderes hinterlassen als eben das Schiff. Und er flucht fürchterlich auf die Hanse, deren Flotten ihn aus den Geschäften drängen, die er früher noch tätigen konnte.

Es mag sein, daß er verzweifelt genug ist, um ein Bündnis mit dir zu schließen."

Tauno dachte darüber nach. „Vielleicht. Hm-m-m ... Wir Meerleute haben nicht die Gewohnheit, unsere eigene Art zu betrügen und zu töten, wie es die Menschen mit Seelen tun. Ich kann kämpfen; ich habe keine Angst, jedem Beliebigen mit irgendeiner oder gar keiner Waffe gegenüberzutreten. Doch wenn es darauf ankommt, zu feilschen und vor einem Schiffskameraden auf der Hut zu sein, könnten wir drei Geschwister leicht ins Hintertreffen geraten."

„Ich weiß", sagte Ingeborg. „Am besten gehe ich und rede mit ihm und halte für euch die Augen offen."

Er fuhr auf. „Würdest du das wirklich tun?" Nach einem Augenblick: „Du sollst einen vollen Anteil an der Beute bekommen, liebe Freundin. Auch du sollst frei sein."

„Wenn wir am Leben bleiben – und was spielt es andernfalls schon für eine Rolle? Aber Tauno, Tauno, du darfst nicht glauben, daß ich dir das Angebot aus Gier nach Reichtum gemacht habe ..."

„Ich muß natürlich mit Eyjan und Kennin sprechen ... wir müssen noch einmal mit dir sprechen – aber trotzdem ..."

„Ja, Tauno, ja, ja. Morgen, immer sollst du von mir bekommen, was du willst. Doch ich bitte dich, vergiß heute nacht deine Sorgen, wirf den Schleier ab, der deine Augen verhüllt, und laß uns nur Tauno und Ingeborg sein. Siehst du, ich habe mein Kleid für dich ausgezogen."

7

Als die schwarze Kogge *Herning* den Mariager-Fjord verließ, fing sie einen Wind, der ihr Segel füllte und sie mit großer Geschwindigkeit nordwärts schickte. An Deck warfen Tauno, Eyjan und Kennin die

Menschenkleider – stinkige, beengende Lumpen! – ab, die ihnen in den Tagen der Verhandlung mit Ranild Espensen Grib als Verkleidung gedient hatten. Sechs der acht Männer brüllten lüstern auf, als Eyjan weiß im Sonnenlicht stand, bekleidet nur mit einem Dolchgürtel, und ihre bronzefarbene Mähne zurückwarf. Es war ein zerlumpter, verflohter Haufen, diese Männer, voller Narben, die sie sich in Kämpfen geholt hatten, und ihre einheitlichen Lederjacken, Hemden und Hosen standen vor alten Fettflecken vom Körper ab.

Der siebte war ein Bursche von achtzehn Wintern, Niels Jonsen geheißen. Er war vor zwei Jahren nach Hadsund gekommen und hatte Arbeit auf einem Fischerboot gesucht, um seiner verwitweten Mutter und den jüngeren Geschwistern, die auf einem winzigen Pachthof lebten, zu helfen. Vor nicht langer Zeit hatte das Boot, auf dem er diente, Schiffbruch erlitten – durch Gottes Gnade ohne Verlust an Menschenleben –, und er konnte keine andere neue Heuer bekommen als diese. Er war ein gutaussehender Junge, schlank, flachshaarig, blauäugig, mit einem ehrlichen, frischen Gesicht. Jetzt blinzelte er sich die Tränen weg. „Wie schön sie ist", flüsterte er.

Der achte war der Kapitän. Mit finsterem Gesicht kam er unter dem Achterdeck hervor, das dem Mann am Ruder Schutz bot. (Es befand sich auch ein Deck über dem Bug, aus dem der Vormast herausragte. Das Hauptdeck erstreckte sich unter und zwischen diesen beiden mit einem Mast und zwei Luken. Hier lagen und standen das Takelwerk, ein Kochherd und das an Ladung, was oben gestapelt wurde. Darunter waren ein roter Granitblock, drei Fuß im Durchmesser und etwa eine Tonne schwer, ein Dutzend zusätzlicher Anker und viele Taue sowie einiges an Ersatzteilen.)

Ranild schritt auf die Stelle zu, wo die Halbblutkinder und Ingeborg standen; es war an Backbord, und sie betrachteten Jütlands lange Hügel, die an ihnen vorbeiglitten. Es war ein klarer Tag; die Sonne sandte blendende Glitzerstrahlen auf die grau-grün-blauen Schaumkronen. Der Wind pfiff, das Tauwerk ächzte, das Holz knarrte, und das Bugwasser der Kogge schäumte weiß. In der Luft schrien die Möwen; wie ein Schneesturm waren ihre Flügel. Es roch nach Salz und Teer.

„Ihr da!" brüllte Ranild. „Zieht euch anständig an!"

Kennin streifte ihn mit einem Blick aus dem Abneigung sprach. Die langen Stunden des Feilschens im Hinterzimmer einer üblen Kneipe waren unangenehm gewesen, und das Seevolk war nicht daran gewöhnt, eine Sprache wie die Ranilds zu führen, rauh wie die eines

Luchses. „Wer bist denn du, daß du von Anstand sprichst?“ gab Kennin scharf zurück.

„Laß ihn“, brummte Tauno. Er betrachtete den Skipper mit ebensowenig Liebe, doch mit mehr Kälte. Ranild war nicht groß, aber dick an Brust und Armen. Schwarzes Haar, niemals gewaschen und auf dem Schädel schon schütter, umrahmte ein grobes Gesicht mit einer gebrochenen Nase und blassen Augen, Raffzähne teilten einen Bart, der bis zur Hälfte des Faßbauches hinunterzipfelte. Er war wie seine Leute gekleidet, abgesehen davon, daß er mit einem Kurzschwert wie auch mit einem Messer bewaffnet war und ausgelatschte Stiefel trug, während sie Schuhe hatten oder barfuß gingen.

„Was hast du?“ fragte Tauno. „Du, Ranild, trägst deine Kleider vielleicht gern so lange, bis sie dir vom Körper faulen. Warum sollten wir es tun.“

„*Herr* Ranild, Wassermann!“ Der Schiffseigentümer schlug mit der Hand auf das Heft. „Meine Vorfahren waren Junker, als deine unter den Plattfischen wohnten – ich bin immer noch ein Edelmann, der Teufel soll mich holen! Das ist mein Schiff, ich habe das Geld für diese Fahrt vorgestreckt, und ihr werdet bei Gottes Gebeinen tun, was ich euch sage, oder von der Rahnock baumeln!“

Eyjans Dolch flog aus der Scheide und schimmerte an Ranilds Gurgel. „Oder wir hängen dich an deinem Läusenest von Bart auf“, drohte sie.

Die Seeleute langten nach Messern und Befestigungshölzern. Ingeborg schob sich zwischen Eyjan und Ranild. „Was tun wir?“ rief sie. „Gehen wir einander bereits an die Kehlen? Um das Gold zu bekommen, braucht Ihr die Meerleute, Herr Ranild, und sie brauchten Eure Hilfe. Seid friedlich, in Jesu Namen!“

Auf beiden Seiten zogen sie sich ein wenig zurück, doch die Mienen blieben finster. Ingeborg fuhr leise fort: „Ich glaube, ich weiß, wo das Mißverständnis liegt. Herr Ranild, diese Kinder des sauberen Meers haben sich wundgescheuert an ihren Kleidern. Tagelang mußten sie sich in einer Stadt aufhalten, in deren Straßen sich die Schweine suhlen, Nacht für Nacht schliefen sie in einem Raum voller Gestank und Wanzen. Trotzdem solltet ihr, Tauno, Eyjan und Kennin, auf einen Rat hören, der gut gemeint, wenn auch nicht ebenso gut ausgedrückt ist.“

„Und wie lautet er?“ fragte Tauno.

Ingeborg errötete; sie senkte den Blick und verflocht die Finger ineinander. Noch leiser antwortete sie: „Denkt an die Abmachung. Herr Ranild verlangte, Eyjan sollte für ihn und seine Männer unter Deck kommen. Das wollte sie nicht. Ich sagte, ich ... würde es tun, und so kam der Vertrag zustande. Nun bist du sehr schön, Eyjan, schöner als ein sterbliches Mädchen es sein kann. Es ist nicht recht von dir, wenn du deine Schönheit vor Männern zur Schau stellst, die nichts anderes tun dürfen, als dich ansehen. Unsere Reise bringt uns in tödliche Gefahr. Wir können uns einen Aufruhr nicht leisten."

Die Tochter des Meermanns biß sich auf die Lippe. „Das hatte ich nicht bedacht", räumte sie ein. Dann brauste sie auf: „Aber ehe ich noch einmal diese groben Lumpen trage, obwohl ich mich nicht mehr mit ihnen zu verkleiden brauche, werde ich die Mannschaft töten. Dann werden wir vier das Schiff selbst steuern."

Ranild öffnete den Mund. Tauno kam ihm zuvor: „Das ist leeres Gerede, meine Schwester. Hör zu. Wir werden die scheußlichen Kleider tragen, bis wir an Alsen vorbei sind. Dann tauchen wir an der Stelle hinab, wo Liri gestanden hat, holen uns geeignete Kleidungsstücke – und waschen uns den Schmutz ab, die diese hier auf unseren Körpern hinterlassen haben."

So war der Frieden geschlossen. Die Männer schielten weiter nach Eyjan, denn das regenbogenfarbene Hemd aus dreifacher Fischhaut, das sie trug, nachdem sie auf dem Meeresgrund gewesen war, zeigte das Tal zwischen ihren Brüsten und reichte ihr kaum über die Hüften. Aber sie hatten Ingeborg, die sie mit nach unten nehmen konnten.

Die Menschenkleider waren von dieser Frau besorgt worden, die allein durch die von Räubern unsicher gemachten Wälder nach Hadsund ging, Ranild für das Vorhaben interessiert und sich mit den Geschwistern am Strand des Mariager-Fjords getroffen hatte, von wo aus sie sie zu ihm führte. Als der Handel mit Handschlag besiegelt war, mußte Ranild erst noch seine Männer zum Mitmachen bewegen. Der hagere, düster blickende, aschfahle Oluv Ovesen, sein Stellvertreter, hatte nicht gezögert; die Habgier beherrschte sein Leben. Torben und Lave sagten, mit scharfem Stahl hätten sie schon und mit dem Seil würden sie am Ende Bekanntschaft machen, also warum in der Zwischenzeit nicht auch mit einem Kraken? Palle Tygve und Sivard hatten sich überreden lassen. Aber der letzte Matrose kündigte, was der Grund dafür war, warum der junge Niels Jonsen angeheuert worden war.

Keiner fragte Ranild, was aus dem früheren Mannschaftsmitglied geworden war. Es war wichtig, die Sache geheimzuhalten, damit die

Priester sie nicht verboten oder der Adel dabei mitmischen wollte. Aslak wurde einfach nie mehr gesehen.

An diesem ersten Tag segelte die *Herning* an den breiten Stränden und der donnernden Brandung von Kap Skagen vorbei und durch das Skagerrak in die Nordsee. Sie mußte Schottland umrunden und sich dann südwestlich halten, bis sie eine bestimmte Stelle ein gutes Stück jenseits von Irland erreichte. Auch wenn sie ein guter Segler war, brauchte sie von Gott gesandte Winde, wollte sie es in weniger als zwei Wochen schaffen – und tatsächlich dauerte es genau diese Zeit.

Da sie unter Ballast fuhr, war unter Deck viel Platz, und dort schliefen die Männer. Die Halbblutkinder verabscheuten diese düstere, schmutzige, von Ratten verseuchte, niedrige Höhle und legten sich auf dem Deck nieder. Sie benutzten weder Schlafsäcke noch Decken, nur Strohsäcke. Oft sprangen sie über Bord, tummelten sich rings um das Schiff und verschwanden zuweilen für eine oder zwei Stunden unter der Oberfläche.

Ingeborg sagte einmal zu Tauno, sie würde lieber mit ihm und seinen Geschwistern an Deck bleiben, doch Ranild habe ihr befohlen, die Nächte im Frachtraum zu verbringen, für jeden bereit, der sie wollte. Tauno schüttelte den Kopf. „Die Menschen sind ein widerwärtiger Haufen“, bemerkte er.

„Deine kleine Schwester ist menschlich geworden“, antwortete sie. „Und hast du deine Mutter, Vater Knud und deine Freunde in Alsen vergessen?“

„N-n-nein. Und dich auch nicht, Ingeborg. Wenn wir erst wieder zu Hause sind ... aber natürlich werde ich Dänemark verlassen müssen.“

„Ja.“ Sie wandte den Blick ab. „Wir haben noch einen guten Freund an Bord. Den Jungen Niels.“

Er war der einzige Mannschaftsangehörige, der sie nicht gebrauchte, und trotzdem war er derjenige, der immer höflich und fröhlich mit ihr sprach. (Tauno und Kennin hielten sich gleicherweise von jenem Strohsack im Frachtraum fern. Die Männer, die sich jetzt in Ingeborgs Besitz teilten, waren keine ehrlichen Bauern und Fischer, und sie selbst hatten die Wogen zum Schwimmen, Seehunde und Delphine zum Spielen und fließende grüne Tiefen zum Aufenthalt.) Wenn Niels Freiwache hatte, folgte er Eyjan schüchtern aus der Ferne, und sonst tat er es mit seinen Augen.

Die übrigen Männer kümmerten sich nicht mehr um die Halbblutkinder, als sie mußten. Sie nahmen die frischen Fische an, die sie an

Bord brachten, wollten aber mit den Überbringern nicht sprechen, wenn der Fang verzehrt wurde. Bei Ingeborg ließen sie Bemerkungen fallen wie: „Verdammte Heiden ... hochmütiges Pack ... sprechende Tiere ... schlimmer als Juden ... Uns würden viele Sünden vergeben, wenn wir ihnen die Kehlen durchschnitten, wie? ... Also, bevor ich mein Messer in dieses barbeinige Weib stoße, werde ich erst noch etwas anderes tun ..." Ranild behielt seine Meinung für sich. Auch er wahrte Abstand von den drei Geschwistern, nachdem seine wenigen Versuche, Freundschaft zu schließen, abgewiesen worden waren. Tauno hatte sich bemüht, ihm entgegenzukommen. Aber die Redensarten des Skippers langweilten ihn, wenn sie ihn nicht anekelten, und sich zu verstellen hatte er nicht gelernt.

Niels mochte er gern. Sie sprachen jedoch selten miteinander, denn Tauno war wortkarg, außer wenn er ein Gedicht vortrug. Außerdem stand Niels im Alter Kennin näher, und diese beiden hatten viel miteinander an Erlebnissen auszutauschen und an Witzen zu erzählen. Abgesehen von anderen Arbeiten wurden Stunden am Tag darauf verwandt, die zusätzlich mitgenommenen Taue zu einem großen Netz zu knüpfen. Niels und Kennin machten sich für gewöhnlich gemeinsam daran. Sie lachten und schwatzten miteinander und achteten nicht auf die mürrischen Mienen der Männer in ihrer Nähe.

„... Ich schwöre, das war das einzige Mal, daß eine Auster sich ihre Überraschung hat anmerken lassen!"

„Hm, das erinnert mich an eine Geschichte, als ich noch ein kleiner Junge war. Wir hielten ein paar Kühe, und ich führte eine von ihnen zu dem Bullen eines Verwandten. Am Weg stand eine Mühle, und aus der Ferne konnte ich sehen, wie sich ihr Wasserrad zu drehen begann. Eine Kuh hat schlechtere Augen als ein Mensch, und dieses liebeskranke Geschöpf erkannte nur, daß da etwas Großes stand. Sie brüllte und rannte davon, und ich galoppierte hinterdrein und schrie, doch dann riß sie mir den Strick aus der Hand. Aber ich habe sie bald wieder eingefangen, o ja. Als sie feststellte, daß das kein Bulle war, blieb sie stehen, und sie sah aus wie eine aufgepustete Blase, in die man mit dem Messer gestochen hat. Sie stand einfach da, und ich griff nach dem Strick, und dann kam sie so benommen mit, als habe sie die Axt vor den Kopf bekommen."

„Ho, ho, da muß ich dir erzählen, wie wir Jungen einmal einem Walroß das Staatsgewand meines Vaters angezogen haben ..."

Eyjan nahm an ihrer Fröhlichkeit häufig teil. Sie achtete nicht einmal in dem geringen Ausmaß auf weibliche Zurückhaltung wie die meisten anderen Meerfrauen. Sie schnitt sich die roten Locken auf Schulterlänge ab, trug außer bei Festen weder Ring noch Kette noch goldenes Gewand, wollte lieber jagen oder den Kampf mit der tosenden Brandung aufnehmen, als zahm zu Hause sitzen. Im großen und ganzen verachtete sie das Landvolk (obwohl sie gern durch den Wald gelaufen war und Blumen, Vogelgesang, Rehe, Eichhörnchen, das flammende Laub im Herbst und danach den Schnee und die glitzernden Eiszapfen mit Entzückensrufen begrüßt hatte). Aber einige Menschen mochte sie gern, und dazu gehörte Niels. Auch schlief sie nicht mit ihren Brüdern – ein christliches Gesetz, das Agnete ihren Kindern, ehe sie sie verließ, gut eingeprägt hatte –, und die Wassermänner waren zu einem unbekannten Ort davongezogen, und die Burschen von Alsen waren an Land zurückgeblieben.

Die *Herning* pflügte Tag und Nacht die Wellen bei Wind und Sturm, bis sie eine Inselgruppe erreichte, die Tauno und Ranild beide für die südlichen Orkney-Inseln hielten. Das war gegen Abend, das Wetter war mild, der Wind gut, und es standen eine klare Sommernacht und ein Vollmond bevor. Sie sahen keinen Grund, die Engen nicht nach Sonnenuntergang zu durchfahren, zumal die Brüder sich erboten, vorauszuschwimmen und die Wasserlinie zu beobachten. Eyjan wollte mit, aber Tauno meinte, einer müsse zurückbleiben, denn es könne ein Unheil geschehen wie zum Beispiel ein plötzlicher Angriff durch Haie. Sie losten, und sie zog den kurzen Strohhalm. Minutenlang fluchte sie, ohne sich einmal zu wiederholen, ehe sie sich wieder beruhigte.

So geschah es, daß sie allein auf dem Hauptdeck in der Nähe des Vordecks stand. Ein zweiter Ausguck saß hoch oben, ihren Augen hinter dem sich blähenden Segel verborgen, und ein Rudergast war im Schatten des Achterdecks versteckt. Die übrigen schnarchten unten, denn sie hatten gelernt, den Halbblutkindern in allem, was mit dem Wasser zu tun hatte, zu vertrauen.

Nur Niels kam wieder an Deck und fand Eyjan dort. Das Mondlicht funkelte auf ihrem Hemd, schimmerte auf Gesicht, Brüsten und Gliedern und verlor sich in ihrem Haar. Es wusch das Deck sauber, es baute einen schwankenden Weg vom Horizont bis zu dem spitzenartigen Schaum auf den kleinen Wellen. Sie schlugen sehr leise an den Rumpf, diese Wellen, und Niels, der barfuß war, konnte das fühlen, denn das Schiff krängte gerade soviel, daß er aufpassen mußte, auf den Beinen zu bleiben. Das Segel, bei Tag dunkelbraun mit kreuz und quer laufenden Lederstreifen, erhob sich über seinen Kopf wie ein schneebedeckter Berg. Das Tauwerk ächzte, der Wind liebkoste ihn, die See murmelte. Es war fast warm. Weit, weit oben in einer traumverhangenen Halbdunkelheit glänzten die Sterne.

„Guten Abend", grüßte er verlegen.

Eyjan lächelte dem hochgewachsenen, schüchternen Jungen zu. „Willkommen", sagte sie.

„Hast du ... darf ich ... darf ich bei dir bleiben?"

„Ja bitte." Eyjan wies nach Steuerbord und Backbord, wo sich das Mondlicht in großen, rollenden Wogen fing. „Ich sehne mich danach, im Wasser zu sein. Lenke meine Gedanken davon ab, Niels."

„Du ... du ... du liebst deine See, nicht wahr?"

„Was kann man mehr lieben? Tauno hat einmal ein Gedicht darüber gemacht – ich kann es nicht gut auf dänisch sagen – laß es mich versuchen: *Oben tanzt sie, in Sonne gekleidet, in Sonne, in Mond, in Regen, in Wind, Möwen und Schaumküsse verteilend. Unten ist sie grün und golden, ruhig, alles liebkosend, sie, deren Kinder in Schulen und Herden und Scharen nicht zu zählen sind. Sie schützt und beschenkt die Welt. Aber ganz weit unten bewahrt sie, was sie niemals ans Licht bringen wird, Geheimnis und Entsetzen, den Mutterleib, in dem sie sich selbst trägt. Jungfrau, Mutter und Herrin der Mysterien, nimm am Ende meine müden Gebeine in dich auf!* ... Nein." Eyjan schüttelte den Kopf. „Das ist nicht richtig. Vielleicht, wenn man an deine Erde denkt, an das große Rad des Jahres und daß ... Maria? ... sie, die einen Mantel in der Farbe des Himmels trägt ... vielleicht könnte man dann – ich weiß nicht, was ich zu sagen versuche."

„Ich kann nicht glauben, daß du seelenlos bist!" sagte Niels leise.

Eyjan zuckte die Schultern. Ihre Stimmung schlug um. „Mir wurde erzählt, unsere Rasse habe freundschaftlich zu den alten Göttern und vor ihnen mit noch älteren Göttern gestanden. Und doch haben wir sie niemals angebetet oder Opfer gebracht. Ich habe versucht, diese Dinge zu verstehen, aber es ist mir nicht gelungen. Braucht ein Gott Fleisch oder Gold? Berührt es ihn, wie man lebt? Wird er gnädig gestimmt, wenn man sich winselnd vor ihm niederwirft? Kümmert es ihn, ob man sich um ihn kümmert?"

„Ich kann den Gedanken nicht ertragen, daß du eines Tages zu nichts werden wirst. Ich bitte dich, laß dich taufen."

„Ho! Dann ist es noch wahrscheinlicher, daß du auf den Meeresgrund kommst. Das heißt nicht, daß ich selbst dich dorthin mitnehmen könnte. Mein Vater kannte den dafür notwendigen Zauber, aber wir drei kennen ihn nicht." Sie legte eine Hand auf die seine, die die Reling so fest umklammerte, daß seine Finger schmerzten. „Aber ich würde dich gern mitnehmen Niels", flüsterte sie. „Nur für eine Weile, nur um das, was ich liebe, mit dir zu teilen."

„Du bist zu ... zu freundlich." Er wandte sich zum Gehen. Sie zog ihn zurück.

„Komm", lächelte sie. „Unter dem Vordeck finden wir Dunkelheit und mein Bett."

„Was?" Er konnte es nicht gleich verstehen. „Aber du ... aber ..."

Ihr leises Lachen war wie eine Liebkosung. „Hab keine Angst. Wir Meerfrauen kennen den Zauber, der eine Empfängnis nur zuläßt, wenn wir es wünschen."

„Aber ... nur zum Spaß ... mit *dir* ..."

„Um mehr als die Lust miteinander zu teilen, Niels." So leicht ihre Hand auch seinen Arm berührte, er konnte dem Zug nicht mehr widerstehen.

Tauno und Kennin hielten im Wasser nicht umsonst Wache. Sie warnten erst vor einem Felsen und später vor einem treibenden Boot, vielleicht von einem Schiff losgerissen, das es im Schlepptau gehabt hatte. Zu dieser Zeit des Jahres waren das hier vielbefahrene Gewässer. Ranilds Gefühle den Brüdern gegenüber waren, als sie im Morgengrauen an Bord kamen, geradezu herzlich.

„Gottes Blut!" rief er und legte Kennin die Hand auf die Schulter. „Euresgleichen könnte in der königlichen Flotte oder in der Handelsschiffahrt einen schönen Pfennig verdienen."

Der Junge glitt unter der Hand hinweg. „Ich fürchte, der Pfennig müßte schöner sein als alles, was die besitzen", lachte er, „um mich dazu zu bewegen, im Geruch eine Kloake zu stehen, wie es dein Atem ist."

Ranild schwang die Faust in seine Richtung. Tauno trat zwischen sie. „Schluß damit!" befahl der ältere Bruder. „Wir wissen, welche Arbeit getan werden muß und wie die Beute zu verteilen ist. Die Grenzlinie zwischen uns soll besser nicht übertreten werden – von keiner Seite aus."

Ranild spuckte aus und stampfte mit einem Fluch davon. Seine Männer murrten.

Bald danach fand Niels sich auf dem Achterdeck von vieren, die

Wache hatten, eingekreist. Sie knufften und verhöhnten ihn, und als er ihnen nicht Rede und Antwort stehen wollte, zogen sie die Messer und sprachen davon, sie wollten ihn so lange schneiden, bis er es täte. Später hätten sie sicher gesagt, das sei nicht ihr Ernst gewesen. Aber darauf konnte Niels sich im Augenblick nicht verlassen. Er durchbrach den Kreis, hastete die Leiter hinunter und rannte nach vorn.

Die Kinder des Wassermanns schliefen unter dem Vordeck. Es war ein blauer Tag mit feiner frischer Brise; ein paar Segel waren am Horizont zu erblicken, und die Schwingen der Möwen verrieten, daß Land in der Nähe war.

Die Schläfer erwachten schnell wie Tiere. „Was ist denn jetzt los?" fragte Eyjan und trat neben den Menschenjüngling. Sie zog ihren Stahldolch, der wie die Waffen ihrer Brüder von Ingeborg mit etwas Liri-Gold gekauft worden war. Tauno und Kennin stellten sich links und rechts von den beiden auf, die Harpunen in der Hand.

„Sie ... oh ... sie ..." Niels' Wangen wurden abwechselnd rot und weiß. Die Zunge versagte ihm den Dienst.

Oluv Ovesen trat mit wiegendem Schritt vor Torben, Palle und Tyge. (Ranild und Ingeborg schliefen unten, Lave war am Ruder, Sivard als Ausguck im Krähennest. Die beiden letzteren sahen voller Vergnügen zu und miauten dabei.) Der Maat zwinkerte mit seinen weißen Wimpern und zog die Lippen von seinen gelben Zähnen zurück. „Wer soll der nächste sein, du Hure?" erkundigte er sich.

Eyjans Augen waren feuersteingrau, sturmgrau. „Was meinst du, wenn ein kläffender Köter überhaupt etwas meinen kann?" fragte sie.

Oluv blieb zwei Ellen vor den drohenden Speeren stehen. Zornig stieß er hervor: „Tyge war heute nacht am Ruder und Torben im Mastkorb. Sie haben gesehen, daß du mit diesem Milchbart unter das Vordeck gegangen bist. Sie hörten, wie ihr beiden geflüstert und gestöhnt und euch herumgewälzt habt."

„Und was hat meine Schwester mit dir zu tun?" fuhr Kennin auf.

Oluv wackelte mit dem Zeigefinger. „Das: Wir haben uns wie anständige Männer verhalten und sie in Ruhe gelassen", erklärte er, „aber wenn sie für einen die Beine spreizt, tut sie es für alle."

„Warum?"

„*Warum?* Weil wir das hier alle gemeinsam unternehmen. Und außerdem, welches Recht hat eine Seekuh, sich hochmütig zu zeigen und ihre eigene Wahl zu treffen?" Oluv lachte dreckig . „Ich komme zuerst dran, Eyjan. Mit einem richtigen Mann wirst du mehr Spaß haben, das verspreche ich dir."

„Geht weg", antwortete das Mädchen, bebend vor Zorn.

„Es sind drei", wandte Oluv sich an seine Kameraden. „Klein-Niels rechne ich nicht mit. Lave, binde das Ruder fest. Hallohoi, Sivard, komm herunter!"

„Was habt ihr vor?" fragte Tauno mit ruhiger Stimme.

Oluv klopfte mit einem Fingernagel an seine Zähne. „Oh, nicht viel, Fischmann, wenn ihr vernünftig seid, du und dein Bruder. Wir werden euch für eine Weile fesseln, mehr nicht. Ansonsten – Vorsichtig mit der Lanze da! Wir haben Piken und Armbrüste, die wir holen können, denke daran, und wir sind sechs gegen euch." Er lachte. „Sechs! Eure Schwester wird sich noch bei uns bedanken."

Eyjan schrie wie eine Katze. Kennin knurrte: „Vorher sehe ich dich im schwarzen Schlamm!" Niels stöhnte, Tränen traten ihm in die Augen, mit der einen Hand zog er das Messer, die andere streckte er nach Eyjan aus. Tauno winkte sie zurück. Sein Seevolk-Gesicht zwischen den windzerzausten Locken war unbewegt.

„Ist das euer unabänderlicher Wille?" fragte er betont tonlos.

„Das ist es", erwiderte Oluv.

„Ich verstehe."

„Ihr und sie ... seid seelenlos ... zweibeinige Tiere. Tiere haben keine Rechte."

„O doch, die haben sie. Aber Schmutz hat keine. Viel Vergnügen, Oluv." Und Tauno griff mit seiner Harpune an.

Der Maat schrie auf, als die Zinken sich in seinen Bauch bohrten. Er fiel auf das Deck, zappelte und spuckte Blut, wimmerte und stöhnte. Tauno sprang hin und ergriff den jetzt locker gewordenen Schaft. Ihn wie eine Keule schwingend, drang er auf die Matrosen ein. Seine Geschwister und Niels kamen hinter ihm. „Tötet sie nicht!" brüllt Tauno. „Wir brauchen ihre Arbeitskraft!"

Niels erhielt keine Gelegenheit zum Kampf. Seine Kameraden waren zu schnell. Kennin stieß Torben die steifen Finger in die Mitte, wirbelte herum und traf Palle mit dem Knie in die Lenden. Taunos Harpunenschaft warf Tyge zu Boden. Eyjan sprang Lave an, der von achtern angerannt kam; sie hielt ihn auf, kurz bevor sie zusammenprallten. Mit der Hüfte schleuderte sie seinen Körper gegen die Vordeckleiter, an die sein Schädel krachte. Sivard kletterte den Mast wieder nach oben. Damit war alles entschieden.

Mit Geheul tauchte Ranild aus der Luke auf. Als er sich den drei Geschwistern und einem kräftigen Jungen gegenübersah, konnte er nicht anders, als zuzustimmen, wenn auch sehr mürrisch, daß Oluv Ovesen an seinem Tod selbst schuld war. Ingeborg half, indem sie alle erinnerte, dadurch werde die Beute in weniger Teile gehen. Eine Art von Waffenstillstand wurde zusammengeflickt. Oluvs Leichnam ging über Bord. Man hatte ihm einen Stein aus dem Ballast an die Knöchel gebunden, damit er seinen Schiffsgefährten kein Unglück bringe, indem er wieder auftauchte und sie ansah.

Danach sprachen Ranild und seine Männer kein unnötiges Wort mehr mit den Kindern des Wassermanns – und auch mit Niels nicht, der bei seinen Freunden schlief, um kein Messer in die Nieren zu bekommen. In dieser Enge konnte der Junge nichts anderes mehr tun, als Eyjan still zu verehren. Sie lächelte und streichelte ihm die Wange, aber geistesabwesend. Ihre Gedanken waren anderswo, und oft war es auch ihr Körper.

Ingeborg suchte Tauno vorne im Bug auf und warnte ihn, die Mannschaft habe nicht die Absicht, diejenigen, die sie haßten, noch viele Tage am Leben zu lassen, nachdem das Gold an Bord war. Sie brachte die Männer zum Sprechen, indem sie vorgab, das Liri-Volk zu verabscheuen. Freundschaft habe sie mit ihnen im gleichen Sinn geschlossen, wie man ein Hermelin seines Pelzes wegen in eine Falle lockt.

„Deine Mitteilung ist keine Überraschung“, meinte Tauno. „Wir werden den ganzen Weg nach Hause beobachten und wachsam sein.“ Er betrachtete sie. „Wie dünn du geworden bist.“

„Leichter war es unter den Fischern“, seufzte sie.

Er nahm ihr Kinn in seine Handfläche. „Wenn wir heil und gesund zurückkommen, wirst du alle Freiheit der Welt haben. Tun wir es nicht, hast du Frieden.“

„Oder die Hölle“, sagte sie müde. „Doch ich bin weder für die Freiheit noch für den Frieden mitgekommen. Von nun an bleiben wir am besten auseinander, Tauno, damit sie nicht denken, wir seien ein Herz und eine Seele.“

Was Eyjan und ebenso ihre Brüder beschäftigt hielt, war die Suche nach dem untergegangenen Averorn. Das Seevolk wußte immer, wo es war, aber die Halbblutkinder wußten nicht, wo genau ihr Ziel innerhalb von zwei- oder dreihundert Seemeilen lag. Sie schwammen hinaus und fragten vorbeiziehende Delphine – nicht auf Menschenart, denn diese Wesen benutzten keine Sprache, aber das Seevolk hat Mittel, Hilfe von Gechöpfen zu erhalten, die sie als ihre Vettern ansehen.

Und sie erhielten tatsächlich Hinweise, die immer genauer wurden, je näher das Schiff herankam. Ja, ein böser Ort sei es, sagte Fischgreifer, eine Krakenhöhle, ah, bleibt ihr ja fern ... es stimmt, daß die Kraken wie andere kaltblütige Tiere lange Zeit ohne Nahrung auskommen können, doch dieser eine muß nach den Jahrhunderten, in denen er nichts gehabt hat als hin und wieder einen Wal, der sich hierher verirrte, nach Futter gieren ... er bleibt da, sagte Glattflosse, weil er immer noch glaubt, es sei sein Averorn, er hockt auf den versunkenen Schätzen und Türmen und den Gebeinen, die ihn einmal verehrt haben ... er ist gewachsen, habe ich gehört, und jetzt reichen seine Arme vom einen zum anderen Ende des in Trümmern liegenden Hauptplatzes ... nun ja, der alten Zeiten wegen werden wir euch hinführen, sagte Gischtbug, aber erst bei abnehmendem Mond, denn dann legt er sich schlafen, doch er kann sehr schnell aufwachen ... nein, mehr können wir nicht tun, nein, wir haben viele geliebte Kinder, an die wir denken müssen ...

Auf diese Weise erreichte die *Herning* endlich die Stelle im Ozean, unter der sich das versunkene Averorn befand.

8

Die Delphine machten sie eilends davon. Die Morgensonne ließ Regenbogen auf den Flossen ihrer grauen Rücken aufleuchten, ihre Bewegungen zogen eine Schaumspur durchs Wasser. Tauno war überzeugt, sie würden sich nicht weiter zurückziehen als bis dahin, wo sie sicher waren, denn diese Rasse ist von unbezähmbarer Neugier und Schwatzhaftigkeit.

Er hatte einen Kurs bestimmt, der die Kogge früh am Morgen an diesen Ort brachte, damit sie für ihre Arbeit das Licht eines ganzen Tages hatten. Jetzt hatte sie beigedreht, und der Rumpf mit seinen breiten Spanten schaukelte kaum. Denn es war ein ruhiger Tag mit so gut wie keinem Wind und einem beinahe wolkenlosen Himmel. Kleine, gluckende Wellen liefen heran, mit nur wenig Schaum auf ihren Rücken. Tauno sah hinab und sann darüber nach – sein ganzes Leben lang war er dessen nicht müde geworden –, wie kompliziert und schön gefurcht jede Welle war, nie waren zwei gleich, nie glich eine ihrem vergangenen Selbst. Und wie warm strichen die Sonnenstrahlen über seine Haut, wie kühl segnete ihn die salzige Luft! Er hatte sein Fasten nicht gebrochen, was auch unklug gewesen wäre, wenn er bis in die untersten Tiefen tauchen wollte, und so war er sich seines leeren Bauches bewußt. Und auch das war gut wie jede Bewußtheit.

„Nun", meint er, „je eher wir anfangen, desto eher sind wir fertig."

Die Seeleute glotzten ihn an. Sie hatten Piken an Deck gebracht, und sie umklammerten sie wie Schiffbrüchige einen Balken. Unter der Sonnenbräune, dem Schmutz und dem Haar waren fünf von diesen Gesichtern verstört; an den Kehlen tanzten die Adamsäpfel. Ranild stand fest, eine gespannte Armbrust im linken Arm. Niels war zwar auch bleich, aber er brannte und bebte mit der Begeisterung eines Burschen, der noch zu jung ist, um zu wissen, daß auch junge Burschen sterben können.

„Beeilt euch, ihr Tölpel", höhnte Kennin. „Wir tun die Arbeit, auf die es ankommt. Könnt ihr kein Bratspill drehen?"

„Ich gebe die Befehle, Junge", erklärte Ranild mit ungewohnter Ruhe. „Trotzdem hat er recht. Macht euch an die Arbeit."

Sivard benetzte seine Lippen. „Skipper", krächzte er, „ich ... ich halte es für das beste, wenn wir es sein lassen."

„Nachdem wir bis hierher gekommen sind?" grinste Ranild. „Hätte ich gewußt, daß du ein Weib bist, dann hätte ich Verwendung für dich finden können."

„Was nützt einem Menschen Gold, der gefressen worden ist? Freunde, denkt nach! Der Krake kann uns nach unten ziehen, wie wir eine Flunder am Haken heraufziehen. Wir ..."

Sivard sagte kein Wort mehr. Ranild hatte ihm einen Schlag verpaßt, daß seine Nase blutete. „An die Schoten, ihr Hurensöhne!" brüllte der Kapitän, „oder Satan soll mich holen, wenn ich euch nicht eigenhändig an den Kraken verfüttere!"

Schnell folgten sie dem Befehl. „Es fehlt ihm nicht an Mut", sagte Eyjan in der Seesprache.

„Und auch nicht an Tücke", warnte Tauno. „Wende ihm und seinem hinterhältigen Haufen niemals den Rücken."

„Niels und Ingeborg mußt du ausnehmen", entgegnete sie.

„Oh, du willst ihm gewiß nicht den *Rücken* zuwenden, ebensowenig wie ich ihr den meinen", lachte Kennin. Auch er empfand keine Furcht, er war wild darauf hinabzutauchen.

Mit Hilfe eines Krans, den sie zusammengebaut und gegen den Mast gestützt hatten, zogen die Seeleute das Gerät empor, das unterwegs angefertigt worden war. Ein großes Stück Eisen war in einen Felsblock gehämmert worden, bis es fest eingekeilt war. Dann hatte man das herausragende Ende zu einer Speerspitze mit Widerhaken geschliffen und geschärft. Überall an dem Felsblock saßen Ringe, und das riesige Netz war mit seinem Mittelstück daran befestigt. Am Außenrand des Netzes hingen die zwölf Schiffsanker. Alles zusammen bildete ein Bündel, das unter einem Floß vertäut war, dessen richtige Größe man durch Versuch und Irrtum festgestellt hatte. Der Arm des Krans hob es auf das Schanzkleid an Steuerbord; die Kogge neigte sich.

„Gehen wir", sagte Tauno. Er selbst war ohne Furcht, obwohl er sich der Tatsache bewußt war, daß diese Welt – die ihn durchdrang und die er mit von der Gefahr dreifach geschärften Sinnen durchdrang – bald in Trümmer fallen könne, nicht nur in ihrer Gegenwart und Zukunft, sondern auch in ihrer Vergangenheit.

Die Geschwister legten die Kleider bis auf die Stirnbänder und Dolchgürtel ab. Jeder schlang sich ein Paar Harpunen über die Schultern. Sie standen für einen Augenblick an der Reling, hinter ihnen der flammende Meeresspiegel, der große Tauno, der geschmeidige Kennin, Eyjan mit der weißen Haut und den wohlgeformten Brüsten.

Zu ihnen trat Niels. Er drückte ihnen die Hand, er küßte das Mädchen, er weinte, weil er nicht mit ihnen gehen konnte. Ingeborg stand währenddessen Hand in Hand und Auge in Auge mit Tauno. Sie hatte ihr Haar eingeflochten, aber eine verirrte braune Locke flatterte ihr um die Schläfe. Ihr stubsnasiges, sommersprossiges Gesicht mit dem vollen Mund hatte einen Ausdruck ernster Einsamkeit angenommen, den Tauno unter dem Seevolk niemals gesehen hatte.

„Es mag sein, daß ich dich nicht wiedersehe, Tauno", sagte sie, zu leise, als daß die anderen es hätten hören können, „und die Wahrheit ist, daß ich von dem, was in meinem Herzen ist, nicht sprechen kann und nicht sprechen darf. Aber ich werde darum beten, daß Gott dir, solltest du bei dieser um deiner Schwester willen vollführten Tat den Tod finden, in deinem letzten Augenblick die reine Seele gibt, die du verdient hast."

„Oh ... du bist freundlich, aber – nun, ich habe die feste Absicht zurückzukommen."

„Ich habe vor Sonnenaufgang einen Eimer Seewasser heraufgeholt", flüsterte sie, „und mich reingewaschen. Willst du mich zum Abschied küssen?“

Er tat es. Seiner Meinung nach war es jetzt nicht mehr notwendig, daß sie Abscheu vortäuschte; es war für sie ein Schutz und für sie beide von Vorteil, wenn die anderen sahen, daß sie zusammenhielten. „Über Bord!“ rief er und sprang.

Sechs Fuß weiter unten nahm ihn das Meer mit freudigem Aufspritzen in Empfang. Neues Leben durchflutete ihn. Er genoß den Geschmack und die Kühle, bevor er rief: „Hinunterlassen!“

Die Seeleute kurbelten den beladenen Kranarm nach unten und senkten das beladene Floß auf die Wasseroberfläche. Es schwamm gut und hielt das Netz in der richtigen Lage. Tauno warf es los. Die Menschen drängten sich an der Reling. Die Halbblutkinder winkten – nicht ihnen, sondern dem Wind und der Sonne – und tauchten hinab.

Der erste Atemzug unter Wasser war immer leichter als der erste an Land. Man blies die Luft einfach aus und dehnte dann weit die Lippen und die Brust. Das Wasser strömte herein, man fühlte es in Mund, Nase, Kehle, Lungen, Magen, Därmen, Blut, bis zum letzten Nagel und Haar. Dies immer wieder herrliche Erlebnis stellte den Körper um auf das Leben des Seevolks. Komplizierte Säfte zerlegten das flüssige Element, um den Stoff zu gewinnen, der Fisch, Vogel, Fleisch und Feuer gleichermaßen am Leben hält; Salz wurde von den Geweben gesiebt; innere Öfen schürten sich selbst gegen die tödliche Kälte.

Das war ein Grund, warum es von dem Seevolk nur wenige gab. Sie benötigten unter Wasser mehr Nahrung als die Menschen an Land. Ein schlechter Fang oder eine Seuche unter den Schalentieren konnte für einen ganzen Stamm den Hungertod bedeuten. Die See gibt, die See nimmt.

Vanimens Kinder verteilten sich so um die ungefüge Last, daß sie sie handhaben konnten, und schwammen nach unten.

Anfangs war das Licht wie junge Blätter und alter Bernstein. Bald wurde es trübe, und gleich darauf fraß die Schwärze seine letzten Spuren. Die Geschwister mochten sich dem Seevolk zugehörig fühlen, doch trotzdem war ihnen kalt. Stille pferchte sie ein. Sie wollten in Tiefen hinabsteigen, wie sie es im Kattegat oder in der Ostsee nicht gab. Das hier war der Ozean.

„Halt“, sagte Tauno in der Sprache des Seevolks, die unter Wasser benutzt wurde und aus vielen Summ-, Klick- und Schmatzlauten bestand. „Liegt das Floß gerade? Könnt ihr es hier festhalten?“

„Gut. Dann wartet ihr hier."

Sie widersprachen ihm nicht. Sie hatten ihren Plan ausgearbeitet und hielten sich nun daran, wie alle diejenigen es tun müssen, die sich in große Tiefen hinunterwagen. Tauno, der Stärkste und Geschickteste, mußte als Späher voraustauchen.

An den linken Unterarm angeschnallt trug jeder von ihnen eine Laterne aus Liri. Das war eine hohle Kristallkugel, auf einer Hälfte mit poliertem Silber bedeckt und auf der anderen zu einer Linse geformt. Gefüllt wurde sie mit jener Art von lebendem Meeresfeuer, das die Wohnungen des Seevolks erhellte. Ein Loch, mit einem Netz bedeckt, dessen Maschen zu eng waren, als daß die Tierchen hätten entweichen können, erlaubte es, sie zu füttern und das Wasser ein- und ausströmen zu lassen. Die Kugel ruhte in einem Gehäuse aus geschnitzten Knochen, vorn mit einer Blende versehen. Noch war keine der Laternen geöffnet worden.

„Glück auf den Weg", wünschte Eyjan. Die drei umarmten sich in der Dunkelheit. Tauno schwamm davon.

Hinunter tauchte er und hinunter. Er hatte nicht gedacht, daß die Welt noch schwärzer, leerer, stiller werden könne, doch sie wurde es. Wieder und wieder betätigte er Muskeln in Brust und Bauch, um den inneren Druck dem äußeren anzugleichen. Trotzdem war es, als ob ihm das Gewicht jedes Fußes, den er tiefer im Wasser hinabsank, aufgebürdet werde.

Endlich fühlte er – wie ein Mensch in der Nacht eine Mauer vor sich fühlen mag –, daß er sich dem Grund näherte. Und er nahm einen Geruch wahr ... einen Geschmack ... eine Empfindung ... von fischigem Fleisch. Durch das Wasser pulsierte das langsame Ein und Aus der Krakenkiemen.

Er öffnete die Laterne. Ihr Lichtstrahl war blaß und reichte nicht weit, aber er genügte seinen Feenaugen. Grauen kroch ihm das Rückgrat entlang.

Unter ihm erstreckten sich Morgen um Morgen Ruinen. Averorn war groß und ganz und gar aus Stein erbaut gewesen. Das meiste war zu formlosen Massen im Schlamm zusammengestürzt. Aber hier stand ein Turm wie ein letzter Raffzahn im Kiefer eines Toten, da ein nur teilweise zerfallener Tempel, anmutige Säulengänge um einen Gott, der hinter seinem Altar saß und blind in die Ewigkeit starrte; weiter hinten lag das gewaltige Wrack einer Burg, geisterhaft leuchtende Fische als Wachtposten auf ihren Befestigungen; auf diesem Weg mußte es zum Hafen gehen. Gekennzeichnet war er durch Hügel, die verschüttete Piere und Stadtmauern waren, und immer noch war er gedrängt voll von Galionen. Dort stand ein Haus ohne Dach, und darin versuchte das Skelett eines Mannes für immer, die Skelette einer Frau und eines Kindes zu schützen. Überall und überall waren aufgeplatzte Gewölbe und Lagerhäuser, und Gold und Edelsteine glitzerten vom Grunde des Meeres nach oben.

Und in ihrer Mitte lagerte der Krake. Acht seiner dunkelschimmernden Arme streckte er nach den Ecken der achteckigen Plaza aus, die sein Mosaikbild trug. Die beiden übrigen Arme, die längsten, zweimal so lang wie die *Herning*, waren an der Nordseite um eine Säule geschlungen. Sie trug an ihrer Spitze eine Scheibe mit dem Triskelion des Gottes, den er erobert hatte. Sein schrecklicher, mit Finnen versehener Kopf hing darüber. Tauno konnte eben noch den krummen Schnabel und ein schwarzes, lidloses Auge erkennen.

Der Sohn Vanimens öffnete die Blende und begann, in der Lichtlosigkeit aufzusteigen. Ein Pulsieren lief durch den Ozean und drang ihm bis in die Knochen. Es war, als bebe die Welt. Er warf einen Strahl nach unten. Der Krake bewegte sich. Tauno hatte ihn geweckt.

Tauno biß die Zähne zusammen. Wild grub er Hände und Füße in das eisige, dicke Wasser. Den Schmerz, den der Druckunterschied ihm beim zu hastigen Aufsteigen bereitete, ließ er unbeachtet. Mit den Sinnen des Seevolks erkannte er, in welcher Richtung er sich bewegte. Es grollte unter ihm. Der Krake hatte sich gestreckt und gegähnt; ein Portikus war zu Stücken zerschmettert worden.

Am Rand des Tageslichts hielt Tauno an. Er ließ sich treiben und blinkte mit seiner Laterne. Ein riesiger Schatten schwoll am Meeresgrund auf.

Nun mußte er, bis Kennin und Eyjan eintrafen, am Leben bleiben – und er mußte das Ungeheuer so beschäftigen, daß es an Ort und Stelle blieb.

In der Mitte des sich erhebenden Körpers, der einer Gewitterwolke glich, sah er boshafte Augen schimmern. Der Schnabel schnappte. Ein Arm entrollte sich in Taunos Richtung. Er besaß Saugnäpfe, die einem Wal das Fleisch von den Rippen reißen konnten. Zielsicher strebte der Arm auf ihn zu, eine Windung nach der anderen. Tauno stach sein Messer bis zum Heft hinein. Als er die Klinge zurückzog, rauschte Blut hervor, und es schmeckte wie starker Essig. Der Arm peitschte ihn, und er rollte davon und überschlug sich. Es schmerzte, und sein Kopf drehte sich.

Ein zweiter Arm und noch einer faßten nach ihm. Benommen fragte er sich, wer er denn sei, daß er mit einem Gott kämpfen wollte. Irgendwie brachte er die Harpune los. Bevor er fest in dem zermalmenden Griff hing, schwamm er, so schnell er konnte, nach unten. Vielleicht gelang es ihm, dem Kraken die Harpune ins Maul zu stechen.

Ein grauenhafter Schrei ließ ihm die Sinne schwinden.

Eine Minute später kam er wieder zu sich. Seine Stirn tat weh, in seinen Ohren dröhnte es. Rings um ihn war das Wasser wild geworden. Eyjan und Kennin waren neben ihm und hielten ihn aufrecht. Er blickte nach unten und sah einen verschwommenen, schrumpfenden Tintenfleck. Der Krake kreischte und schlug um sich, während er sank.

„Sie nur, sieh!“ jubelte Kennin. Er wies mit dem Licht seiner eigenen Laterne in die Tiefe. Der blasse Strahl durchdrang Blut, Tinte und Schaum und zeigte den Kraken in seiner Qual.

Bruder und Schwester hatten ihre Waffe über ihn gezogen. Sie hatten sie von dem Floß losgeschnitten. Der Speer hatte, mit einer Tonne Felsgestein hinter sich, den Körper des Kraken durchbohrt.

„Bist du verletzt?“ fragte Eyjan. Ihre Stimme schwankte durch den Aufruhr. „Mein Lieber, mein Lieber, kannst du dich bewegen?“

„Ich muß wohl“, brummte Tauno. Er schüttelte den Kopf, und das schien den Nebel ein wenig zu vertreiben.

Der Krake sank zurück in die Stadt, die er gemordet hatte. Die Speerwunde war wohl ernst, konnte aber sein kaltes Leben nicht beenden. Auch war der Felsblock nicht so schwer, daß er ihn nicht hätte heben können. Doch rings um ihn schlang sich das riesige Netz.

Und jetzt faßten die Kinder des Meermanns die Anker am Rand dieses Netzes und machten sie in den Ruinen von Averorn fest.

Verzweifelt arbeiteten sie, denn das gewaltige Ungeheuer schlug um sich, die mächtigen Arme droschen das Wasser und griffen nach ihnen. Aufgewirbelter Schlamm und erbrochene Tinte blendeten die Augen, drangen in stinkenden Wolken in die Lungen und drohten sie zu ersticken. Taue peitschten, verwirrten sich und rissen. Mauern stürzten unter Schlägen ein, die das Donnern des Weltuntergangs durch das Wasser schickten. Die Schreie hämmerten auf Schädel und krallten sich in Trommelfelle. Die Angreifer wurden getroffen, verletzt, zur Seite geschleudert, von rauher Haut gekratzt, bis ihr eigenes Blut der

Säure des Kraken Eisengeschmack hinzufügte. Alle drei waren übel zugerichtet, als sie ihn endlich binden konnten.

Aber sie banden ihn. Und sie schwammen dahin, wo sein großer Kopf ruckte und pulsierte. Sein Schnabel schnappte nach den Strängen, die ihn gefangenhielten, seine Arme wanden sich wie ein Schlangenpfuhl unter dem Netz. Durch die dunklen Nebelschwaden blickten sie in diese großen, bewußten Augen. Der Krake hielt inne mit seinem Geschrei. Sie hörten nur das Wasser rauschen, in seine Kiemen und aus seinen Kiemen. Sein lidloser Blick ruhte auf ihnen.

„Tapfer bist du gewesen", sprach Tauno, „ein Mitbewohner des Meeres. Deshalb sollst du wissen, daß du nicht aus Habgier getötet wirst."

Er nahm das rechte Auge, Kennin das Linke. Sie stießen ihre Harpunen bis zu den Schaftenden hinein. Als das dem Toben, das nun folgte, kein Ende bereitete, benutzten sie ihr zweites Paar und beide Harpunen Eyjans. Krakenblut und Krakenqual trieben sie hinweg.

Nach einer Weile war es vorbei. Die eine oder andere Waffe mußte sich bis ins Gehirn vorgearbeitet und es durchbohrt haben.

Die Geschwister flohen von Averorn ins Sonnenlicht. Sie sprangen in die Luft und sahen die Kogge sich auf den Wellen wiegen, die der Kampf in den Tiefen aufgerührt hatte. Tauno und Eyjan machten sich die Mühe nicht, ihre Lungen zu entleeren, obwohl sie, wenn sie Luft atmeten, leichter waren als das Wasser. Sie ließen sich mit leichten Paddelbewegungen treiben. Das Meer umschmeichelte ihre schmerzenden Körper, und in tiefen Zügen saugten sie die Gewißheit ein, noch zu leben. Der junge Kennin war es, der den zusammengedrängten weißen Gesichtern am Schanzkleid zurief: „Wir haben es geschafft! Wir haben den Kraken erschlagen! Der Schatz gehört uns!"

Als er das hörte, sauste Niels die Webeleinen hinauf und krähte wie ein Hahn, und Ingeborg brach in Tränen aus. Die anderen Seeleute stimmten ein Freudengeschrei an, das merkwürdig kurz ausfiel. Danach richteten sie ihre Aufmerksamkeit hautsächlich auf Ranild.

Durch die Wellen kamen die Delphine gesprungen, zweimal zwanzig von ihnen, um die Geschichte zu hören.

Es blieb Arbeit zu tun. Als die Schwimmer durch Zeichen zu verstehen gaben, sie hätten sich genug ausgeruht, warf Ranild ihnen ein langes, beschwertes Tau mit einem Sack und einem Haken am Ende zu. Damit tauchten sie wieder nach unten.

Die Geisterfische, die zu fangen er zu langsam gewesen war, nagten bereits an dem Kraken. „Tun wir unsere Arbeit und machen wir uns von hier fort, so schnell wir können“, sagte Tauno. Seine Gefährten stimmten ihm zu. Es gefiel ihnen nicht, in einem Grab herumzustochern.

Aber für Margrete, die Yria gewesen war, taten sie es. Immer wieder füllten sie den Sack mit Münzen, Platten, Ringen, Kronen, Barren; immer wieder hingen sie eine Truhe, ein Horn, einen Kandelaber oder einen Gott aus Gold an den Haken. Ein Signal konnte sich bei dieser Länge des Taus nicht gut bis nach oben fortpflanzen; die Mannschaft hollte es einfach etwa jede halbe Stunde ein. Tauno entdeckte, daß es besser war, wenn er seine Laterne daran befestigte, denn obwohl sich die See oben beruhigt hatte, driftete die *Herning* doch, und das Tau kam nie am gleichen Ort herab. Solange es oben war, suchten die Kinder des Wassermanns nach neuen Gegenständen oder ruhten sich ein wenig aus oder aßen von dem Käse und dem Stockfisch, die Ingeborg in den Sack gelegt hatte.

Schließlich meinte Tauno müde: „Uns wurde gesagt, ein paar hundert Pfund seien reichlich, und ich kann schwören, wir haben eine Tonne nach oben geschickt. Ein gieriger Mann ist ein unglücklicher Mann. Sollen wir gehen?“

„O ja, o ja.“ Eyjan spähte in die Düsternis, die sich rings um ihre Kugel aus schwachem Licht schloß. Sie erschauerte und schmiegte sich an ihren älteren Bruder. Er hatte bisher noch nie gesehen, daß sie eingeschüchtert war.

Kennin war es nicht. „Langsam verstehe ich, warum das Landvolk so versessen auf das Plündern ist“, stellte er mit einem Grinsen fest. „Eine Endlosigkeit an Tand macht ebensoviel Spaß wie eine Endlosigkeit an Bier oder Frauen.“

„Eine Endlosigkeit ist es eigentlich nicht“, antwortete Tauno auf seine nüchterne Art.

„Ist es denn keine Endlosigkeit, wenn du von etwas soviel hast, daß du im ganzen Leben nicht damit fertig werden kannst?“ lachte Kennin. „Gold zum Ausgeben, Bier zum Trinken, Frauen ...“

„Hab Geduld mit ihm“, sagte Eyjan in Taunos Ohr. „Er ist ein Junge. Die ganze Schöpfung öffnet sich für ihn.“

„Ich bin selbst noch kein alter Mann“, erwiderte Tauno, „obwohl die Trolle wissen, daß ich mich wie ein Sterblicher fühle.“

Sie befreiten sich von den übrigen Laternen, indem sie diese dem letzten Sack voll Kostbarkeiten hinzufügten. Er würde schneller aufsteigen, als es für sie gut war. Tauno winkte dem nicht mehr sichtbaren Averorn einen Gruß zu. „Schlafe gut", murmelte er. „Möge deine Ruhe bis zum Untergang der Welt nicht mehr gestört werden."

Aus Kälte, Dunkelheit und Tod stiegen sie ins Licht und dann in die Luft empor. Die Sonne sandte beinahe waagerechte Strahlen vom Westen her, wo der Himmel grünlich war. Im Osten war inmitten von Königsblau ein weißer Planet zu sehen. Die Wellen liefen purpurn und schwarz, mit Schaumspitzen besetzt, obwohl der Wind sich gelegt hatte. Ihr Rauschen und Klatschen waren die einzigen Geräusche in der Kühle, abgesehen von denen, die die springenden Delphine verursachten.

Diese wollten sofort alles wissen, aber die Geschwister waren zu müde. Sie versprachen ihnen für morgen einen vollständigen Bericht, husteten das Wasser aus ihren Lungen und schwammen auf die Kogge zu. Niemand wartete an der Reling außer Herrn Ranild. Eine Strickleiter baumelte mittschiffs herab.

Tauno kam als erster an Bord. Triefend stand er da; er zitterte ein bißchen vor Erschöpfung. Er sah sich um. Ranild trug eine Armbrust im gebeugten Arm; seine Männer faßten nach ihren Piken in der Nähe des Mastes. Der Krake war tot. Warum wirkten sie alle so angespannt? Wo waren Ingeborg und Niels?

„Hm-m-m ... seid ihr zufrieden?" brummte Ranild in seinen Bart.

„Wir haben reichlich für unsere Schwester und genug für euch alle, um euch reich zu machen", antwortete Tauno. Sein Fleisch zog an ihm, ausgekühlt, verletzt, erschöpft. Ebenso schwer und schmerzend fühlte sich sein Kopf an. Er dachte, er sollte eigentlich seinen Sieg besingen. Nein, das konnte warten. Jetzte wollte er nichts als ausruhen, als schlafen.

Eyjan kletterte an Bord. „Niels?" rief sie.

Ein Blick auf die sechs, die dort standen, genügte ihr. Ihr Messer zischte aus der Scheide. „Verrat – schon jetzt?"

„Tötet sie!" brüllte Ranild.

Kennin war gerade von der Strickleiter gestiegen. Er schwebte noch auf der Reling. Als die Seeleute mit ihren Piken vorwärts stürzten, schrie er auf und sprang auf das Deck. Keiner von diesen klobigen Schäften war so schnell, daß er ihn aufhalten konnte. Kennin flog gerade auf Ranilds Kehle zu, die Klinge brannte im Licht der Abendsonne.

Ranild hob die Armbrust und schoß. Kennin fiel zu seinen Füßen nieder. Der Pfeil war ihm durch das Brustbein, das Herz und den Rükken gedrungen. Blut strömte über die Planken.

Tauno durchfuhr es: Ingeborg hatte ihn vor Verrat gewarnt, aber Ranild war zu gerissen für sie. Er mußte sich in geheimen Winkeln des Frachtraums mit jedem Mann einzeln besprochen haben. Im gleichen Augenblick, als die Schwimmer nach der Beute tauchten, gab er das Zeichen, Ingeborg und Niels zu ergreifen. Und zu töten? Nein, das konnte Spuren hinterlassen, aber sie zu binden, zu knebeln, unter Deck zu bringen, bis die Geschwister zurückgekehrt waren.

Eyjans sofortiges Begreifen, Kennins rasche Tat hatten den Plan vereitelt. Die anrückenden Seeleute wurden langsamer und verloren den Überblick. Eyjan und Tauno gewannen soviel Zeit, über Bord zu springen.

Ein paar Piken zischten ihnen nach, ohne zu treffen. Ranild ragte an der Reling auf, schwarz vor dem Abendhimmel. Unter schallendem Gelächter brüllte er: „Vielleicht könnt ihr euch damit von den Haifischen die Heimfahrt erkaufen!“ Und hinunter zu ihnen warf er den Leichnam Kennins.

9

Die Delphine versammelten sich. Nach der Sitte des Seevolks ließen Tauno und Eyjan ihren Bruder bei ihnen. Sie hatten ihm die Augen geschlossen, die Hände gefaltet und das Messer fortgenommen – Stahl, der zu rosten begann –, damit es als etwas, das ihn gekannt hatte, weiter benutzt werde. Jetzt schickte es sich, daß er das letzte Geschenk machte, das er zu vergeben hatte, nicht den Meeraalen, sondern denen, die seine Freunde gewesen waren.

Die Halbblutkinder zogen sich ein Stück zurück, während die langen blaugrauen Gestalten Kennin umkreisten – sehr ruhig, sehr behutsam –, und sie sangen über den abendlichen Ozean hinweg das Abschiedslied, das so endet:

Weit in der Welt mit den Wolken nun wandere,
Das, was einst dein war, wird dich überdauern.
In Gischt und in Glanz sei dein Geist unvergänglich,

Dein Fleisch in Delphinen und Fischen und Vögeln.
Bring der Gebärerin Blut und Gebeine.
Geliebter:
Der Himmel nehme dich.
Die See nehme dich.
Uns wird der Abendwind an dich erinnern.

„Oh, Tauno, Tauno“, weinte Eyjan. „Er war noch so jung!“

Er drückte sie an sich. Die niedrigen Wellen schaukelten sie. „Undurchschaubar sind die Nornen“, sprach Tauno. „Er hat einen guten Abgang gehabt.“

Ein Delphin kam zu ihnen und fragte auf Delphinweise, wie sie ihnen noch helfen könnten. Es hätte keine Schwierigkeit gemacht, das Schiff zurückzuhalten, zum Beispiel durch Zerschmettern des Ruders. Dann konnten sie Rache nehmen.

Tauno sah zu der Kogge hin, die mit gerefften Segeln ruhig am Horizont lag.

„Nein“, erklärte er, „sie haben Geiseln. Aber irgend etwas muß geschehen.“

„Ich schneide Herrn Ranild den Bauch auf“, drohte Eyjan, „und binde das Ende seines Darms an den Mast und jage ihn ringsherum, bis er sich festgewickelt hat.“

„Ich halte ihn so vieler Mühle kaum für wert“, entgegnete Tauno. „Doch gefährlich ist er. Es ist kein Kinderspiel, das Schiff anzugreifen, entweder mit den Delphinen oder indem wir uns von unten von Planke zu Planke vorarbeiten. Andererseits mag es unmöglich sein, es zu entern. Trotzdem müssen wir es versuchen, für Yria, Ingeborg und Niels. Komm, wir müssen essen – unsere Vettern werden uns etwas fangen – und uns ausruhen. Wir haben unsere Kräfte verbraucht.“

Kurz nach Mitternacht erwachte Tauno erquickt. Die Trauer hatte ihn nicht verlassen, aber seine Gedanken kreisten vor allem um Rettung und Rache.

Eyjan schlief noch, eingehüllt in eine Wolke ihres Haars. Seltsam, wie unschuldig, beinahe kindlich ihr Gesicht geworden war mit den leicht geöffneten Lippen und den langen Wimpern auf den Wangenknochen. Um sie schwammen die Wache haltenden Delphine. Tauno küßte sie auf die Einbuchtung, wo die Kehle in die Brust überging, und schwamm leise davon.

Es war eine helle Nacht des nordischen Sommers. Oben glühte der

Himmel, und in dem Zwielicht sahen die Sterne klein und schwach aus. Das schimmernde Wasser bewegte sich kaum. Über dem tieferen, kaum spürbaren Zug der Gezeiten glucksten die Wellchen. Die Luft war still, kühl und feucht.

Tauno schwamm zur *Herning*. Er umkreiste sie so verstohlen wie ein Hai. Niemand schien am Ruder zu stehen, aber auf beiden Seiten des Hauptdecks hielt je ein Mann Wache – die Piken schimmerten –, und ein dritter war im Krähennest. Die Laternen waren nicht angezündet, damit sie ihre Augen nicht blendeten. Das bedeutete, drei waren unten. Sie wachten ununterbrochen. Ranild war vor seinen Feinden auf der Hut.

Doch genügte, was er tat? Die Reling lag mitschiffs kaum einen Faden über dem Wasser. Es war möglich hinaufzuklettern ...

Und vielleicht einen Mann oder zwei zu töten, bevor der Lärm alle übrigen herbeirief. Das hatte keinen Sinn. Vanimens Kinder hatten schon einmal die ganze Mannschaft geschlagen, aber damals hatte kein Seemann eine andere Waffe als sein Messer gehabt, und einen richtigen Kampf hatte im Grund niemand gewollt. Es war ja auch – sobald Oluv aus dem Weg geschafft war – kein Kampf auf Leben und Tod gewesen.

Außerdem war Kennin nicht mehr.

Tauno ließ nur den Kopf bis zu den Augen aus dem Wasser sehen und wartete darauf, daß irgend etwas geschah.

Endlich hörte er Schritte, und der Mann, der an Steuerbord dunkel vor dem Himmel aufragte, rief: „Sieh an, lechzt du schon nach uns?"

„Du bist auf Wache, denke daran", antwortete Ingeborgs Stimme – so schleppend, so ganz und gar leer! „Ich würde die Zähne zusammenbeißen und dich verführen, wenn ich glaubte, der Skipper ließe dich auspeitschen, weil du deinen Posten verlassen hast. Aber soviel Glück werde ich nicht haben. Nein, ich habe den Schweinestall im Frachtraum verlassen, um einen Atemzug frische Luft zu schöpfen und dabei zu vergessen, daß auch hier widerwärtige Schweine sind."

„Sei vorsichtig, du Hure. Du weißt, wir können keine Zeugen am Leben lassen – auch dich nicht. Aber es gibt verschiedene Todesarten."

„Und wenn du zu frech wirst, warten wir mit dir nicht bis zu der letzten Nacht auf See", fiel der Mann auf der Backbordseite ein. „Mit dem Gold kann ich mir mehr Huren kaufen, als ich bedienen kann, was kommt es da noch auf Stockfisch-Ingeborg an?"

„Aye, piß auf sie“, rief der Mann im Krähennest und versuchte, es zu tun. Sie floh weinend unter das Achterdeck. Gelächter heftete sich ihr an die Fersen.

Tauno war einen Augenblick wie erstarrt. Dann tauchte er geräuschlos unter und schwamm zum Ruder.

Es war mit rauhen Seepocken und schleimigen Algen besetzt und schlecht anzufassen. Tauno hob sich langsamer und vorsichtiger empor als beim Auskundschaften des Krakenlagers. Da das Schiff gierte, befand sich die Ruderpinne ungefähr acht Fuß über ihm, in der Höhle, die das obere Deck bildete. Tauno faßte die Achse mit beiden Händen, krümmte sich, zwängte die Zehen zwischen die Achse und Rumpf und legte sein Gewicht auf eine Planke. In einer fließenden Bewegung, ohne zusammenzuzucken, als die Bronze sich in sein Fleisch grub, schwang er sich so weit auf, daß er die Finger um die Reling am Achterdeck schließen konnte. Er hakte das Kinn nach und zog sich hoch.

„Was war das?“ rief ein Seemann auf dem dämmerigen Hauptdeck.

Tauno wartete. Das Wasser, das von ihm abtropfte, machte kein lauteres Geräusch als die Wellchen, die an den Rumpf klatschten. Ihm war kalt.

„Ach, ein verdammter Delphin oder etwas Ähnliches“, ließ sich ein anderer Mann hören. „Bei Christi Bart, ich werde froh sein, wenn wir diesen unheimlichen Ort verlassen!“

„Was ist das zweite, was du an Land tun willst?“ Die drei begannen ein zotiges Gespräch. Tauno schlich sich zu Ingeborg. Sie hatte einmal scharf Luft geholt, als sie ihn vor dem silberdunklen Himmel entdeckte. Danach hatte sie sich ganz ruhig verhalten, abgesehen davon, daß ihr Herz wild flatterte.

In der Finsternis unter dem Achterdeck zog er sie an sich. Selbst in diesem Augenblick spürte er ihre festen Rundungen, den warmen Duft, das Kitzeln ihres Haars an seinen Lippen, die er ihrem Ohr näherte. Aber er flüsterte nur: „Wie geht es an Bord? Lebt Niels?“

„Bis morgen.“ Sie konnte nicht mit der gleichen Standfestigkeit antworten, die Eyjan gezeigt hätte, aber sie hielt sich gut. „Sie hatten uns beide gebunden und geknebelt, weißt du. Mich wollen sie noch eine Weile behalten – hast du es gehört? So lasterhaft sind sie nicht, daß Niels irgendeinen Nutzen für sie hätte. Er liegt jetzt gebunden unten. Sie sprachen vor seinen Ohren darüber, was sie mit ihm tun sollten. Schließlich meinten sie, am meisten Spaß würde es ihnen machen, wenn sie ihn morgen früh an der Rahnock zappeln sähen.“ Ihre Fingernägel gruben sich in seinen Arm. „Wenn ich keine christliche Frau wäre, wie gut wäre es dann, über Bord in dein Meer zu springen!"

Er erfaßte die Bedeutung ihrer Worte nicht. „Tu es nicht. Ich könnte dir nicht helfen, und du würdest, wenn an nichts anderem, an Unterkühlung sterben ... Laß mich nachdenken, laß mich nachdenken ... Ah."

„Was?" Er spürte, wie sie sich bemühte, nicht zu hoffen.

„Kannst du Niels ein Wort zukommen lassen?"

„Vielleicht wenn sie ihn an Deck bringen. Sie werden mich bestimmt zwingen, dabei zuzusehen."

„Nun ... wenn du sicher bist, daß niemand sonst es hören kann, sag ihm, er soll Mut fassen und sich zum Kampf bereithalten." Tauno überlegte eine Minute lang. „Wir müssen dafür sorgen, daß ihre Augen vom Wasser abgelenkt werden. Wenn sie dabei sind, Niels den Strick um den Hals zu legen, soll er sich so heftig wehren, wie er kann. Und du läufst herbei und kratzt, beißt, trittst, schreist."

„Meinst du ... glaubst du ... wirklich ... Alles, ich werde alles tun. Gott ist gnädig, daß Er ... Er läßt mich im Kampf an deiner Seite sterben, Tauno."

„Das nicht! Setze dein Leben nicht aufs Spiel. Wenn ein Messer gegen dich gezückt wird, ergib dich, flehe um dein Leben. Und gehe in Deckung, sobald der Kampf losbricht. Ich brauche nicht deinen Leichnam, Ingeborg. Ich brauche dich."

„Tauno, Tauno." Ihr Mund suchte den seinen.

„Ich muß gehen", hauchte er ihr ins Ohr. „Bis morgen."

Er kehrte ebenso vorsichtig ins Meer zurück, wie er es verlassen hatte. Da seine Umarmung ihr zerlumptes Kleid naßgemacht hatte, dachte Ingeborg, am besten bleibe sie, wo sie war, bis es trocknete. Schlafen würde sie sowieso nicht können. Sie fiel auf die Knie. „Ehre sei Gott in der Höhe", stammelte sie. „Gegrüßt seist du, Maria, voll der Gnade ... oh, du bist eine Frau, du wirst es verstehen ... der Herr ist mit dir ..."

„He, da drinnen!" rief ein Seemann. „Hör auf mit dem Gewinsel! Hältst du dich für eine Nonne?"

„Wie gefalle ich dir als himmlischer Bräutigam?" grölte der Ausguck vom Mast herunter.

Ingeborgs Stimme verstummte, ihre Seele nicht. Und nach kurzer Zeit drehten die Wachtposten die Köpfe in eine andere Richtung. Delphine kamen an das Schiff, zwei Dutzend, und kreisten und kreisten. In der hellen Nacht hinterließen sie eine deutliche Schaumspur. Sie waren unheimlich ruhig; ihre Rückenflossen standen hoch wie scharfe Waffen, die Schnäbel grinsten, die kleinen Augen rollten in boshafter Lust.

Die Männer riefen Ranild aus seiner Koje. Mit finsterem Gesicht zupfte er sich am Bart. „Das gefällt mir nicht“, brummte er. „Hahn des Heiligen Petrus, wie wünschte ich, wir hätten die beiden letzten von dem Fischvolk aufgespießt! Sie planen Böses, davon bin ich überzeugt ... Allerdings bezweifele ich, daß sie versuchen werden, die Kogge zu versenken, denn wie sollten sie dann das Gold wegbringen? Ganz zu schweigen von ihrer Freundin, der Hure.“

„Sollten wir Niels vielleicht vorläufig auch noch am Leben lassen?“ fragte Sivard.

„Hm-m-m ... nein. Zeigen wir den Bastarden, daß wir es ernst meinen. Ruft über das Wasser hin, daß Stockfisch-Ingeborg sich auf Schlimmeres als Hängen gefaßt machen kann, wenn sie uns noch länger belästigen.“ Ranild benetzte einen Finger und hob ihn. „Ich fühle eine Spur von Wind. Wahrscheinlich können wir morgen früh lossegeln, sobald wir mit Niels fertig sind.“ Er zog sein Kurzschwert und schwang es gegen die kreisenden Delphine. „Hört ihr? Schleicht euch zurück in eure Unterwasserhöhle, seelenlose Dinger! Ein christlicher Mann will nach Hause fahren!“

Die Nacht verging. Die Delphine taten nichts anderes, als daß sie rings um das Schiff schwammen. Schließlich gelangte Ranild zu der Überzeugung, mehr zu tun seien sie nicht fähig, seine Feinde hätten sie in der ohnmächtigen Hoffnung, sie könnten etwas erfahren oder in noch ohnmächtigerem Zorn geschickt.

Der Wind frischte auf. Die Wellen wurden kabbelig und schlugen lauter gegen den Schiffsrumpf, der zu schaukeln begann. An den blassen Sternen vorbei flog unerklärlicherweise ein Zug wilder Schwäne.

Die Sterne verblaßten im frühen Sommermorgen. Im Osten wurde der Himmel weiß. Im Westen blieb er silberblau und trug einen geisterhaften Mond. Die Kuppen der Wellen schmolzen unter dem Licht, die Täler waren purpurn und schwarz. Überall schimmerte und funkelte die See in einem Grün, das der Farbe bestimmter alchimistischer Flammen glich. Das Wasser brodelte und spritzte Schaum. Der Wind pfiff durch die Wanten.

Männer zwangen Niels mit den Spitzen ihrer Piken, die Bugleiter aus dem Frachtraum hinaufzusteigen. Seine Hände waren ihm auf den Rücken gebunden, was ihm das Klettern schwermachte. Zweimal fiel er, zu ihrem lauten Ergötzen. Seine Kleider waren blutbefleckt und stanken, aber sein flatterndes Haar und sein dauniger Bart fingen den Glanz der noch unsichtbaren Sonne ein. Er spreizte die Beine weit gegen das Rollen des Schiffs und trank tief die feuchte, wilde Luft ein.

Torben und Palle hielten Wache an den Schanzkleidern. Lave und Tyge bewachten den Gefangenen. Ingeborg stand auf der Seite, das Gesicht ausdruckslos, ein Glosen in den Augen. Unerschrocken blickte Niels auf Ranild. Der Skipper hielt die Schlinge eines Taus in der Hand, das über die Rahnock lief. „Da wir keinen Priester haben", sagte der Junge, „wirst du mich da noch ein Vaterunser sprechen lassen?"

„Warum?" fragte der Skipper mit Nachdruck.

Ingeborg trat näher. „Vielleicht kann ich dir die Beichte abnehmen."

„He?" Ranild war verblüfft. Gleich darauf begannen er und seine Männer zu wiehern. „Also, von mir aus ..."

Er winkte Lave und Tyge zurück und trat selbst an den Bug. Niels stand verletzt und erstaunt da. „Macht schon", schrie Ranild durch Wind und Wellenschlag. „Führt uns eine gute Pose vor! Du bleibst am Leben, solange du deine Rolle durchhältst, Niels."

„Nein!" rief der Gefangene. „Ingeborg, wie konntest du?"

Sie faßte seine Stirnlocke, zog trotz seines Widerstands sein Gesicht nah an ihres heran und flüsterte ihm etwas zu. Sie sahen, wie sich sein Körper spannte, sie sahen, daß er sich erregte. „Was hast du gesagt?" wollte Ranild wissen.

„Laßt *mich* leben, vielleicht erzähle ich es euch dann", antwortete Ingeborg keck. Sie und Niels ahmten das Ritual nach, so gut sie konnten, und die Seeleute brüllten vor Gelächter.

„Pax vobiscum", endete sie, die auch Kleriker gekannt hatte. *„Dominus vobiscum."* Sie schlug über den knienden Jüngling das Kreuz. Es gab ihr die Gelegenheit, ihm zuzuflüstern: „Gott vergebe uns dies und vergebe mir, daß Er nicht der Herr ist, den ich gerufen habe. Niels, wenn wir uns nach dem heutigen Tag nicht wiedersehen, lebe wohl."

„Du auch, Ingeborg." Er stellte sich auf die Füße. „Ich bin bereit", sagte er.

Ranild – verwirrt, mit mehr als nur geringem Unbehagen – kam mit der Schlinge in der Hand auf ihn zu.

Und plötzlich kreischte Ingeborg. *„Ha-a-a-a-ah!"* Sie krallte die Fingernägel nach Laves Augen. Er sprang zur Seite. „Was zum Teufel ...?" würgte er hervor. Ingeborg hing an ihm, kratzend, beißend, schreiend. Tyge eilte zur Hilfe. Niels senke den Kopf, preschte vor und stieß ihn Ranild in den Magen. Der Kapitän setzte sich auf seinen Hintern. Niels trat ihm in die Rippen. Torben und Palle sprangen von den Schanzkleidern, um den Jungen zu ergreifen. Sivard sah von oben mit offenem Mund zu.

Die Delphine waren so viele Stunden im Kreis herumgeschwommen, um die Mannschaft davon zu überzeugen, aus dem Wasser sei keine Gefahr zu erwarten, daß sie es nicht weiter beobachteten. Zu spät rief der Mann im Krähennest eine Warnung hinunter.

Eyjan stürmte unter dem Achterdeck hervor. Das Messer in ihrer Hand blitzte auf.

Aus der See kam Tauno. Er hatte seine Lungen geleert, während er sich an dem von Seepocken besetzten Rumpf festgehalten hatte, unter der Ausbauchung des Vordecks verborgen. Jetzt erhob sich ein Delphin neben ihm. Mit Fingen und Zehen faßte Tauno die Rückenflosse, und der Sprung trug ihn halbwegs vom Wasser bis zum Schanzdeck. Er faßte die Reling und schwang sich an Bord.

Palle wollte sich umdrehen. Der Sohn des Wassermanns faßte den Pikenschaft mit der linken Hand, die rechte stieß den Dolch in Palles Körper. Der Seemann schrie und blutete stark. Tauno rammte Torben das stumpfe Ende der Pike in die Rippen. Torben taumelte zurück.

Tauno durchschnitt das Tau, das Niels' Handgelenke fesselte. Er reichte ihm das zweite Messer, das er bei sich trug. „Hier, das hat Kennin gehört!" Niels stieß einen einzigen Dankesruf an den Herrn der Heerscharen aus und stürzte sich dann auf Torben.

Lave hatte immer noch Mühe, Ingeborg abzuwehren. Eyjan kam von hinten und trieb ihm die eigene Klinge in die Schädelbasis. Bevor sie den Stahl aus der Wunde ziehen konnte, stach Tyge mit der Pike nach ihr. Mit verächtlicher Mühelosigkeit duckte sie weg und unterlief seine Deckung. Was als nächstes geschah, braucht nicht erzählt zu werden. Das Seevolk führte keine Kriege, aber es wußte, wie man einen Feind auseinandernimmt.

Oben im Mastkorb beschmutzte Sivard sich und winselte um Gnade.

So angeschlagen Torben war, gelang es Niels doch nicht, ihn sofort zu töten. Er mußte mehrmals angreifen, ehe er ihm das Messer in den Bauch stoßen konnte, und dann starb Torben nicht daran. Er schlug blutend und heulend um sich, bis Eyjan Zeit fand, ihm dem Todesstoß zu versetzen. Niels erbrach sich. Inzwischen war Ranild wieder auf die Füße gekommen. Sein Schwert flog aus der Scheide; das kalte Licht lief die Klinge entlang. Er und Tauno umkreisten einander und suchten nach einer Blöße des Gegners.

„Was du auch tust“, sagte Tauno zu ihm, „du bist ein toter Mann.“

„Wenn ich im Fleisch sterbe“, höhnte Ranild, „werde ich in Ewigkeit leben, doch aus dir wird nichts anderes als Dung.“

Tauno bliebt stehen und fuhr sich mit den Fingern durchs Haar. „Ich verstehe nicht, warum das so sein soll“, meinte er. „Doch vielleicht braucht eure Art die Ewigkeit notwendiger.“

Ranild glaubte, jetzt eine günstige Gelegenheit zu haben. Er machte einen Ausfall. So ging er Tauno in die Falle. Tauno war nicht mehr dort, wohin Ranilds Schwert zielte, er war einfach zur Seite getreten. Mit der Kante seiner linken Hand hieb Tauno auf Ranilds Handgelenk. Das Schwert fiel klirrend zu Boden. Taunos rechte Hand brachte das Messer ins Ziel. Ranild fiel auf das Deck. Die Sonne ging auf, und all das Blut leuchtete in einem unmöglichen Rot.

Ranilds Wunde war nicht tödlich. Er starrte zu Tauno hoch und röchelte: „Laß mich ... Gott meine Sünden gestehen ... laß mich der Hölle entrinnen.“

„Warum sollte ich?“ erwiderte Tauno. „Ich habe keine Seele.“ Er hob den sich schwach wehrenden Körper hoch und warf ihn für die Hundsfische über Bord. Eyjan flitzte die Webleinen hoch, um dem Lärm, den Sivard veranstaltete, ein Ende zu bereiten.

Zweites Buch

Der Selkie

1

Vanimen, der der König von Liri gewesen und jetzt der Kapitän eines namenlosen Schiffes war – denn er hatte gedacht, *Pretiosissimus Sanguis* sei ein böses Omen –, unterwegs zu einer unbekannten Küste, stand am Bug und hielt Ausschau. Das Volk an Bord sah, wie angespannt sein großer Körper und wie ernst sein Gesicht war.

Hinter ihm knatterte das Segel im Wind. Der Hulk ächzte laut. Er gierte in den Wellen, die ihn bereits rollen und stampfen ließen. Eine Gischtwolke wehte über das Hauptdeck. Die Fahrgäste, die sich hier aufhielten – zumeist Frauen und Kinder – drängten sich aneinander. Zornige Rufe stiegen aus ihrer Mitte auf.

Vanimen beachtete sie nicht. Er suchte mit den Augen das Wasser ab. Es wallte grau wie Eisen, weiß wie Graupeln in immer höheren Wellen unter zerfetzten, dunklen Wolken dahin. Der Wind heulte, kreischte im Tauwerk, zog und drückte, schlug Eiszapfenzähne in Fleisch. Regenböen wanderten am Horizont entlang. Voraus hatte eine Höhle aus Purpurschwarz die Nachmittagssonne verschluckt. Von Minute zu Minute gähnte ihr Schlund weiter. Blitze zuckten daraus hervor, und der darauffolgende Donner war über Seemeilen hinweg zu hören.

Die Reisenden, die sich im Wasser befanden, sahen den Sturm kommen und kehrten eilends zurück. Das Schiff konnte sie nicht alle fassen, aber ihre Hilfe mochte benötigt werden. Vanimen erhaschte nur hin und wieder einen Blick auf sie, schöne Gestalten zwischen den Wogen, die sich ihnen entgegenwarfen. In der Nähe hob sich die Rückenflosse seines Mörderwals, des treuen Tiers.

Meiiva stieg die Leiter zu ihm empor. Ihre blaue Haarmähne war eingeflochten und flog nicht so wild wie seine goldene. Um ihren schlanken Körper hatte sie einen Mantel aus einer Kleidertruhe gewikkelt. Sie mußte die Lippen nahe an sein Ohr legen, um ihm mitteilen zu können: „Der Rudergast hat mich gebeten, dir zu sagen: Er fürchtet, daß er das Schiff nicht mit dem Bug zu den Wellen halten kann, wie du befohlen hast, sobald der Sturm richtig losgeht. Die Ruderpinne ist wie ein Aal in seinen Händen. Können wir irgend etwas mit dem Segel tun?"

„Es reffen", entschied Vanimen. „Wir laufen vor dem Sturm."

„Aber er kommt von ... Nordwesten ... Haben wir nicht schon Mühsal genug mit bösen Winden, Windstillen und entgegengesetzten Strömungen gehabt, seit wir die Shetlands hinter uns ließen? Müssen wir jetzt auch noch die Strecke verlieren, die wir bereits gefahren sind?"

„Besser das als das Schiff. Oh, ein menschlicher Skipper könnte sicher einen klügeren Plan ersinnen. Doch wir haben in diesen vielen Tagen nur wenig von dem gelernt, was ein Seemann wissen muß. Ich kann nur erraten, was am besten geeignet ist, uns zu retten."

Er legte die Hand über die Augen und spähte in den Sturm hinaus. „Und das brauche ich nicht zu erraten", setzte er hinzu. „Ich habe im Laufe der Jahrhunderte zu viele Unwetter erlebt. Es ist kein Sturm, der sich selbst über Nacht erschöpft. Nein, es ist ein Ungeheuer, das aus Grönland und dem nördlichen Eis jenseits davon kommt. Wir werden uns länger in seinen Fängen befinden, als ich mir ausmalen möchte."

„Es ist aber nicht die Jahreszeit dafür, nicht wahr?"

„Nein, eigentlich nicht, obwohl ich in den letzten paar hundert Jahren schon öfter erlebt habe, daß sich über Eisbergen und Gletschern kalte Winde zusammenbrauen. Nenne es eine Laune der Natur und nenne uns vom Unglück verfolgt."

Vanimen behielt seine geheimsten Gedanken für sich. Der Wachtposten, den er erschlagen hatte, um dieses Schiff zu gewinnen, ein Mann, der ein solches Schicksal nicht verdiente, hatte ihn zuerst verflucht ... und dann den Höchsten und seinen eigenen Heiligen angerufen ... Der König hatte es niemals irgend jemandem erzählt. Er glaubte auch nicht, daß er es je tun würde.

Wenn sie sanken ... Sein Blick wanderte zum Hauptdeck und verweilte dort. Die meisten von ihnen würden sterben, die schönen Meerfrauen, die so viel Freude gaben und nahmen, die Kinder, die erst noch lernen mußten, was Freude in Wahrheit ist. Er selbst mochte irgendeine fremde Küste gewinnen, aber was nützte ihm das?

Genug davon! Er wollte tun, was in seiner Macht lag. Ganz gleich, wie lang ein Leben währte, am Ende konnte keiner den Netzen Rans entrinnen.

Vanimen schickte einen Jungen, die stärksten Männer die Strickleiter heraufzurufen. In der Zwischenzeit wiederholte er im Geist die Befehle, die er geben wollte. Wenigstens hatte sein Stamm gelernt, dem Kapitän schnell Gehorsam zu leisten, etwas, das in der Geschichte seiner Rasse völlig neu war. Aber besondere seemännische Geschicklichkeit hatten sie sich nicht erworben. Seine eigene war kaum größer.

Der Ruf nach Hilfe war nicht zu früh ergangen. Das Reffen des Segels in dem schnell stärker werdenden Wind wurde zu einem wilden Kampf. Tuch und Leinen schlugen die Männer blutig, während das Schiff hilflos einer großen Woge nach der anderen ausgeliefert war. Nicht wenige Fahrgäste wurden über Bord gespült. Ein Säugling starb, als sein Schädel gegen einen Poller schmetterte. Auch wenn das Seevolk mit dem Tod vertraut war, würde Vanimen diesen Anblick nicht so schnell vergessen, auch nicht das Gesicht der Mutter, als sie die Überreste in ihre Arme nahm und sich in eine See stürzte, die freundlicher sein mochte.

Es war gefährlich, so etwas vorauszusetzen, das wußte Vanimen. Das Wasser umarmte einen, gab Schutz vor Sonne und Unwetter, lieferte Nahrung. Aber es saugte auch die Wärme aus dem Körper, die nur durch viel Essen wieder ersetzt werden konnte, und in seinem Reich lauerten ungezählte Mörder. Er ließ Taue vom Deck herabhängen, damit sich die Schwimmer daran eine Zeitlang festhalten und ausruhen konnten, wenn es nicht möglich war, an Bord zu kommen. Es mochte auch als Vorsichtsmaßnahme dienen, daß sie das Schiff nicht verloren.

Jetzt war die volle Gewalt des Sturms schon beinahe über ihnen. Vanimen ging nach achtern. Im Stern unter dem Achterdeck standen zwei Wassermänner am Ruder. Ihr Dienst war nun, wo sie das Schiff einfach dem Wind überließen, weniger anstrengend. Vanimen gab ihnen Rat, versprach rechtzeitige Ablösung und ging wieder. In den Rumpf waren winzige Kabinen eingebaut, steuerbords für den Kapitän, backbords für seine Offiziere. Auf dieser Fahrt wurden sie selten benutzt, weil das Seevolk sich in ihnen eingeengt fühlte. Vanimen wollte eine Weile den Elementen entfliehen. Er öffnete die Tür der Kapitänskabine.

Eine Lampe pendelte an einer Kette, tropfte, entsandte trübes Licht und trollförmige Schatten und stinkenden Qualm. Wer hatte sie angezündet …? Ein Stöhnen zog seine Aufmerksamkeit auf die Koje. Das Mädchen Raxi und der junge Haiko liebten sich.

Sie zu unterbrechen, wäre schlechtes Benehmen gewesen. Vanimen wartete, stemmte sich gegen das wahnsinnige Schwanken und Stampfen rings um ihn, war frostig belustigt über die Behendigkeit, die der Akt von ihnen erforderte. Am Kopf der Koje hing ein Kruzifix, am Fußende, wo ein Mann es im Liegen betrachten konnte, ein Bild der Jungfrau, ungeschickt gemalt, in trübem Licht, und doch irgendwie unendlich zart. Die Bilder hatten nicht den Rücken gewendet – das hier war nicht die Kirche, die er auf der Suche nach Agnete zu betreten gewagt hatte –, aber er empfand von neuem, wie fremd er allem war, was sie bedeuteten. Er fühlte seine Einsamkeit.

Mit einem gemeinsamen Aufschrei beendete das Paar seine Anstrengungen. Plötzlich bemerkten sie Vanimen. Haiko wurde verlegen; Raxi grinste, winkte und wand sich unter ihrem Partner hervor.

„Warum seid ihr in meinem Bett?“ fragte Vanimen durch Windgeheul, Donnerkrachen, Wellengetose und Holzgestöhn.

„Die anderen waren besetzt“, antwortete Raxi. „Wir wußten nicht, daß du kommen würdest, und wir dachten auch, du hättest nichts dagegen.“

Errötete Haiko? „Es … es wäre unklug, es … im Wasser zu tun“, murmelte er. „Wir könnten den Hulk aus den Augen verlieren. Aber vielleicht sind wir bald schon tot.“

Raxi setzte sich hoch und streckte die Arme aus. In dem engen Raum berührte sie Vanimen. „Willst du der nächste sein?“ lud sie ihn ein. „Das würde mir Freude machen.“

„Nein!“ hörte er sich selbst schroff antworten. „Hinaus mit euch!“

Sie gingen und blickten gekränkt drein. Die Tür schloß sich hinter ihnen. Nun war er allein. Durch den üblen Qualm der Lampe blickte er in die Augen der Heiligen Mutter und fragte sich, warum er so wütend geworden war. Was hatten diese beiden Schlechtes getan … nach ihrer eigenen Auffassung? Sie waren seelenlos, sie konnten nicht sündigen, ebensowenig wie ein Tier sündigen konnte. Und er konnte es auch nicht.

„Ist das nicht wahr?“ fragte er laut. Es kam keine Antwort.

Tag und Nacht, Tag und Nacht, Tag und Nacht, bis das Zählen in der Müdigkeit ertrank, trieb der Sturm das Schiff vor sich her.

Später war so gut wie nichts aus dieser Zeitspanne im Gedächtnis haften geblieben. Sie bestand aus nichts als Chaos, Kampf, halb bewußtem Schmerz und Verlust. Am schärfsten schnitt es Vanimen ins Herz, daß sein Mörderwal verschwand. Vielleicht verlor er in all dem Schrecken den Verstand und schwamm blindlings davon, wie es auch mehrere aus dem Seevolk taten.

Er sah ihn nie wieder.

Irgendwie bewahrten er und seine Leute das Schiff vor dem Sinken, obwohl es am Ende so schlimm leckgeschlagen war, daß die Pumpen niemals innehalten durften. Irgendwie überlebten sie den Sturm. In allem anderen machte er mit ihnen, was er wollte – bis er vorüber war.

Der Hulk lag vor den Toren des Herkules. Vanimen erkannte die verschleierten blauen Massen am Rand der Welt, Spanien und Afrika, von der Zeit her wieder, als er auf Abenteuer nach Süden gezogen war. Die Wellen waren immer noch hoch, aber azurblau und grün unter einem völlig reingewaschenen Himmel; über jede Bewegung tanzte ein Glitzern. Die Sonne verbreitete Wärme und lockte Gerüche nach Teer hervor, die sich mit dem des Salzes und den Düften der Brise vermischten. Ein Pochen und Murmeln lief duch Planken, Ohren, Knochen: ein Lied des Friedens.

Bisher hatte sich noch kein Fahrzeug aus dem Hafen herausgewagt. Um dies eine scharten sich die Delphine in ihrer unersättlichen Neugier. Vanimen ließ eine Mannschaft auf dem Deck zurück, die ebenso ausgemergelt und schwach in den Knien war wie er selbst. Er sprang über Bord, tauchte ins Wasser ein, schwamm nach unten, stieg wieder auf, um weiter Luft atmen zu können. Sein Fleisch spürte jedes Wellchen, das durch das saubere, ihn tragende Wasser lief. Er sprach die Delphine an.

Was konnten sie ihm über das Meer der Mittelwelt erzählen? Bei seinen früheren Besuchen war er nicht viel weiter als bis zu einem großen, löwengestaltigen Felsen in der Meerenge geschwommen. Die Christenheit war hier schon sehr lange ansässig; vom Feenreich schien wenig oder nichts übriggeblieben zu sein. Heute war für ihn alles ganz anders als damals. Sein Schiff würde nie mehr den Ozean überqueren. Er konnte von Glück sagen, wenn es noch weitere tausend Seemeilen schaffte, bevor es sank, und der Weg mußte durch ruhigere Gewässer führen als die, die sich westwärts erstreckten. Gab es irgendeinen Zufluchtsort, an den er das Volk von Liri bringen konnte?

Die Delphine schwatzten miteinander. Sie sandten Boten fort, um weiteren Rat einzuholen, und sie sprangen und ließen Regenbogenwolken aufsprühen. Das dauerte seine Zeit. Inzwischen ruhten sich die Leute aus, jagten, gewannen ihre Kraft zurück. Glücklicherweise trat absolute Windstille ein, die sich beträchtliche Zeit hielt, so daß keine Menschen herangesegelt kamen, um nachzuforschen, wer das sein mochte.

Endlich erhielt Vanimen eine Art von Antwort. Die meisten Lande innerhalb der Tore würden zweifellos ungastlich sein. Es gab zu viele Fischer, und Fischjäger würden sie, ganz abgesehen von der Meinung der Kirche, nicht willkommen heißen. Die afrikanische Küste mochte besser sein, doch da gehörte die Menschheit einem Glauben an, der noch wütender gegen die Bewohner des Feenreichs vorging, als es die Christen im allgemeinen taten.

Aber ... an einer bestimmten Küste am Ostrand eines schmalen Meeresarms war das anders. Die Delphine hatten Mühe, es zu erklären. Sie wußten nur, daß nichts dem Seevolk Ähnliches dort wohnte, und doch war das Feenreich nicht ausgelöscht worden wie zum Beispiel in Spanien. Nein, nach den kurzen Blicken und Begegnungen, die den Delphinen zuteil wurden, war dieses Land überreich an nichtmenschlichen Wesen. Waren die Sterblichen dort toleranter als anderswo? Wer konnte es wissen?

In diesen Gegenden gab es viel Schiffsverkehr und Fischerei. Trotzdem sollte ein Häuflein zusätzlicher Siedler reichlich Nahrung finden. Die Küste war zerklüftet und oft dicht bewaldet, reich an Inseln. Sicher fand sich irgendwo ein Platz für Neu-Liri.

Vanimens Puls hämmerte. Er zwang sich zur Geduld, stellte Frage auf Frage. Die Delphine konnten ihm mehr oder weniger beschreiben, wie die Menschen aussahen, die sie beobachtet hatten, wie sie sich kleideten, welche Arten von sakralen oder magischen Gegenständen sie bei sich hatten. (Viele waren auf dem Meer umgekommen; die Delphine halfen Schwimmern gelegentlich, das Land zu erreichen, und studierten die Ertrunkenen immer voller Interesse.) Es war schwierig, die Berichte zu verstehen. Diese Geschöpfe dachten nicht wie er, ja, sie sahen nicht einmal genauso wie er. Nach und nach setzte Vanimen sich ein Bild zusammen. Nützlicher waren ihm die Mitteilungen der Delphine darüber, was die Sterblichen *sprachen*. Sie hatten ein scharfes und umfangreiches Hörvermögen und ein Gedächtnis für alles, was sie vernommen hatten, wie kein anderes Lebewesen.

Vanimen verglich das, was er von ihnen erfuhr, mit dem, was er durch seine Reisen oder Menschen, die er gekannt hatte, wußte. Ein paar der letzteren – seit Jahrzehnten oder Jahrhunderten zu Staub verfallen – waren gebildet gewesen, darauf bedacht, sowohl zu lernen als auch zu lehren, bereit, ihn für das zu nehmen, was er war, wenn die Sache nur nicht bekannt wurde ... König Svein Estridsen, Bischof Absalon ...

Diese Meeresküste jenseits von Italien wurde Dalmatien genannt. Heuzutage war es Bestandteil eines Reiches, das Hrvatska oder auf Latein Croatia hieß. Seine Bewohner waren mit den Russen verwandt, doch katholischen Glaubens. Die Delphine hatten nichts davon gehört, daß Wesen ähnlich den nördlichen Rousalkai unter ihnen hausten. Mehr konnte Vanimen nicht in Erfahrung bringen.

Vielleicht war das, was dort auf sie wartete, die letzte Erfüllung eines Fluchs. Vielleicht aber auch nicht. Und hatte das Seevolk noch viel zur Wahl?

2

Der Sturm überholte die Kogge *Herning* auf ihrer Rückfahrt nach Dänemark. Auch bisher schon war es eine schwierige Reise unter ungünstigem Wind gewesen. Die Kogge konnte vorsichtig lavieren, aber es bedeutete ständige Arbeit an Segeln und Brassen und Ruder, damit das Schiff nicht vom Kurs abkam oder, noch schlimmer, außer Kontrolle geriet. Dann sprang urplötzlich der Wind um, und die Arbeit mußte immer wieder und wieder getan werden, bei Tag und Nacht.

Ingeborg konnte nur kochen und einen Haushalt führen, eine Arbeit, die schwer genug war. Eyjan besaß die Kraft, Wache zu stehen und an den Tauen und der Ruderpinne zu helfen. Sie brachte frischen Fisch an Bord, wobei ihr mehrere Delphine halfen, die aus Neugier in der Nähe blieben; sie besorgte die Navigation auf Meerfrauenweise. Hauptsächlich hing die Bedienung des unterbemannten Fahrzeugs von Taunos Muskeln ab. Jetzt bedauerte er, daß keiner aus der ursprünglichen Mannschaft verschont geblieben war, so gefährlich sich dies unterwegs und bei der Heimkunft auch hätte erweisen können. Er hätte es nie geschafft, wäre er der einzige Matrose gewesen. Er brauchte Niels' geringere Kräfte wie auch den guten Rat des Jungen.

Nicht etwa, daß Niels auch nur soviel Erfahrung gehabt hätte wie ein Fischerssohn seines Alters. Er hatte vor dieser Fahrt nur ein paar kurze Reisen mitgemacht. Aber er lernte schnell, er fragte gern, er träumte davon, eine Heuer auf einem besseren Schiff und vielleicht, vielleicht in ferner Zukunft, wenn Gott es wollte, ein eigenes Kommando zu bekommen. Was ihm seine Schiffskameraden nicht erklären konnten oder wollten, erfuhr er von anderen Männern, wenn sie im Hafen waren. Bei seiner freundlichen Art antworteten sie ihm gern. In dieser gefährlichen Lage nun beobachtete er schärfer als je zuvor, und auch dadurch lernte er, und zwar schnell.

So wurde er – zu beschäftigt, um es selbst zu merken – zum Kapitän. Wenn ihm überhaupt noch ein Gedanke übrigblieb, bevor er in den viel zu kurzen Schlaf fiel, den er sich gönnte, dann war es der an Eyjan. Sie lächelte ihm stets freundlich zu. Ein paarmal umarmte oder küßte sie ihn schnell, wenn etwas gutgegangen war, und dann stieg seine Seele auf Möwenschwingen zur Sonne empor. Aber miteinander geschlafen hatten sie nicht mehr – es war kaum Zeit dazu, und wahrscheinlich waren die Kinder des Wassermanns so kurz nach dem Tod ihres Bruders auch nicht in der Stimmung dafür.

Gleich zu Beginn hatte Niels sich entschieden, nach Norden zu segeln. In der Nachbarschaft von Island mußten sie in eine Strömung geraten, die sie zusammen mit einem hoffentlich auftretenden günstigen Wind auf ihr Ziel zutreiben würde. Tatsächlich verlief die Fahrt nach kurzer Zeit sehr gut. Die frohe Stimmung überwand die Müdigkeit.

Dann schlug der Sturm zu.

Dunkelheit wütete. Ingeborg wußte, oben mußte es Tag sein – wenn an keinem anderen Ort, dann im Himmel, wo der Herr Gericht hielt über die Sünder –, denn sie war nicht völlig blind. Trotzdem reichte die Sicht kaum über die Länge des Schiffs hinaus.

Sie hatte keine Pflichten mehr auf Deck. Das Feuer im Lehmherd war sofort gelöscht worden, und zu essen gab es vorerst nichts anderes als Salzfleisch, trockenen Käse, Stockfisch, schimmeliges Flachbrot und wurmigen Schiffszwieback. Endlich wurden die Dunkelheit und der Gestank des Frachtraums jedoch unerträglich für sie, und sie tastete sich nach oben. Wind und Hagel trieben sie in den unzulänglichen Schutz des Achterdecks. Dort stand sie allein, denn das Ruder war festgebunden, und Niels schlief erschöpft unten.

Im Anfang, als das Wetter bedrohlich wurde, hatte er einen

Schleppanker bauen und auswerfen und das Segel streichen lassen. Vor dem Wind zum laufen, konnte nur zu leicht bedeuten, daß sie auf ein Riff oder eine Insel stießen, von denen es rings um das nördliche Schottland viele gab ... oder es kam eine Woge von achtern und brach das Schiff entzwei. Seine Erfindung sorgte dafür, daß der Bug oben blieb, und bot größtmögliche Sicherheit. Ansonsten konnte er nur beten, daß der Sturm endete, bevor das Schiff sank. Inzwischen durften er und seine Mannschaft nicht müßig sein. Sie mußten viele Stunden am Tag pumpen, wo immer sich ein Leck öffnete, sie mußten sich beeilen, Dinge zu reparieren oder von neuem festzumachen, während die Wellen auf das Schiff einschlugen, sie mußten, so gut es ging, nach dem gefürchteten Anblick von Sturzseen Ausschau halten.

Die Zeit verging, unmeßbar wie ein Alptraum.

Das Schiff sprang so wild hoch, um gleich darauf niederzutauchen, daß Ingeborg sich am Ruder festhalten mußte. Der Sturm pfiff bis unter das Achterdeck, klebte ihr die nassen Kleider an die Haut, zerrte an ihr wie ein Fluß bei einer Überschwemmung. Sie ertrank im Lärm, in dem Erdbebengrollen der Wellen und ihrem Aufbrüllen, wenn sie sich brachen, in der Kälte, die noch durch ihre Erstarrung biß.

Sie mühte sich, nach vorn zu blicken und sah den Mast vor der Finsternis tanzen, mitten in Hagel und Wolken. Seine Spitze peitschte. Die Rah war unten, auf dem Deck gesichert, aber wie lange konnten Holz und Tau dieser Belastung standhalten? Sich überschlagende Schaumwellen türmten sich auf, rasten heran wie Berge, schwarz und eisengrau unter ihren zerrissenen Gipfeln. Gischt sprühte, wenn sie über den Bug donnerten, der Rumpf erbebte. Sie stürmten vorwärts und schwappten über die Reling. Oft und oft reagierte die *Herning* nicht schnell genug auf das Spannseil, und wütende Katarakte ergossen sich über ihr Hauptdeck. Lukenrahmen sprangen, der Frachtraum war naß wie ein Sumpf geworden.

Durch treibenden Schaum und Eis erkannte Ingeborg Tauno und Eyjan als Schatten am Vordeck. Sie schienen miteinander zu reden. (Wie?) Plötzlich erstickte Ingeborg einen Aufschrei. Tauno war über Bord gesprungen.

Aber er ist der Sohn eines Wassermanns, versicherte sie sich selbst. Er kann in diesem Aufruhr leben. Ja, er hat von den Tiefen gesprochen, von ewigem Frieden ... Maria, schütze ihn ...

Eyjan kam nach achtern, und nun konnte Ingeborg sie deutlicher erkennen. Nackt bis auf Stirnband und Dolchgürtel, schien sie die Kälte nicht zu spüren. Im Gegenteil, ihre roten Locken, schwer vom Wasser, waren innerhalb des verborgenen Horizonts das einzige, was warm aussah. Das Stampfen des Schiffs behinderte ihren Panthergang nicht.

Sie trat unter das Achterdeck. „Ah, Ingeborg", grüßte sie, und nun war sie nahe genug, daß sie zu verstehen war. „Ich habe gesehen, wie du herausklettertest – sicher für einen Atemzug frischer Luft, sei sie auch noch so bitter, nicht wahr?" Sie hatte die Frau erreicht und blieb stehen. Als sie die Hände um den Mund legte, wurden ihre Worte deutlicher. „Laß mich dir Gesellschaft leisten. Es ist meine Wache, aber ich kann Gefahren ebensogut von hier aus spüren – vielleicht sogar besser, wenn der verfluchte Hagel mich nicht sticht."

Ingeborg nahm eine Hand von der Ruderpinne, um einen Schalltrichter für ihre eigene Stimme zu bilden. „Tauno – wohin ist er gegangen?"

Das klargeschnittene Gesicht wurde ernst. „Er will die Delphine fragen, ob sie Hilfe für uns finden können."

Ingeborg keuchte auf. „Gott sei uns gnädig! Brauchen wir sie so sehr?"

Eyjan nickte. „Wir sind nahe dem Land. Er und ich haben, wenn wir im Wasser waren, festgestellt, daß das Meer seichter wird. Sein Puls – aye, wir haben die ersten Echos der Brandung aufgefangen. Und es sieht nicht so aus, als lasse der Sturm nach."

Ingeborg starrte in die grauen Augen. „Wenigstens wird er, wenn wir Schiffbruch erleiden, am Leben bleiben ..." Es wurde ihr bewußt, daß sie geflüstert hatte.

Vielleicht erriet Eyjan ihre Worte. „Oh, du Arme, Liebe!" rief sie. „Kann ich dich trösten?"

Ihre hohe Gestalt trat zwischen die Frau und den Wind. Sie streckte ihre Arme aus. Ingeborg ließ das Ruder los und taumelte an ihre Brust. Eyjan hielt sie aufrecht trotz des Schlingerns und Rollens, Wärme ging von den weichen Brüsten und dem lebendigen Spiel der Muskeln aus. Ingeborg schmiegte sich an sie wie an die Mutter, an die sie sich nur noch halb erinnerte.

Jetzt war es leichter zu sprechen. „Fürchte nichts, geliebte Freundin", murmelte Eyjan. „Wenn das Schiff sinken sollte, werden Tauno und ich dich und Niels auf den Rücken nehmen und euch von den Sturzseen fernhalten. Wir werden euch zu einem sicheren Ort am Ufer bringen, und danach holen wir Hilfe von eurer eigenen Rasse."

„Aber das Gold wäre verloren." Ingeborg spürte, wie Eyjans Hände sie fester faßten. „Tauno könnte nie wieder ein anderes Schiff bekommen, nicht wahr? Alles, wofür er dies unternommen und sein Leben aufs Spiel gesetzt hat, alles, was es ihm bedeutet – und er könnte auch sterben. Oder nicht? Eyjan, ich bitte dich, tut es nicht ... ihr beiden ... gefährdet euch nicht für uns ...“

Agnetes Tochter hielt sie fest umschlungen und murmelte tröstliche Worte, während Ingeborg weinte.

Tauno kam mit der Nachricht zurück, daß die Delphine auf der Suche seien. Sie wußten von einem Geschöpf, das imstande sein mochte, ihnen zu helfen, wenn sie es nur finden konnten. Wenig mehr hatten sie gesagt, weil sie selbst wenig verstanden. Sie waren unsicher, ob das Wesen seinerseits sie verstehen werde oder wolle.

Das war alles, was Tauno berichtete, denn er war kaum wieder an Deck, als das Fockstag brach. Sein Ende peitschte zurück und sauste einen Zoll von Eyjans Nacken vorbei. Entsetzt rannte Tauno hinterher, faßte es und kämpfte mit ihm, als sei es ein wahnsinniges Tier, und schließlich konnte er es am Mast befestigen. Nun sah er, daß dieser zu splittern begann. Eyjan erhob Einspruch, als er ein neues Stag festmachen wollte. Er konnte auf das Deck hinunterfallen und entweder sofort tot sein oder den langsameren Tod der Verkrüppelung sterben. Wenn er nicht fähig sei, sich einen Augenblick auszuruhen, solle er statt dessen lieber pumpen.

Die Nacht brach an; die kurze, helle Nacht des nordischen Sommers war grabesschwarz und äonenlang geworden.

Der Morgen brachte von neuem Dunkelheit. Gischt verschleierte die Welt; windzerrissene Wolken flogen niedrig über ihren Köpfen dahin. Die Wellen waren hoch wie zuvor, aber kürzer, schaumweiß, und sie wurden um so unruhiger, je näher sie den Untiefen und Klippen kamen. Auch mit dem Treibanker sprang die Kogge umher wie ein Mann, der einen Schmiedehammer an die Schläfe bekommen hat.

Tauno und Eyjan hatten die dunkelsten Stunden oben verbracht und wachten immer noch. Angestrengt hielten sie nach Zeichen von Land Ausschau. Der Sturm hatte endlich auch ihre Kräfte erschöpft. Gegen seine Kälte und Heftigkeit hielten sie einander eng umschlungen. Einmal sprach er seine Gedanken laut aus und fragte, ob er wohl noch Kraft genug habe, das Gesicht eines Sterblichen über Wasser zu halten.

„Vielleicht können wir es nicht“, erwiderte Eyjan durch das Kreischen und Grollen. „Wenn es zum Schwimmen kommt, nimmst du Ingeborg, und ich nehme Niels."

„Warum?" Tauno war stumpf überrascht. „Er wiegt mehr als sie."

„Das macht wenig Unterschied im Wasser, wie du weißt", sagte sie, „und wenn sie sterben müssen, wird es ihnen so am liebsten sein."

Er verfolgte die Frage nicht weiter, und dann vergaßen sie sie beide.

Eine Gestalt war längsseits aufgetaucht. Immer, wenn die Kogge ihre Backbordreling ins Wasser eintauchte, konnte man zwischen den Wellen einen Blick auf sie erhaschen, und danach sah sie wie ein großer grauer Seehund aus. Tauno und Eyjan hatten sich gefragt, warum ein solches Tier sie begleitete. Später meinten sie, von Anfang an sei ihnen ein fremder Geruch in die Nase gestiegen, obwohl der Sturm alle Sinne so sehr verwirrte, daß sie im Augenblick gar nichts davon merken konnten.

Plötzlich stand die *Herning* beinahe senkrecht auf ihrem Heck. Eine Welle kletterte an Bord. Auf ihr, in ihrer Mitte, ritt der Seehund. Das Schiff rollte hin und her, bis es wieder einigermaßen auf ebenem Kiel lag. Wasser strömte durch seine Speigatten. Der Seehund blieb zurück. Er erhob sich auf seine Vorderflossen ... sein Fleisch verwarf und veränderte sich ... ein Mann hockte dort.

Er stand auf und trat den sprachlosen Geschwistern gegenüber. Sie sahen, daß er groß war, einen Kopf größer als Tauno, und so breit und dick, daß er viereckig wirkte. Haar und Bart lagen glatt an seinem Kopf, grau in der Farbe, wie auch der wollige Pelz, der seinen sonst nackten Körper überall bedeckte, grau war. Die Haut darunter war hell. Er roch nach Fisch. Sein Gesicht war scheußlich, ausgenommen die Augen – eine niedrige, zerklüftete Stirn, eine flache Nase, ein offener Mund, die schweren Kiefer kinnlos. Doch jene Augen leuchteten unter Wimpern hervor, um die eine Königin ihn hätte beneiden können, groß, von einem weichen Goldbraun, ohne Weiß: unmenschlich.

Tauno hatte eine Hand ans Messer gelegt. Steif ließ er das Heft fahren und hob einen Arm. „Willkommen, wenn du in Freundschaft kommst", erklärte er in der Liri-Sprache.

Der Fremde antwortete in einem tiefen, bellenden Ton, aber in Worten aus der Sprache der Sterblichen. „Was die Delphine sagten, zog mich her. Könnte eine Frau hier sein, nach ihrem Geschnatter. Ihr seid keine richtige Frau und ihr kein richtiger Mann, nach eurem Geruch, und auch kein richtiges Seevolk, nach eurem Aussehen. Was dann, und wer?"

Die Sprache, die er benutzte, war verständlich und dem Dänischen ähnlich. Norwegische Siedler waren zu Zeiten der Wikinger zu den Inseln um Schottland gekommen. Die meisten jener Orte blieben unter der norwegischen Krone. Die Sprache der Vorfahren lebte in einer westlichen Version Seite an Seite mit dem Gälischen weiter.

„Wir sind in bitterer Not“, sagte Eyjan. „Kannst du uns helfen?“

Die Antwort durchschnitt klar das Toben des Sturms. „Vielleicht, wenn ich will. Mir ist selten Dank zuteil geworden. Habt ihr noch mehr Personen an Bord?“

„Ja.“ Tauno öffnete die nächste Luke und rief Niels und Ingeborg, die unten schliefen, sie sollten heraufkommen.

Sie kletterten innerhalb von Herzschlägen nach oben; Schrecken grub sich in ihre Gesichter. Als sie den Neuankömmling erblickten, blieben sie stehen, holten Atem und faßten sich unwillkürlich bei den Händen.

Der Blick des Wer-Seehunds fiel auf Ingeborg und blieb auf ihr haften. Schritt für Schritt ging er über das Deck auf sie zu. Sie und Niels standen fest, nur daß sie darum kämpfen mußten, nicht zu fallen. Sie erbleichte, und der Jüngling zuckte zusammen, als das Wesen eine haarige Hand mit Fingernägeln wie Klauen ausstreckte und ihr über die Wange streichelte. Vor ihnen erhob sich das Zeichen des Begehrens.

Und doch war er sanft, er berührte sie nur leicht, suchte ihren Blick, während seine Lippen sich zu einem schüchternen Lächeln verzogen. Dann drehte er sich wieder zu den Geschwistern um und erklärte: „Aye, ich werde helfen, ihretwegen. Bedankt euch bei dieser Dame, alle drei. Wie könnte ich sie ertrinken lassen?“

Sein Name sei Hauau, teilte er ihnen mit, und er wohne auf Sule Skerry. Nur wenige von seiner Art seien noch übrig, vielleicht sei er sogar der letzte. (Das war wohl anzunehmen, denn niemand in Liri hatte je von diesem Volk gehört.) Von Urbeginn an hatten die Menschen die Selkies gehaßt und gejagt. Hauau meinte, es könne daran liegen, daß sie die Netze der Fischer beraubten wie ihre Verwandten, die echten Seehunde, aber mit menschlicher Schläue und Geschicklichkeit. Er war sich nicht sicher, denn er war seit seiner frühesten Kindheit allein gewesen und hatte nur ein paar undeutliche Erinnerungen an seine Mutter und die Lieder, die sie ihm vorsang. Er war entkommen, nachdem Männer in einem Boot sie gefangen und in Stücke geschnitten hatten. Ihm war so, als hätte er gehört, daß sie

Odin anriefen. Doch wie dem auch gewesen sein mochte, es war vor langer Zeit geschehen.

Das kam in abgerissenen Worten heraus, wie auch die Geschichte der Reisenden. Das Wichtigste war jetzt, alle Kräfte anzustrengen, um zu überleben. Sie konnten die *Herning* nicht länger treiben lassen; im Lee war die Küste zu nahe. Abgesehen davon, daß ein Stag zerbrochen war, splitterte der Mast und mußte verstärkt werden. Wenn sie zwei Reserve-Spiere aus dem Frachtraum holten und fest anbanden, sollte dies genügen ...

Hauau hatte ungeheuerliche Kräfte. Er hielt Tauno und Niels auf den Schultern, während sie am Mast arbeiteten. Erschöpft, wie sie waren, wäre es ihnen ohne Hauau wohl kaum gelungen, das Stag und das durchnäßte Segel zu heben und die Schoten fest genug zu zurren, daß das Flickwerk hielt. Und hätte er nicht dreimal so lange pumpen können wie sie, dann wäre das Schiff vollgelaufen.

Noch erstaunlicher waren seine seemännischen Fähigkeiten. Er erklärte seinen Gefährten, was jeder Befehl, den er gab, zu bedeuten hatte, und drillte sie entsprechend, bevor er das Ruder übernahm, als sie die Brandung vor den Felsenklippen schäumen sahen. Die beschädigte, leckende, schwerfällige Kogge erwachte unter seinen Händen zum Leben. Es war knapp, aber sie entkamen dieser Falle und auch der nächsten und der übernächsten. Das Schiff blieb auf dem Kiel, ja, sie konnten sogar wieder einen Abstand zwischen sich und die Küste legen.

Als merke er, daß er sie nicht bekommen sollte, verzog sich der Sturm.

3

„Aye, natürlich kann ich euch nach Hause bringen", brummte Hauau. „Aber zuerst müssen wir dieses alte Faß zusammenflicken, oder es wird nicht die Hälfte der Strecke mehr machen."

Bast für diesen Zweck war an Bord. Normalerweise hätte man das Schiff kielholen müssen, aber dazu war Taunos Mannschaft zu klein, und außerdem wagten sie nicht, am Ufer liegenzubleiben. Gefährlicher als der Haß der Menschen auf das Feenvolk war das Gold, das zu Mord und Totschlag führen würde. Die Geschwister und der Selkie konnten unter Wasser arbeiten und Fasern in die zahlreichen Lecks hämmern. Am besten wäre gewesen, sie von außen zu teeren. Da dies unmöglich war, brachte Ingeborg das Feuer auf dem Kochherd wieder in Gang und hielt für Niels einen Kessel voll Pech warm, und er verstrich es von innen. Nach zwei schweren Tagen war die Arbeit getan. Die *Herning* benötigte immer noch ein gelegentliches Pumpen, und der gesamte Rumpf war sehr geschwächt, aber Hauau meinte, sie sei beinahe wieder seetüchtig.

Als seine Gefährten einen langen Schlaf genossen und ihr Fasten gebrochen hatten, versammelte er sie auf dem Deck. Es war ein ruhiger Morgen, das Wasser glänzte wie ein Spiegel. Möwen segelten vor einem Himmel dahin, der blau mit einigen wenigen Wolken, weiß wie ihre Flügel, war, und die Luft wurde warm. Auf Steuerbord war am Horizont ein Streifen festen Landes zu sehen – Irland.

Tauno und Eyjan legten ihre großen, schönen Körper nackt auf die Planken. Ingeborg war ebenfalls unbekleidet, ihre schmutzige Kleidung weichte am Ende eines Taus im Wasser ein. Dasselbe war mit Niels' Kleidern der Fall, aber er hatte einen Mantel eng um sich gewikkelt und wollte sich nicht hinsetzen. Immer, wenn sein Blick auf die weiblichen Gestalten fiel, jagten sich Feuer und Schnee durch den Flaum auf seinen Wangen.

Hauau hockte vor ihnen, in seiner Massigkeit grotesk den Tag verdunkelnd. Mit seiner heiseren Stimme hustete er: „Ich meine, wir sollten versuchen, Schottland zu umrunden und die Nordsee zu durchqueren. Das Schiff braucht auf jedem Faden des Weges sorgsame Pflege. Am besten fahren wir durch die Irische See, durch den englischen Kanal und von dort an Friesland vorbei nach Dänemark. Es ist der längere Weg, aber wahrscheinlich der leichtere. Außerdem, sollte es zum Schlimmsten kommen, wissen wir, daß wir die Menschen lebendig ans Ufer bringen können."

„Kannst du uns lotsen?" erkundigte sich Tauno. „Keiner von uns ist mit diesen Gegenden vertraut."

„Aye, das kann ich, und ich rate euch gut, jedem Schiff auszuweichen, sobald wir seine Mastspitze sehen. Der König von England hat Kapitäne, mit denen schlechter umzugehen ist als mit Piraten."

Eyjan wechselte die Lage. Sie sah den Selkie forschend an. „Du hast uns vor einem Schiffbruch gerettet, du wirst uns in den Hafen bringen", sagte sie leise. „Was soll deine Belohnung sein?"

Hauaus Brustkasten wölbte sich, er suchte nach Worten, und dann brach es in einem Bellen aus ihm heraus: „Ingeborg!"

„Was?" rief die Frau. Sie zog die Knie vor ihre Brüste, umfaßte sie mit dem linken Arm und schlug mit der zitternden Rechten das Kreuz.

Der Wer-Seehund streckte zögernd die Hand nach ihr aus. Auch er bebte. „Solange wir segeln", stammelte er. „Nur solange wir segeln. Ich werde behutsam sein, das verspreche ich. Oh, ich bin so lange allein gewesen ..."

Sie sah von ihm zu Tauno. Sein Gesicht war ausdruckslos. „Du hast zu viel für uns getan, als daß wir dich zwingen dürften", erklärte er.

Das Schweigen wuchs, während sie ihn anstarrte.

Endlich rührte Hauau sich. Seine Schultern sanken herab. „Aye, häßlich bin ich", brummte er. „Ich wäre auch ohne Belohnung geblieben, aber ich kann es nicht ertragen, dich zu sehen. Lebt wohl. Ich glaube, ihr schafft es auch ohne mich nach Hause. Lebt wohl für immer." Er ging auf die Reling zu.

Ingeborg sprang auf. „Nein, warte!" rief sie und rannte zu ihm. Er blieb mit offenem Mund stehen. Sie ergriff seine große Klauenhand mit ihren Händen. „Es tut mir leid", sagte sie. Ihre Stimme schwankte, Tränen standen ihr in den Augen. „Ich war nur erschrocken, verstehst du? Natürlich werde ich ..."

Er bellte ein wildes Lachen und drückte sie fest an sich. Sie schrie auf vor Schmerz. Er ließ sie los. „Verzeih mir", bat er. „Ich hatte es vergessen. Ich werde behutsam sein, ganz bestimmt."

Niels trat vor, blaß um die Nase. „Nein, Ingeborg, tu es nicht", stieß er hervor. „Wir haben der Sünden schon genug auf unsere Seelen geladen ... und du ..."

Sie lachte auf. „Du weißt doch, was ich bin", gab sie zurück. „Hieran ist nichts wirklich Neues – oder?"

Eyjan stand auf, faßte Niels bei den Schultern, flüsterte etwas in die wirren blonden Locken, die seine Ohren verbargen. Er hielt den Atem an.

Auch Tauno kam auf die Füße. Er und Hauau standen Auge in Auge. „Du *wirst* sie freundlich behandeln", verlangte Tauno, die Hand auf dem Heft seines Messers.

Die Nächte wurden länger und dunkler, als der Sommer fortschritt, aber diese eine war klar, voll von zahllosen Sternen, die für Feenaugen reichlich Licht spendeten. Die *Herning* segelte vor einem Wind, der den ganzen Kanal vor kleinen Wellen glitzern ließ. Das Wasser rauschte und gurgelte am Bug entlang. Hin und wieder klatschte ein Stück Segeltuch, ein Block klapperte, eine Planke knarrte – leise Geräusche, verloren in der Stille – bis Hauau im Bugabschnitt aufbrüllte.

Später kam er mit Ingeborg an Deck, stand da und blickte aufs Meer hinaus. Tauno war am Ruder, Eyjan im Krähennest, aber keiner von beiden sah offen zu dem Paar hin. „Ich danke dir, Mädchen", sagte der Selkie demütig.

„Du hast dich bereits bedankt", antwortete die Frau und nickte zu der Dunkelheit unter dem Vorderdeck hin.

„Darf ich es denn nicht ein zweites Mal tun?"

„Es ist nicht notwendig. Ein Handel ist ein Handel."

Er fuhr fort, aufs Wasser hinauszusehen. Seine Hände umklammerten die Reling. „Dann magst du mich überhaupt nicht?"

„So habe ich es nicht gemeint", protestierte sie. Zoll für Zoll schob sie ihre Hand weiter, bis sie auf seiner lag. „Du bist unser Retter, und, ja, du bist besser zu mir als viele, an die ich mich erinnere. Aber wir sind ... nun ... von verschiedener Art, ich sterblich und ... und du anders. Wie können wir uns jemals nahestehen?"

„Ich habe bemerkt, daß deine Augen auf Tauno ruhen."

Hastig fragte Ingeborg: „Warum versuchst du es nicht bei Eyjan? Sie ist schön, während ich unscheinbar bin, sie gehört deiner Halbwelt an, und ich glaube, sie täte es gern – nicht, daß ich es bereue, Hauau, Lieber."

„Du wirst dich an den Geruch gewöhnen", versprach er bitter.

„Aber warum willst du *mich* haben?"

Er blieb lange stumm. Schließlich wandte er sich ihr zu, die Fäuste geballt, und sagte: „Weil du eine wirkliche Frau und keine Angehörige des Feenreichs bist."

Sie hob die Augen zu ihm empor. Ihr Körper verlor seine Steifheit. „Mein Volks hat das deine erschlagen", gestand sie wie bei einer Beichte.

„Das ist Hunderte von Jahren her. Wir sind auf dem Land nahezu vergessen, und der alte Groll ist es mit uns. Ich lebe in Frieden, weit weg auf Sule Skerry – Wind, Wellen, Möwen sind die einzigen, die zu mir sprechen, Napfschnecken und Seepocken die einzigen Nachbarn –, in Frieden, ausgenommen tosende Stürme und Haie, während Winter auf Winter folgt – aber manchmal wird es eintönig, kannst du das verstehen?"

„Nackter Fels, das leere Meer, ein Himmel über dir, aber kein Himmel, in den du gelangen kannst ... Oh, Hauau!“ Ingeborg legte ihre Wange an seine Brust. Er streichelte sie mit unbeholfener Zartheit.

„Aber warum hast du dich nicht anderswo umgesehen?“ fragte sie, nachdem sein Herz dreimal zwanzig langsame Schläge getan hatte.

„Das habe ich, als ich noch jünger war, ich bin weit herumgekommen, und viel habe ich gesehen. Aber im allgemeinen wollten die Feenleute, denen ich begegnete, nicht viel mit mir zu tun haben. In ihren Augen war ich häßlich, und sie blickten nicht tiefer, denn für sie liegt nichts unterhalb der Haut.“

Ingeborg hob den Kopf. „Das ist nicht wahr. Zumindest ist nicht jeder in der Halbwelt so. Tauno ... Tauno und Eyjan ...“

„Aye, es hat den Anschein. Es ist gut von ihnen, daß sie für ihre Schwester sorgen. Trotzdem ... in Menschen wie dir liegt mehr. Ich kann es nicht benennen. Eine Wärme, eine Art zu lieben ... Liegt es daran, daß ihr wißt, ihr müßt sterben, und deshalb die kurze Spanne, die euch bleibt, nutzen wollt? Oder ist es ein Funke der Ewigkeit ... eine Seele? Ich weiß es nicht. Ich weiß nur, daß ich es in einigen Männern und in mehr Frauen gespürt habe wie ein Feuer in einer kalten Nacht ... Du hast es, Ingeborg, hell und stark, und es macht mich froher, als ich je gewesen bin. Schätze dich in all deinem Leid glücklich, weil du so lieben kannst, wie du es tust.“

„Ich?“ fragte sie erstaunt. „Eine Hure? Nein, du irrst dich. Was weißt du schon von der Menschheit?“

„Mehr als du glaubst“, erwiderte er ernst. „Von Zeit zu Zeit habe ich deine Welt betreten, und nicht immer bin ich sofort wieder hinausgeworfen worden. Denn obwohl mein Anblick und mein Geruch nicht angenehm sind, bin ich doch ein starker, beständiger Arbeiter. Wie sollte ich denn sonst die Sprache oder die Seemannskunst erlernt haben? Ich bin unter den Menschen herumgegangen, und manche Frauen haben mich in ihrem Heim willkommen geheißen, und einige wenige – kannst du es glauben? – einige ganz wenige haben mir Liebe geschenkt.“

„Ich verstehe, warum sie es getan haben“, flüsterte sie.

Schmerz verzog sein Gesicht. „Keine eheliche Liebe. Könnte denn ein Ungeheuer wie ich in einer Kirche getraut werden? Es ist immer nur für kurze Zeit gewesen. Länger haben die Reisen mit den Männern gedauert – es waren viele. Am Ende mußte ich natürlich auch sie verlassen, denn sie wurden alt, und ich nicht. Zehn Jahre sind auf meiner

Insel vergangen, bis ich den Mut fand, mich wieder unter die Sterblichen zu mischen. Die Zeit wäre noch länger gewesen, hätte eine Frau mich geküßt."

„Muß ich dir also schließlich auch weh tun?" Ingeborg stellte sich auf die Zehenspitzen und zog seinen Kopf zu sich herab. Mund legte sich auf Mund.

„Das wäre es wert, Liebes", antwortete er. „Was für Träume werde ich in den Wolken weben, welche Lieder wird der Wind von dir singen! Und jede stille, sternenerleuchtete Nacht wird mir die Erinnerung zurückbringen, bis zum Ende meiner Tage."

„Aber du wirst so allein sein."

Er versuchte, sie zu beruhigen. „Das ist nicht schlimm. Wenn mein Tod naht, wird es wegen einer Frau sein."

Sie trat einen Schritt zurück. „Was?"

„Oh, nichts." Er wies nach achtern. „Sieh doch, wie die Räder des Großen Wagens leuchten."

„Nein, Hauau." Sie zitterte unter dem Mantel, den sie übergeworfen hatte, bevor sie an Deck ging. „Sprich weiter, ich bitte dich." Sie hielt inne; er nagte an der Unterlippe. „Wir werden ... Gefährten sein ... solange diese Fahrt dauert. Ich habe in letzter Zeit soviel Unheimliches gesehen, daß ich nicht wage, daran zu denken. Noch ein Geheimnis, das mit mir zu tun haben mag ..."

Er seufzte, schüttelte den Kopf und erwiderte: „Nein, diese Frau bist nicht du, Ingeborg, das brauchst du nicht zu befürchten. Ich ... in meinem ganzen Leben meistens allein, grübelnd über den Tiefen ... habe ein Stück vom Zweiten Gesicht gewonnen. Ich weiß mein Schicksal voraus."

„Und?"

„Die Stunde wird kommen, da eine sterbliche Frau einen Sohn von mir trägt, und später werde ich ihn mit mir fortnehmen, damit sie ihn nicht als Dämonenbrut verbrennen. Und sie wird einen Mann heiraten, der uns beide erschlagen wird."

„Nein, nein, nein."

Er kreuzte die Arme. „Ich habe keine Furcht. Traurig für den Jungen, aye. Aber in jenen Tagen wird das Feenreich nur noch ein letztes dünnes Glimmen sein, bevor es für immer erlischt. Deshalb kann ich glauben, daß es cine Gnade für ihn ist, und auch für mich. Ich werde eins sein mit den Wassern."

Ingeborg weinte ganz leise unter den Sternen. Er wagte es nicht, sie zu berühren.

„Ich bin unfruchtbar", würgte sie hervor.

Er nickte. „Ich weiß genau, daß du es nicht bist, die meinen Untergang herbeiführt. Dein eigenes Geschick ..." Er schloß fest den Mund. Nach einem Augenblick setzte er hinzu: „Du wirst müde sein nach allem, was du erlitten hast. Komm, ich bringe dich nach unten, damit du schlafen kannst."

Es war noch dunkel, als das Stundenglas den Beginn einer neuen Wache anzeigte, aber die Morgendämmerung war nicht mehr fern. Die Mannschaft war übereingekommen, daß des Nachts immer zwei vom Feenvolk Dienst tun sollten, und hatte einen Schichtplan ausgearbeitet. Diesmal übernahm Hauau das Steuer, und Tauno kletterte auf den Mast.

Eyjan, die frei war, schwang sich geschmeidig durch eine Luke in den Frachtraum, wo die Schlafstellen waren. Für sie kam genug Licht von den Sternbildern, die die Öffnung einrahmte. Wäre der Lukendeckel geschlossen gewesen, hätte sie ihren Weg ertasten oder durch den Orts- und Richtungssinn einer Meerfrau finden können. Niels und Ingeborg schlummerten auf Strohsäcken Seite an Seite, er ausgestreckt, sie wie ein Kind zusammengerollt, einen Arm über die Augen gelegt. Eyjan hockte sich neben dem Jüngling nieder, strich ihm über das Haar und sagte ihm leise ins Ohr: „Komm, Schlafmütze. Jetzt sind wir dran."

„Oh ... oh." Mit einem Ruck war er hellwach. Bevor er laut sprechen konnte, schloß sie seine Lippen mit den ihren.

„Leise", warnte sie. „Störe diese arme Frau nicht. Hier, ich führe dich." Sie nahm seine Hand. Außer sich vor Entzücken, folgte er ihr zur Leiter und auf Deck.

Im Westen glitzerten die Sterne, aber im Osten hatte sich ein gehörnter Mond erhoben, und der Himmel unter ihm verwandelte sich in Silber. Das Meer schimmerte noch heller. Eyjan stand vor dem schattigen Hintergrund, als glühe eine kalte Lampe in ihr. Der Wind hatte aufgefrischt, er musizierte in der Takelage und blähte das Segel. Die *Herning* krängte ein wenig. Die Wellen rauschten.

Niels blieb stehen. „Eyjan", rief er, „du bist zu schön, deine Schönheit verbrennt mich!"

„Leise, leise." Sie warf einen schnellen Blick den Mast hinauf.

„Hier entlang, zum Vorderdeck." Sie tanzte voraus, er stolperte hinterher.

Unter dem Vorderdeck lagerte keine Schwärze mehr. Statt dessen hatte sich ein Zwielicht ausgebreitet, in dem er sie deutlich sehen konnte, bis sie ihren Körper an ihn drängte und er im Wirbelsturm ihrer Küsse unterging. In seinem Inneren tönten Trompeten und Trommeln, explodierten Flammen. „Zieh diese dummen Kleider aus", befahl sie.

Danach ruhten sie sich für die nächste Umarmung aus. „Ich liebe dich", flüstere er in ihr duftendes Haar. „Von ganzem Herzen mit meiner Seele liebe ich dich."

„Still", wehrte sie ihn ab. „Du bist ein Mensch – und getauft."

„Das kümmert mich nicht!"

„Es wird und es muß dich kümmern." Eyjan stützte sich auf einen Ellenbogen hoch, um ihm ins Gesicht sehen zu können. Ganz leicht legte sie die freie Hand auf seine Brust. „Du hast eine unsterbliche Seele, auf die du achtgeben mußt. Die Umstände haben uns zu Schiffsgefährten gemacht, aber ich möchte nicht der Anlaß zu deinem Verderben sein, geliebter Freund."

In seiner Qual faßte er nach ihrem Busen und stöhnte: „Ich kann nicht von dir lassen. Nie. Und du – du wirst mich doch auch nicht verlassen wollen, nicht wahr? Sag mir, daß du es nicht tun wirst!"

Sie beruhigte ihn mit Küssen, bis er bereit war, ihr zuzuhören. „Wir wollen uns nicht um das Morgen ängstigen, Niels. Damit verderben wir uns doch nur das Heute, das uns gehört. Reden wir nicht mehr von Liebe." Sie lachte leise. „Reden wir von guter, ehrlicher Lust. Du bist ein sehr erregender Bursche, wußtest du das?"

„Aber du *bedeutest* mir etwas ..."

„Und du mir. Wir können vieles miteinander teilen, Arbeit, Gespräche, Lieder, einen Blick über See und Himmel ... wir können gute Kameraden sein ..." Wieder lachte sie, tief in der Kehle. „Doch in dieser Stunde haben wir anderes zu tun, und ich spüre, daß du ... wie wundervoll."

Oben im Krähennest hörte Tauno die Geräusche, die sie verursachten. Sein Mund wurde schmal. Immer wieder und wieder schlug er mit der Faust in die Handfläche.

Das gute Wetter hielt an, und die *Herning* rumpelte schneller nach Süden, als es zu erwarten gewesen war. Wenn ihr ein Schiff begegnete, das zwischen England und Irland dahinpflügte, rief Hauau, wie ein

Mensch gekleidet, in englischer Sprache hinüber, was er und Niels für die jeweilige Gelegenheit gerade am plausibelsten hielten. Da sie offensichtlich weder auf einer kriegerischen Unternehmung noch Piraten waren, genügte das. Einmal drehten sei bei und warteten, bis es Nacht geworden war, damit sie sich an einem königlichen Schiff vorbeistehlen konnten, das sich Hauau in seiner Seehundform aus der Nähe ansah. Das Schiff hätte sie der Spionage oder des Schmuggelns verdächtigen und anhalten können.

An einem wolkigen Abend kam Tauno mit einem schönen, großen Lachs zurück. Er schwang sich die Strickleiter empor, die mittschiffs herabbaumelte, und warf den Fisch auf die Planken. „Ho, ho!“ bellte der Selkie unter dem dunklen Achterdeck hervor, wo er am Ruder stand. „Willst du mir gleich ein Stück davon abschneiden?“

Tauno nickte und brachte ihm das Stück. Im trüben Licht einer Laterne, die die zitternde Kompaßnadel beleuchtete, wirkte Hauau weniger menschlich als bei Tage. Er schnappte sich das rohe Fleisch und zerriß es gierig. Die Geschwister machten sich ebenfalls nichts aus gekochten Fischen, und Ingeborg bereitete sie nur für Niels und sich zu. Trotzdem huschte ein Ausdruck des Ekels über Taunos Gesicht, bevor er sich beherrschen konnte.

Hauau merkte es. „Was hast du?“ fragte er.

Tauno zuckte die Schultern. „Nichts.“

„Doch, und ich glaube, es hat etwas mit mir zu tun. Sprich es aus. Wir können es uns nicht leisten, Mißfallen an dem anderen aufsprießen zu lassen.“

„Ich habe keine Klage gegen dich“, antwortete Tauno mürrisch. „Doch wenn du es unbedingt wissen mußt, dann will ich dir sagen, daß wir in Liri manierlichere Eßgewohnheiten haben.“

Hauau betrachtete ihn einen Augenblick forschend, und offenbar überlegte er sich seine Worte gut.

„Darüber würdest du dich nicht ärgern, wenn es nicht dem Zweck diente, deine Gedanken von etwas anderem abzulenken, das dich schmerzt. Was ist los, Junge?“

„Nichts, habe ich dir gesagt!“ fauchte Tauno und wandte sich zum Gehen.

„Warte!“ rief der Selkie. Tauno blieb stehen.

„Ist es das, daß es kein Mädchen für dich gibt, wo doch Niels und ich eines haben?“ überlegte Hauau. „Ich glaube, Ingeborg würde dich mit Freude in die Arme schließen, und ich mißgönne dir das Vergnügen bestimmt nicht.“

„Du glaubst doch nicht, daß *sie* ...“ Tauno brach ab. Dieses Mal ging er wirklich.

Draußen verdichtete sich die Dämmerung. Eine undeutliche Gestalt glitt ein Wanttau herunter und landete mit einem Plumps auf dem Deck. Tauno trat näher. Niels mußte seine Augen anstrengen, um etwas zu sehen, aber der Sohn des Wassermanns erkannte sofort, daß der andere verwirrt war.

„Was hast du da oben gemacht?“ fragte er.

„Ich ... nun, Eyjan hat doch Wache im Krähennest“, erwiderte Niels mit einer Stimme, die ein klein wenig zitterte. „Wir haben uns miteinander unterhalten, bis sie mir riet, ich solle lieber hinabklettern, solange ich noch sehen könne.“

Tauno nickte. „Ja, du läßt dir keine Gelegenheit entgehen, in ihrer Gesellschaft zu sein, wie?“

Er starrte ins Leere. Niels faßte ihn am Handgelenk. „Tauno ... ich bitte dich, hör mich an.“

Der Prinz von Liri dreht sich zu ihm um. „Nun?“ fragte er nach langem Schweigen.

Niels schluckte. „Du bist hochmütig geworden. Kalt gegen mich – ich glaube, gegen alle, aber besonders gegen mich. Warum? Habe ich dir irgend etwas zuleide getan? Um nichts in der Welt möchte ich das, Tauno.“

„Wie kommst du zu der Annahme, du könntest mir etwas zuleide tun, Landmann?“

„Nun, deine Schwester ... deine Schwester und ich ...“

„Pah! Sie ist ein freies Wesen. Ich bin kein solcher Narr, daß ich sie bevormunden möchte.“

Niels streckte die Hand durch die Düsternis, die ihn von Tauno trennte. „Ich liebe sie“, bekannte er.

„Wie kannst du das? Wir sind seelenlos, sie und ich, hast du das vergessen?“

„Ihr könnt es nicht sein! Sie ist ... so wunderbar, so wunderbar. Ich möchte sie heiraten ... wenn nicht vor den Menschen, dann vor Gott ... sie beschützen, sie verehren, bis der Tod zu mir kommt. Tauno, ich wäre ihr ein guter Mann. Ich würde gut für sie sorgen – und für die Kinder. Mein Anteil an dem Gold – ich weiß, wie ich es fruchtbar machen kann ... Willst du mit ihr sprechen, Tauno? Sie läßt mich nicht davon reden, aber willst du es tun, meinet- und ihretwegen? Sie könnte sogar gerettet werden, wenn ..."

Seine überstürzten Worte blieben ihm in der Kehle stecken, als der Sohn des Wassermanns ihn bei den Armen faßte und schüttelte, bis ihm die Zähne klapperten. „Halte den Mund!" fuhr Tauno ihn an. „Noch ein Wort, und ich schlage dich nieder! Genieße das Vergnügen, solange es dauert. Denn das bedeutet es für sie, verstehst du, ein Vergnügen, das vorerst letzte von Dutzenden. Nichts sonst. Sei froh, daß es ihrer Laune entspricht, sich dir hinzugeben, und belästige uns nicht mit deinem Gewinsel. Hast du verstanden?"

„Ja, verzeih mir, es tut mir leid", schluchzte Niels. Als Tauno ihn losließ, sank er auf dem Deck zusammen.

Der Sohn des Wassermanns blieb eine Weile neben ihm stehen, aber sein Blick ging nach oben. Nichts rührte sich dort, außer daß der Wind eine Haarlocke flattern ließ. Er öffnete den Mund, um etwas in der Liri-Sprache hinaufzurufen, aber er schloß ihn wieder.

Langsam kam er zu einer Entscheidung. „Bleib auf Deck, Niels, bis ich dir sage, daß du nach unten kommen darfst", befahl er.

Dann wandte er sich schnell der nächsten Luke zu. Er machte sich nicht die Mühe, den Deckel zu schließen, was die Geräusche gedämpft hätte. Er ging geradewegs zu Ingeborgs Strohsack und weckte sie auf.

Ein sanfter Wind trieb Regen von Irland her und verwischte alle Farben zu Taubengrau. Lauter als das Flüstern der Brise schlugen die Tropfen auf das Wasser und übersäten die Wellen mit kleinen Löchern. Jeder Atemzug trug durch Kühle und Feuchtigkeit einen Hauch von grünen Feldern heran.

Da ein Ausguck vom Mastkorb aus nichts nützte, schwammen Tauno und Eyjan als Kundschafter voraus. Sie konnten die Kogge nur noch undeutlich erkennen. Zum ersten Mal seit langer Zeit waren sie miteinander allein. So langsam, wie das Schiff heute segelte, brauchten sie sich nicht anzustrengen und konnten sich leicht unterhalten.

„Du warst grausam zu Niels", sagte sie.

Er spritzte mit Wasser. „Du hast uns gehört?"

„Natürlich."

„Was hast du ihm gesagt?"

„Du seist schlechter Stimmung gewesen, und er dürfe es sich nicht zu Herzen nehmen. Er war sehr traurig. Sprich freundlich zu ihm, Tauno. Er verehrt dich."

„Und dich betet er an. Der junge Einfaltspinsel!“

„Nun, ich bin sein erstes, wirklich sein erstes Mädchen, hast du das gewußt?“ Eyjan lächelte. „Er lernt schnell und gut. Soll er in seinem Leben noch viele andere glücklich machen, nachdem wir uns getrennt haben.“

Tauno blickte finster. „Ich hoffe, er wird nicht so lange über dich grübeln, bis er allen Verstand verliert, den er je gehabt haben mag. Er und Ingeborg – wen sonst haben wir, der Yrias wegen für uns mit den Menschen verhandeln könnte? Du und ich, wir könnten uns kaum als Landvolk ausgeben, geschweige denn als dänische Untertanen.“

„Ja, darüber haben wir gesprochen, er und ich.“ Eyjan war ebenfalls besorgt. „Wenigstens weiß er, daß er vorsichtig sein muß, wenn er, ein einfacher Seemann, sich einen Weg durch Gesetze bahnen will, die dazu gemacht wurden, ihn fest an sein vorbestimmtes Geschick zu fesseln.“ Eindringlich fuhr sie fort: „Und doch setze ich meine Hoffnung auf ihn, denn er ist klug, und es schlummern in ihm noch Möglichkeiten.“ Leiser: „Vielleicht wird er mich wirklich nicht aus seinem Herzen reißen, wie er es tun müßte ...“ Entschlossen: „Aber Ingeborg wird ihm mit Rat und Tat zur Seite stehen, und ich nehme an, daß sie schon alle Arten von Männern kennengelernt hat.“

„Sie ist stark“, stimme Tauno gleichgültig zu.

Eyjan dreht sich auf die Seite, damit sie ihn ansehen konnte. „Ich dachte, sie würde dir mehr als das bedeuten.“

Tauno nickte. „Ich mag sie gern, aye.“

„Und ihre Gefühle für dich ... Oben im Krähennest konnte ich hören, mit welcher Freude sie dich empfing, als du sie aufgeweckt hattest. Sie sagte kein lautes Wort, aber gehört habe ich sie doch.“ Eyjan zuckte zusammen und dachte nach. Dann fuhr sie fort: „Am anderen Tag haben wir miteinander gesprochen, sie und ich. Von Frau zu Frau. Sie macht sich Gedanken darüber – auch wenn ihr Verstand ihr sagt, daß es unmöglich ist –, ob wir uns nicht in ihrer Nähe ansiedeln und die Suche nach unserem Volks aufgeben könnten. Mit dem Gold könnten wir uns Land an der Küste kaufen. Als ich ihr sagte, das sei unmöglich, wandte sie das Gesicht von mir ab. Dann sah sie mich wieder an und plauderte weiter mit mir, ganz unbeschwert. Aber ich hatte ihre Schultern und Hände beobachtet.“ Eyjan seufzte. „Es ist für Sterbliche wirklich nicht gut, sich mit Bewohnern des Feenreichs einzulassen.“

„Umgekehrt auch nicht“, brummte Tauno.

„Das ist wahr. Arme Ingeborg. Und doch – wie können wir als die letzten beiden vom Seevolk in Dänemark überleben? Finden wir unseren Vater nicht, müssen wir versuchen, uns einem anderen Stamm anzuschließen. Schwer genug wird uns die Suche durch die ganze Welt werden."

„Ja ... schwer", sagte Tauno. Sie blickten einander in die Augen. Er wurde bleich, sie errötete. Mit einem Mal tauchte er und kam eine Stunde lang nicht wieder nach oben.

Die *Herning* umrundete Wales, fuhr an den weißen Klippen von England entlang und an den Niederlanden vorbei auf die Heimat zu.

4

Das Schiff der Liri-Leute hatte schon mehr als die halbe Strecke an der dalmatinischen Küste entlang zurückgelegt, als die Sklavenfänger es entdeckten.

Anfangs fürchtete keiner des Seevolks etwas Böses, nicht einmal Vanimen. Seit sie das Tor des Herkules hinter sich gelassen hatten, waren ihnen viele Schiffe begegnet; das hier waren vielbefahrene Gewässer. Da Vanimen acht darauf gab, sich ein gutes Stück vom Land entfernt zu halten, griff sie niemand an. Ebenfalls aus Vorsicht hatte er befohlen, daß jeder tagsüber an Deck Kleider zu tragen hatte, die aus den Truhen der Seeleute stammten, und daß die Schwimmer bis nach Eintritt der Dunkelheit unter Wasser bleiben mußten. Das Nordland-Fahrzeug, offensichtlich vom Sturm angeschlagen, zog Neugier und manchmal – so glaubte Vanimen – Hilfsangebote auf sich. Hielt ein Schiff auf sie zu, dann winkte er ab und rief hinüber, so gut er es auf Latein konnte, sie benötigen nichts und seien unterwegs zu einem nahe gelegenen Hafen. Das tat seine Wirkung, auch wenn er nicht sicher war, ob es daran lag, daß seine Sprache der hier gebräuchlichen nahe genug kam oder daß die Skipper einer so zerlumpten und merkwürdig aussehenden Gesellschaft, wie sie da erblickten, lieber aus dem Weg gingen. Aus der Anwesenheit von Frauen und Kindern, die er mit Absicht an Deck weilen ließ, ging jedoch klar hervor, daß sie keine Piraten waren. Deshalb kam kein Kriegsschiff längsseits.

Wäre das geschehen, dann hätten sie das Schiff verlassen. In allen anderen Fällen war Vanimen dagegen. Das Schiff blieb trotz seines schlechten Zustands, seiner Langsamkeit, Schwerfälligkeit und der unaufhörlichen Arbeit an den Pumpen ihr Zufluchtsort – und diente ihnen auf dem engen Meer, das Christen und Muselmanen voneinander trennte und in dem kein Angehöriger des Feenreichs überlebt hatte, als Tarnung. Deshalb ließ er es weiterfahren, Tag und Nacht, Tag und Nacht. Trat Windstille ein und war die Sonne untergegangen oder waren keine Menschen in der Nähe, dann ließ er das Schiff von seinem Volk ziehen. So entfaltete es eine größere Geschwindigkeit als jede sterbliche Mannschaft aus ihm herausgeholt hätte. Trotzdem waren es ermüdende Wochen, bis sie den Eingang zum Adriatischen Meer erreichten. Hätten die Wanderer nicht in den Wellen jagen, tollen und sich regenerieren können, wären sie wohl an der Verzweiflung zugrundegegangen.

Nun wurde die Fahrt noch langsamer und vorsichtiger, denn sie mußten sich eng an die östliche Küste halten, damit einzelne Gruppen die Gegenden erforschen konnten. Diese Route erhöhte die Wahrscheinlichkeit, daß sie von einem Schiff des Herrschers dieses Landes angehalten und untersucht wurden. Trotzdem stieg die Stimmung, Gesang klang auf, denn dies hier war ein schönes Land, steil, bedeckt mit Wäldern, reich an Fischen. Vanimen wollte weitersegeln, so lange es mit dem Schiff möglich war, es sei denn, er fand vorher eine vollkommene Stelle. Aber es würde jetzt keine Katastophe mehr bedeuten, wenn sie den Hulk aufgeben mußten.

So dachte er.

Tatsächlich lebte die Halbwelt immer noch an diesem Küstenstreifen und bestimmt auch in den Bergen, die sich dahinter erhoben. Als Vanimen zum Ufer schwamm und am Strand aus dem Wasser stieg, spürte er Magie wie ein Singen in seinem Blut, nachdem er in letzter Zeit auf ihrer Reise nichts als Öde empfunden hatte. Er erspähte Wesen, die scheu oder ihm nicht wohlgesinnt, auf jeden Fall aber nicht aus gewöhnlichem Fleisch und Blut waren. Fremd waren sie ihm, und wenn sie nicht davonflitzten, als hätten sie Angst, dann drohten sie ihm, und er zog sich zurück. Aber sie waren von seiner Art, ihm ähnlicher als Agnete, die letzten Endes erkannt hatte, daß sie der Halbwelt nie richtig angehören konnte.

Ein paar Stellen waren durch Exorzismus unzugänglich gemacht worden. Was an Fragezauber in seiner Macht lag, wandtc er an, und so erfuhr er, daß dies meistenteils in den letzten Jahren geschehen war.

Ein neuer Glaube schien unter den Menschen aufgetaucht zu sein, oder vielmehr eine neue Sekte – denn er bemerkte nirgendwo etwas anderes als das Kreuz –, und dieser lehnte die lässigere Art der früheren Christen ab. Öfter noch stellte Vanimen fest, daß es einfach zuviel Ackerbau oder eine aufblühende Stadt gab, die allein durch ihr Vorhandensein die Gründung einer Kolonie unmöglich machte. Nun ja, die Delphine hatten ihm gesagt, er müsse weiter nördlich suchen.

Als er dies tat, kamen sie allmählich zu der Vielzahl von Inseln, von denen die Delphine gesprochen hatten. Keine war von den Priestern mit ewigen Flüchen belegt worden. Der Glaube, der voller Haß gegen alles zu Felde zog, was nach Lebensfreude schmeckte, konnte noch nicht bis hierher vorgedrungen sein. Denn so hatte Vanimen es sich zurechtgelegt: Der eigentliche Grund, warum das Feenvolk, das nur zu gern Freundschaft mit den Menschen geschlossen hätte, von diesen verfolgt wurde, war, daß es Freude am Leben hatte, auch wenn es dadurch der Seele verlustig ging. Irgendwo in dieser Gegend, so wagte er zu hoffen, lag das Ziel seiner Träume.

Sein Verstand setzte hinzu: Es wird auch höchste Zeit! Der Hulk fiel nämlich unter ihm in Stücke. Die Pumpen konnten das Wasser nicht mehr zurückhalten. Das Schiff sank täglich tiefer, war immer schwerer zu manövrieren, wollte sich von keinem Wind mehr vorantreiben lassen. Bald würde es ganz und gar nutzlos geworden sein. Doch dann konnte sich seine Schar ohne Hilfe auf die Suche machen ...

So war der Stand der Dinge, als die Sklavenjäger das Schiff entdeckten.

Es war ein Tag, an dem die Fischer zu Hause und die Kaufleute an den Landungsplätzen blieben. Immer stärkere Böen pfiffen von Westen heran, trieben weiße Schaumkronen auf dem Wasser und Regenschauer am grauen Himmel vor sich her. Vanimen versuchte, vom Lee-Ufer Abstand zu halten, mußte jedoch bald einsehen, daß das nicht möglich war. Zwei Meilen aufrührerischen Meers voraus lag eine große Insel dicht vor dem Festland. Er schätzte, daß ihm die Einfahrt in den dazwischen liegenden Kanal gelingen würde. Dort waren sie geschützt. Hausdächer waren ein warnendes Zeichen, daß dort Menschen wohnten, aber es ließ sich nicht ändern, und viele waren es nicht.

Vanimen stellte sich auf das Achterdeck, wo er Ausschau halten und der Mannschaft, die sich inzwischen ein wenig Geschicklichkeit erworben hatte, Befehle zurufen konnte. Die Männer, alle nackt, führten verschiedene Arbeiten durch oder warteten auf neue Aufgaben. Viel größer war die Zahl der Frauen und Kinder, die er nach unten geschickt hatte, damit sie nicht im Weg waren. Es stand ihnen frei, sich den Schwimmern anzuschließen, und ein paar hatten es auch getan. Aber die meisten Mütter fürchteten, daß Gegen- und Unterströmungen ihnen die Kleinen zwischen den Felsen dieser unbekannten Küstengewässer von der Seite reißen könnten.

Ein anderes Schiff tauchte am verschwimmenden Horizont auf, während das Seevolk seine Vorbereitungen traf. Es war eine Galeere, schlank, rot und schwarz gestrichen. Das Segel war eingerollt; sie wurde durch Ruder wie Spinnenbeine bewegt. Die Galionsfigur glänzte golden durch die Gischt, ein geflügelter Löwe. Daraus und aus dem Kurs erriet Vanimen, so wenig Informationen er über diesen Gegenstand hatte, daß es ein venetianisches Schiff auf dem Weg nach Hause war. Nachdenklich zog er die Stirn in Falten. Es war kein Frachtschiff – und wäre das der Fall gewesen, dann wäre es in einem Geleitzug gefahren –, aber für ein Kriegsschiff sah es zu geräumig aus.

Er riß sich aus seinen Gedanken und wandte seine Aufmerksamkeit der Rettung seines eigenen Fahrzeugs zu. Für die Befehle, die er dem Mann am Ruder und den Leuten auf Deck zu erteilen hatte, brauchte er Erfahrung und Verstand und ebenso ein angeborenes Gefühl für die Elemente. Deshalb achtete er in der nächsten Stunde kaum auf das fremde Schiff ... bis Meiiva, die am Bug Wache gehabt hatte, nach achtern zu ihm kam.

Sie zog ihn am Ellenbogen, zeigte mit dem Finger und rief aufgeregt: „Sieh mal dorthin, ja? Sie wollen uns den Weg abschneiden."

Vanimen stellte fest, daß sie die Wahrheit sprach. „Gerade dann, wenn wir keine Vorsichtsmaßnahmen getroffen haben, unsere wahre Natur zu verbergen!" rief er aus. Nach einem Augenblick, in dem er versuchte, gegen mehr als das Rollen und Stampfen festen Stand zu behalten, entschied er: „Wenn wir in aller Eile Kleider anlegten, könnte das merkwürdiger wirken, als wenn wir bleiben, wie wir sind. Hoffen wir darauf, daß sie nur denken, wir seien lieber unbedeckt; wir haben, wie du dich erinnern wirst, selbst schon nackte Seeleute gesehen, seit wir vom Ozean her durch die Enge gekommen sind. Höchstwahrscheinlich will der Herr des Schiffes nur fragen, wer wir sind. Er wird kaum nahe genug herankommen, um zu erkennen, daß wir nicht von seiner Art sind – zu gefährlich in diesem Wetter –, und nassem Haar sieht man nicht gleich an, ob es blau oder grün ist.

Sag den Leuten auf dem Deck Bescheid, sie sollen Obacht geben, wie sie sich benehmen."

Als Meiiva wieder zu ihm zurückkehrte, kam die Galeere mit dem Wind auf sie zu, und Vanimen zog die Nase kraus. „Puh!" sagte er. „Riechst du das? Sie stinkt nach Schmutz, nach Schweiß, aye, und nach Elend. Welche Teufelei hat sie an Bord?"

Meiiva spähte hinüber. „Ich sehe einige, die Metall tragen, und ich sehe Waffen", antwortete sie. „Aber was sind das für welche, die sich mittschiffs, in Lumpen gekleidet, zusammendrängen?"

Das wurde ihnen klar, als die Entfernung sich verringert hatte. Männer, Frauen, Kinder mit dunkler Haut und stumpfen Gesichtern trugen Ketten an Hand- und Fußgelenken. Sie standen, saßen, lagen, zitterten vor Kälte, suchten das bißchen Trost, das ihnen die Nähe der anderen geben konnte. Neben ihnen glänzten die Piken der Wachen, die von hellerer Hautfarbe waren. Unbehagen beschlich Vanimen. „Ich glaube, ich weiß es", sagte er zu Meiiva. „Es sind Sklaven."

„Was?" Dies Wort aus der Menschensprache hatte sie noch nie gehört.

„Sklaven. Leute, die gefangengenommen wurden, die verkauft und erworben und zur Arbeit gezwungen werden wie die Tiere, die Pflug und Karren ziehen, was du sicher schon beobachtet hast. Daß es so etwas gibt, habe ich von Menschen gehört, mit denen ich gesprochen habe. Zweifellos kehrt das Schiff dort von einem Übefall auf Ausländer im Süden zurück." Vanimen spuckte leewärts und wünschte sich, er könne es nach der anderen Seite tun.

Meiiva zuckte zusammen. „Ist das wahr?"

„Aye."

„Und trotzdem zieht der Schöpfer der Sterne diese Rasse allem anderen in der Welt vor?"

„Ich verstehe es auch nicht ... Hoi, sie rufen uns an."

Über die Grenzen hinweg, die der Wind und die Sprachschwierigkeiten setzten, konnte keine richtige Unterhaltung geführt werden. Ein magerer Mann, glattrasiert, in einem Brustharnisch und einem Helm mit wildem Federschmuck, musterte sie, bis Vanimen die Haut kribbelte. Doch endlich fiel die Galeere zurück, und der Liri-König gönnte sich einen Atemzug der Erleichterung.

Aber inzwischen ragte die Insel genau vor ihnen auf, und an ihrem Fuß brodelte eine gefährliche Brandung. Vanimens ganze Aufmerksamkeit war erforderlich, um den Hulk in die Sicherheit des Kanals zu manövrieren. Rechts das Ruder! Rahnock einhieven! Schothorn an Steuerbord fortschieben! Ein Ruck durchlief die Planken – kratzte der Kiel über etwas hinweg? Plötzlich trat Windstille ein, doch das bedeutete weniger Raum zum Manövrieren ...

Unglaublicherweise blieb das Schiff stehen.

Vanimen blickte hierhin und dahin. Sie waren in einem Wasserstreifen, der nur kleine Wellen warf. Auf beiden Seiten stiegen die Ufer auf wie Mauern. Der Sturm heulte, konnte jedoch bis auf wenige bösartige Regentropfen, die er schleuderte, nicht an sie heran. Die Luft fühlte sich hier weniger scharf an als draußen. Das Festland war hinter einem Streifen Sand bewaldet. Bäume und Klippen verbargen halb eine Gruppe von Gebäuden auf der Insel. Weder Menschen noch Hunde waren in Sicht. Auch war kein weiteres Schiff zu sehen, während Vanimen damit gerechnet und entsprechende Pläne zur Hand gehabt hatte.

Er richtete seine Meer-Sinne auf das Wasser selbst und stellte fest, daß sein Salzgehalt geringer war. Ein bißchen weiter nördlich mußte ein Fluß von dem Kontinent ins Meer münden. Sicher lag dort ein Hafen, und zwar, wie er vermutete, von beträchtlicher Größe; Abfall und Teerkügelchen tanzten in seinem Sichtkreis. Dort würden die Schiffe der Menschen anlegen. Doch ein Landvorsprung verbarg den Hafen vor seinen Augen und ihn vor ihm.

Er war überzeugt, der Sturm werde vor dem Abend enden. Dann konnte die Suche fortgeführt werden. Inzwischen ... Er lehnte sich gegen das Heckbord. Inzwischen war hier Friede. Er wollte schlafen. Das Bedürfnis nach Schlaf überflutete ihn wie eine Woge.

Meiiva schrie.

Vanimen fuhr hoch, hellwach. Um eine Klippe bog die Galeere. Ihre Ruder erzeugten ihren eigenen Sturm. Sie war über dem Hulk, bevor das Seevolk unter Deck aus den Luken gekommen war. Dem König blieb ein Augenblick, sich zu erinnern, daß er ein Schiff befehligte, auf dem ein von ihm Ermordeter ihn verflucht hatte.

Enterhaken bissen sich fest. Eine Verbindungsbrücke klappte herab. Darüber tobten, gerüstet und bewaffnet, die Venetianer. Sie hatten ihre menschliche Ware in den Frachtraum geschickt und waren nach mehr aus.

Als sie plötzlich die Fremdartigkeit ihrer Opfer bemerkten, die Schwimmhäute an den Füßen, die Haarfarben, die elfenhaften Gesichtszüge, schreckten einige von ihnen zurück. Sie schrien auf, bekreuzigten sich und wollten Hals über Kopf davonlaufen. Beherztere Naturen brüllten, schwangen die Schwerter hoch, drängten zum Angriff. Der Anführer riß sich ein Kruzifix vom Hals und hielt es neben seine Klinge. Das gab ihm Mut. Ihre Opfer waren nackt, fast alle unbewaffnet, die meisten Frauen und Kinder.

Befehle ertönten, die Angreifer schwärmten aus, bildeten eine Reihe, schritten vor und drängten Vanimens Gefolgsleute zum Heck zurück. Waffen, Helme, Rüstungen – bloße Kraft konnte dagegen nichts ausrichten. Außerdem verstand das Seevolk nichts vom Kriegshandwerk. Die sich auf Deck befanden, zogen sich voller Entsetzen zurück, die noch nicht nach oben gekommen waren, tauchten wieder im Frachtraum unter.

Schwimmer kamen an die Oberfläche und schossen herbei. „Tut es nicht!“ rief der König, als sie die Strickleiter emporklettern wollten. „Es ist euer Tod oder Schlimmeres!“

Leicht wäre es gewesen, sich ihnen anzuschließen und zu entfliehen. Vanimen sah die ersten Leute vom Deck springen. Aber was sollte aus denen werden, die unten in der Falle saßen, durchfuhr es ihn. Schon hatte der Feind die Luken umkreist.

Er selbst würde sich in die gegen ihn gereckten Speerspitzen stürzen, bevor er sich in Fesseln schlagen ließ und den Markt, Staub und Kot, die Peitsche und die Sehnsüchte ertrug, die sein Leben als Sklave ausmachen würden. Oder man würde ihn zur Schau stellen ... einmal, als er an Land gegangen war, hatte er einen Bären gesehen, Eiter um den Ring in seiner Nase, der ohne Hoffnung am Ende einer Kette tanzte, während die Zuschauer lachten ... Hatten diejenigen, die ihm vertrauten, kein Recht auf die gleiche Wahl?

Und sie verkörperten zuviel von Liri. Die Meerfrauen im Wasser waren zu wenige, als daß sie den Stamm hätten am Leben erhalten können.

Er war ihr König.

„Vorwärts!“ rief er. Die Planken donnerten, als er vorwärtsstürmte.

Sein Dreizack lag in einer Kabine, aber er hatte seine Muskeln und Sehnen. Eine Pike wurde nach ihm gestoßen. Er ergriff den Schaft, riß ihn seinem Träger aus der Hand, wirbelte das stumpfe Ende herum und erschlug damit den Gegner. Schlagend, stechend, tretend, stampfend, brüllend, watete er hinein in die Feindesschar. Ein Mann gelangte hinter ihn und hob seine Axt, um ihm das Rückgrat zu spalten. Schon war Meiiva da, das Messer in der Hand, riß das Kinn des Mannes zurück und legte seine Kehle bloß. Wassermänner, die auf dem Deck gearbeitet hatten, schlossen sich Vanimen und Meiiva an, warfen ihre Kraft und tiefverwurzelte Vitalität gegen gezückten Stahl. Sie säuberten einen Platz rings um eine der Luken. Vanimen rief die Meerfrauen herbei. Sie und ihre Kinder strömten heraus, liefen an die Reling und sprangen über Bord. Für sie wehrte die kleine Schar die Menschen ab.

Vom Deckaufbau der Galeere zielten Armbrustschützen.

Das Seevolk hätte die Schlacht wohl gewinnen können – wenn das Kriegführen bei ihnen eine Tradition gehabt hätte. Sie hatten jedoch keine Ausbildung, keine Fertigkeit im Abschlachten von Leuten, die sie nie zuvor gesehen hatten. Vanimen hätte die Schwimmer nicht auffordern sollen, im Wasser zu bleiben. Das wurde ihm klar, als er erneut von Waffen bedrängt wurde, und er rief sie zu Hilfe. Aber bei dem Lärm hörten sie ihn nicht, sie schwammen ratlos hin und her. Einige wurden von Pfeilen getroffen, als die Armbrustschützen sie bemerkten.

Zwei oder drei an Bord starben auf die gleiche Weise. Die Venetianer formierten sich neu, gingen zum Gegenangriff über. Das Kampfgetümmel verschmierte das Deck mit Blut. Die meisten der Gefallenen waren Frauen und Kinder, die auf dem Weg ins Wasser gewesen waren, aber die Venetianer töteten jeden Wassermann an Bord außer Vanimen.

Er merkte kaum, daß er durchbohrt und zerfetzt wurde. Irgendwie – an seiner Seite Meiiva, die wie eine Wildkatze kämpfte – erzwang er sich einen Weg. Zusammen erreichten sie die Reling und sprangen.

Salzwasser umfing ihn, wie es einst seine Mutter getan hatte. Er sank in kühle grüne Tiefen, seine Freunde schwärmten herbei, außer den Toten war niemand zurückgelassen worden. Er hatte sie vor der Sklaverei gerettet, seine Arbeit war getan, und nun konnte er ausruhen.

Nein. Das Blut strömte aus ihm heraus, dunkel anzusehen, bitter zu schmecken. Es waren große Wunden; er mußte an Land gehen, wo das Blut gestillt werden konnte, oder sich zu den Erschlagenen gesellen. Anderen ging es ebenso, wie er durch Wogen der Dunkelheit erkannte. Jede Frau, jedes Kind, alle waren sie verletzt worden.

„Kommt“, sagt er zu ihnen oder glaubte es gesagt zu haben.

Sie erreichten das Festland, husteten ihre Lungen leer und krochen aus ihrem Meer.

Zweifellos waren auch die Venetianer von der Begegnung erschüttert. Sie blieben eine Stunde oder länger auf der Galeere und dem Hulk. Vor ihren Augen sorgten inzwischen die Flüchtlinge so gut sie konnten für die Verwundeten – mit Moos, Spinnweben, geflochtenem Gras, das klaffende Wunden verband.

Wieder wurde es dem Seevolk zum Verhängnis, daß es nichts von Kriegführung verstand. Sie hätten davonschwimmen sollen, sobald die Verwundeten behandelt waren, auch wenn sie dadurch die am schlimmsten Zugerichteten verloren hätten. Vanimen hätte sie dazu gebracht. Aber er lag halb ohnmächtig am Strand, und einen geeigneten Stellvertreter hatte er nicht. Die übrigen blieben, wo sie waren. Verängstigt redeten sie hin und her und konnten sich nicht auf ein gemeinsames Handeln einigen.

Die Sklavenfänger beobachteten dies und faßten einen Entschluß. So unheimlich diese Wesen waren, sie konnten überwältigt und dann zu einem viel höheren Preis als alle Sarazenen oder Tscherkessen verkauft werden. Der Herr der Galeere war ein kühner Mann. Er faßte einen Entschluß und erteilte seine Befehle.

Vorsichtig, aber schnell ruderte er auf das Land zu. In ihrem Schreck rannten mehrere Liri-Leute nach rechts und links, um wieder in den Kanal zu gelangen. Armbrust-Salven warfen sie zurück; zwei wurden getötet. Mit einem entschlossenen Führer an der Spitze hätte die ganze Gruppe entkommen können. Doch Vanimen kehrte gerade erst wieder ins Bewußtsein zurück. Ausgeschlossen, daß er eine längere Strecke hätte schwimmen können. Meiiva führte seinen Arm, legte ihn um ihre Schultern, hielt ihn so aufrecht und führte ihn mühsam landeinwärts, wo der Wald ein Versteck bot. Da keinem etwas Besseres einfiel, lief der ganze Stamm hinterher. Es war genau das, worauf der Venetianer gehofft hatte. Zwar würden ihm viele entkommen, wenn sie sich im Unterholz verteilten, aber viele andere würde er fangen. Dukaten tanzten vor seinen Augen.

Der Meeresboden stieg zum Ufer hin steil an. Nach den Angaben des Mannes am Lot warf er an einer Stelle, wo die Galeere gerade noch Wasser unter dem Kiel hatte, Anker und ließ die Landebrücke auf einen höher gelegenen Punkt fallen. Die Männer, die sie hinunterliefen, stellten fest, daß sie nur bis zum Magen im Wasser standen, und eilten an Land. Die Beute verschwand unter Bäumen, zwischen Büschen und im tiefen Schatten. Die Jäger folgten.

Sicher hätten sie eine Anzahl Meerleute ergriffen und zur Sklavenarbeit oder an Zirkusse oder bestimmte Bordelle verkauft, vielleicht auch, um Fischern im Wasser zu dienen, wie der Falke es in der Luft tut. Die übrigen wären ihnen entkommen und hätten das Schicksal gefunden, das sie erwartete. Doch Mißgeschick folgte der falschen Entscheidung auf dem Fuß – es kann auch sein, daß alles der Wille des Himmels war – und vereitelte ihre Absicht.

Bewohner der Insel hatten die Vorgänge beobachtet. Was sie von weitem sahen, genügte, sie zu beunruhigen. Sie hatten Piraterie und Krieg nur zu gut kennengelernt. Die Nachricht wurde in Windeseile weitergegeben, erreichte mit einem schnell geruderten Boot den Außenposten des Bans im Hafen und wurde auf Pferderücken zu seiner Garnison in Schibenik weiterbefördert. Ein Kriegsschiff glitt in den Kanal; eine Fußtruppe rückte am Ufer vor.

Als er Metall schimmern sah, erkannte der Kapitän des Sklavenschiffs, daß er sich übernommen hatte. In den Hoheitsgewässern des kroatischen Königreichs hatte er nichts zu suchen. Da es sich augenblicklich in Frieden mit der Republik befand, hätte er niemals eines ihrer Schiffe angegriffen. Ein Fahrzeug, offensichtlich ausländisch, offensichtlich in Seenot, war jedoch eine zu große Versuchung gewesen. Jetzt sollte er sich besser davonmachen und darauf hoffen, daß der Gesandte der Signoria steif und fest behauptete, auch in den wildesten Phantasien könne er sich nicht vorstellen, irgendein Venetianer sei auf eine solche Weise vorgegangen.

Eine Trompete rief seine Männer zurück. Die Kroaten ihrerseits ließen sich Zeit, nachdem sie erkannt hatten, daß der Fremde keinen Kampf wollte. Sollte er abziehen. Doch ihre Offiziere waren neugierig darauf, was ihn eigentlich angezogen hatte. Sie kommandierten Soldaten ab, den Wald zu durchsuchen.

All dies erfuhr Vanimen viel später, hauptsächlich von Vater Tomislav, der wiederum größtenteils aus dem, was er gehört hatte, seine Schlüsse zog. Zu dieser Zeit erfaßte Vanimen nichts weiter als seinen Schmerz, seine Schwäche und ein Getöse, das seine Schar immer weiter landeinwärts jagte.

Vor allem brauchten sie Wasser, und das immer notwendiger mit jeder Stunde, die verging. Aber sie wagten nicht, jetzt an das Meer zurückzukehren, wo bewaffnete Menschen am Ufer entlangtobten und ihnen auf den Fersen folgten. Durch das Waldesgrün konnten sie weit entfernt einen Fluß riechen, aber auch eine Stadt daran. Die mußten sie in weitem Bogen umgehen.

Die Verfolger gaben bald auf, denn auf eine mühsame Unternehmung waren sie nicht vorbereitet. Für das Seevolk war das nur ein geringer Trost. Angeführt von Meiiva, da der König nichts anderes tun konnte, als mit Hilfe von anderen weiterzustolpern, kämpften sie gegen den Wald, den steilen Anstieg, gegen Durst, Hunger, Erschöpfung, Angst, gegen die Mühsal, die Verwundeten mitzuschleppen, das Weinen ihrer Kinder. Steine, Zweige, Dornen zerschnitten ihre empfindlichen Schwimmhäute, Zweige hielten sie fest, Krähen verhöhnten sie. Als der Wind erstarb, stiegen Wärme und Stille aus der Erde auf – Hitze und Taubheit für diese Wesen aus einer anderen Welt. Hier gab es keine Gezeiten oder Ströme, Wellen oder frische Brisen, Nahrung, die man fangen, oder Tiefen, in denen man Zuflucht suchen konnte. Das hier war nichts als ein Irrgarten ohne Richtungen, immer das gleiche und das gleiche und das gleiche. Es gelang ihnen kaum, einen Weg hinauf zu finden.

So unendlich er ihnen vorkam, war der Wald doch nur klein, und die Wanderer erreichten seinen Rand gegen Abend. Das war eine günstige Zeit, denn nun konnten sie bebautes Land überqueren, um den Fluß zu finden. Vanimen murmelte, sie sollten auf den Wegen bleiben. Dort wurden die bereits blutenden Füße zwar verletzt, aber sie hinterließen dann keine Spur wie auf einem Getreidefeld. Ansonsten war das Vorankommen jetzt leichter, in kühler Luft unter freundlichen Sternen. In der Nähe waren keine Gebäude. Das Gelände stieg weiter an.

Um Mitternacht spürten sie, daß mehr als ein Fluß vor ihnen lag; das war ein See. Trockene Kehlen zogen sich zusammen, als Bäume wie schwarze Burgzinnen auf einem Felsgrat erschienen, den sie erkletterten. Wilder Wald wehrte ihnen den Zugang zum Wasser. Entkräftet, wie sie jetzt waren, brachten nur wenige es überhaupt fertig, einem neuen Kampf mit undurchdringlichem Dickicht ins Gesicht zu sehen, doch bestimmt nicht bei Nacht, wenn wahrscheinlich Wesen unterwegs waren, die ihnen nichts Gutes wünschten. Unnutar, der die beste Nase des Stamms hatte, sagte, er rieche im See selbst, daß dort etwas nicht stimme. Irgend etwas Großes lauere da.

„Wir müssen bald trinken, oder wir sterben", wimmerte Rinna.

„Halte den Mund", fuhr eine Mutter sie an, deren Säugling bewußtlos in ihren Armen lag.

„Essen müssen wir auch", sagte Meiiva. Obwohl ihre Rasse auf dem

Land viel weniger Nahrung brauchte als zu Hause, war keiner von ihnen daran gewöhnt, so viele Stunden zu hungern. Viele taumelten vor Müdigkeit. Die Kinder hatten schon keine Tränen mehr, mit denen sie vorher um ein bißchen Essen gebettelt hatten.

Vanimen strengte sich an, klar zu denken. „Bauernhof", krächzte er. „Ein Brunnen. Speisekammer, Kornkammer, Kühe, Schweine. Wir ... sind den Besitzern an Zahl überlegen ... jagen ihnen Angst ein ... nehmen uns, was wir brauchen, und kehren schnell zur Küste zurück ..."

„Aye!" erklang Meiivas Stimme. „Denkt nach, ihr alle. Wenn wir keine Häuser gesehen haben, dann gehören diese Felder zu einem großen Haushalt, reich, gut genährt. Er kann nicht mehr weit weg sein." Sie führte sie am Rand des Waldes entlang.

Nach zwei Stunden rochen sie Wasser in der Nähe, dazu Menschen und Vieh. Sie hatten den See umgangen und erreichten den Fluß oberhalb seiner Mündung in den See. Tatsächlich flossen hier zwei Wasserläufe zusammen, und eine Siedlung befand sich nahe diesem Punkt. Das Seevolk fiel mit seinen wackeligen Beinen in Laufschritt. Im Osten färbte die falsche Morgenröte den Himmel.

Wieder verdarben sie sich alles durch ihre Unkenntnis. Sie wußten so wenig von der Menschheit, und das nur über jenen Teil, der eine Ecke des Nordens bewohnte. Sie setzten voraus, im Mittelpunkt der bebauten Felder liege ein einziger Herrensitz oder höchstens ein Dörfchen – nicht eine ansehnliche Siedlung von Leibeigenen, bewacht von einer ganzen Burg voller Bewaffneter. Einige von ihnen bemerkten es, fanden aber keine Gelegenheit, eine Warnung auszusprechen, bevor alle übrigen vom Wahnsinn befallen wurden. Wie Lemminge rannten die Liri-Leute zum Wasser und warfen sich hinein.

Die Hunde bellten nicht, verrieten aber ihre Furcht. Soldaten, die gähnend auf das Ende der Nachtwache warteten, wurden munter. Sie riefen nach ihren Kameraden, und diese fingen an, sich brummend aus den Decken zu wickeln. Auch wenn es noch vor Sonnenaufgang war, konnte man erkennen, welch eine wilde Bande sich an der Furt tummelte – aber sie waren unbekleidet und die meisten unbewaffnet. Iwan Subitsch, Zhupan auf Skradin, hielt seine Streitmacht immer einsatzbereit. In Minuten war sie aus den Toren. Pulsschläge später hatten Reiter die Brücke überquert, die Fremden eingekreist und diejenigen, die versucht hatten zu fliehen, mit den Spitzen ihrer Lanzen zurückgetrieben. Der Reiter waren nicht viele, aber die Fußtruppen waren schon unterwegs.

Vanimen hob beide Hände. „Macht es ebenso", riet er seinem Volk mit den letzten Überresten an Intelligenz, die er zusammenraffen konnte. „Ergebt euch. Sie haben uns."

5

Nicht weit nordwärts von Alsen ging der Wald in Sumpfland über. Dies erstreckte sich zwei oder drei Meilen hinter einem Weg, der nichts als ein Fußpfad entlang dem Strand war und wenig benutzt wurde, teils aus Furcht vor Geschöpfen der Halbwelt, teils aus dem Grund, daß die Besiedlung zwischen hier und Kap Skagen spärlich war. Erzdiakon Magnus hatte sich nicht gefürchtet, mit seiner Begleitung hier zu reiten, aber er war ein Kreuzzügler, den Gott für die Dämonen unbesiegbar gemacht hatte. Das gewöhnliche Volk hatte solche Zuversicht nicht.

Dort warf die *Herning* an einem kalten Abend Anker. Im Osten schimmerte das Kattegat, bis es sich im Dunkel verlor. Im Westen erstreckte sich das dämmerige Ufer. Ein letzter Schein des Sonnenuntergangs warf einen roten Streifen über das Wasser, gebrochen von Binsen, kleinen Hügeln, knorrigen Weiden. Die Landbrise roch nach Schlamm und Feuchtigkeit. Eine Rohrdommel rief, ein Kiebitz schrillte, eine Eule schrie – vereinzelte Geräusche in der Stille.

„Seltsam, daß wir unsere Unternehmung hier beenden", murmelte Ingeborg.

„Nein, das tun wir nicht", widersprach Eyjan. „Hier beginnen wir."

Niels bekreuzigte sich, denn der Ort war wirklich unheimlich, und wie jeder Bewohner dieser Gegend hatte er Geschichten gehört ... Moorgeister, Elfen? ... Sah er dort nicht ein blaues Irrlicht tanzen, das Menschen in ihr Verderben locken wollte? Er fragte sich, ob das heilige Zeichen ihn schützen würde, nach all seinen heidnischen Taten. Seine Hand tastete nach der Eyjans, aber sie stand nicht mehr da. Sie hatte schon mit der Arbeit angefangen.

Zuerst halfen Eyjan, Tauno und Hauau ihren Schiffsgefährten an Land. Dann verbrachten sie Stunden damit, das Gold aus Averorn vom Deck, wo sie es in den letzten Tagen aufgestapelt hatten, an den Strand zu bringen. Niels und Ingeborg hielten Wache, wenn es auch unwahrscheinlich war, daß Menschen – obwohl ein oder zwei Gesetzlose in der Nähe lagern mochten – oder noch weniger willkommene Besucher auftauchten. Nichts geschah. Sie teilten sich einen Mantel und hatten sich bald gegen die Kälte fest umschlungen. So zitterten sie gemeinsam die ganze Nacht durch.

Bei Tagesanbruch war die Fracht ausgeladen, aber keine Sonne zu sehen. Dicker Nebel war aufgestiegen, die ganze Welt tropfte vor Nässe, war getränkt mit Stille. Tauno und Eyjan, die das Sumpfgebiet gut kannten, hatten dies vorausgesehen. Tatsächlich hatten sie die Kogge einen ganzen Tag lang vor der Küste festgehalten, bis sie mit diesem Schleier rechnen konnten. Hauau fühlte sich im Nebel ebenso zu Hause wie sie. Von diesen Gefährten geleitet, machten sich der Jüngling und die Frau müde, frierend und in kläglicher Stimmung daran, beim nächsten Teil der Aufgabe zu helfen.

Das Gold mußte versteckt werden. Tauno erinnerte sich an einen vom Blitz gespaltenen Baum, der vom Weg aus leicht zu finden war. Eine nachgeprüfte Anzahl von Schritten genau nach Westen führte zu einem Tümpel, flach, morastig, wie dazu geschaffen, Geheimnisse zu bewahren. Eine aus Weidenruten geflochtene Matte, die Jahre unter Wasser überdauern würde, verhinderte den Schlamm des Grundes daran, das zu verschlucken, was die Wanderer hinabsenkten. Mit den zusätzlichen Händen ging die Beförderung schneller als vorher. Außerdem konnte man zu Fuß mehr tragen als schwimmend, und soviel die Gegenstände auch wiegen mochten, sie nahmen nur einen ziemlich kleinen Raum ein.

Trotzdem war Eile geboten. Oft veranlaßte das einen der Träger, weiches Metall zu einer weniger sperrigen Form zusammenzudrücken. Als Ingeborg sah, wie Tauno so die spinnwebzarte Schönheit einer Tiara zerstörte, meinte sie traurig: „Welcher Liebhaber mag sie einst seiner Dame geschenkt, welcher Künstler mag sie mit Liebe angefertigt haben? Nun ist der letzte Funke ihres Lebens dahin."

„Wir müssen unser Leben *jetzt* führen", gab er scharf zurück. „Ihr werdet das meiste davon sowieso einschmelzen oder in kleine Stücke schneiden müssen, oder nicht? Außerdem leben ihre Seelen weiter und werden sich zweifellos erinnern."

„An irgendeinem grauen Ort außerhalb der Zeit", bemerkte Eyjan. „Sie waren keine Christen."

„Ja, ich glaube, wir sind glücklicher dran“, antwortete Tauno. Er fuhr fort, Gegenstände herbeizutragen. Selbst aus nächster Nähe wirkte er in dem Nebel unwirklich. Ingeborg zuckte zusammen, wollte ein Kreuz schlagen, hielt in der Bewegung inne und kehrte ebenfalls an die Arbeit zurück.

Gegen Mittag zerriß ein langsam auffrischender Wind die Dämpfe und trieb sie aufs Meer hinaus. Auf die Erde stachen Lichtspeere nieder, die immer öfter Risse zurückließen, durch die der blaue Himmel zu sehen war. Es wurde wärmer. Wellen gluckten auf den Strand.

Ihre Arbeit war vollendet. Sie aßen kalten Proviant und tranken sauren Wein, den sie vom Schiff geholt hatten. Das war nicht gerade ein Abschiedsbankett zu nennen, dort neben dem Weg, aber das beste, was sie hatten. Danach zog Tauno Niels außer Hörweite.

Einen Augenblick standen sie sich stumm gegenüber, der nackte Sohn des Meermanns den schlanken, schlechtgekleideten Menschen überragend, Tauno ernst, Niels müde und verschüchtert. Endlich fand der Liri-Prinz Worte. „Wenn ich dich schlecht behandelt habe, bitte ich dich um Verzeihung. Du hättest durch mich Besseres verdient gehabt. Ich habe es versucht, beim letzten Teil unserer Reise, aber – nun, ich hatte zuviel im Kopf, und so vergaß ich immer wieder, was ich dir schuldig bin.“

Niels hob den Blick vom Boden und antwortete in einer Art Verzweiflung: „Das hat nichts zu bedeuten, Tauno. Nicht auszuloten ist die Schuld, die ich dir gegenüber habe.“

Tauno lächelte bitter. „Für was, mein Freund? Daß du immer wieder und wieder für eine Sache, die nicht die deine war, in Mühsal und Lebensgefahr geraten bist? Daß noch Schlimmeres vor dir liegt?“

„Wieso? Mir winkt Reichtum und alles, was er bedeutet – ein Ende der Not und schweren Arbeit und Sorge für meine Verwandten. Du hast das Gold natürlich für Margrete, für Yria geholt, aber werde ich nicht ebenfalls reich belohnt werden?“

„Hmm. Ich kenne mich in den Wegen der Erdlinge nicht aus, aber ich kann mir vorstellen, gegen welche Schwierigkeiten du wirst kämpfen müssen. Und wenn du versagst, werden dir die Menschen ein Ende bereiten, das weit schrecklicher sein wird, als du es vom Meer oder seinen Ungeheuern zu erwarten hättest. Hast du darüber schon nachgedacht, Niels?“ fragte Tauno. „Hast du wirklich darüber nachgedacht? Ich frage dich Yrias wegen, damit nicht auch sie in den Untergang hineingezogen wird, aber auch an deinem Schicksal nehme ich Anteil."

Mit fester Stimme antwortete der junge Mann: „Ja, ich habe darüber nachgedacht. Du weißt, wem ich in meinem Herzen diene. Da ich ihr nun keinen schlechten Dienst erweisen will, habe ich jede freie Stunde damit zugebracht, Pläne zu schmieden. Ingeborg wird mein erster Ratgeber sein, sie ist weltklüger als ich, aber sie wird nicht der einzige bleiben. Was geschieht, liegt bei Gott, aber ich bin hoffnungsvoll." Er holte Atem. „Du weißt, nicht wahr, daß Übereilung uns vernichten könnte? Wir müssen uns jeden Schritts vergewissern, bevor wir ihn tun."

„Aye. Wann werdet ihr es geschafft haben? In einem Jahr?"

Niels runzelte die Stirn und zupfte an seinem Jünglingsbart. „Ich glaube, es wird länger dauern. Jedenfalls bis ich mir eine gute Position geschaffen habe – aber das ist es ja nicht, was du hören willst. Yria ... wenn alles gut geht ... *vielleicht* haben wir sie in einem Jahr losgekauft. Es hängt alles davon ab, welche Verbündeten wir finden können, verstehst du ... Oh, sagen wir, daß wir in zwölf Monaten ab heute genauer wissen, wie sich die Dinge entwickeln."

Tauno nickte. „Wie du willst. Eyjan und ich werden dann zurückkehren und hören, was du zu berichten hast."

Niels blieb der Mund offenstehen. „So lange werdet ihr fort sein?"

„Warum sollten wir hierbleiben, wenn wir doch darauf brennen, nach unserm Volk zu suchen?"

Niels schluckte schwer. Er verflocht ruhelos die Finger. Nach einer Weile war er fähig zu fragen: „Wo wollt ihr suchen?"

„Im Westen", antwortete Tauno mit weicherer Stimme als bisher. „In Richtung Grönland. Hauau und ich haben in einer mondbeschienenen Nacht auf See darüber gesprochen. Er kann in die Zukunft sehen. Meine eigene Zukunft war undeutlich, aber er sagte, er höre ein Flüstern in seinem Kopf, dort irgendwo warte ein Teil meines Schicksals auf mich."

Sonnenschein fiel auf sie nieder und ließ Taunos Haar bernsteinfarben aufleuchten. Als hole ihn das in die Wirklichkeit zurück, zuckte er die Schultern und setzte hinzu: „Es ist vernünftig, auf Grönland zuzuhalten. Unterwegs können wir Nützliches erfahren, und auf Island auch."

„Du wirst Eyjan nicht in Gefahr bringen?" bat Niels.

Tauno stieß ein hartes Lachen aus. „Es ist schwer, sie aus der Gefahr herauszuhalten.“ Als er den Gesichtsausdruck des anderen bemerkte, forderte er ihn auf: „Laß uns die Sorgen nicht suchen. Genügend viele werden uns ohne unser Zutun auf den Weg gestreut. Besprechen wir lieber, wie wir uns wiedertreffen.“

Niels stürzte sich auf diese Sache, als wolle er einer anderen entfliehen. Lange wurde geredet. Es war notwendig, daß die Geschwister ihm mitteilten, wann sie eintreffen würden, und danach auf ihn warteten. Das hier war eine ungeeignete Stelle dafür. Am Ufer gab es wenig Dekkung. Wenn Fischer aus Alsen, die mit ihren Booten vorüberfuhren, sie entdeckten, kam gefährliches Gerede auf. Schon Niels ging jedes Mal ein großes Risiko ein, wenn er zurückkam, um weiteres Gold zu holen. Am besten war, daß er sonst nichts Auffälliges in einer Gegend tat, wo er bekannt war – und er mußte wohl oder übel im ganzen Königreich bekannt werden.

Sie entschieden sich für die Insel Bornholm, die ziemlich weit weg in der Ostsee lag. Tauno kannte und liebte den Ort, an dem es nur wenige Siedlungen gab. Auch Niels war bei einer früheren Reise schon auf diesem Lehen des Erzbistums Lund gewesen und hatte dort einen alten Seemann kennengelernt, schrullig und vertrauenswürdig, der ein Boot in Sandvig besaß. Die Kinder des Wassermanns konnten ihn aufsuchen, sich als menschliche Ausländer ausgeben und bei ihm eine vorsichtig formulierte Botschaft hinterlassen. Gegen Bezahlung – sie hatten sich beide mit goldenen Armreifen versehen, von denen Stücke abgebrochen werden konnten – würde er schon bereit sein, nach Dänemark zu fahren, Niels aufzuspüren und ihm die Nachricht zu überbringen.

„Auf nächstes Jahr, wenn wir am Leben bleiben – aye!“ sagte Tauno. Er und sein Kamerad besiegelten es mit Handschlag.

Ingeborg und Hauau standen inmitten feuchter Wirbel, die eine unsichtbare Sonne in Silber verwandelte. Das Kattegat sprang an ihre Füße.

„Ich muß fort, ehe der Nebel aufreißt und uns verrät“, sagte er zu ihr. Es war ausgemacht worden, daß er die *Herning* ein gutes Stück hinaussteuern und dann treiben lassen sollte, damit sie bis zur Unkenntlichkeit an einer norwegischen oder schwedischen Küste zerschellte, wo sie sowieso niemand kannte. Inzwischen würde ein grauer Seehund auf Sule Skerry zuschwimmen.

Sie umarmte ihn und dachte überhaupt nicht an den Fischgeruch, der an ihrem Kleid haftenblieb. „Werde ich dich jemals wiedersehen?" fragte sie unter Tränen.

Überraschung malte sich auf den schweren Gesichtszügen, durchzitterte den mächtigen, zottigen Körper. „Ja, Mädchen, warum möchtest du denn das?"

„Weil du ... du gut bist", stammelte sie. „Freundlich, rücksichtsvoll ... Wieviel Rücksicht gibt es denn in dieser Welt ... oder der nächsten?"

„Was für ein Narr ist dieses Halbblut", seufzte Hauau. „Nein, Ingeborg, das Meer wird uns trennen."

„Du könntest irgendwann zurückkommen. Wenn alles gutgeht – dann könnte ich mir eine Insel oder ein Stück Strand kaufen, um darauf zu wohnen ..."

Er umfaßte ihre Taille und sah ihr lange in die Augen. „Bist du so einsam?"

„Du bist es."

„Und du glaubst, wir könnten zusammen ..." Er schüttelte den Kopf. „Nein, meine Freude. Du hast dein eigenes Geschick, ich habe meins."

„Aber bis es soweit ist ..."

„Nein, habe ich gesagt." Er verstummte. Nebelfetzen flogen vorbei, das Wasser murmelte.

Endlich erklärte er langsam, als sei jedes Wort eine Bürde: „Was ich an dir liebe, ist deine sterbliche Weiblichkeit. Aber mein Zweites Gesicht ... ich erkenne nichts deutlich, denn noch ist alles verwischt ... ganz plötzlich bekomme ich Angst vor dir. Solche Fremdartigkeit bläst der Wind aus deinem Morgen heraus."

Er ließ sie los und trat zurück. „Vergiß mich", brummte er, die Handflächen wie zur Verteidigung erhoben. „Ich hätte nicht sprechen sollen. Lebewohl, Ingeborg." Er drehte sich um und schritt weg von ihr.

„Wenn ich meinen Sohn zeuge", rief er durch einen vorbeitreibenden Nebelvorhang, „werde ich an dich denken."

Sie hörte ihn hinauswaten. Sie hörte ihn schwimmen. Als der Nebel sich hob, war das Schiff am Horizont.

Ein richtiges Abschiednehmen konnte es nicht geben. Alle hatten, je zwei und zwei, getan, was ihnen möglich war, bevor der Anker fiel. Niels und Ingeborg blickten nach Norden, bis die letzte Spur ihrer

Liebsten zwischen den Wellen verschwunden war. Der Himmel war frei; vom Westen her ließen Sonnenstrahlen das Wasser gleißen. In der Ferne hoben sich die schwarzen Schwingen eines Zugs Kormorane vom Blau ab.

Niels schüttelte sich. „Wenn wir Alsen vor dem Dunkelwerden erreichen wollen“, sagte er, „sollten wir jetzt lieber gehen.“

Es bedeutete, daß sie diese Nacht in Ingeborgs Hütte schlafen mußten. Wenn sie während ihrer Abwesenheit niedergerissen worden war, würde Vater Knud vielleicht sein Dach mit ihnen teilen. Am Morgen mußten sie sich der irdischen Welt stellen, aber das sollte wenigstens unter Leuten beginnen, die sie kannten.

Ingeborg fiel mit ihm in den gleichen Schritt. Sand knirschte unter den Füßen. „Denke dran“, mahnte sie, „laß mich anfangs das Reden zum größten Teil übernehmen. Du bist es nicht gewohnt zu lügen.“

Er verzog das Gesicht. „Besonders dann nicht, wenn ich Menschen belügen soll, die mir vertrauen.“

„Wohingegen eine Hure treulos ist.“

So bitter klang ihre Stimme, daß er stehenblieb und ihr – steif, denn er war müde – den Kopf zuwandte. Sie blickte unverwandt nach unten auf den Weg. „Ich habe es nicht böse gemeint“, erklärte er verlegen.

„Ich weiß“, antwortete sie tonlos. „Aber hüte deine Zunge, bis du aus dem Traum, der dich immer noch in seiner Gewalt hat, erwacht und wieder bei klarem Verstand bist.“

Er errötete. „Ja, Eyjan fehlt mir. Das ist ein Verlust, der unter die Haut geht. Aber ... oh ...“

Das machte sie weich. Sie streichelte ihm im Gehen über das Haar und meinte freundlich: „Später wirst du als der Mann von uns beiden die Führung übernehmen. Es ist nur, daß ich Männer in Hadsund kenne, von denen ich glaube, daß sie uns für ein bißchen Gold helfen werden, ohne zu viele Fragen zu stellen ... und uns etwas über Männer mit Macht erzählen können, an die wir uns als nächstes wenden. Das haben wir alles schon besprochen.

„So ist es.“

„Trotzdem müssen wir uns vergewissern, daß wir uns richtig verstanden haben, du und ich.“ Ihr Lachen klang spröde. „Hat es im Feenreich je eine fremdländischere Sache gegeben als unser Vorhaben?“

Sie wanderten weiter nach Süden.

Drittes Buch

Der Tupilak

1

Ein paar Seemeilen von der adriatischen Küste landeinwärts begannen die Hügel, zu Bergen anzuwachsen. Dieser Rand der Svilaja Planina war auch die Grenze des Bezirks, der sich weiter hinauf in das richtige Hochland zog und für dessen Frieden der Zhupan Iwan Subitsch verantwortlich war. Doch seine Burg stand nicht nahe der Mitte des Landes, sondern bei Skradin, gar nicht weit von Schibenik. Das lag teils daran, daß das Dorf die größte Gemeinde in der Zhupe war, teils daran, daß er im Notfall schnell Hilfe aus der Stadt bekommen konnte. Im allgemeinen gab es jedoch wenig Gefahren; ein großer Teil des Landes bestand aus Wildnis, und die Einwohner waren friedlich. Das war in der Tat eine völlig andere Welt als die an der Küste mit ihren Schiffen und Städten und dem Blick auf den Westen. Hier hatte man die alten Sitten und die alten Dinge bewahrt.

Vater Tomislav schien sie zu verkörpern, als er durch Skradin wanderte. Er stapfte schneller einher, als man es bei einem so wohlbeleibten Mann erwartet hätte. Sein Eichenstock würde eine beängstigende Waffe abgeben, sollte er je angegriffen werden. Die Soutane, die er über staubigen alten Stiefeln hochgeschürzt hatte, war von gröbster Beiderwand, verblichen und gestopft. Der Rosenkranz, der ihm mit pendelndem Kruzifix von der Seite hing, hatte hölzerne, von einem Bauern geschnitzte Perlen. Auch sein Gesicht war bäuerlich, breit, rundnasig, wettergegerbt, mit kleinen, zwinkernden braunen Augen über hohen Wangenknochen. Sein graues Haar war schütter, aber ein mächtiger, angegrauter Bart wallte ihm über die Brust bis beinahe auf den Bauch. Seine Hände waren groß und schwielig.

Während er die Straße hinunterging, wurde er von vielen Leuten gegrüßt. Er antwortete mit dröhnender Stimme, außer wenn ein Kind so nahe an ihn heransprang, daß er ihm die Locken zausen konnte. Ein paar Bewohner riefen ihm Fragen zu. Hatte er etwas über die Fremden erfahren, waren sie gefährlich, hatte ihre Ankunft eine besondere Bedeutung? „Ihr werdet es zur rechten Zeit hören, zu Gottes rechter Zeit“, erwiderte er ihnen, ohne den Schritt anzuhalten. „Inzwischen fürchtet euch nicht. Wir haben wackere Heilige, die sich um uns kümmern.“

Vor der Burg teilte eine Schildwache ihm mit: „Der Zhupan hat gesagt, er wolle Euch in der Falkenkammer empfangen.“ Tomislav nickte und hastete weiter über das Kopfsteinpflaster des Hofs in den Hauptturm. Diese Burg war eine kleine Festung, aus gelbbraunem Kalkstein erbaut, der vor mehr als hundert Jahren in einem nahe gelegenen Steinbruch gebrochen worden war. Sie hatte keine Glasfenster, keine richtigen Kamine und keinerlei modernen Komfort. Am Nordende konnte sie sich eines Wachturms rühmen, unter dessen Dach sich ein Raum befand, von dem aus die Männer weit über die Landschaft hinwegblicken konnten. Manchmal ließen sie von dort ihre Falken fliegen. Es war auch ein geeigneter Ort, um ungestört unter vier Augen zu reden.

Tomislav stieg bis nach oben und lehnte sich, während er noch pustete, hinaus und betrachtete den Ausblick. Unter ihm herrschte wie immer reges Leben. Diener, Handwerker, Hunde, Federvieh, Stimmen, Schritte, Klappern von Metall, Geruch nach Rauch und Dung und Brot im Backofen. Dahinter reiften die Getreidefelder der Ernte entgegen und wogten unter einer Brise, die ein paar weiße Wolken über den blauen Himmel segeln ließ. Vögel füllten die Lüfte, Tauben, Krähen, Drosseln und Lerchen. Am südlichen Horizont bildete der Urwald eine grüne Mauer, die von dem See nichts als einen Schimmer sehen ließ.

Tomislavs Blick wanderte den Krka entlang, der an Skradin vorbeifloß und in jenes Wasser mündete. Eine Meile außerhalb des Dorfes wuchsen ein paar Apfelbäume neben dem Fluß. Sie waren umzäunt, damit die Schweine die abgefallenen und die Jungen die noch angewachsenen Früchte nicht nahmen. Tomislav sah den Helm und die Lanzenspitze eines Reiters neben dem Zaun aufblitzen. Weitere Wachen umgaben den ganzen Obstgarten. Unter seinen Zweigen saßen die Fremden als Gefangene.

Schritte auf der Treppe veranlaßten den Priester, sich umzudrehen. Der Zhupan trat ein – ein hochgewachsener Mann mit zerklüfteten

Zügen. Die Narbe eines Schwertstreichs verzerrte seinen Mund und zog sich über die linke Wange. Sein von Weiß durchschossenes schwarzes Haar war schulterlang, der Bart jedoch kurz gestutzt. Seine Tracht bestand wie üblich aus einer gestickten Bluse, in die Halbstiefel gesteckten Hosen und einem Dolch im Gürtel. Schmuck trug er nicht.

„Gott gebe Euch einen guten Tag", grüßte Tomislav und schlug das Kreuz. Dasselbe hätte er zu dem bescheidensten alten Weiblein gesagt.

„Das mag auch von Euch abhängen", gab Iwan Subitsch trocken zurück.

Tomislav konnte sich ein Stirnrunzeln nicht ganz verkneifen, als Vater Petar, der Burgkaplan, hinter dem Zhupan eintrat. Das war ein hagerer Mann, der selten lächelte. Die Priester tauschten ein steifes Nikken aus.

„Nun, habt Ihr eine nützliche Nachricht für uns?" fragte Iwan.

Tomislav antwortete zögernder, als es seine Gewohnheit war. „Vielleicht – vielleicht auch nicht. Mein Verstand reicht nicht aus, diese Sache auf einmal zu begreifen."

„Das ist kaum eine Überraschung", fuhr Petar dazwischen. „Mein Sohn, ich habe Euch gewarnt, es sei nichts als Zeitverschwendung, nach einem zu schicken, der ... der eine tief im Wald gelegene Gemeinde betreut. Nichts für ungut, Tomislav. Ich hoffe, Ihr werdet mir beipflichten, daß diese Angelegenheit von gelehrten Doktoren untersucht werden muß, daß der Ban oder vielleicht des Königs eigene Regenten eine Entscheidung fällen sollten."

„Wir würden nicht allzubald von ihnen hören", sagte Iwan. „Inzwischen haben wir mehr als hundert fremdartige Ankömmlinge zu bewachen und zu füttern. Es belastet uns, sie zu ernähren, ganz zu schweigen davon, daß ihre Anwesenheit Unbehagen unter dem Volk hervorruft."

„Was habt Ihr aus Schibenik erfahren?" erkundigte sich Tomislav.

Iwan zuckte die Schultern. „Was ich Euch schon gestern, als Ihr ankamt, in Kürze mitgeteilt habe. Das sinkende Wrack eines ausländischen Schiffes; Tote von dieser Rasse und von Menschen, die Italiener – höchstwahrscheinlich Venetianer – zu sein scheinen, die sie angegriffen haben müssen. Soviel haben die Leute des Satnik herausbekommen. Klugerweise hat er Vorsichtsmaßnahmen getroffen, daß sich die Kunde nicht ausbreitet. Die Leichen wurden insgeheim beerdigt, die Soldaten erhielten strengen Befehl, niemandem etwas zu sagen. Trotzdem werden Gerüchte entstehen, aber wir hoffen, sie werden nichts als Gerüchte bleiben und nach einer Weile absterben."

„Ausgenommen hier", brummte Petar und fuhr mit den Fingern durch seinen blonden Bart. Seine andere Hand ließ die Perlen des Rosenkranzes klappern.

„Ja. Nun, nach und von Skradin gibt es nicht viel Verkehr", meinte Iwan. „Ich habe eine Bitte um Hilfe abgesandt – nach Lebensmitteln und Verstärkung –, habe aber bisher noch keine Antwort erhalten. Zweifellos hat der Satnik bereits einen Brief an Ban Pawel unterwegs, in dem er um Instruktionen nachfragt, und wird vorsichtig sein mit dem, was er tut, bis er sie hat. Das läßt die ganze Bürde auf meinen Schultern, weshalb ich an Rat suche, was ich bekommen kann."

„Ganz gleich, von wem?" schalt Petar.

Tomislav wurde ärgerlich, faßte seinen Stock fester und grollte zurück: „Welchen Rat hättet *Ihr* denn zu geben?"

„Am sichersten ist es, sie zu töten", erklärte Petar. „Sie mögen menschlich sein oder auch nicht, aber Christen sind sie ganz bestimmt nicht – weder Katholiken nach dem westlichen Ritus, obwohl dieser eine unter ihnen Latein kann, noch unseres Glaubens. Sie sind auch keine orthodoxen Schismatiker, sie gehören nicht der Gefolgschaft des verabscheuungswürdigen Häretikers Bogomil an, ja, nicht einmal Juden oder Heiden sind sie." Seine Stimme stieg in die Höhe; zwischen den kühlen Steinmauern schwitzte er. „Nackt, schamlos; es wurde beobachtet, daß sie hemmungslos kopulieren ... selbst die schlimmsten Heiden haben doch einigen Anstand, kennen eine Art von Ehe ... Und nichts, das einem Gebet, einem Opfer, einem Akt der Anbetung ähnelt, hat man bei ihnen festgestellt."

„Sollte das wahr sein ..." – Tomislav sprach mit milder Stimme – „... nun, dann wäre es die schwerste aller Sünden, sie zu erschlagen, wenn wir sie statt dessen zu Gott führen könnten."

„Das können wir nicht", verteidigte Petar seinen Standpunkt. „Es sind Tiere, sie haben keine Seelen, oder sie sind etwas noch Schlimmeres, stammen aus der Hölle selbst."

„Das bleibt abzuwarten", unterbrach Iwan.

Petar umklammerte das Handgelenk des Zhupan. „Herr ... mein Sohn ... mein Sohn, sollen wir die Gefahr der Verdammung auf uns nehmen, die sie über uns bringen könnten? Die Heilige glagolitische Kirche wird bereits belagert – vom Papst, der unser liebender Vater sein sollte, von den Orthodoxen Serbiens und des Reichs, von den vom Satan inspirierten Bogomils ..."

„Genug!" Iwan riß sich los. „Ich habe Vater Tomislav aus guten Gründen gebeten, herzukommen und sich diese Wesen anzusehen. Muß ich sie Euch wiederholen? Ich kenne ihn von altersher als einen Mann, der auf seine Art weise ist. Auch ist er kein Ignoramus, er hat in Zadar studiert und später dem dortigen Bischof gedient. Was nun Teufelswerk und Hexenkunst betrifft, so lebt er unter Menschen, die darüber mehr wissen als wir. Er selbst wurde davon berührt, als ..."

Hier nahm Tomislavs Gesicht einen Ausdruck an, der den Krieger seine Rede abbrechen und lahm mit den Worten beenden ließ: „Habt Ihr denn etwas entdeckt?"

Der bäuerliche Priester stand einen Augenblick schweigend da und kämpfte seine Gefühle nieder, bevor er antwortete. Dann sprach er langsam und ruhig. „Es mag sein. Als Petar feststellte, daß ihr Anführer ein bißchen Latein spricht, hat er ihn völlig falsch behandelt. Der Mann ist stolz, er leidet an seinen Wunden, er ist krank aus Angst um sein Volk. Fährt man ihn an wie einen Sklaven, beschimpft man ihn wegen ihres Verhaltens, das keinem Schaden tut außer vielleicht ihnen selbst ... was meint Ihr, wie er darauf antworten wird? Selbstverständlich hat er Petar den Rücken gekehrt. Besser habt Ihr uns vertreten, Zhupan, als Ihr Euren Feldscher zu ihnen schicktet, damit er ihre Wunden behandle."

„Doch dann habt Ihr freundlich mit dem Häuptling gesprochen", fiel Iwan ein. „Was hat er Euch erzählt?"

„Bisher noch wenig. Ich bin jedoch überzeugt, das deutet nicht auf einen Mangel an Bereitwilligkeit hin. Sein Latein ist dürftig und hat einen schauderhaften Akzent." Tomislav lachte vor sich hin. „Ich gestehe, mein eigenes hat Rost angesetzt, was die Sache nicht gerade förderte. Außerdem ist der eine für den anderen ein völlig fremdes Wesen. Wieviel kann da in ein paar Stunden erklärt werden?

Er teilte mir mit, sie seien nicht als Feinde, sondern auf der Suche nach einer neuen Heimat hergekommen, die sie unter dem Wasser finden wollen."

Diese Nachricht rief weniger Überraschung hervor, als man hätte meinen können, denn das Aussehen des Seevolks hatte sofort zu Spekulationen geführt. „Sie wurden aus ihrem Wohnsitz im fernen Norden vertrieben. Ich konnte nicht erfahren, wie oder warum. Er gibt zu, daß sie keine Christen sind, doch was sie statt dessen sind, ist für mich immer noch ein Geheimnis. Er versprach, wenn wir sie gehen ließen, würden sie das Wasser aufsuchen und niemals zurückkehren."

„Lügen sind billig", bemerkte Petar.

„Glaubt Ihr, er hat die Wahrheit gesprochen?" fragte Iwan.

Tomislav nickte. „Das glaube ich. Natürlich kann ich es nicht auf meinen Eid nehmen."

„Habt Ihr irgendeine Vorstellung von ihrer Natur?"

Tomislav bedachte den Himmel draußen mit einem Stirnrunzeln. „Hm-m-m ... vielleicht eine oder zwei Ahnungen. Sie stützen sich auf gewisse Dinge, die meine Herde weiß oder glaubt, auf das, was ich gelesen oder anderswo gehört habe, und auf meine eigene ... meine eigene Erfahrung. Höchstwahrscheinlich irre ich mich."

„Gehören sie der sterblichen Welt an?"

„Sie können getötet werden, ebenso wie wir."

„Danach habe ich nicht gefragt, Tomislav."

Der Priester seufzte. „Ich vermute, daß sie nicht aus Adams Samen stammen." Hastig setzte er hinzu: „Das bedeutet nicht, sie seien böse. Denkt an die Leschi, Domovoi, Poleviki und ähnliche harmlose Geister – nun, manchmal sind sie ein bißchen boshaft, aber manchmal erweisen sie sich armen Menschen auch als gute Freunde ..."

„Doch andererseits", sagte Petar, „denkt an die Viljai."

„Seid ruhig!" rief Iwan in aufflammendem Zorn. „Ich will Euer Unheilkrächzen nicht mehr hören, verstanden? Ich kann auch den Bischof bitten, mir einen anderen Beichtvater zu schicken."

Er wandte sich wieder Tomislav zu. „Es tut mir leid, alter Freund."

„Ich ... bin nicht ... so zart besaitet", brachte der Priester aus dem Wald mühsam hervor. „Es scheint zu stimmen, daß sich in den letzten Jahren eine Vilja in meiner Nachbarschaft bemerkbar gemacht hat. Gott verzeihe den Lästermäulern."

Er straffte die Schultern. „Meiner Meinung nach täten wir am besten daran – sowohl um unseretwillen als auch im Angesicht Gottes –, diese Leute gehenzulassen. Laßt sie zurück ans Meer bringen, unter Bewachung, wenn Ihr wollt, aber schafft sie weg und sagt ihnen Lebewohl."

„Das wage ich nicht, es sei denn, ich erhalte von einem Höheren den Befehl dazu", entgegnete Iwan. „Und selbst wenn ich könnte, würde ich es nicht wollen, bis wir ganz sicher sind, daß daraus kein Unheil entstehen wird."

„Ich weiß", sagte Tomislav. „Nun, dann ist hier mein Rat: Haltet sie als Gefangene, aber behandelt sie freundlich. Und laßt ihren Anführer mit zu mir nach Hause kommen, damit wir uns besser kennenlernen."

„Was?" zeterte Petar. „Seid Ihr wahnsinnig?"

Iwan selbst erschrak. „Ihr seid zumindest tollkühn", bemerkte er. „Der Kerl ist groß. Wenn er sich erholt hat, könnte er Euch in Stücke reißen."

„Ich glaube kaum, daß er es versuchen wird", antwortete Tomislav leise. „Und schlimmstenfalls, was kann er anderes töten als mein Fleisch, woraufhin meine Pfarrkinder ihn niederstechen werden? Ich habe seit langem jede Angst davor verloren, von diesem Leben Abschied zu nehmen."

Tomislavs Gemeinde war ein Dörfchen mit weniger als hundert Seelen, dessen Familien nahe verwandt miteinander waren. Es lag eine volle Tagesreise von Skradin entfernt, an einem Weg, der sich erst nördlich, dann westlich durch die Wälder um den See wand, obwohl dieses Wasser nie in Sicht kam. Hier hatten Menschen einmal um einen Windbruch Land gerodet und sich niedergelassen, um von Ackerbau, Holzfällen, Kohlenbrennen, Jagen und Fallenstellen zu leben. Sie bearbeiteten den Boden gemeinsam, wie sie es getan hätten, wären sie freie Bauern gewesen. Die meisten von ihnen waren eigentlich Leibeigene, aber das machte kaum einen Unterschied, denn die Edelleute von Hrvatska waren selten Unterdrücker oder Ausbeuter, und niemand hatte den Wunsch davonzuziehen.

Die Siedlung wurde von einer Doppelreihe inmitten der Felder gebildet. Bäume, die man stehengelassen hatte, spendeten Schatten. Die Häuser, aus Holz gebaut, einen oder zwei Räume enthaltend, mit Stroh gedeckt, standen auf Pfählen. Laufbretter führten von den Ställen zu den Wohnräumen. Der Weg zwischen den Gebäuden war matschig, wenn er nicht staubig war, und dick voller Kot. Doch niemand wurde von üblen Gerüchen belästigt; die duftenden grünen Fernen sogen sie auf. Die Bewohner machten sich auch nicht viel aus den Fliegen im Sommer. Hinter jedem Haus war ein Küchengarten angelegt.

Kleine Scheunen mit Lattenwänden standen umher, auf dünnen Stämmchen errichtet, deren Wurzeln vogelähnliche Füße abgaben, wie auf Baba Yagas berühmtem Wohnsitz. Ein paar Schuppen enthielten Werkzeuge und andere notwendige Geräte. Zweirädrige Karren wurden, wenn nicht gebraucht, auf die Seite gefahren; sie waren bunt gestrichen. An einem Ende des Weges war eine kleine Werkstatt, am anderen Ende die Kapelle, kaum größer, ebenfalls mit einfallsreichen Mustern bemalt. Die Schindeln ihres Dachs bauchten sich zu einer Zwiebelkuppel aus, auf der sich das Kreuz erhob. Eine Mühle hatte das Dorf nicht, aber Fundamente und die zerbröckelten Überreste eines Erdwalls zeigten, daß es früher einmal eine gegeben hatte.

Nirgendwo erstreckten sich Felder und Wiesen weiter, als das Auge reichte. Der Wald umgab sie alle. An einigen Stellen war er weit weg, an anderen kam er nahe heran, aber überall brütete er, die Kronen im Sonnenlicht, doch darunter voller Schatten. Die meisten Bäume waren Eichen oder Buchen, dazwischen verschiedene andere Arten. Das Unterholz wuchs dicht.

Auf mancherlei Art erinnerte die Siedlung Vanimen an Alsen. Im Laufe der Zeit merkte er, wie oberflächlich diese Ähnlichkeit war.

Die Reise nach hier, auf einem geliehenen Esel, war eine Tortur gewesen. Doch sobald er einmal in Tomislavs Haus war, ein Bett zum Ausruhen und reichliches, gutes Essen hatte, wurde der Wassermann schneller gesund, als es bei einem Menschen der Fall gewesen wäre. Ein zweites Geschenk des Feenreichs war die Schnelligkeit, mit der er die hrvatskanische Sprache lernte. Es dauerte nicht lange, und er und der Priester konnten richtige Gespräche führen, die von Tag zu Tag weniger stockend waren. Nachdem die Dorfbewohner die Furcht vor ihm verloren hatten, lernte er auch sie und einiges über ihr Leben kennen.

Er saß zusammen mit Tomislav auf einer Bank vor dem Haus, unter den langen Dachbalken. Es war Sonntag, der Tag, an dem die Menschen von ihrer Arbeit ausruhten. Der Priester hatte bei der Ernte ebenso schwer gearbeitet wie alle anderen; Vanimen, jetzt wieder gesund, hatte seine Kraft zur Verfügung gestellt, die groß, wenn auch ungeschult war.

Der Sommer ging in den Herbst über. Die Blätter zeigten ein blasseres Grün als zuvor, ein paar waren bereits braun, rot und golden. Auch der Himmel war bleich geworden, und darüber zogen Gänse hin, deren Schreie wortlose Sehnsüchte erweckten. Als die Sonne unter die Baumwipfel sank, wurde der bisher kühle Wind kalt. Die meisten Leute saßen müßig zu Hause. Diejenigen, die vorbeikamen, grüßten Tomislav und seinen Gast. Der Anblick war ihnen vertraut geworden. Gekleidet wie die übrigen, abgesehen von seinen bloßen Füßen, hätten man Vanimen beinahe für einen Menschen von mächtiger Statur halten können.

Die beiden tranken Bier aus Holzschalen und waren ein wenig beschwipst. „Ihr seid von der guten Art", bemerkte der Wassermann. „Ich wollte, ich könnte Euch helfen, besser zu leben."

„Ein solcher Wunsch bestärkt mich in meinem Glauben, daß Ihr Gottes Gnade gewinnen könntet, wenn Ihr nur wolltet", fiel Tomislav eifrig ein.

Als Vanimens eigenes Mißtrauen verblaßt war, hatte er offen gesprochen. Der Priester milderte die Geschichte ab, als er sie in einem Bericht niederlegte, den er Iwan durch einen Jungen schickte. „Ich will ihn nicht belügen, aber ich will auch nicht ohne Not die Feindseligkeit gegen Euch verschärfen", hatte er erklärt.

Tomislav seinerseits hatte versucht, Vanimen auseinanderzusetzen, welche Art Land dies war. Hrvatska teilte die Monarchie mit Ungarn. Von der Natur reich beschenkt, mit zahlreichen Seehäfen für den Handel mit dem Ausland, war es selbst ein bedeutendes Reich. Es wäre noch bedeutender gewesen, hätten die großen Clans nicht ständig im Streit miteinander gelegen, was manchmal zu regelrechten Kriegen führte. Ach, und dann zogen Ausländer, vor allem die verdammenswerten Venetianer, ihren Vorteil aus dem Chaos und besetzten, was nicht ihnen gehörte. Im Augenblick herrschte Frieden. Ein Bündnis zwischen dem Subitsch- und dem Frankapan-Clan hatte eine starke Regierung erzeugt. Am mächtigsten war der Graf von Bribir Pawel Subitsch, der die Stellung eines Ban, eine Provinzherrschers, gewonnen hatte, nur daß *seine* Provinz heute das ganze Land umfaßte. Iwan war mit ihm verwandt.

An diesem Abend wich Vanimen einem Gespräch über den Glauben aus, indem er sagte: „Arbeit und Armut mögen die Seele reinigen, aber für Körper und Geist sind sie hart. Ihr habt ja nicht einmal eine richtige Haushälterin." Es kamen abwechselnd Frauen für die Arbeit, aber keine hatte dafür viel an Zeit oder Kraft übrig. Oft mußte der Priester selbst kochen – was er recht gut konnte, denn er hatte Vergnügen am Essen – und saubermachen. Den Garten und das Bierbrauen besorgte er immer allein.

„Ich brauche keine, wirklich nicht. Meine Bedürfnisse sind einfach. Ich bekomme meinen Anteil an Vergnügungen. Wartet, bis wir Erntedankfest feiern." Tomislav hielt inne. „Mein irdisches Los ist tatsächlich in mancher Beziehung leichter geworden, seit meine arme Frau dahingegangen ist. Sie war lange krank und hilflos und brauchte meine Pflege." Er bekreuzigte sich. „Gott rief sie, zu ihm zu kommen und geheilt zu werden. Ich bin sicher, daß sie im Himmel ist."

Erstaunt erkundigte sich Vanimen: „Ihr wart verheiratet? Ich weiß, daß die Kirchenmänner es früher waren, zumindest im Norden, aber seit Generationen hatte ich dergleichen nicht mehr gehört."

„Wir sind zwar Katholiken, aber von der glagolitischen Observanz, die nicht die Roms ist. Obwohl es den Päpsten immer mißfallen hat, haben sie doch unsere Bräuche nicht direkt verboten."

Vanimen schüttelte den Kopf. „Ich werde nie begreifen, warum ihr Menschen euch wegen solcher Schneckenhaus-Angelegenheiten streitet – wie ihr es tun mögt, wenn ihr doch währenddessen die Welt genießen könntet." Er merkte, daß sein Gastgeber einen Disput lieber vermeiden wollte, und fuhr fort: „Aber erzählt mir noch, wenn es Euch gefällig ist, von Eurer Vergangenheit. Bisher habe ich nur Bruchstücke davon gehört."

„Da gibt es nichts zu erzählen", antwortete Tomislav. „Ein ganz gewöhnliches, voranstolperndes sterbliches Leben. Es kann Euch nicht interessieren, der Ihr jahrhundertelang Wunder erlebt habt, die über mein Vorstellungsvermögen hinausgehen."

„Oh doch, es würde mich interessieren", widersprach Vanimen. „Ihr seid für mich ebenso fremdartig wie ich für Euch. Wolltet Ihr mir einen flüchtigen Blick in Euer Inneres gewähren, sähe ich vielleicht – nun, nicht nur, wie der Stamm Adams die Erde bewohnt, sondern auch warum ..."

„Ihr werdet vielleicht erkennen, was Gottes Absichten sind!" rief Tomislav aus. „Ha, diese Möglichkeit ist es wert, daß ich mein Herz vor Euch entblöße.

Nicht, daß ich viel zu enthüllen hätte. Fragt, was Ihr wollt, ich werde Euch antworten." Seine Stimme war leiser geworden. Sein Blick schweifte in die Ferne, über das Dach auf der anderen Seite des Weges, über die Bäume und den Himmel – zurück zu den verlorenen Jahren, dachte Vanimen. Ab und zu nahm er einen Schluck Bier, aber nicht wie sonst mit dem richtigen Genuß. Das tat nur sein Körper, um die Kehle feucht zu halten.

„Ich wurde als Leibeigener geboren, aber nicht hier, sondern in Skradin, ‚im Schatten der Burg', wie die Redensart lautet. Mein Vater war dort Reitknecht. Der derzeitige Kaplan hielt mich für würdig, Unterricht im Lesen und Schreiben zu bekommen. Als ich das richtige Alter erreicht hatte – vierzehn Jahre –, empfahl er mich dem Bischof.

So ging ich nach Zadar, um für die heiligen Weihen zu studieren. Das war wahrlich harte Arbeit, sowohl für das Fleisch als auch für den Geist. Trotzdem, es war eine Stadt voller Leben, Menschen von jenseits jeden Horizonts, weltliche Waren, weltliche Vergnügungen. Ich gestehe, für eine Weile ließ ich mich davon einfangen. Danach bereute ich, und ich wage zu glauben, daß mir vergeben worden ist, und vielleicht habe ich dadurch ein wenig Verständnis für meine Mitgeschöpfe gewonnen.

Doch mit der Reue erwachte die Sehnsucht nach dem Land meiner Geburt, nach den einfachen Sitten, nach meiner eigenen Art von Leuten. Mehrere Jahre lang wurde in keinem Pastorat dieser Gegend eine Stelle frei. In dieser Zeit war ich Famulus des Bischofs.

Ich wandelte die Lust in den Wunsch nach einer gesetzmäßigen Ehe und traf Maßnahmen, eine Frau aus diesem Teil des Landes zu heiraten. Das war, bevor ich die Weihen erhielt, was mehr auf meinen eigenen Wunsch als auf die kanonischen Vorschriften zurückzuführen war. Ah, wie reizend war meine Sina in ihrer Jugend!

Doch schon bald wurde sie von Traurigkeit befallen. Anfangs mag das auf ihre neue Umgebung zurückzuführen gewesen sein. Menschenmengen, Lärm, Feilschen, Intrigen, Ruhelosigkeit, ständiger Wechsel – all das ängstigte sie und lastete auf ihrer Seele. Außerdem verloren wir zwei Kinder durch Krankheit. Die drei, die am Leben blieben, waren für sie ein geringerer Trost als für mich oder als ich es für sie hoffte.

Schließlich erhielt ich diese Kirche. Der Bischof brummte, weil er mich ziehen lassen mußte, aber er gab nach, als ich ihm klarmachte, was es für Sina bedeuten würde.

Doch es nutzte nichts. Weitere Kinder starben oder wurden tot geboren. Und was schlimmer war, unseren drei heranwachsenden Kindern gefiel das Leben hier ebensowenig, wie Sina die Stadt gefallen hatte. Sie vermißten die Außenwelt, sie fingen Streit an, wurden aufsässig. Meine Ordination hatte meine ganze Familie von der Leibeigenschaft befreit. Deshalb waren sie durch kein Gesetz an Ort und Stelle gebunden. Einer nach dem anderen, sobald sie alt genug dazu waren, verleugnete uns und ging davon.

Zuerst ging Franjo zur See. Nach ein paar Fahrten wurde von seinem Schiff nie wieder etwas gehört. Es mag gesunken, es mag Piraten oder Sklavenjägern zum Opfer gefallen sein. Vielleicht ist mein Sohn in diesem Augenblick ein Eunuche in irgendeinem türkischen Harem. *Kyrie eleison.*

Später lief Juraj, unser jüngerer Sohn, davon. Er ist in Split und arbeitet für einen venetianischen Verwalter – für Venedig, den alten Feind. Ich höre über ihn von Zeit zu Zeit durch die Freundlichkeit eines Händlers, den ich kenne. Aber nie gibt er mir selbst Nachricht. *Kyrie eleison.*

Vielleicht könnt Ihr Euch vorstellen, wie das Sinas Herz zerriß, das zu verhärten ihr nie gelang. Ein paar Jahre, nachdem sie ihr letztes Kind geboren hatte, zog sie sich in völliges Schweigen zurück, bewegte sich kaum noch ... lag nur im Bett, mit leeren Augen. Obwohl ich weinte, als sie vor zehn Jahren starb, wußte ich, daß es Gottes Gnade war. Und unsere kleine Tochter war damals noch am Leben, war für sie noch am Leben."

Tomislav schüttelte sich. Er stieß ein Lachen aus. „Ihr müßt mich für ganz durchtränkt von Selbstmitleid halten", sagte er, als er in die Wirklichkeit des Abends zurückgefunden hatte. „Doch so ist es nicht, ganz und gar nicht. Gott gibt mir so manchen Trost: Sich selbst, den grünen Wald, Musik, Feste, Freunde, das Vertrauen meiner Herde und, ja, die Liebe der kleinen Kinder ..."

Er starrte in seine Schale. „Sie ist leer", verkündete er. „Eure auch. Ich will neues Bier vom Faß holen. Vor der Vesper haben wir noch Zeit."

Als er zurückkehrte, bemerkte Vanimen vorsichtig: „Auch ich habe Kinder verloren." Er setzte nicht hinzu, daß er sie auf ewig verloren hatte. „Ihr erwähntet ein Mädchen, das spät kam. Sagt mir doch, ist sie ebenfalls gestorben?"

„Ja." Tomislav ließ sich auf die Bank plumpsen. „Sie war ein schönes Mädchen."

„Was ist geschehen?"

„Niemand weiß es. Sie ertrank im See, wo sie spazierenging. Vielleicht stolperte sie, schlug mit dem Kopf an eine Wurzel. Dies eine Mal kann es nicht die Schuld des Vodianoi sein, denn nach vielen Tagen der Suche fanden wir ihren Körper auf dem Wasser treiben ..."

... aufgedunsen und stinkend, wie Vanimen wußte.

„Ich habe sie nicht bei ihrer Mutter und den anderen begraben lassen", berichtete Tomislav. „Ich habe den Sarg nach Schibenik gebracht."

„Warum?"

„Oh, ich dachte mir – oh, vielleicht würde die Erde ihr leichter werden – ich war benommen, versteht Ihr. Der Zhupan half mir, daß ich die Erlaubnis bekam."

Als wollc cr Vanimcn angreifen, rückte Tomislav nahe an ihn heran und fuhr fort: „Ich habe Euch gleich gesagt, es würde keine sehr interessante Geschichte werden. Außerdem habt Ihr noch eigenen Kummer zu überwinden."

Vanimens Verstand arbeitete methodischer als bei den meisten Meerleuten, aber er konnte einen Gesprächsgegenstand oder eine Stimmung so schnell wechseln, wie es wünschenswert war. „Aye, ich sorge mich um meinen ganzen Stamm", antwortete er. „Ich hätte gern mit Euch darüber gesprochen."

„Ihr habt das mit Worten getan ..." – Tomislav versuchte zu lächeln – „... die beißend wurden."

„Nur um mich zu beklagen, daß sie immer noch eingepfercht sind, und wie ich höre, hat man die Frauen und Kinder von den Männern getrennt."

„Nun, ihr Benehmen *war* unschicklich. Das Gerede darüber wurde zu einer Bedrohung der öffentlichen Moral, behauptete Petar."

„Wie lange soll das noch so weitergehen?" Vanimen schlug sich mit der Faust auf den Schenkel. „Immerzu sehe, fühle, höre, rieche, schmecke ich ihr Elend in der Unfreiheit."

„Ich habe es Euch doch erklärt", sagte Tomislav. „Der Ban hat entschieden, daß sie festgehalten und ordentlich versorgt werden sollen, bis er umfassende Informationen über sie hat. Ich glaube, dieser Zeitpunkt ist nahe. Ihr und ich, wir haben viel voneinander gelernt. Jetzt, wo Ihr die hrvatskanische Sprache beherrscht, könnt Ihr selbst mit ihm sprechen. Er wünscht sich das."

Der Liri-König schüttelte den Kopf. „Wann? Ich habe erfahren, daß er vielbeschäftigt ist, im Reich herumreist, vielleicht Wochen hintereinander abwesend ist. Inzwischen ist jeder Tag für meine Leute eine stille Qual. Euer Baron glaubt vielleicht, daß er sie gut ernährt, aber mein eigener Magen sagt mir, daß die Nahrung aus zuviel Getreide und Milch und aus nicht genügend Fisch besteht. Sie werden krank werden – auch aus Mangel an Wasser. Zweifellos bekommen sie reichlich zu trinken, aber wann konnten sie das letzte Mal schwimmen, wann waren sie das letzte Mal auf dem Meeresgrund, eine Lebensweise, für die die Natur sie geschaffen hat? Ihr habt mir erlaubt, mich in dem Bach hier zu erfrischen, und trotzdem fühle ich, wie mein Fleisch langsam austrocknet."

Tomislav nickte. „Ich weiß, Vanimen, mein Freund. Und was ich nicht weiß, kann ich erraten. Aber was können wir tun?“

„Ich habe darüber nachgedacht“, sagte der Wassermann, lebhafter als zuvor. „Ein kurzes Stück von hier entfernt ist ein See. Laßt uns dort frei. Natürlich zu einer bestimmten Zeit immer nur einen Teil von uns; die übrigen bleiben als Geiseln da und warten, bis sie an die Reihe kommen. Der See ist nicht so gut wie das Meer, aber er wird uns erhalten, er wird uns von einem Leben erlösen, das halber Tod ist. Außerdem habe ich gehört, daß niemand in dem See fischt. *Wir* könnten und würden es tun. Wir würden gemeinsam ausschwärmen und reiche Beute machen und sie mit euch Menschen teilen. Damit wären die Kosten für unsere Unterhaltung mehr als wettgemacht. Würde das Eurem Baron nicht gefallen?“

Tomislav runzelte die Stirn. „Vielleicht, wenn der See nicht verflucht wäre.“

„Wie das?“

„Ein Vodianoi lauert dort, ein Wasserungeheuer. Er raubte die Netze aus, die die Fischer legten. Als sie ihn mit Booten voller Bewaffneter jagten, konnten ihre Waffen ihn nicht verwunden. Die Boote kenterten, und tapfere Burschen, die nicht schwimmen konnten, ertranken. Einmal wollten die Leute hier eine Mühle errichten, damit sie mit ihrem Korn nicht bis nach Skradin mußten. Als die Mühle beinahe fertig war, kam der Vodianoi flußaufwärts und wälzte sich im Mühlenteich. So groß war das Entsetzen, daß die Leute zerstörten, was sie erbaut hatten, damit er nur ja in den See zurückkehrte.“

Vanimen zwang sich zu der Frage: „Warum hat ihn kein Priester wie Ihr gebannt?“

„Das wollte das Volk nicht haben. Kirche und Adel halten es für das beste, auf seine Wünsche Rücksicht zu nehmen. Ein Exorzismus würde alle Wesen der Halbwelt aus dieser Gegend vertreiben, und von einigen glaubt man, daß sie Glück bringen. Da ist es noch besser, den See nicht nutzen zu können und manchmal im Urwald von den Leschi einen Schabernack gespielt zu bekommen, als keinen Polevik mehr zu haben, der die Ernte vor Mehltau bewahrt, keinen Domovoi als Hausgeist, der über das Wohl der Bewohner wacht, keine Kikimora, die die Laune anwandeln mag, einer Frau zu helfen, die unter ihrer Arbeitslast zusammenbricht ...“ Tomislav seufzte. „Das ist heidnisch, ja, aber harmlos. Es berührt den wahren Glauben der Leute nicht und hilft ihnen, ein Leben zu ertragen, das oft voller Kummer und Sorge ist. Die

Bogomils haben überall, wo ihre Sekte die Vorherrschaft hat, mit diesen alten Bräuchen aufgeräumt. Aber die Bogomils sind ohne Freude, sie hassen diese Welt, die Gott für uns so schön gemacht hat."

Nach einem oder zwei Atemzügen setzte Tomislav beinahe flüsternd hinzu: „Ja, was im Wasser und im wilden Wald spukt, kann auch schön sein ..."

Vanimen hörte es kaum. Er sprang auf die Füße und hob eine Faust gegen den Abendstern, und die Worte sprudelten aus ihm hervor.

„Aber das ist ja etwas, wobei wir euch helfen können, wir Meerleute! Eine Gelegenheit, unsern guten Willen zu beweisen! Ich selbst will die Gruppe anführen, die das Ungeheuer vertreiben wird!"

2

Es lebte ein Mann in Hadsund, genannt Aksel Hedebo, ein wohlhabender Mann. Er handelte mit Pferden, die ein dänischer Exportartikel waren. Ingeborg hatte oft bei ihm gelegen. Doch es war eine Überraschung, als sie in seinem Geschäft erschien, begleitet von einem geradeaus blickenden jungen Burschen, und um eine vertrauliche Unterredung bat. „Wir möchten Euch um einen Gefallen bitten", sagte sie, „und um Euer Wohlwollen zu gewinnen, würden wir Euch ein kleines Geschenk machen."

Sie öffnete die Hand ein wenig, so daß seine Lehrjungen nicht sehen konnten, was sie darin verborgen hielt, und enthüllte einen Fingerring. Das war kein geringes Schmuckstück. Aksel schätzte seinen Wert auf fünf Silbermark. „Dann folgt mir", erwiderte er mit maskenstarrem Gesicht und führte seine Besucher aus den Arbeitsräumen des Hauses in das Wohnquartier und durch eine Tür, die er schloß.

Das Zimmer dahinter war dunkel getäfelt, mit massiven Möbeln und erstklassigem Glas in den Fenstern ausgestattet. Aksel zog die Vorhänge zu und erzeugte so ein Dämmerlicht, das für Geheimnisse geeignet war. Er nahm den Ring, setzte sich an einen Tisch und untersuchte die merkwürdigen Figuren in dem Gold. „Setzt euch, ihr beiden", befahl er mehr, als daß er sie einlud.

Sie ließen sich auf Stuhlkanten nieder. Angstvoll ruhte ihr Blick auf ihm. Er war fett, hatte blaue Wangen und einen schweren Mund, und seine reichen Kleider strömten einen stärkeren Geruch nach altem Schweiß aus als üblich war. Nach einer Weile sah er auf. „Wer bist du?“ fragte er Niels.

Dieser gab seinen Namen, seinen Geburtsort und seinen Beruf als Seemann an. Die Augen des Kaufmanns duchbohrten ihn. Der Junge war, ebenso wie die Frau, sauber, ordentlich, neu eingekleidet. Aber die Spuren von Sonne, Wind und Mühsal waren bei beiden noch wenig gemildert worden.

„Was wollt ihr von mir?“ fragte Aksel.

Ingeborg sprach: „Das ist eine lange Geschichte. Da Ihr selbst Händler seid, werdet Ihr verstehen, wenn wir viel davon für uns behalten. Kurz gesagt, wir sind zu einigem Vermögen gekommen und brauchen Hilfe, um es anzulegen. Niels hier meint, wir sollten uns am besten in der Schiffahrt einkaufen. Ihr tätigt Geschäfte mit Kapitänen, Ihr habt ausländische Verbindungen – bestimmt mit ... dem Hanseatischen Bund, ist das richtig, Niels? Wenn Ihr uns zu dem geeigneten Mann schicken könnt, zu einem, von dem Ihr selbst glaubt, daß er uns anhören wird ...“ – sie ließ das Lächeln aufblitzen, das sie auf dem Marktplatz angewandt hatte – „... dann werdet Ihr feststellen, daß wir nicht geizig sind.“

Aksel zupfte an einer schwarzen Haarlocke. „Ein seltsames Angebot von einer wie dir“, meinte er dann. „Ich muß mehr wissen. Wie groß ist dieser Schatz, und wie habt ihr ihn gewonnen?“

Sein Blick wanderte zu der Börse, die schwer an Niels' Gürtel hing. In dem Beutel befanden sich einheimische Münzen, die keine Verwunderung hervorrufen würden. Ingeborg hatte sie von einem Goldschmied in der Stadt bekommen, den sie ebenfalls kannte. Das war ein Mann, der gern das Risiko einging, vom Gesetz erwischt zu werden, wenn er einen Klumpen kostbaren Metalls weit unter dem angemessenen Wert kaufen konnte. Bedeutend mehr Reichtum trugen Ingeborg und ihr Gefährte in Form von Goldstücken bei sich, die sie in ihre Kleidung eingenäht hatten, aber das war für unvorhergesehene Bedürfnisse in der nahen Zukunft bestimmt.

Ingeborg antwortete kühl: „Wie hoch sich die Summe wirklich beläuft, hängt davon ab, was wir damit anfangen können – weshalb wir um Euren Rat bitten. Es ist ein gefundener Schatz, versteht Ihr.“

Aksel zuckte zusammen. „Dann gehört er der Krone! Wollt ihr, daß man euch hängt?“

„Nein, nein, nichts dergleichen. Laßt mich erzählen. Sicher erinnert

Ihr Euch an Herrn Ranild und seine Kogge und daß er früher im Jahr zu einer Reise aufbrach, über die er den Mund hielt und daß man seither nichts mehr von ihm vernommen hat. Niels gehörte zur Mannschaft, und mich hat Ranild mitgenommen."

„Was?" Der Pferdehändler erholte sich von seiner Überraschung. „Hm, ja, die Leute hier herum wunderten sich schon, was aus Stockfisch-Ingeborg geworden sei. Aber eine Frau auf See, das bedeutet Unglück."

„Nein!" widersprach Niels in aufflammendem Zorn.

Ingeborg winkte ihm, still zu sein, und fuhr fort: „Er war in Eile und hatte nicht genug Männer. Ich konnte mich nützlich machen."

„Und wie!" wieherte Aksel. Niels funkelte ihn an.

Ingeborgs Kopf blieb hocherhoben. „Außerdem hatte ich über eine bestimmte Sache einiges gehört, wie das ja oft geschieht. Ranild hatte auf andere Weise davon erfahren, und als wir die Bruchstücke der Nachricht zusammensetzten, wies sie auf einen Schatz hin, der an einem Ort mitten im Ozean bei einem heidnischen Begräbnis versenkt worden war. Deshalb war es kein Raub, kein Sakrileg und keine Unterschlagung von Eigentum eines anderen.

Doch das Gold erweckte die Habgier und führte zum Totschlag. Ihr wißt doch, was für Raufbolde das waren, Niels ausgenommen. Danach erhob sich ein schrecklicher Sturm. Am Ende waren nur noch wir beide von allen Seelen, die mit der *Herning* in See stachen, am Leben, und das Schiff ist verloren. Aber wir haben einiges Metall mit an Land gebracht, und jetzt wollen wir auch den Nutzen davon haben."

Schweigen herrschte, bis Aksel sie anfuhr: „Ist das die Wahrheit?"

„Ich bin bereit, Euch bei jedem Heiligen zu schwören oder jeden anderen Eid zu leisten, den Ihr wünscht, daß jedes meiner letzten Worte wahr ist", sagte Ingeborg. „Und auch Niels ist bereit dazu."

Der Jüngling nickte heftig.

„Hm, hm." Wieder zupfte Aksel an seinem fettigen Haar. „Du hast mir von deinem Garn nur den halben Faden gesponnen."

„Das habe ich Euch im vorhinein gesagt. Um unsere Gründe dafür braucht Ihr Euch nicht den Kopf zu zerbrechen." Ingeborg verzog den Mund zu einer Grimasse. „Was habt Ihr denn Eurer Frau über mich erzählt?"

Sie wurde wieder ernst, wurde noch angespannter und drängte: „Ihr könnt mit geringer Mühe und ohne jedes Risiko viel gewinnen. Wir wollen das Gesetz nicht übertreten. Nein, wir suchen Unterweisung, wie wir uns innerhalb seiner Grenzen halten können. Doch natürlich wäre es töricht, zuviel auszuplaudern, denn ein mächtiger Mann kann immer einen Vorwand finden, uns bis aufs Hemd auszuplündern."

„Ja-a-a", stimmte Aksel zu. „Klug von dir, daß du dich gleich zu Anfang auf die Suche nach dem notwendigen Beschützer machst, durch dessen Vermittlung du in aller Ruhe ein einträgliches Geschäft aufbauen kannst." Stirnrunzelnd betrachtete er den Ring, den er auf dem Tisch vor sich immer wieder und wieder umdrehte.

„Die Hanse!" platzte Niels heraus. „Ihre Schiffe befördern im ganzen Norden die meiste Fracht, nicht wahr? Ich höre, daß die Städte des Bundes immer größer werden ... Könige fürchten sie ... könnte ich einer ihrer Schiffseigner werden ..."

Aksel schüttelte den Kopf. „Darauf besteht wenig Hoffnung, Junge. Ich kenne die Leute gut. Es sind besitzergreifende Teufel, hüten eifersüchtig, was sie haben, sind unfreundlich zu Außenseitern, auf der Hut vor allem, was die Macht eines Magnaten oder einer Gilde auch nur im geringsten erschüttern könnte. Nimm zum Beispiel Visby auf der Insel Gotland. Visby gewährt den Kaufleuten große Freiheiten, aber nur, wenn sie geborene Gotländer sind. Ich glaube, wenn du zu einem dieser ungekrönten Fürsten gingest, würde er dich so lange an der Nase herumführen, bis er ein Mittel gefunden hätte, dich auszuwringen, und vielleicht mich noch dazu."

Niels zuckte zurück. Ingeborg legte ihre Hand auf seine. „Es muß einen Ort geben, wohin ich gehen kann!" widersprach er.

„Vielleicht, vielleicht", brummte Aksel. „Ich war schließlich auf euren Besuch nicht vorbereitet. Laßt mich nachdenken ..." Er ließ den Ring auf dem Tisch kreiseln. Das Geräusch schien unnatürlich laut zu sein. „Hm-m-m ... Kopenhagen ... großer Seehafen, Lehen des Bischofs von Roskilde, der dort keine Gilde Wurzeln schlagen läßt ... aye, jeder Bürger, der Handel treiben will, braucht eine Erlaubnis von den städtischen Behörden ... Vielleicht. Ich weiß weiter so gut wie nichts, denn nur wenige von meinen Pferden werden dorthin geliefert."

„Ihr seht", fiel Ingeborg ein, „wenn Ihr Euch nur Mühe gebt, könnt Ihr uns helfen. Nehmt Euch Zeit zum Nachdenken. Wie ich Euch kenne, werdet Ihr zuerst um Eure Bezahlung feilschen."

Aksel hob sein Gesicht. Sie sahen, wie es sich verhärtete. „Warum bist du sicher, daß ich es tun werde?" verlangte er zu wissen.

„Was meint Ihr wohl?" fragte Ingeborg zurück. Niels wand sich innerlich vor Verlegenheit.

„Du hast mir so gut wie nichts erzählt, und das, was du erzählt hast, ist zweifellos gelogen."

„Denkt daran, daß wir beide die Wahrheit vor Gott beschwören werden."

„Ein Meineid wäre neben deinen anderen Sünden eine Kleinigkeit, Stockfisch-Ingeborg." Aksel schob sein Kinn vor. „Deine Geschichte ist unglaubwürdig. Viel wahrscheinlicher kommt es mir vor, daß ihr beide in Dänemark einen Hort aus der Erde gegraben habt – es sei denn, ihr habt auf hoher See gemordet, und auch darauf steht der Galgen. Wollt ihr mich mit euch ins Verderben reißen? Ich muß vorsichtig sein."

Die Frau betrachtete ihn. „Ihr wollt also den Feigling spielen."

„Ich bin ein gesetzestreuer Mann, der eine Familie zu ernähren hat."

„Quatsch! Ich sagte, Ihr *spielt* den Feigling – wie ein herumziehender Komödiant. Ich kenne Euch, ich kenne Eure Sorte." Ingeborg wurde sehr zornig. „Ihr habt Euch mit einem Mal entschlossen, uns selbst auszurauben. Das könnt Ihr aber nicht. Entlaßt uns, damit wir es anderswo versuchen können, oder handelt wie ein anständiger Schurke."

Niels rückte unruhig auf seinem Stuhl herum und legte die Hand an das Seemannsmesser, da er im Gürtel trug.

Aksel brachte ein Lächeln zustande. „Aber, meine Liebe! Es ist doch nur so, daß ich keine Lust habe, Bekanntschaft mit dem Henker zu machen. Ich brauche Sicherheit – für den Anfang einen Blick auf diesen Hort."

Ingeborg stand auf. „Komm, Niels. Hier ist nichts für uns."

„Warte." Aksels Stimme blieb ruhig. „Setz dich. Laß uns weitersprechen."

Ingeborg schüttelte den Kopf. „Die Jahre haben mir eine Nase für Verrat verliehen. Komm, Niels."

Der Jüngling stellte sich auf die Füße. Aksel hob einen Arm. „Ich habe gesagt, du sollst warten! Muß ich meine Lehrjungen rufen, daß sie euch ergreifen?"

„Das soll ihnen nicht gelingen!" schrie Niels.

Ingeborg brachte ihn mit einer Geste zum Schweigen. „Was habt Ihr im Sinn?" fragte sie ganz kühl.

„Nun, dies." Aksel lächelte erneut. „Ich vermute, ihr habt euch entweder der Piraterie oder des Diebstahls von königlichem Eigentum schuldig gemacht. Fest steht, daß ihr euch nicht einmal gefragt habt, welche Steuer ihr für euren Fund zu zahlen hättet. Nun seid ihr von geringem Stand und ohne eigene Familien, aber Gott hat mich auf einen höheren Platz im Leben gestellt. Ich habe mehr, viel mehr zu verlieren. Warum sollte ich alles aufs Spiel setzen ... für weniger als den gesamten Hort?“

Als Ingeborg und Niels bewegungslos vor ihm standen, setzte er hinzu: „Natürlich würde ich euch ein bißchen abgeben.“

Sie blieben stumm. Sein Gesicht verfinsterte sich. „Also gut.“ Er schlug auf den Tisch. „Macht euch klar, daß ich euch *nicht* angeboten habe, euer Komplize zu werden. Ich habe nur eine Frage gestellt, um zu sehen, wie ihr darauf reagieren würdet. Meine Pflicht ist es, diese Sache zu melden – nein, nicht dem Vogt, sondern gleich dem Baron. In der Zwischenzeit kann ich euch nicht entfliehen lassen, nicht wahr?

Nun denkt einmal nach, ihr beide. Ich habe gehört, daß Junker Falkvors Henker geschickter als die meisten anderen ist. Es wird für seinen Herrn aus dem, was von euch übrigbleibt, die ganze Geschichte herausholen.“

„Und Ihr werdet zweifellos eine hübsche Belohnung bekommen“, höhnte die Frau.

„Das ist der vorsichtige Kurs für mich“, führte Aksel weiter aus. „Es täte mir leid, müßte ich ihn steuern, denn ich habe glückliche Erinnerungen an dich, Ingeborg, und dein Kamerad hat noch sein ganzes Leben vor sich. Deshalb setzt euch hin, damit ich versuchen kann, euch zur Vernunft zu bringen.“

„Niels“, sagte Ingeborg.

Ihr Freund verstand. Sein Messer flog aus der Scheide. Es war in diesem halbdunklen Raum von furchterregender Größe.

„Wir gehen jetzt“, erklärte er. „Ihr werdet uns hinausbegleiten. Macht man uns Schwierigkeiten, werdet Ihr zuerst sterben. Aufstehen!“

Aksel, ganz bleich geworden, erhob sich. Das war kein Junge mehr, der ihn bedrohte. Niels steckte die Klinge wieder ein, blieb aber dicht neben ihm. Ingeborg ließ den Ring in ihren Ausschnitt fallen.

Sie verließen das Haus zu dritt. In einer Seitengasse, die ein Stück weiter weg war, ließ Niels den Kaufmann laufen. Als Aksel in die Straße gestolpert war, mußte Ingeborg ihrer Bitterkeit Luft machen. „Ich habe ihn noch für den besten von dem ganzen Haufen gehalten! Wo gibt es in der Christenheit Erbarmen?“

„Wir machen besser, daß wir wegkommen, bevor er Leute zusammenruft“, warnte Niels.

Auf Umwegen erreichten sie den Mariager-Fjord. Dort wartete ein kleines Schiff, das die Häfen entlang dem Sund anlaufen wollte, auf die Flut. Ingeborg und Niels hatten ihre Plätze bereits bezahlt und brachten an Bord, was sie brauchen würden. Das war eine weise Vorsichtsmaßnahme von ihnen gewesen. Dem Kapitän hatten sie zusätzlich soviel Geld gegeben, daß er eine ganze Nacht lang auf ihre Gesundheit trinken konnte, und so ließ er sie in seiner Kajüte ausruhen, bis das Schiff in See stach.

3

Ein voller Mond stand hoch in einem frostigen Ring. Nur wenige Sterne leuchteten durch seine Helligkeit, die die Wipfel der Bäume rings um den See im Rauhreif schimmern ließ und auch die kleinste Welle mit Silber bestreute. Ein Wind trug Herbstkühle heran und raschelte durch sterbende Blätter.

Der Vodianoi erhob sich vom Grund und schwamm zum Ufer. Er wurde alt, wenn der Mond abnahm, jung, wenn er zunahm; diese Nacht hatte er das höchste Ausmaß seiner Macht und seines Hungers erreicht. Sein Körper von der Größe dreier Schlachtrosse, auf dem Moos und nachschleppende Schlingpflanzen wuchsen, war wie der eines Mannes gestaltet, nur daß er einen dicken Schwanz, lange Zehen mit Schwimmhäuten und mit Klauen versehene Vordertatzen hatte. Das Gesicht war flach mit Borsten um den höhlenartigen Mund. Die Augen glühten rot wie Kohlen.

Als sein Bauch den Boden berührte, hielt er an. Durch die Dunkelheit unter den Bäumen klang ein Geräusch an seine Ohren, als würden Büsche zur Seite gebogen und als kämen Schritte näher. Was Menschen hier auch nach Dunkelwerden zu suchen hatten, vielleicht war einer von ihnen unvorsichtig genug, in den See hinauszuwaten. Der Vodianoi lag still da wie ein Stein. Die silberglänzenden Furchen, die er durchs Wasser gezogen hatte, glätteten sich.

Eine Gestalt glitt aus dem Schatten und verhielt auf dem Gras am Rand des Wassers: aufrecht, schlank, weiß wie der Mond. Lachen perlte. „Oh, du Dummer! Ich will dir zeigen, wie man sich auf die Lauer legt.“ Schnell wie der Wind flog sie in eine nahe stehende Eiche. „Hier hast du etwas zu essen!“ Eicheln sausten durch die Luft und prallten von der Haut des Ungeheuers ab.

Vor Zorn stieß er ein donnertiefes Grunzen aus. Ständig in diesen letzten drei Jahren hatte die Vilja ihn geärgert. Er hatte sich sogar mühsam ein paar Schritte aufs Land gewälzt und versucht, sie zu fangen, was ihm nichts als ihren Spott eingebracht hatte. Bald mußte sie den Wald verlassen, weil sie den Winter unter der Oberfläche von See und Fluß zu verbringen pflegte, aber das nützte dem Vodianoi nichts. Obwohl die Kälte sie schläfrig machte, blieb sie doch immer zu wachsam und zu schnell für ihn. Außerdem wußte er in seinem trüben Verstand recht gut, wenn er nicht gerade vor Wut außer sich war, daß er wahrscheinlich einem solchen Geist gar nichts anhaben konnte. Das einzig Gute war, daß sie ihn in der kalten Jahreszeit nur wie eine Schlafwandlerin grüßte, wenn sie sich begegneten.

„Ich weiß“, rief sie, „du hoffst, du bekommst eine Beute zu packen, schöner Mann. Das wirst du aber nicht.“ Mit einer Handbewegung ließ sie einen kleinen Wirbelwind um ihn kreisen. „Sie gehören mir, diese Reisenden.“ Ihre Stimmung schlug um. Der Wind erstarb. „Aber warum sind sie des Nachts unterwegs?“ fragte sie sich selbst mit einer Stimme, die ihre Verwirrung verriet. „Und sie tragen kein Feuer mit sich, um dabei zu sehen. Männer würden Feuer mitbringen – richtig? Ich kann mich nicht erinnern ...“

Auf ihrem hohen Sitz umarmte sie ihre Knie, schaukelte sich vor und zurück, ließ ihr helles, wolkiges Haar in einer Brise flattern, die kaum eine Locke derjenigen, die sich näherten, bewegte. Plötzlich rief sie: „Es sind *keine* Menschen – die meisten von ihnen –, keine wirklichen Menschen.“ Sie kletterte höher, um sich zu verstecken.

Der Vodianoi zischte ihr nach, ließ sich unter die Oberfläche sinken und wartete.

Die Meermenschen kamen aus dem Wald. Zwanzig waren es, angeführt von Vanimen, nackt bis auf die Messergürtel, aber mit Fischspeeren und Reifennetzen in den Händen. Iwan Subitsch befand sich unter dem halben Dutzend Menschen, die als Beobachter mitgekommen waren. Von Gefährten geführt, deren Feenaugen im Dunkeln sehen konnten, waren sie vorangestolpert. Nun kniffen sie die Augen geblendet zusammen, als sich plötzlich das Mondlicht über sie ergoß.

„Dort ist er!“ rief Vanimen. „Wir haben ihn schon gefunden. Ich dachte mir, daß es uns helfen würde, auf jede Flamme zu verzichten.“

Iwan strengte die Augen an. „Ein Felsblock?“ fragte er.

„Nein, seht genau hin, achtet auf diese glimmenden Augen.“ Vanimen hob sein Messer und sagte etwas in seiner eigenen Sprache.

Die Wassermänner wateten hinaus. Mit Freudengebrüll und aufblitzenden Fangzähnen schlug der Vodianoi nach dem nächsten. Das flinke Geschöpf entschlüpfte ihm. Er jagte einen zweiten und hatte ebensowenig Erfolg.

Jetzt schwammen er und sie. Die Wassermänner kreisten ihn ein, höhnten, stachen ihn mit ihren Speeren. Der Vodianoi tauchte. Sie folgten ihm.

Eine Minute lang brodelte und spritzte das Wasser.

Stille trat ein, der See beruhigte sich wieder, der Himmel versank von neuem in seine eisigen Träume. Verloren klang die Stimme eines Soldaten auf: „Der Kampf findet in solcher Tiefe statt, daß wir ihn nicht sehen können.“

„Falls es ein Kampf ist“, antwortete ein Kamerad. „Das Ding ist unsterblich bis zum Jüngsten Gericht. Eisen verletzt es nicht. Welche Aussichten haben Eure Jäger, Herr, so zauberisch sie sein mögen?“

„Ihr Anführer hat mir von verschiedenen Maßnahmen berichtet, mit denen er es versuchen will“, antwortete Iwan. Er gehörte nicht zu jenen, die sich Untergebenen anvertrauten. „Welches die beste ist, muß er herausfinden.“

„Wenn das Ungeheuer nicht seine ganze Schar tötet“, meinte ein dritter Mann. „Was dann?“

„Dann müssen wir bis Tagesanbruch, wenn wir nach Hause finden können, hierbleiben“, stellte der Zhupan fest. „Das Monstrum kann uns an Land nicht fangen.“

„Es gibt andere Wesen, die es können.“ Der zweite Soldat blickte ringsum. Mondstrahlen glänzten auf seinen Augenbällen und machten sie zu Spiegeln.

Iwan hob das Kreuz, das er um den Hals trug. Er hatte eine ausgehöhlte Stelle, die mit einem Kristall verschlossen war. „Hierin ist ein Fingerknochen des heiligen Martin“, sagte Iwan. „Betet wie gläubige Christen, und keine Macht der Dunkelheit kann uns schaden.“

„Euer Sohn Mihajlo hat anders gedacht“, wagte ein Soldat zu murmeln.

Der Zhupan hörte es und schlug ihm auf die Wange. Der Schlag rief ein Echo hervor. „Halt den Mund, du Esel!" Männer bekreuzigten sich in dem Glauben, daß Zwietracht Übel heraufbeschwöre.

Langsam verstrichen die Stunden. Die Kälte nahm zu. Die Wartenden erschauerten, stampften mit den Füßen, steckten die Hände in die Achselhöhlen. Ihr Atem dampfte. Etwas Weißes bewegte sich ruhelos im Wipfel einer großen Eiche, aber keiner legte Wert darauf, es sich genauer anzusehen.

Der Mond ging unter, als sich ein Aufschrei ihren Kehlen entrang. Dunkelheit hatte sich auf die Lichtung herabgesenkt. Eine entsetzliche Gestalt kam auf die Männer zu. Sie blieb in einiger Entfernung stehen, doch das war nahe genug, daß sie sehen konnten, wie die Meermenschen Wasser traten, um den Vodianoi einzukreisen.

Vanimen schwamm ins seichte Wasser, stand auf und kam zu den Menschen. Wasser tropfte von ihm wie Quecksilber. Stolz strahlte von ihm aus wie die Sonne, die bald aufgehen mußte. „Der Sieg ist unser!" verkündete er.

„Gott sei gepriesen!" jubelte Iwan. Gleich darauf kehrte die Nüchternheit des Kriegers zurück. „Seid Ihr sicher? Was habt Ihr getan? Was wird nun geschehen?"

Vanimen kreuzte die Arme über der mächtigen Brust und lachte. „Töten konnten wir ihn nicht. Aber selbst in dieser Nacht seiner größten Kraft schwimmen wir besser als er. Unsere Waffen verursachten Schmerz. Keinen von uns hat er ergriffen, während wir ihn quälten, bis er es nicht mehr ertragen konnte. Außerdem zeigten wir ihm, wie wir Fische fangen. Auch darin kann er es nicht mit uns aufnehmen. Wir können sie ihm vor der Nase wegschnappen, sie verscheuchen, ihn dem Hunger preisgeben.

Endlich machten wir ihm mittels eines Zaubers, der verstehen hilft, klar, daß wir es auf diese Weise so lange wie nötig weitertreiben würden. Er solle sich die Qual lieber ersparen und davonziehen. Wir werden ihn flußaufwärts geleiten, an Eurer Stadt vorbei, und ihn im unbewohnten Hochland freilassen. Er wird Euch keinen Kummer mehr machen."

Iwan umarmte ihn. Die Soldaten brachen in begeisterte Rufe aus. Die Meermänner antworteten fröhlich vom Wasser her. Der Vodianoi gab sich seiner Verzweiflung hin.

„Folgt uns am Ufer entlang", riet Vanimen. „Wir werden in eurer Sichtweite bleiben." Er kehrte zu seinen Gefolgsleuten zurück.

Die weiße Gestalt glitt durch die welkenden Blätter hinunter. Viele lösten sich von den Zweigen, als sie von einem niedrigen Ast zur Erde sprang. „Nein, nein“, sang sie. „Wollt ihr den armen, alten, häßlichen Kerl vertreiben? Hier ist seine Heimat. Der See wird einsam sein ohne ihn, ein Wunder wird verschwunden sein, und mit wem soll ich dann spielen?“

Schweiß perlte auf Iwans Haut, er erschauerte, aber als er vorschritt, geschah es nicht voll Furcht, sondern in Haß und Zorn. „Dämon, Geist, höllischer Seelendieb!“ schrie er. „Hebe dich hinweg! Zurück zu deinem Grab, zurück zu deiner Hölle!“

Er schlug mit seinem Schwert zu. Irgendwie traf es nicht. Die Vilja hob die Hände. „Warum bist du so böse? Sei nicht böse“, flehte sie. „Bleib. Du bist so warm, ich bin so allein.“

Iwan ließ die Klinge fallen und hob das Kreuz. „Im Namen der Heiligen Dreieinigkeit und St. Martins, dessen Banner St. Stefan in die Schlacht trug, gehe!“

Die Vilja wirbelte herum und rannte in den Wald. Sie hinterließ im Rauhreif viel unscheinbarere Fußabdrücke, als es bei einer Frau der Fall gewesen wäre. Sie hörten ihr Schluchzen, das plötzlich in Lachen überging, und dann gab es keine Spur mehr von ihr.

Glocken läuteten freudig, bis ganz Skradin klang. Niemand arbeitete, außer um ein Fest vorzubereiten, das am Nachmittag begann und bis nach Sonnenuntergang dauerte.

Denjenigen, die vor Tagesanbruch wach gewesen waren, hatte sich ein unheimlicher Anblick geboten, als der Vodianoi, bewacht von den Wassermännern, vorbeikam. Es war, als habe sich die Welt – Burg, Kirche, Stadt, Häuser, Felder, der Ablauf der Stunden und das Jahr, das von Ostern bis Ostern gemessen wurde – wie ein Schleier geteilt, so daß die Menschen einen Blick auf das erhaschen konnten, was sonst vor ihnen verborgen war. Und es war kein reinlicher Himmel, sondern uralte, niemals endende Wildheit.

Im ersten Tageslicht, als Vanimens Jäger mit dem Zhupan und seiner Begleitung zurückkehrten, war alle Angst vergessen. Man sprach darüber, die Fischerei wieder aufzunehmen. Sicher, es war immer noch gefährlich, den tiefen Wald zu betreten. Noch für Generationen würde er nicht gerodet sein. Doch das Holzfällen schritt weiter fort, Jahr für Jahr, das Ackerland dehnte sich aus, die Häuser vervielfältigten sich; die Landwirtschaft hatte einen beträchtlichen Bogen des Seeufers gezähmt. Nun, da das Ungeheuer fort war, sollte es sicher sein, Boote von dieser Stelle aus aufs Wasser zu lassen. Man durfte nur nicht zu nahe an das bewaldete Ufer heranrudern.

Der Zhupan bestätigte die guten Neuigkeiten. Er hatte gesehen, wie der Vodianoi seine Besieger verließ und sich langsam flußaufwärts davonmachte, keuchend, manchmal nicht imstande zu schwimmen, manchmal über Felsen tappend, die ihm weh taten, bis er außer Sicht geriet. Man sah ihm an, daß sein Mut gebrochen war. Vielleicht war er lange vor dem Jüngsten Gericht zum Untergang verurteilt; die Hoffnungslosigkeit mochte in ihm den Wunsch wecken, seine Gebeine zur Ruhe zu legen.

Vater Petar hielt eine Dankmesse ab, doch mit einem etwas sauren Gesicht. Danach begannen die Lustbarkeiten. Die nächste Wiese füllte sich mit Volk in Feiertagsgewändern, gestickten Westen, weiten Blusen, schwingenden Röcken, die die Knöchel beim Tanz enthüllten. Ein Ochse briet über einem großen Feuer, aus Kesseln dampften über kleineren Kochstellen würzige Düfte, Bier, Met, Wein gurgelten aus Fässern. Dudelsäcke, Flöten, Hörner, Trommeln, einsaitige Fiedeln klangen durch das Stimmengewirr.

Frei unter den Bauern bewegte sich das Volk von Liri. Iwan Subitsch hatte ihre Gefangenschaft auf eigene Verantwortung aufgehoben. Er sorgte sich nicht, ob sie ihr Wort brechen und fliehen würden. Heute wurde ihnen Freundschaft entgegengebracht, und ihr Morgen war voller Hoffnung. Des Anstands wegen hatte er dafür gesorgt, daß sie bekleidet waren, obwohl dies größtenteils in geliehenen Sachen sein mußte, die alt waren und schlecht paßten. Die Liri-Leute maßen dem wenig Bedeutung bei, dazu waren sie zu glücklich, daß sie wieder zusammen sein durften. Außerdem wurden die Kleider schnell wieder ausgezogen, wenn ein Mann und eine Frau das Dorf verlassen und ein Gebüsch oder eine von Bäumen abgeschirmte Stelle am Flußufer gefunden hatten.

Wer am lautesten und fröhlichsten feierte, war Vater Tomislav. Er war mit Vanimen hergekommen, nachdem Iwan den Vorschlag des Wassermanns gebilligt hatte, und nur mit Mühe hatte man ihn davon abhalten können, sich der Expedition anzuschließen. Jetzt, als die Männer sich die Hände reichten und rings um einen Kessel den Kolo zu tanzen begannen, feuerte er sie mit lauten Zurufen an: „Hei, hop! Hoch das Bein! Springt wie David vor der Bundeslade!“ Und zu hübschen Mädchen, an denen er vorüberwirbelte: „Wartet nur, Kinder, bis wir und ihr eine Reihe bilden!“

Vanimen und Meiiva hatten sich für die lange Trennung schadlos gehalten. Sie betraten die Wiese, als der Kolo endete. Luka, der Sohn Iwans, drängte sich durch die Menge, um sie zu begrüßen. Er war ein schlanker Bursche, dessen buntes Festtagsgewand nicht mit seinem nachdenklichen Gesicht übereinstimmte. Von Anfang an hatte er sich sehr zu dem Seevolk hingezogen gefühlt, war begierig gewesen, alles über diese Leute zu lernen, war ständig für bessere Behandlung eingetreten. Nach Vanimens Tat bewunderte er die Meerleute sogar.

„Heil!" rief er durch den Lärm ringsum. „Ihr seht ernst aus. Ihr solltet fröhlich sein. Kann ich euch irgendwie helfen?"

„Danke, aber ich glaube nicht", antwortete der Liri-König.

„Was ist denn geschehen?"

„Ich werde es später deinem Vater mitteilen. Jetzt will ich keinen Schatten auf dein Vergnügen werfen."

„Nein, ich bitte dich, sag es mir. Vielleicht kann ich etwas tun."

„Nun ... " Vanimen faßte einen Entschluß. Meiiva, die noch nicht hrvatskanisch sprechen konnte, wich unauffällig in den Hintergrund zurück. „Nun, wenn du es so haben willst, Luka. Hast du gehört, daß wir am See eine Rousalka getroffen haben?"

Der junge Mann riß die Augen auf. „Was sagst du da?

„Eine Rousalka. Der Geist eines Mädchens, das in dem Wasser spukt, wo es ertrunken ist."

„Oh." Luka mußte erst einmal Aten holen. „Die Vilja. Du hast sie gesehen?" Er machte eine Pause. „Nein, ich habe nichts davon gehört. Es ist eine Sache, über die die Männer lieber nicht sprechen."

„Ist ‚Vilja' euer Wort dafür?" fragte Vanimen. „Ich hatte einmal weit weg im Norden mit einer von dieser Art zu tun. Deshalb erkannte ich, was es war. Entsetzen erfaßte mich, und ich floh. Diese Schande nagt in meiner Brust. Dein Vater vertrieb den Geist, doch als ich ihm hinterher zu erklären versuchte, warum der Mut mich verlassen hatte, sagte er, er wolle es lieber nicht hören."

Luka nickte. „Ja, er hat seine Gründe. Doch glaube ich, er wird sie dir enthüllen, wenn du ihn darum bittest. Die Sache ist kein Geheimnis – schmerzlich, aber nicht entehrend."

„Solch eine ... Vilja ... macht unseren Triumph zu Spott", sagte Vanimen. „Ich höre, wie die Männer sich an der Vorstellung begeistern, wieder zu fischen, wobei ihnen mein Stamm helfen könnte. Haben sie keinen Verstand? Der Vodianoi konnte sie nur fressen. Warum fürchten sie sich nicht vor dem, was die Vilja ihnen antun wird?"

„Was könnte das denn sein?“ fragte Luka überrascht. „Doch nur kleine Bosheiten, wie die Leschi sie begehen – da weht ein Wind jemandes Wäsche vom Gras weg, da wird ein Säugling seiner Mutter fortgenommen, wenn sie gerade nicht hinsieht, doch ist er immer bald wieder zurückgegeben worden – und ein Zweig Wermut kann sie fernhalten. Natürlich würde ein Mann, der sich von der Vilja verlocken ließe, eine Todsünde begehen. Aber das wird bestimmt niemand tun, und sie scheint es auch noch nie versucht zu haben. Schließlich ruft ein Geist an sich schon Entsetzen hervor. Ich weiß Bescheid, Vanimen, ich wünschte, ich wüßte weniger darüber.“

Der Wassermann betrachtete den jungen Mann forschend. „Wie kommt das?“

Luka erschauerte im Sonnenlicht, in Lärm und Musik und Rauch. „Ich war mit meinem Bruder auf jener Jagd vor zwei Jahren, als sie ihn erkannte. Auch ich habe ihr Gesicht gesehen, das Gesicht Nadas, die sich im Jahr zuvor ertränkte ...“

Eine Hand packte ihn beim Kragen und warf ihn zu Boden. „Du lügst!“ brüllte Vater Tomislav. Er war unbemerkt nähergekommen und hatte dem Gespräch zugehört. „Wie alle übrigen lügst du!“

Über dem auf der Erde liegenden Jungen stehend, inmitten einer Stille, die sich schnell ausbreitete, inmitten von Augen, die auf ihren Ausgangspunkt starrten, wurde der Priester Herr seines Anfalls. „Nein, du lügst nicht, ich will glauben, daß du nicht lügst“, sagte er mit schwerer Zunge. „Eine zufällige Ähnlichkeit oder eine List Satans hat dich getäuscht. Es tut mir leid, Luka. Verzeihe mir meine Unbeherrschtheit.“ Er sah von einem zum anderen. Tränen stürzten ihm aus den Augen. „Meine Tochter war keine Selbstmörderin“, krächzte er. „Sie ist kein verdammter Schatten. Sie ruht in Schibenik, in heiliger Erde. Ihre Seele ist ... ist im ... Paradies ...“ Er stolperte davon. Die Menge teilte sich, um ihn hindurchzulassen.

Regen schlug in dieser sturmdurchheulten Nacht gegen die Burgmauern. Kälte kroch aus dem Stein, durch die Wandbehänge, und Dunkelheit belagerte die Lampen. Iwan Subitsch saß Vanimen von Liri an einem Tisch gegenüber. Er hatte seine Diener entlassen, seine Frau aber gebeten aufzubleiben. Sie saß in einer Ecke und wärmte sich, so gut es ging, an einem Kohlenbecken, bis er nach mehr Wein winkte.

„Ja“, sagte er, „es ist besser, wenn ich Euch die ganze Geschichte erzähle. Andernfalls könntet Ihr den See meiden wollen, und ich hoffe doch, daß ihr euch unter uns ansiedelt und unseren Besitz durch eure Geschicklichkeit im Fischen mehrt. Außerdem ist das, was geschehen ist, keine Schande für meine Familie – nicht im eigentlichen Sinn. Leid ... " Er seufzte schwer. „Nein, Enttäuschung, und ich bin mir bewußt, daß es verkehrt von mir ist, so zu empfinden."

Er strich sich über die Narbe, die sein Gesicht verzerrte. „Auch Euch macht es keine Schande, Vanimen, daß Ihr vor ihr zurückgewichen seid, wenn diese Wesen im Norden so fürchterlich sind, wie Ihr berichtetet. Ich könnte Euch von Schrecken sagen, die mich bis ins Grab verfolgen werden, und doch halte ich mich für einen tapferen Mann. Aber ... ich weiß nicht warum; vielleicht unterscheiden wir uns von den Russen auf eine Weise, die noch nach dem Tod andauert – was auch der Grund sein mag, eine Vilja ist nichts so Grauenhaftes, wie es nach Eurem Bericht eine Rousalka ist. Oh, es wäre unklug von einem Mann, ihr zu folgen ... aber schließlich hätte er eine Seele zu verlieren. Ihr dagegen ..." Iwan brach unvermittelt ab.

Vanimens kurzes Lächeln war bitter.

Iwan nahm einen Schluck. Dann fuhr er hastig fort: „Ich habe nur deswegen einen Groll auf Nada, weil sie meinen älteren Sohn dazu veranlaßt hat, der Welt zu entsagen. Ich denke jedenfalls, daß sie die Ursache war. Ich könnte mich irren. Wer kennt die Brunnen des Herzens außer Gott? Aber Mihajlo war ein so blühender Jüngling; in ihm sah ich mich selbst wiedergeboren. Und jetzt steckt er in einem Kloster. Ich sollte das nicht bedauern, wie? Es macht seine Erlösung wahrscheinlicher. Luka scheint zum Mönch geeigneter zu sein, als Mihajlo es je war, und nun ist Luka mein Nachfolger ... Nein, das wird er nicht werden, denn ein Zhupan wird von den ihm Ebenbürtigen seines Clans gewählt oder außerhalb des Clans von der Krone ernannt, und sie werden erkennen, daß er kein Kämpfer ist."

Eine Zeitlang führten sie schweigend die Kelche zum Mund, und nur der Sturm erhob seine Stimme. Schließlich fragte Vanimen leise: „War die Vilja wirklich einmal die Tochter Tomislavs?"

„Er kann den Gedanken nicht ertragen", erwiderte Iwan, „und alle, die ihn lieben, sprechen in seiner Hörweite nicht davon. Ich verzeihe ihm, was er meinem Sohn heute angetan hat. Es ist ja weiter kein Schaden geschehen, und Luka hätte flinker sein sollen.

Trotzdem ... nun, ich will Euch mitteilen, was jeder hier weiß. Vielleicht könnt Ihr, der Ihr aus dem Feenreich kommt, es besser beurteilen, als wir es getan haben, wir Menschen.

Ihr müßt wissen, daß Sina, Tomislavs Frau, ein Mensch war, der zum Leiden geboren wird. Ihr Vater war ein Bastard des Zhupans vor mir, und seine Mutter war eine Leibeigene, die von seltener Schönheit gewesen sein soll. Mein Vorgänger gab seinen Sohn frei, und er wurde ein Guslar – ein wandernder Musiker, ein Tunichtgut. Alle Welt war empört, als er eines Tages eine Frau von den Tzigani mitbrachte, diesen landlosen Heiden, die in letzter Zeit ins Land einströmen. Sie selbst war natürlich Christin, obwohl es nicht sicher ist, wie tief die Konversion ging.

Beide starben jung an Krankheiten. Ihre Tochter Sina wurde von Verwandten erzogen, die – das muß ich sagen – jede kindliche Dummheit, die sie beging, auf die Vererbung zurückführten. Ich habe mich oft gefragt, ob Tomislav, als er um sie freite, nicht ebenso Mitleid mit ihr gehabt hat, wie er von ihrer Lieblichkeit beeindruckt war.

Ihr habt von ihrem Leiden gehört. Einige Zeit nach Nadas Geburt versank Sina in stumpfe, hilflose Trauer, und so lag sie da, bis sie starb. Welche Erinnerungen hatte das Mädchen in seinem späteren Leben an die Mutter? Aufs Geratewohl lernte Nada hier und da von einer Nachbarin, was sie wissen mußte. Ihr Vater konzentrierte seine ganze Liebe auf sie, die allein ihm übriggeblieben war, aber was kann ein Mann schon tun? Vielleicht hat er ihr mehr anvertraut, als gut war – ein Priester trägt das Leid vieler anderer –, vielleicht hat er sie zu früh erkennen lassen, daß diese Welt voller Tränen ist. Ich weiß es nicht. Ich bin nur ein Soldat, Vanimen.“

Iwan trank, winkte nach neuem Wein, saß wieder stumm da, bevor er fortfuhr: „Auch ich erinnere mich noch gut an Nada. Als Zhupan reise ich viel herum im Hinterland, um mich auf dem laufenden zu halten, was die Knezi – Richter über Dörfer – und Pastoren und dergleichen Personen tun. Außerdem brachte Tomislav seine Familie hierher, wann immer er konnte, zum Beispiel an Markttagen. Wir haben keinen richtigen Marktplatz, aber die Leute treffen sich und treiben Handel miteinander. Ich glaube, teils hoffte er, die Ruhelosigkeit seiner älteren Kinder werde dadurch geringer werden.

Oh, Nada wurde schön! Ich hörte auch, daß sie von schnellem Verstand war und ein weicheres Herz hatte, sogar gegenüber Tieren, als für einen Bauern gut ist. Gewiß habe ich sie gesehen, wenn sie lachte und übermütig war. Aber schon damals, und so selten wir uns begegneten, sah ich sie auch in sich zurückgezogen, schweigend, traurig, und das aus keiner erkenntlichen Ursache.

Ich vermute, das ist der Grund, warum sie keine Bewerber hatte, so gern die jungen Männer auch mit ihr tanzten und scherzten, wenn sie guter Stimmung war. Außerdem wäre ihre Mitgift sehr klein ausgefallen. Und sie war überschlank; wie konnte sie ein Kind nach dem anderen austragen, um einen Haushalt am Leben zu erhalten? Die Väter von heiratsfähigen Söhnen müssen über diese Dinge nachgedacht haben."

Iwan schluckte, setzte seinen Kelch ab, starrte auf einen geschlossenen Fensterladen, als könne er hindurchsehen und sich im Regen verlieren. „Nun kommt der Teil", sagte er, „den zu erzählen mir schwer wird. Ich will es schnell abmachen.

Sie war aufgeblüht, als Mihajlo, mein älterer Sohn, zu Besuch kam und sie hier in Skradin sah. Sofort begann er, ihr den Hof zu machen. Er ritt durch die Wälder zu ihrer Zadruga, und wie konnte Tomislav ihm die Gastfreundschaft verweigern? Mihajlo sorgte dafür, daß sie zu dieser oder jener Festlichkeit nach Skradin kam – oh, es ging alles nach Anstand und Sitte, aber er begehrte sie und wollte sie haben.

Mihajlo war ... ist ... ein bezaubernder Bursche. Nadas zwei Brüder und eine Schwester waren aus dem Nest geflogen, und zweifellos hatte sie selbst auch etwas von einer größeren Welt da draußen gehört, einer Welt, die ihr vielleicht nicht nur die Wahl ließ, eine sich zu Tode schuftende Ehefrau oder eine Nonne zu werden ... Ich weiß es nicht. Ich weiß nur, daß Tomislav, ihr Vater, mich aufsuchte und fragte, ob Mihajlo eine Heirat im Sinn habe.

Was konnte ich antworten? Ich kannte meinen Jungen. Wenn er heiratete, würde es des Zugewinns wegen sein; inzwischen wollte er seinen Spaß haben, und hinterher auch. Tomislav dankte mir für meine Offenheit und sagte, die beiden dürften sich nicht mehr sehen. Weil ich viel von ihm halte, stimmte ich zu. Mihajlo stritt mit mir herum, doch am Ende gab er mir sein Versprechen. So viel bedeutete sie ihm wieder nicht."

„Aber er ihr ...", sagte der Wassermann kaum hörbar. „Und ihr Vater ... sie muß auch ihn geliebt haben. Schwermut ergriff sie, als sie auseinandergerissen wurden ..."

„Man fand sie im See treibend", unterbrach Iwan rauh. „Es scheint, daß sie seitdem dort spukt. Doch ihr habt nichts von ihr zu fürchten, ihr Seevolk. Brauchen wir noch mehr über diese traurige kleine Geschichte zu reden?" Er hob sein Glas. „Kommt, betrinken wir uns."

Tomislav kehrte am Morgen nach Hause zurück. Zuerst suchte er Vanimen auf, um ihm Lebewohl zu sagen.

Es war eine Morgendämmerung, die der Regen reingewaschen hatte. Die beiden standen am Rand des Waldes. Der Himmel war weiß im Osten, blau über ihnen, noch dunkel genug im Westen, daß man einen Planeten sehen konnte, der dem untergegangenen Mond nachzog. Die Bäume hatten alle die Farben von Bronze und Messing und Blut angenommen, und die abgefallenen Blätter raschelten unter den Füßen. Stoppelfelder waren von Bodennebel bedeckt. In der Ferne krähten Hähne, das einzige Geräusch in der Kälte.

Tomislav lehnte seinen Stock gegen einen Baumstamm und ergriff Vanimens rechte Hand mit seinen beiden Händen. „Wir werden uns wiedersehen, oft", gelobte er.

„Das würde mich freuen", antwortete der Wassermann. „Zumindest könnt Ihr Euch darauf verlassen, daß ich nicht aus dieser Gegend davonziehe, ohne Euch besucht zu haben."

Der Mann hob die Brauen. „Warum solltet Ihr überhaupt gehen? Hier werdet Ihr geliebt, Ihr und Euer ganzer Stamm."

„Wie ein Hund geliebt wird. Wir waren frei in Liri. Sollen wir zahme Tiere werden, ganz gleich, wie freundlich unsere Besitzer sind?"

„Oh, Ihr würdet niemals Leibeigene sein, wenn es das ist, was Euch beunruhigt. Eure Fertigkeiten sind zu wertvoll." Tomislav hielt inne. „Doch besser wäre es, Ihr würdet Christen." Der Eifer flammte in ihm auf; plötzlich war sein Gesicht nicht mehr unscheinbar. „Vanimen, laßt Euch taufen! Dann gibt Gott Euch eine Seele, die in der Glorie Seiner Gegenwart die Sterne überlebt."

Der Wassermann schüttelte den Kopf. „Nein, guter Freund. Im Laufe der Jahrhunderte bin ich dreimal Zeuge geworden, welches Geschick jene von unserm Volk ereilte, die es taten."

„Und ...?" fragte der Priester nach einem Augenblick des Schweigens.

„Ich vermute, sie erhielten, wonach sie verlangten, die Unsterblichkeit im Himmel. Aber hier auf der Erde vergaßen sie das Leben, das sie gelebt hatten. Alles, was ihr Selbst ausmachte, verging – Träume, Freuden, Reisen. Übrig blieben demütige Unterlinge, deren Füße mißgestaltet waren." Der Meereskönig seufzte. „Tomislav, so schrecklich ist mir der Gedanke daran, nach dem Tod auf immer ausgelöscht zu werden, nicht. Meine Leute empfinden ebenso."

Der Mann stand unverzagt; sein grauer Bart bewegte sich leicht im ersten Wehen eines aufkommenden Windes. „Vanimen", drängte er, „ich habe über diese Dinge nachgedacht, angestrengt nachgedacht ..." – für einen Augenblick verzerrte sich sein Mund – „... und mich dünkt, daß Gott nichts vergebens geschaffen hat. Nichts, was von Ihm ist, wird vergehen. Ja, das mag Häresie von mir sein. Trotzdem kann ich hoffen, daß Euch am Jüngsten Tag das gegeben wird, was Ihr jetzt verschmäht."

„Ihr mögt recht haben oder auch nicht", entgegnete Vanimen. „Wenn es so ist, schätze ich es trotzdem gering. Ich, der ich Narwale unter dem nördlichen Eis gejagt und Buhlen gehabt habe, die wie Nordlichter waren ..." – seine Stimme wurde leiser – „... ich, der ich mit Agnete gelebt habe ..." Er zog seine Hand weg. „Nein, das alles werde ich nicht für Eure blasse Ewigkeit eintauschen."

„Aber Ihr versteht nicht", entgegnete Vater Tomislav. „Oh, ich habe Legenden gelesen; ich weiß, was normalerweise geschieht, wenn Feenvolk in die Christenheit aufgenommen wird. Aber das braucht nicht jedes Mal so zu sein. Ich glaube, es ist einfach zu ihrem eigenen Schutz. Doch die Chroniken berichten von einigen Halbwelt-Wesen, die getauft wurden und dennoch alle ihre Erinnerungen behielten." Er warf seine Arme um den Wassermann. „Ich werde um ein Zeichen beten, daß Euch diese Gnade gewährt wird."

4

Johan Kvag, Bischof von Roskilde, hatte oft in Kopenhagen zu tun, denn er war Lehnsherr der Stadt. In einem Privatzimmer des Hauses, das er dort hielt, saß er lange schweigend auf seinem Sitz, der die geschnitzten Bilder der Apostel trug, und betrachtete den jungen Mann auf einem einfachen Stuhl vor ihm. Seine gewöhnliche Kleidung und sein jütländischer Dialekt stimmten schlecht mit dem Gold, der Mutter Kirche gestiftet, überein, das den Haushofmeister des Bischofs bewogen hatte, diese Audienz zu arrangieren.

„Ihr habt mir weniger erzählt, als Ihr könntet, mein Sohn", sagte er schließlich.

Niels Jonsen nickte. Auch seine Selbstbeherrschung war in Anbetracht seines Alters und Standes bemerkenswert. „Aye, Herr", räumte er ein. „Es hätten bestimmte Personen darunter zu leiden, wenn die ganze Geschichte herauskäme. Doch ich schwöre bei Gott, daß ich Euch keine Lüge gesagt und den Schatz nicht auf unrechtmäßige Weise erworben habe."

„Und jetzt wollt Ihr ihn mit meinem Bistum teilen. Wenn Eure Berechnung seines Wertes richtig ist, wäre das eine Gabe, wie sie kaum ein Kaiser machen könnte."

„Ich würde die Verteilung Euch überlassen und auf Eure Gerechtigkeit vertrauen."

„Ihr habt kaum eine andere Wahl", stellte der Bischof trocken fest. „Ohne Protektion werdet Ihr nicht am Leben bleiben und erst recht nicht reich werden."

„Das weiß ich wohl, hochwürdige Exzellenz."

Johan stützte das Kinn auf die Hand. „Und doch feilscht Ihr", murmelte er. „Ihr vergeßt, welche Gefahr für Eure Seele in weltlichem Reichtum liegt."

„Mein Priester kann mich davor bewahren, wie ich hoffe", antwortete Niels.

„Ihr seid etwas dreist, wie?"

„Es war nicht meine Absicht, es an Ehrerbietung fehlen zu lassen, Herr. Aber auch wenn ich sonst keine Wünsche hätte, gibt es doch Menschen, denen ich helfen möchte, angefangen bei meiner Mutter und meinen jüngeren Geschwistern. Außerdem dünkt mich, so wie die Hanse sich hier eindrängt, müßte das Königreich sich über einen großen Schiffseigner, der Däne ist, freuen."

Der Bischof, bis dahin streng und ernst, brach in Gelächter aus. „Gut gesprochen!"

Niels' Gesicht erhellte sich. „Dann werdet Ihr mir helfen?"

„Nicht so schnell, mein Sohn, nicht so schnell. Erst sind gewisse Bedingungen zu erfüllen. Als erstes: Auch wenn Ihr ein oder zwei Geheimnisse vor mir zurückhaltet, müßt Ihr alles einem Priester beichten, damit er Euch die Absolution erteilen kann." Das sonnengebräunte Gesicht wurde lang. Johan lächelte und setzte hinzu: „Ich werde Euch zu Vater Ebbe von St. Nicholas senden. Das ist Euer Schutzheiliger, und Ebbe stammt selbst aus einer Seemannsfamilie. Er ist nachsichtig in Dingen, die andere übermäßig sonderbar finden mögen."

„Tausend Dank, Herr."

„Als nächstes müßt Ihr vertrauenswürdige Männer zu dem auf unbekannte Weise in Euren Besitz gelangten Hort führen, damit sie ihn überprüfen." Der Bischof legte die Finger dachförmig gegeneinander. „Wir müssen vorsichtig sein. Ist er so groß, wie Ihr behauptet, können wir ihn nicht über Nacht fortschaffen. Kriege würden um seinen Besitz ausbrechen, der Vorwand sei, wie er wolle. Vor wenigen Jahren wurde diese Stadt von Norwegern angegriffen, und wenn ich an die deutschen Herzöge denke ... Ja, ich glaube, am Ende wird es sich als der klügste Plan erweisen, daß wir den größeren Teil dort lassen, wo er vergraben ist."

„Aber Ihr könnt soviel Gutes damit tun", widersprach Niels.

„Gold kann zur Hilfe für die Armen nicht mehr kaufen, als das Land hervorbringen kann. Und auch Kirchenmänner sind nicht gefeit gegen Versuchungen, von denen die schlimmste die Gier nach Macht sein mag."

Beschwichtigend hob Johan eine Hand. „Gewiß werden wir Verwendung für beträchtliche Summen haben", fuhr er fort. „Sie können auf unauffällige Weise ins Spiel gebracht werden. Ebenso ist es mit Eurer Laufbahn, mein Sohn. Ihr dürft nicht mit der Schnelligkeit einer Feuersbrunst reich werden, und Ihr habt noch viel zu lernen, bevor Ihr ein Unternehmen erfolgreich leiten könnt.

Wir werden erklären, Ihr hättet eine Erbschaft gemacht, und ich hätte Euch würdig befunden, Euch zu helfen. Das sollte nur wenige Fragen hervorrufen. Die Leute werden annehmen, Ihr wäret der Bastard eines reichen Mannes, vielleicht eines Verwandten von mir, der gestorben ist." Als Niels ein finsteres Gesicht zog: „Nein, kein Fleck wird auf die Ehre Eurer Mutter fallen. Es ist nur das, was sie stillschweigend voraussetzen werden, ein nicht seltenes Vorkommnis, das nur kurzlebigen Klatsch erzeugen will, wenn man überhaupt darüber spricht.

In angemessener Zeit werde ich Euch zum Bürger der Stadt machen lassen, und dann könnt Ihr eine Erlaubnis für ein Handelsgeschäft bekommen ... Blickt nicht so ungeduldig drein, Junge", lachte der Bischof. „Mir schwebt ja keine unerträglich lange Zeit dabei vor."

„Ihr seid großmütig, Hochwürden." Niels' Faust, die auf seinem Knie lag, ballte sich. „Aber es gibt Angelegenheiten, die nicht lange warten können."

Johan nickte. „Das ist wahr. Ihr habt von Eurer Familie gesprochen. Und zweifellos sehnt Ihr Euch nach Vergnügungen. Die tun weiter keinen Schaden, wenn Ihr dabei nur weiter an Gott denkt. Und vielleicht habt Ihr etwas vor, das Ihr mit Euren gegenwärtigen Fähigkeiten tun könnt und sofort erledigen wollt? Nun, nichts davon ist unmöglich, denn Ihr habt zugestandenermaßen Geld. Wichtig ist nur, daß Ihr geheimhaltet, wie groß die Summe ist." Freude flammte in Niels auf. „Geht mit meinem Segen. Wir sprechen morgen weiter darüber."

Die Gräben, Wälle, Wachtürme, die Kopenhagen umschlossen, waren stattlich. Doch die Innenstadt bestand zum größten Teil aus Holzhäusern mit Strohdächern, die sich entlang schmalen, krummen, schmutzigen Gassen drängten. Die Menschen, die sie füllten, waren hauptsächlich Arbeiter in Kleidern, deren Eintönigkeit hier und da durch die auffallend gefärbten Lumpen eines Gauklers oder Fiedlers unterbrochen wurde. Der Verkehr erfolgte zu Fuß, ausgenommen die Wagen, die sich mit einer Bugwelle von Flüchen ihren Weg erzwangen. Bettler und ausländische Seeleute fügten Fremdartigkeit, aber kaum mehr Farbe hinzu. Ein Ritter zu Pferde, ein reicher Kaufmann, eine berühmte Kurtisane in ihrer Sänfte fielen durch ihre Seltenheit ebenso sehr auf wie durch den Glanz, der sie umgab. Schweine, Federvieh, Hunde, Kinder, trieben sich umher. Der Lärm aus Stimmen, Füßen, Rädern, Hämmern glich der Brandung. Die rauhe Luft unter einem niedrigen grauen Himmel roch nach Rauch, Dung, Müll, Friedhöfen.

Und doch, dachte Niels, stimmte es, was gesagt wurde: Das hier war freie Luft. Sie badete ihn in Hoffnung, machte ihn trunken von Träumen. Hier war der Mutterleib der Zukunft. Er konnte an diesem Ort, der in nichts eine Beziehung zu Eyjan hatte, beinahe die Sehnsucht nach ihr vergessen, die ständig in ihm brannte.

Er erreichte den Gasthof, wo er Quartier genommen hatte, eilte mit einem flüchtigen Winken für den Wirt und die Trinker durch den Schankraum, sprang die Treppe hinauf und lief einen Gang entlang. Der Blaue Löwe war für diejenigen, die es sich leisten konnten, das Beste, was einem gemeinen Mann zustand: sauber, sicher, mit zwei vermietbaren Gästezimmern außer dem großen Schlafraum. Er klopfte an die Tür eines der Privatzimmer.

Ingeborg ließ ihn ein. Sie hatte ein Bildnis der Heiligen Jungfrau gekauft und auf ein Brett gestellt. An den Knitterfalten in ihrem Gewand sah er, daß sie gebetet hatte. Ihr Blick suchte den seinen, sie zitterte und öffnete die Lippen, konnte aber nicht sprechen.

Er schloß die Tür. „Ingeborg", sagte er, „wir haben gewonnen."

„O – o – oh ..." Ihre Hand fuhr zum Mund.

„Der Bischof ist einverstanden. Er ist ein feiner Kerl. Er legt zwar

Wert darauf, langsam vorzugehen, aber das ist ganz richtig, das ist klug. Unser Glück ist gemacht." Niels jauchzte. Er tanzte auf der Stelle, denn das Bett ließ auf dem Fußboden nicht mehr viel freien Raum. „Unser Glück, Ingeborg. Keine Arbeit, keine Plackerei, keine Hurerei mehr – die Welt gehört uns!"

Sie bekreuzigte sich. „Maria, ich danke dir", flüsterte sie.

„Aye, ich auch, wir werden viele Kerzen anzünden, aber zuerst wollen wir uns freuen", sprudelte Niels hervor. „Heute abend werden wir ein Festmahl halten, ich werde in der Küche alles bestellen, was du gern ißt, wir werden Wein und Wachskerzen und Musik haben – oh, Ingeborg, freue dich. Du verdienst Freude."

Er umfaßte ihre Mitte. Sie sah ihn unter Tränen an. „Lehre mich, glücklich zu sein", bat sie.

Er erstarrte, blickte auf sie hinab. Plötzlich ging es ihm auf, daß sie schön anzusehen war mit ihren vollen Formen, dem sanften Gesicht, den glänzenden braunen Augen und dem welligen Haar. Sie hatten sich schon geküßt, aber flüchtig, einfach um freundlich zu sein. Jetzt standen sie nicht mehr unter der Peitsche der Notwendigkeit – sie beide. In kurzen Augenblicken hatte er sich manchmal gefragt, wie es sein würde, wenn er Zeit hätte, immerzu an Eyjan zu denken. Jetzt wußte er es; doch hier war Ingeborg.

„Du bist schön", sagte er hingerissen.

„Niels, nein." Sie versuchte zurückzuweichen. Er zog sie an sich. Sie duftete nach Frau, und das machte ihn benommen. Der Kuß wollte nicht aufhören.

„Niels", flüsterte sie bebend an seiner Brust, „verstehst du, was du suchst?"

„Ja, Ingeborg, Liebling." Er legte sie auf das Bett.

Später, als sie eng umschlungen ausruhten, sagte sie: „Ich bitte dich um eines, Niels."

„Alles, was du willst." Er streichelte ihren glatten Rücken.

„Nenne mich niemals ‚Liebste' oder ‚Geliebte' oder dergleichen, wie du es eben getan hast."

Er hob erstaunt seinen Kopf vom Kissen. „Was? Warum nicht?"

„Wir haben nur einander. Gold oder nicht, es wird lange dauern, bis wir Freunde gewonnen haben, denen wir trauen können. Glaub du mir. Dann laß keine Lügen zwischen uns sein."

„Ich habe dich gern."

„Und ich dich. Sehr, sehr gern habe ich dich.“ Ihre Lippen streiften seine Wange. „Aber du bist zu jung für mich, zu gut ...“

„Nein.“

„Und Eyjan ist es, nach der du dich sehnst.“

Darauf hatte er keine Antwort.

Sie seufzte. „Für mich ist es Tauno, natürlich“, gestand sie. „Ich fürchte, keiner von uns wird je eine Chance haben. Nun, vielleicht kann ich dein Herz einem sterblichen Mädchen zuführen.“

„Und du?“ fragte er durch ihre dichten Locken.

Er fühlte, daß sie die Schultern zuckte. „Ich bin zäh. Außerdem, was auch geschieht, solange wir ehrlich miteinander sind, haben wir uns.“

5

Das Feuer in einem marmornen Kamin erwärmte ein Zimmer, dem braune Vorhänge und ein Perserteppich Weichheit verliehen. Das Glasfenster bot einen – so gut wie gar nicht verzerrten – Ausblick auf einen Innenhof, wo die Blüten längst vergangen waren. Rosen aus einem Solarium-Treibhaus füllten eine Kristallvase, die auf einem Tisch mit Einlegearbeit stand. Bücher waren wohl an die zwanzig vorhanden, sowohl in Griechisch als auch in Latein. Pawel Subitsch, Ban von Hrvatska, war in seinem Herzen mehr ein Mann des Westens als des Ostens.

Hochgewachsen, mit weißem Haar und sauber geschnittenem Bart, in einem seidenen Gewand wirkte er nicht geringer als der König von Liri, obwohl Vanimen, ähnlich gekleidet (ein Geschenk Pawels) ihn an Größe überragte. Beide waren mit solchem Eifer bei der Unterredung, daß sie nicht sitzen bleiben konnten.

„Ja, ich hoffe, Euer Stamm wird in dieser Gegend bleiben“, sagte der Ban gerade. „Vielleicht habe ich es nicht hinreichend klargemacht, wie sehr dies mein Wunsch ist. Mit euren einzigartigen Fähigkeiten werdet ihr als Fischer, Seeleute, Piloten wertvoll sein. Auch braut sich ein neuer Krieg mit Venedig zusammen. Dabei wäre Eure Hilfe unschätzbar.“ Er betrachtete den anderen forschend. „Natürlich würde ich derlei Dienste so gut belohnen, wie es in meinen Kräften steht.“

Vanimens Gesicht war finster. „Warum sollten wir uns an einem Streit beteiligen, der nicht der unsere ist?“ gab er zurück.

„Er wird der eure sein, denn ihr werdet unsere Landsleute werden.“

„Wirklich? Das ist es nicht, wonach wir auf der Suche waren.“

„Ich weiß. Ihr wolltet ein neues Feenleben beginnen, das mit der sterblichen Menschheit nur wenig zu tun hat. Nun, ihr habt etwas gefunden, das besser ist. Am höchsten stehen die Erlösung, die unsterblichen Seelen und die Vaterschaft Gottes. Doch wendet euch nicht von materiellem Gewinn ab, denn er kann ein Trost für den Geist sein. Zum Beispiel habt Ihr mir in diesen Tagen, die Ihr bei mir zu Besuch weilt, davon erzählt, wie schwer und gefährlich das Leben im Meer war, wie oft ihr Angehörige verloren habt. Wollt Ihr Euren Leuten – Euren Kindern – die Befreiung von den Haien vorenthalten?“

Der Wassermann schritt auf und ab im Raum, die Hände auf dem Rücken verschlungen. „Wir möchten gern Eure Freunde sein“, erklärte er. „Gewährt uns eine kleine Insel, wo wir unter uns bleiben können, und Ihr werdet an uns tüchtige Partner bei der Arbeit, dem Handel, der Seefahrt haben ... ja, sogar beim Krieg, wenn das unvermeidlich ist. Aber Ihr verlangt mehr. Ihr wollt uns zu etwas völlig anderem umgestalten. Warum verlangt Ihr, daß wir uns taufen lassen?“

„Weil ich muß“, versicherte Pawel ihm. „Es wäre mein Untergang – vor Thron und Altar wie vor dem Volk –, ließe ich eine Kolonie von Halbwelt-Geschöpfen Wurzeln schlagen. Und wer würde dann Euer Beschützer sein? Ich habe sowieso schon mehr Mühe gehabt, als Ihr Euch vorstellt, um die Nachricht über Euch zurückzuhalten. Über die nächste Umgebung von Skradin hinaus sind nur Gerüchte gedrungen. Auf diese Weise habe ich für uns alle Zeit gewonnen, um sich friedlich aneinander zu gewöhnen. Das kann jedoch nicht auf Dauer so sein.

Selbst wenn Ihr Euch uns anschließt, werde ich danach streben, daß alles in aller Stille geschieht. Keine öffentlichen Bekanntmachungen, keine Botschaften an König oder Papst. Die meisten von euch werden bleiben, wo sie jetzt sind, oder, wenn sie seemännische Beschäftigungen vorziehen, an die nahegelegene Küste ziehen. Diejenigen, die weiter reisen wollen – mit Schiffskapitänen oder abenteuerlustigen Kaufleuten –, werden einzeln oder zu wenigen aufbrechen. Sind sie auch auffällig, so werden sie sich doch in Gesellschaft einer Gruppe Menschen von begrenzter Zahl befinden.

Das ist ebenso zu eurem wie zu meinem Nutzen, Vanimen. Würde sich die Nachricht über euch verbreiten, könnte die Aufregung leicht eine Wendung nehmen, die Gefahr in sich birgt. Die Furcht vor dem Unbekannten würde euch in den Köpfen der Unwissenden mit dem Teufel in Zusammenhang bringen. Es könnte damit enden, daß man euch jagt, die Glücklicheren unter euch niedermetzelt, die Unglücklichen auf dem Scheiterhaufen verbrennt."

„Aye", grollte der Wassermann, „Ihr habt recht ... und trotzdem möchtet Ihr, daß wir wie Eure Art werden?"

Er blieb stehen, richtete sich zu seiner ganzen Höhe auf und erklärte: „Nein. Wir werden ins Meer zurückkehren und unsere Suche fortsetzen. Dann seid Ihr uns los."

„Nehmt einmal an, ich verbiete eure Abreise", sagte der Ban ruhig.

„Wir werden Euren Soldaten ausweichen oder ihre Phalanx durchbrechen oder in unserer Freiheit sterben." Vanimens Stimme klang ebenso leise.

Pawel lächelte traurig. „Frieden. Ich würde es nicht tun. Wenn ihr wirklich gehen wollt, gebe ich euch Urlaub. Doch wo wollt ihr suchen, und wie? In diesem Königreich gäbe es für euch keine Möglichkeit mehr, und höchstwahrscheinlich wird man euch an keiner Küste des Mittelmeers haben wollen. Wenn ihr es zurück bis in den Ozean schafft, nun, dann könnt ihr an Afrika entlang nach Süden schwimmen, auch wenn ihr unterwegs fürchterliche Verluste haben werdet. Aber könnt ihr denn die Tropen ertragen, ihr, ein Stamm aus dem Norden?"

Vanimen blieb stumm.

Nach einer Minute fuhr Pawel fort: „Stellen wir uns einmal vor, daß ihr auf irgendeine Weise eine neue Heimat findet. Was habt ihr dann gewonnen? Bestenfalls ein paar Jahrhunderte. Dann wird das Feenreich ganz und gar verschwinden – und ihr mit ihm."

„Das ist Eure Meinung?" fragte Vanimen. „Warum?"

Pawel klopfte ihm auf die Schulter und meinte voller Mitgefühl: „Ich wünschte, es wäre nicht so. Zuviel Schönheit und Wunder wird mit der Halbwelt verderben, und ich habe eine Ahnung, daß das, was sie ersetzen wird, mit der Menschheit noch weniger Gemeinsamkeiten aufzuweisen hat."

Durch die Mauern drang schwach das Läuten der Kathedralenglokken. „Hört", sagte Pawel. „Der Zeitpunkt des Läutens wurde nicht von der Sonne, dem Mond oder den Sternen festgesetzt. Eine Uhr hat deren Aufgabe übernommen, ein hartes, künstliches Ding, bar jeden Mysteriums.

In meiner eigenen Lebensspanne habe ich die Macht der modernen Kriegsmaschinen wachsen sehen. Sie bedeuten den Untergang der Ritterschaft, deren Helden – Arthur, Orlando, Ogier, Huon – immer mit der anderen Welt in Verbindung gestanden haben.

Die Wildnis schmilzt vor Axt und Pflug dahin. Gleichzeitig versammelt sich alles, was zählt, in den Städten, wo jedes Ding von Menschen gemacht ist und der kleinste Kobold keinen Unterschlupf finden kann.

Jahr für Jahr pflügen Schiffe in immer größerer Zahl die Meere, geführt von Kompaß und Astrolabium statt von Vogelflug, Landmarken, dem Einssein des Seemanns mit den Wogen. Eines Tages werden sie die Erde umrunden, und christliche Kirchen entstehen auf den letzten Zufluchtsorten des Feenvolks.

Denn die Erde ist eine Kugel, wie Ihr vielleicht wißt, und von meßbarer Größe. Sogar die Bahnen der Sterne werden vermessen, genauer, als die Alten es konnten, und gelehrte Männer berechnen den Bau des Universums. In ihren Plänen ist kein Platz für Geheimnis oder Magie.

Seht her." Pawel trat an den Tisch und nahm zwei Linsen in einem Drahtrahmen auf. „Das ist etwas, das, wie ich hörte, vor kurzem in Italien erfunden wurde. Ich habe es mir schicken lassen. Mit dem Alter wurde mein Sehvermögen auf kurze Entfernung schlechter, bis ich kaum noch lesen oder schreiben konnte. Heute schiebe ich mir dieses Ding auf die Nase, und es ist beinahe so, als sei ich wieder jung geworden." Er reichte Vanimen das Gerät. „Ein Anfang", prophezeite er. „Der Vorläufer von Instrumenten, die den Menschen besser als ein Adler in die Ferne, besser als ein Maulwurf in die Nähe blicken lassen werden. Meine Nachkommen werden sie nach außen auf den Himmel, nach innen auf sich selbst richten. Vielleicht wird Gott dann die Welt enden lassen, weil die Menschen seine Wege zu genau untersuchen. Vielleicht auch nicht. Doch sicher bin ich, daß sie das Feenreich aus der Welt hinausuntersucht haben werden."

Der Wassermann starrte auf die Brille. Er hielt sie in der Hand, als sei sie eiskalt.

„Und deshalb", schloß Pawel, „ist es nicht ein guter Rat, daß ihr euer Schicksal dankbar annehmt und eure Heimat im Paradies sucht?

Ich will Euch nicht drängen, nur muß ich Eure Entscheidung in einigen Monaten haben. Denkt nach. Kehrt nach Skradin zurück und erzählt es Eurem Volk. Sprecht auch mit diesem Priester in der Zadruga, den Iwan so hochschätzt. Bittet ihn, für Euch zu beten."

Vater Tomislav, allein, kniete nieder. Die Winternacht umfing ihn, still und bitter, und ließ den Lehmboden in seine Knie beißen. Im Licht einer Kerze, die er für den Heiligen, nach dem seine Kirche benannt war, entzündet hatte, und dessen Bildnis er anredete, konnte er Christus am Kreuz über dem Altar kaum erkennen.

„Heiliger Andreas", sprach er, seine Stimme so verloren wie die Kerzenflamme, „du warst ein Fischer, als Unser Herr dich aufrief, Ihm zu folgen. Hast du dich danach jemals wieder an den See zurückgesehnt ... vielleicht nur ein kleines bißchen? Lebende Wellen um dich, ein salziger Wind, eine gleitende Möwe – oh, du weißt, was ich meine. Du hast es nicht bereut, ein Jünger geworden zu sein. Nichts dergleichen. Aber manchmal hast du dich erinnert – nicht wahr? Ich selbst vermisse den Schimmer des Wassers zu Füßen der Stadt Zadar und das Hinausrudern in einem Boot – welch ein Spaß war das, wie groß und frei war alles! Und dabei bin ich doch als Landratte geboren.

Du müßtest verstehen, was das Seevolk empfindet. Es ist nicht ihre Schuld, daß sie keine Seelen haben und deshalb auch nicht mit dem rechten Eifer nach Erlösung streben. Das tun die Heiden unter den Menschen doch auch nicht! Gott hat die Meerleute für Seine Ozeane erschaffen. Wenn sie die Lebensweise, die Er ihnen gab, vergessen, nun, ich glaube, dann könnten sie immer noch unter Wasser atmen und was so dazugehört, aber was nützte es ihnen? Es wäre, als ob ein Mensch vergäße, wie man geht. Ich denke, sie würden es nie wieder richtig lernen.

Doch vor allem ist das Meer ihr Leben, ihre Liebe gewesen. Ja, ihre Liebe. Sogar ein Hund kann lieben, und die Meerleute haben einen Verstand, der ebenso gut ist wie der der Menschen. Würde ich meine Sina vergessen wollen? Nein. Die Erinnerungen tun weh, aber ich hänge an ihnen. Du weißt, wie viele Messen ich für die Ruhe ihrer Seele gehalten habe.

Heiliger Andreas, Seefahrer, sprich für das arme Seevolk zu Gott. Erkläre, daß sie die Taufe annehmen werden, wenn das sie nicht ihre Erinnerungen kostet. Es ist ja nicht so, daß sie Ihn verleugnen, es ist einfach ihre Art. Wenn sie Seelen haben, werden sie anders sein. Aber warum muß ihnen genommen werden, was sie vorher waren? Laß ihnen doch die Fähigkeit, den Menschen von den Wundern zu erzählen, die Gott der Herr in den Tiefen der Meere geschaffen hat, damit sie Ihn um so mehr anbeten. Wäre das nicht gut und richtig?

Heiliger Andreas, gib mir ein Zeichen."

Die grobe Holzschnitzerei bewegte sich. Die Lippen bogen sich zu einem Lächeln, eine Hand streckte sich segnend aus.

Tomislav sah es mit offenem Mund. Dann fiel er flach zu Boden, weinend. „Ehre sei Gott, Ehre sei Gott!"

Als er sich endlich wieder auf die Knie erhob, war alles wie zuvor. Die Kerze brannte mit niedrigem Flämmchen, die Kälte stieg hoch, die Sterne über dem Dach wanderten auf Mitternacht zu.

„Ich danke dir, Andreas", sagte Tomislav demütig. „Du bist ein wahrer Freund."

Nach einer Minute überkam ihn plötzlich der Schreck. „Ich bin Zeuge eines Wunders geworden! Ich!" Er faltete die Hände. „Herr, ich bin es nicht wert."

Er beschloß, bis Tagesanbruch im Gebet zu verharren. „Vater unser, der Du bist im Himmel, geheiligt werde Dein Name ..."

Am nächsten Morgen, als die Müdigkeit ihn benommen machte, sandte er einen schüchternen Blick auf das Gesicht des Heiligen. „Andreas", murmelte er, „die Leute sagen so schreckliche Dinge über meine kleine Tochter. Könntest du mir vielleicht noch ein Zeichen geben? Ich weiß, die Geschichten sind nicht wahr. Nada ist da, wo du bist. Es mag sein, daß sie gleich neben dir steht und auf ihren alten Vater hinunterblickt. Wenn die Menschen das nur erkennen würden! Kannst du es ihnen nicht zeigen?"

Die Statue blieb unbeweglich. Tomislav senkte den Kopf. Blut tröpfelte in seinen Bart. Als der Morgen graute, erhob er sich, verbeugte sich vor dem Altar und ging.

Vanimen und Meiiva gingen die Wagenspur entlang, die durch den Wald führte. Kürzlich war Schnee gefallen, ein oder zwei Zoll, der bald zu Schmutz geschmolzen, aber unter den Bäumen noch rein und weiß war. Streng reckten sich Äste und Zweige vor dem blauen Himmel. Die Luft war ruhig und fast warm.

„Seine Ehrlichkeit ist über jeden Verdacht erhaben", sagte der Wassermann. „Doch halb im Schlaf mag er sich vorgestellt haben, es geschehe etwas, von dem er sich so sehr wünschte, es werde geschehen."

Meiiva erschauerte, aber nicht vor Kälte. „Oder der Tote, den er anrief, hat ihm einen Streich gespielt."

„Nein, ich glaube nicht, daß der Allerhöchste das erlauben würde. Er ist gerecht."

Sie warf ihm einen überraschten Blick zu. „Noch nie zuvor hast du so gesprochen."

„Keiner von uns hatte die Gewohnheit, über diese Dinge zu sprechen oder nachzudenken. Sie gingen über unser Vermögen hinaus, wie der Gebrauch eines Messers über das Vermögens eines Delphins hinausgeht. Wir kannten nur das blinde Glück, das sich uns zuwenden oder sich von uns abwenden konnte, nur daß am Ende, früher oder später, immer der Tod stand. Gott kümmerte sich nicht um uns ... so nahmen wir an ... und wir hatten nichts mit Ihm zu tun."

Nach ein paar weiteren Schritten setzte Vanimen hinzu: „Heute mache ich mir Gedanken darüber." Er zeigte das gleiche Grinsen wie angesichts einer Bedrohung. „Es bleibt mir wohl nichts anderes übrig, wie?"

„Bis du wirklich dafür, daß wir dem Feenreich entsagen?" Meiiva zupfte an dem mißfarbenen, kratzenden Gewand, das sie von einer lebenden Welt abschloß. „Wir hatten die Freiheit des Schwanenwegs."

„Ich fürchte, Pawel Subitsch hat recht", antwortete Vanimen mit schwerer Stimme. „Wenn nicht für uns, dann sollten wir der Kinder wegen aufgeben."

„Wird ihr Leben den Preis wert sein? Das Geschick der Menschen ist selten glücklich."

„Unser Volk kann ganz gut zurechtkommen. Seine Schwimmkünste sind gefragt, man mag uns. Du mußt doch bereits bemerkt haben, wie Meermänner und Menschenmädchen, Meerfrauen und Menschenjünglinge nacheinander zu seufzen beginnen, und die Haushaltsvorstände überlegen, welchen Vorteil eine Heirat mit Personen hat, die über so ausgezeichnete Zukunftsaussichten verfügen."

Meiiva nickte. „Das stimmt. Die Nachkommen solcher Verbindungen werden irdischer sein als unsere Art. Die nächste Generation nach ihnen wird ganz zu Menschen geworden sein – und ertrinken können. Im Lauf der Jahrhunderte sind wir von derlei schon Zeugen geworden, nicht wahr? In ein- oder zweihundert Jahren wird das Blut von Liri sich so vermischt haben, daß es verschwunden ist. Das Andenken an Liri ist dann ein Märchen, das kein vernünftiger Mensch mehr glaubt."

„Außer im Himmel", erinnerte er sie.

Ein Rabe krächzte.

„Ich wünschte ..." begann er und brach ab.

„Was, Lieber?" Ihre Hand liebkoste seinen Arm.

„Ich wünschte, ich täte es, weil ich in Wahrheit bei Gott sein will", entfuhr es ihm. „Ich sollte nicht als Bettler zu Ihm kommen."

„Du, Vanimen?" flüsterte sie.

„Aye", antwortete er. Sie blieben stehen. Sie sah, wie er die Schultern unter dem Bauernmantel straffte. „Laßt mich als erster gehen, damit ihr übrigen seht, was geschieht, und danach eure eigene Wahl treffen könnt.

Ich bin euer König."

Vater Petar war schwer beleidigt, weil die Zeremonie draußen im Wald und von Vater Tomislav abgehalten werden sollte. Der Zhupan mußte ihn darauf hinweisen, daß es so auf ausdrücklichen Befehl des Bans geschehe, da es gegen seine politischen Absichten war, wenn sich viele Zuschauer einfanden, die oft nach Schibenik oder weiter reisten.

Nachdem er religiöse Unterweisung erhalten hatte, entschuldigte Vanimen sich und ging allein an die Küste. Er verbrachte den Tag und die Nacht des Äquinoktiums am Meer. Was er dort tat oder dachte, war etwas, über das er später Stillschweigen bewahrte.

Am Vorabend von St. Gabriel kehrte er zurück. Am nächsten Morgen betrat er die Kirche, nachdem die Messe gesungen worden war. Die Bewohner der Zadruga blieben als Zuschauer da. Kein Bildnis wandte sich von ihm ab. Draußen wartete sein Volk in schwerem Regen unter den schwellenden Knospen der Bäume.

Mit weit augebreiteten Armen trat er heraus und rief in ihrer eigenen Sprache: „Oh, eilt, eilt, meine Geliebten! Christus heißt euch mit Seinem Segen willkommen!"

6

Tauno und Eyjan erreichten Grönland Monate nach ihrem Aufbruch von Dänemark. Zuerst hatten sie in den näheren Gewässern gesucht, wenn sie auch kaum Hoffnung hatten. In diesen Gegenden konnte ihr Stamm nur leben, wenn er sich zerstreute, und das mochte an sich schon unmöglich sein. Die wenigen Jagdgründe, die vom Nordkap und dem Bottnischen Meerbusen bis zur irischen Atlantikküste und den Färöer-Inseln übriggeblieben waren – noch nicht von Menschen überlaufen oder durch den Fluch eines christlichen Priesters unzugänglich gemacht –, hatten längst andere eingenommen, und deren Zahl war so groß, daß sie sich dort gerade noch ernähren konnten.

So freundlich die Bewohner zu den Geschwistern waren, hatten sie doch keinerlei Kenntnis davon, wohin die Flüchtlinge sich gewendet haben konnten. Das war merkwürdig, denn Nachrichten wurden durch Meerleute, die einzeln oder in kleinen Gruppen umherstreiften, und durch die Delphine im allgemeinen weit verbreitet. Einige wenige hatten von einer Auswanderung das Kattegat hinauf und durch das Skagerrak gehört, aber dort endete die Spur.

Deshalb schwammen die Geschwister weiter nach Island, wo sie um den Mittwinter herum eintrafen. Sie bekamen keine andere Hilfe von den drei überlebenden Siedlungen an diesen Ufern außer der Gastfreundschaft während einer strengeren Jahreszeit, als Tauno und Eyjan sie in ihrem jungen Leben gekannt hatten. Ältere Leute, die mehrere hundert Jahre Erfahrung besaßen, erzählten ihnen, während der letzten acht oder neun Jahrzehnte habe die Kälte zugenommen. Packeis ächze in jedem Fjord, der früher einmal offen gewesen war, und Eisberge lauerten auf Seewegen, die Erich dem Roten vor drei Jahrhunderten noch kein Hindernis in den Weg gelegt hatten.

Aber das war für das Seevolk, das mehr Leben in kühlen als in warmen Gewässern fand, nicht von großer Bedeutung. Es war durchaus möglich, daß der König von Liri sein Volk zu noch nicht besetzten Gewässern um Grönland geführt hatte. Im Frühling machten sich Tauno und Eyjan dorthin auf.

Unterwegs befragten sie einige Delphine, die ihnen bestätigten, was sie vermuteten. Vanimen und seine Schar waren mit einem Schiff von Norwegen aus nach Westen gesegelt. Doch ein gewaltiger Sturm hatte sich erhoben und das Fahrzeug weiter vom Kurs abgetrieben, als diese Tiere jemals kamen. Denn ihre Territorien waren zwar groß, aber eben doch Territorien.

„Wenn das Schiff untergegangen ist ...“ überlegte Tauno, „... sind die Seefahrer wieder zu Schwimmern geworden. Wohin sie sich gewandt haben, hängt davon ab, wo sie sich befanden, aber auf jeden Fall haben sie sich ein Ziel erwählt, das ihnen überhaupt erreichbar vorkam. Ist das Schiff nicht untergegangen, müssen sie zu demselben

Ziel umgekehrt sein. Da wir nun schon so nahe an Grönland sind, haben wir die besten Aussichten, wenn wir unsere Reise fortsetzen." Eyjan pflichtete ihm bei.

Sie verbrachten den Sommer auf der Ostseite, ohne Erfolg bei ihrer Suche. Was sie von der Rasse ihres Vaters antrafen, waren ungeschlachte Barbaren, die den Namen Liri niemals gehört hatten – denn das Seevolk hatte weniger Gelegenheiten gehabt, dieses Meer zu überqueren, als die Söhne Adams. Als sie auf eine Gruppe Inuit stießen, schlossen sich die Halbblutkinder ihnen in der Hoffnung auf irgendwelche Nachrichten an.

Zu Hause hatten sie nichts weiter als vage Gerüchte über eine neue Rasse von Menschen gehört, die sich über die große, von Gletschern gekrönte Insel nach Süden bewegte. Tauno und Eyjan lernten sie als zäh, geschickt, hilfreich, freigebig und fröhlich kennen. Auch waren sie bessere Liebhaber als die meisten Küstenbewohner Europas, Heiden, die sich keiner Schuld bewußt waren, wenn sie Feenleute in ihrer Mitte aufnahmen. Aber nach ein paar Monaten wurde das Leben unter ihnen eintönig. Bruder und Schwester hatten etwas von ihrer Sprache gelernt und so in Erfahrung gebracht, daß keiner unter ihnen die sehnlich erhoffte Kunde besaß. Da sagten sie den Inuit Lebewohl und kehrten ins Meer zurück.

Bald hatten sie auf ihrem Weg nach Süden durch frühes Treibeis alle Spuren der Inuit hinter sich gelassen, denn diese waren noch nicht so weit vom Norden heruntergekommen. Das Paar umrundete das Kap an der Spitze der Insel und traf Delphine, die ihnen etwas mitteilten, das sie in einige Aufregung versetzte: Weiter oben an der westlichen Küste gehe Magie um. Die Delphine konnten kaum mehr berichten; bis an diese Orte kamen sie nicht, und was sie gehört hatten, war nur Geschwätz von der Art, wie sie es weiterzuverbreiten liebten. Auch hatten sie keine Lust, selbst nachzusehen; es wurde geflüstert, daß das eine sehr gefährliche Zauberei sei.

Das mochte den Delphinen nur so vorkommen, entschieden Tauno und Eyjan. Zum Beispiel konnte die Gründung eines Neu-Liri Geschöpfe, die von einer Unterwasserstadt niemals gehört oder geträumt hatten, durchaus in Furcht versetzen. Und was auch vorgehen mochte, sie mußten unbedingt Näheres darüber erfahren.

Von Menschen in der Heimat, die ihnen nahegestanden hatten, wußten sie, wie die Dinge auf Grönland standen. Die Norweger besaßen drei Siedlungen auf dieser Seite, wo das Klima weniger rauh war als anderswo. Die älteste, größte und am weitesten südlich gelegene war Ostri Bygd. Nicht weit davon entfernt lag Mid Bygd. Ein gutes Stück weiter nördlich, ungeachtet ihres Namens, befand sich eine spätere westliche Siedlung, genannt Vestri Bygd. Die Erzählungen von etwas Bedrohlichem bezogen sich auf diese.

Tauno und Eyjan schwammen darauf zu. Der Sommer neigte sich bereits dem Herbst entgegen.

7

Ein Umiak fuhr, das Land an Steuerbord, inmitten eines Schwarms von Kajaks dahin. Die Kinder des Wassermanns tauchten eine halbe Meile davon entfernt auf, leerten ihre Lungen und blieben, wo sie waren, um sich aus dieser sicheren Entfernung die Sache genau anzusehen. Haie, Mörderwale, Stürme, Riffe und Springfluten hatten Schwachherzigkeit aus ihrer Blutlinie ausgemerzt, hatten sie aber auch Vorsicht gelehrt.

„Nach dem, was die Delphine sagten, ist das ... Ding ... in dieser Gegend den weißen Menschen feindlich“, erinnerte Tauno. „Wenn es also nicht einfach daran liegt, daß sich unsere Leute gegen irgendeinen Angriff zu verteidigen hatten, muß es das Werk der Inuit sein. Ich möchte nicht gern eine Harpune in den Körper bekommen, weil man mich für einen weißen Mann hält.“

„Ach, Unsinn!“ antwortete Eyjan. „Ich habe nie ein freundlicheres Volk gesehen als das, bei dem wir zu Gast waren.“

„Ein anderes Volk dieser Rasse, meine Schwester. Und ich habe Geschichten gehört, daß hin und wieder ein Mord geschieht.“

„Aber auf jeden Fall werden sie doch merken, daß wir keine Landbewohner sind. Mit einem Angriff brauchen wir nicht zu rechnen; geben wir lieber acht, daß wir sie nicht verscheuchen. Wir wollen langsam auf sie zuschwimmen und dabei unsere fröhlichsten Gesichter zeigen.“

„Und uns zum Tauchen bereithalten. Also los.“

Luftatmend schlugen sie einen Weg ein, auf dem sie den Konvoi abfangen konnten. Sie fühlten die Kälte des Wassers, aber nicht als Ziehen und Beißen, wie Sterbliche sie empfunden hätten. Für sie glitt das

Wasser liebkosend über jeden Muskel, schürte die Wärme in ihren Körpern an, schmeckte nicht nur nach Salz, sondern auch nach zahllosen unstofflichen Dingen, nach Leben und Tiefen und Entfernungen. Die kabbeligen Wellen schaukelten sie – Weißmützen in tausend Schattierungen von Blau-Schwarz und darüber ein Schimmer von Grün. Das Meer rauschte und gurgelte; weit weg an der Küste donnerte es. Unter einem silbergrauen Himmel trieb ein Westwind Wolken wie Rauch vor sich her. Möwen füllten die Lüfte mit Schwingen und Schreien. Zur Rechten erhob sich das Land steil mit dunkelnden Klippen, dazwischen waren in geschützten Tälern herbstgelbe Felder zu sehen. Auf Berggipfeln lag Schnee, und dahinter breitete sich ein eintöniges Glänzen aus, das von Inland-Eis sprach.

Die Geschwister richteten ihre Aufmerksamkeit hauptsächlich auf die Boote. Die Leute, die darin saßen, mußten auf der Jagd gewesen und nun nach Hause unterwegs sein; kein Inuit wohnte so weit südlich wie die Norweger. Der Umiak war ein großes Kanu, Leder über einem Rahmen aus Walknochen und Treibholz, von zwanzig Frauen gepaddelt. Zwanzig Kajaks begleiteten ihn, in jedem ein Mann. Die ganze Schar war lustig; ihre Rufe und ihr Gelächter übertönten das Schreien der Möwen und das Klatschen der Wellen. Tauno und Eyjan sahen, wie ein junger Bursche längsseits des großen Bootes ging und mit einer Frau sprach. Sie mußte seine Mutter sein, die ihr jüngstes Kind nährte, denn sie ließ das Paddel los, hob ihre Jacke und ließ ihn schnell einmal an ihrer Brust trinken.

Ein anderer Mann entdeckte die Schwimmer. Geschrei erhob sich. Wie Schwertklingen sausten die Kajaks auf sie zu.

„Bleib hinter mir, Eyjan“, sagte Tauno. „Halte deinen Speer unter der Oberfläche, bereit, ihn zu benützen.“ Er selbst trat Wasser und hob wiederholt die Hände, um zu zeigen, daß sie leer waren. Seine Sehnen spannten sich.

Das Wasser schäumte, als der erste Kajak vor ihm anhielt. Der Mann darin hätte beinahe selbst ein Wassermann sein können oder vielmehr ein See-Zentaur, so sehr gehörten er und sein Fahrzeug zusammen. Die Haut, die es bedeckte, lag um seine mit Seehundfell bekleidete Mitte; er konnte mit dem Boot umschlagen, sich wieder aufrichten und dabei keinen Tropfen Wasser in die Stiefel bekommen. Ein Paddel schickte ihn über die Wellen wie einen dahingleitenden Kormoran. Eine Harpune lag griffbereit vor ihm; die luftgefüllte Blase tanzte.

Mehrere Herzschläge lang betrachteten er und die Halbblutgeschwister einander. Tauno versuchte, hinter das Erstaunen des anderen zu blicken und ihn als Mann abzuschätzen. Er war jung, von noch mächtigerem Bau als die meisten seiner kräftigen Gefährten, hübsch auf seine Art mit seinem breiten Gesicht, den kleinen Augen und dem groben schwarzen Haar. Unter Fett und Schmutz hatte seine Haut beinahe Elfenbeinfarbe. Nur die Andeutung eines Bartes war an ihm zu erkennen. Er erholte sich schnell und überraschte die Geschwister, indem er sie auf Norwegisch, wenn auch mit Akzent, fragte: „Seid ihr Ausgestoßene? Braucht ihr Hilfe?"

„Nein, ich danke dir, aber wir gehören hierher", erwiderte Tauno. Das Dänisch, das er kannte, war der Sprache der Kolonisten genügend ähnlich – ähnlicher, als es Hauaus Dialekt gewesen war –, daß es keine Verständigungsschwierigkeiten geben sollte. Er lächelte und rollte sich herum, damit der Inuk ihn besser sehen konnte.

Dem Aussehen nach hätte er mit seiner Größe und seinen dicken Muskeln schon ein Norweger sein können, wären nicht seine Bartlosigkeit, die bernsteinfarbenen Augen und der grüne Schimmer in dem schulterlangen Haar gewesen. Aber kein erdgeborener Mensch hätte sich im Wasser nackt, nahe Grönland, im Herbst wohlgefühlt. Ein Stirnband, ein Gürtel, an dem zwei Obsidian-Messer hingen, und eine dünne Rolle geölten Leders, die unter einem Speer mit Knochenspitze an seine Schultern gebunden war, stellten seine ganze Kleidung dar.

Eyjan war ähnlich ausgestattet. Auch sie lächelte und verwirrte den Inuk.

„Ihr ... seid ..." Ein vielsilbiges Eingeborenenwort folgte. Es schien „Geschöpfe des Zaubers" zu bedeuten.

„Wir sind eure Freunde", antwortete Tauno in dieser Sprache; nun war er es, der stockend sprach. Er nannte seinen und seiner Schwester Namen.

„Diese Person wird Minik genannt", gab der junge Mann zurück. Er hatte Mut gefaßt, während seine Gefährten sich nervös in einiger Entfernung hielten. „Wollt ihr nicht an Bord des Umiaks kommen und euch ausruhen?"

„Nein ..." protestierte ein anderer.

„Sie sind keine von den Nachbarn", stellte Minik fest.

Widerstrebend gaben die übrigen nach. Solch ein Mangel an Gastfreundschaft war bei ihrer Rasse unerhört. Auf Angst vor Hexerei konnte es nicht zurückzuführen sein. Sie lebten ja in einer Welt der

Geister, die immerzu besänftigt werden mußten, und hier waren nur zwei menschenähnliche Wesen, die nichts Bedrohliches an sich hatten und bestimmt wundervolle Geschichten zu erzählen wußten. Irgend etwas Schreckliches mußte zwischen ihnen und Vestri Bygd geschehen sein. Und doch ...

Eyjan bemerkte es zuerst. „Tauno!“ rief sie. „Sie haben eine weiße Frau bei sich!“

Er hatte zu sehr auf die Harpunen geachtet, um sich das Boot, das sich näherte, genauer anzusehen. Nun sah er, daß etwa in der Mitte eine Frau kniete, die größer war als die anderen. Sie starrte so ausdruckslos ins Weite wie ihre Gefährtinnen. Über einer zurückgeworfenen Parka-Kapuze schimmerten ihre Flechten golden.

Die Kinder des Wassermanns kletterten vorsichtig, damit sie das Boot nicht zum Kentern brachten, an Bord, und noch vorsichtiger hockten sie sich am Bug nieder, bereit, jederzeit wieder aufzuspringen. Die Inuit waren auf der Vogeljagd gewesen; das Boot war mit Alks vollgepackt und blutig. Tauno und Eyjan richteten ihre Aufmerksamkeit auf den einzigen Mann, der im Heck saß, grau, verrunzelt, raffzähnig. Er vollführte Gesten gegen sie, keuchte, kreischte und wurde ganz plötzlich still und rief aus: „Die da bringen kein Übel für uns mit sich, das ich riechen kann.“ Er wandte sich an sie: „Diese Person wird Panigpak genannt, und einige behaupten, er sei ein Angakok ...“ – ein Schamane, Zauberer, Vertrauter von Geistern und Dämonen, Heiler, Seher und, wenn es nötig war, einer, der Böses auf Feinde herabwünschen konnte. Obwohl er so bescheiden wie bei seinem Volk üblich und vor Alter verschrumpelt war, hatte er etwas von dem Stolz eines wilden Tieres an sich. Tauno mußte an Wolf und Eisbär denken.

Die Frauen quietschten und schwatzten; ein paar lachten mit halb ängstlichem Gackern. Ihre Augen flitzten wie schwarze Käfer über den hohen, breiten Wangenknochen hin und her. Von ihnen ging ein Geruch nach fleischlicher Hitze und, nicht unangenehm, nach Rauch und Öl und dem Urin aus, in dem sie sich die Haare wuschen. Die Männer lenkten ihre eigenen Fahrzeuge herbei. Sie verhielten sich ein bißchen reservierter – nur ein bißchen.

Allein die Norwegerin war still. Wie die übrigen trug sie Mantel, Hose und Fußbekleidung aus Fellen, und sie war ebenso schmutzig wie sie, aber ihr Blick brannte blau. Das, ihr helles und feingeschnittenes Gesicht, ihre Größe und Schlankheit erweckten Sehnsüchte in Tauno, die keine Inuk-Frau stillen konnte. Er legte eine Hand zwischen die Schenkel, um diese Gedanken zu verbergen, und ergriff das Wort.

„Vergebt dieser Person ihr stolperndes Sprechen. Wir haben die Sprache von einer weit von hier wohnenden Schar des Volkes gelernt. Mit ihnen jagten, fischten und schmausten wir, wir tauschten Geschenke aus und wurden Freunde. Hier wollen wir uns nicht aufhalten. Wir suchen nach unserer Familie und bitten euch um nichts anderes, als uns zu sagen, was ihr vielleicht von ihr wißt."

Der Wind blies, die Wellen rollten, das Boot schwankte in der grimmigen Kälte. Die blonde Frau brach das Schweigen in ihrer Muttersprache: „Wer seid ihr? Was seid ihr? Kein richtiges Seevolk ... glaube ich. Ihr habt keine Schwimmhäute an den Füßen."

„Dann weißt du von unserer Art?" rief Eyjan freudig.

„Durch Erzählungen, die ich am Feuer hörte, die meisten aus dem alten Land. Sonst nichts."

Eyjan seufzte. „Nun, du hast recht. Aber verstehe, daß du uns ebenso in Erstaunen versetzt wie wir dich."

Die Frau drückte ihr Kind an die Brust, das sie wie die meisten Paddlerinnen mitgenommen hatte. Ihres war strohköpfig. „Können wir wirklich offen reden?" hauchte sie.

Ein paar Männer erhoben Einspruch gegen die Unterhaltung, der sie nicht folgen konnten. War alles nicht bereits unheimlich genug? Sie antwortete ihnen gewandter, als es die Halbblutkinder hätten tun können. Diese Schwimmer sprächen das Dänische am besten. Sei es nicht am klügsten, sie diese Sprache benutzen zu lassen, damit sie alles schnell und richtig erklären konnten? Danach wolle sie den anderen klarmachen, was sie erzählt hatten. Sie wandte sich an Minik und Panigpak. Die Jettaugen des Angakoks durchbohrten die Fremden. Nach einer Weile stimmte er zu.

Minik mußte ihr Mann sein, dachte Tauno. Wie war das nur geschehen?

„Ich ... ich heiße Bengta Haakonstochter", stammelte sie. Eine Pause, eine Wolke zog über ihr Gesicht. „Ich war Bengta Haakonstochter. Ich bin Atitak. Und meine Tochter ..." – sie drückte das einjährige Kind eng an sich – „... war Hallfrid, aber wir nennen sie Aloqisaq nach Miniks Großmutter, die im Treibeis starb, kurz bevor wir zu ihm kamen."

„Bist du entführt worden?" erkundigte Eyjan sich mit leiser Stimme.

„Nein!“ Bengta streckte die freie Hand über den Rand des Bootes und legte sie fest auf Miniks Schulter. Er errötete. Diese Zurschaustellung von Gefühlen, die den Inuit fremd war, setzte ihn in Verlegenheit, aber er ließ ihre Hand, wo sie war. „Erzählt mir von euch“, bat sie.

Eyjan zuckte die Schultern. „Mein Bruder und ich sind zur Hälfte menschlich.“ In Kürze legte sie dar, was geschehen war. Mit nicht ganz fester Stimme schloß sie: „Habt ihr irgend etwas davon gehört, daß Seevolk angekommen sei?“

„Nein“, antwortete Bengta. „Doch ist es gut möglich, daß es mir entgangen ist, bei dem Verlauf, den mein Leben in letzter Zeit genommen hat.“

„Sprich mit deinen Gefährten, Liebes. Sag ihnen, die Meerleute seien nicht ihre Feinde. Im Gegenteil, Meeresbewohner und Luftatmer könnten gemeinsam vollbringen, wozu keiner allein imstande wäre.“

In der singenden Sprache wurde hin und her geredet. Oft richtete Panigpak eine Frage direkt an die Halbblutkinder, manchmal mit Hilfe der Norwegerin. Stück für Stück kamen die Tatsachen zum Vorschein. Nein, diese Inuit wußten nichts von irgendeiner Ankunft. Doch sie verbrachten die meiste Zeit an Land und jagten, und nur selten fuhren sie weit aufs Meer hinaus – niemals so weit wie die weißen Männer, die in vergangenen Zeiten bis über den Horizont hinausgesegelt waren, um Bauholz zu holen (Bengta sprach von einem Ort, den sie Markland nannte), und immer noch die Gewohnheit hatten, im Sommer mit ihren Booten tollkühne, lange Reisen zu unternehmen. (Im Winter hockten sie dagegen zu Hause, und das war die Zeit, da die Inuit reisten – mit Hundeschlitten, über Land oder über das Eis an den Küsten.) Deshalb mochten die Bewohner von Vestri Bygd Kunde von Geschehnissen auf irgendeiner Insel haben, von denen arme, unwissende Leute in Kajaks nichts zu sagen wußten. Wenn dem so war, würde Bengtas Vater es bestimmt wissen, denn er sei der mächtigste Mann in der Siedlung.

Tauno und Eyjan konnte der Ausdruck des Entsetzens nicht entgehen, mit dem der Name Haakon Arnorssohn ausgesprochen wurde. Seine eigene Tochter zuckte zusammen, und ihre Stimme wurde hart.

Wie dem auch sein mochte ... „Nun, wir müssen ihn aufsuchen“, murmelte Eyjan. „Sollen wir ihm eine Botschaft von dir überbringen, Bengta?“

Die junge Frau verlor ihre Selbstbeherrschung. Tränen stürzten aus ihren Augen. „Bringt ihm meinen Fluch!“ schrie sie. „Sagt ihm ... sagt ihnen allen ... sie sollen das Land verlassen ... bevor der Tupilak sie vernichtet ... den unser Angakok gegen sie gesandt hat ... wegen *seiner* Missetaten!"

Minik umklammerte seine Harpune. Panigpak verkroch sich tiefer in seine Pelze, als wolle er sich verstecken. Frauen und Kajaks wichen vor den beiden im Bug zurück. Kinder schienen das Unbehagen zu spüren und begannen zu schreien. „Ich glaube, am besten verschwinden wir hier", sagte Tauno aus einem Mundwinkel. Eyjan nickte. In Zwillingsbögen sprangen die Kinder des Wassermanns aus dem Umiak und verschwanden im ruhelosen, bitteren Wasser.

8

In dem Gespräch war ihnen mitgeteilt worden, wo Haakons Hof an der großen Bucht, die Vestri Bygd Schutz bot, lag. Der kurze, graue Tag war in Dämmerung übergegangen, als die Halbblutkinder ihn fanden. Im Schatten verborgen legten sie die Kleider an, die sie eingerollt auf dem Rücken mit sich getragen hatten. Die Hemden konnten kaum darüber hinwegtäuschen, was sie waren. Statt aus Tuch, das durch Feuchtigkeit schnell verrottet wäre, bestanden sie aus regenbogenfarbener dreifacher Fischhaut und stammten noch aus Liri. Wenn auch kurz, würden sie in den Augen von Christen nicht so anstößig sein wie Nacktheit. Aus den wasserfesten Umhüllungen nahmen die Geschwister Stahlmesser. Doch legten sie ihre rostfreien Waffen aus Stein und Knochen nicht ab; ihre Speere trugen sie in der Hand.

Danach schritten sie auf die Heimstatt zu. Scharfzähniger Wind heulte, Wellen rieben die Steine am Strand aneinander. Feenaugen erkannten in der Finsternis mehr, als ein Mensch hätte sehen können, aber der Anblick zwischen den buckligen Hügeln war überall trostlos. Die Siedlung war keine Stadt. Ihre Häuser waren über viele Meilen Öde verstreut, denn dieses Land mit seinen kurzen, trüben Sommern war geizig. Da es beim Getreide oft zu Mißernten kam, konnten sich die Bewohner für ihren Lebensunterhalt auf nichts anderes verlassen als auf das Gras, Weide und Heu für ihr Vieh. Die dünnen Stoppeln unter ihren nackten Füßen verrieten den Reisenden, wie dürftig die letzte Ernte gewesen war. Ein Weidezaun aus gebleichten Walrippen umschloß ein Feld, auf dem sich früher eine ansehnliche Zahl von Tieren befunden haben mußte. Nun waren dort nur noch ein paar abgemagerte Schafe und wenige ebenso kläglich aussehende Kühe zu finden. Ein kleiner Meeresarm endete hier, und drei Boote waren an Land gezogen. Sie waren für je sechs Mann, gut gebaut, gut für dieses Land der zahllosen, gewundenen Fjorde geeignet. Aber Tauno sah, wie alt das Holz unter dem stechend riechenden Teer war, der sie schwärzte.

Schon ragten die Gebäude vor ihnen auf, ein Haus, eine Scheune und zwei Schuppen, die einen schmutzigen Hof umgaben. Sie waren ohne Mörtel aus Steinen errichtet, von Moos bewachsen, mit Grassoden gedeckt, kaum für den ärmsten Fischer in Dänemark geeignet. Aus einem Loch im Dach stieg der Rauch eines Torffeuers empor. Sein Schein stahl sich durch Risse in den alten, verworfenen Fensterläden. Vier Hunde sprangen laut bellend vor der Tür auf. Es waren große Tiere mit Wolfsblut, und in ihrer Magerkeit sahen sie doppelt so furchteinflößend aus. Aber als sie den Geruch der Fremden aufgenommen hatten, zogen sie die Schwänze ein und schlichen beiseite.

Die Tür öffnete sich. Die Umrisse eines großen Mannes erschienen schwarz zwischen den Pfosten. Er hielt einen Speer in der Hand. Einige andere versammelten sich hinter ihm. „Wer kommt?" rief er mißtrauisch.

„Wir sind zwei", antwortete Tauno aus der Dunkelheit. „Fürchtet euch nicht, wenn wir unheimlich aussehen. Unsere Absichten sind gut."

Gemurmel war zu hören, als er und Eyjan in den Feuerschein traten, Flüche, vielleicht ein schnelles Gebet. Der große Mann bekreuzigte sich. „In Jesu Namen, sagt, was ihr seid", verlangte er, erschrocken, aber unverzagt.

„Wir sind keine Sterblichen", erklärte Eyjan. Dies Eingeständnis rief stets weniger Entsetzen hervor, wenn es von ihren weich geschwungenen Lippen kam. „Doch wir können den Namen Jesu Christi ebenso aussprechen wie ihr, und wir wollen nichts Böses. Vielleicht können wir euch als Dank für einen kleinen Gefallen, den ihr uns, wie wir hoffen, tun werdet, sogar helfen."

Der Mann holte laut Atem, ließ seine Waffe sinken und trat vor. Er war so mager wie seine Hunde und nie kräftig gewesen, aber seine Hände waren groß und stark. Auch sein Gesicht war dünn, die Wangen, die gerade Nase, der fest geschlossene Mund, das Pflugscharkinn. Er hatte blaßblaue Augen, graues Haar und einen gestutzten grauen

Bart. Unter einem langen, einfachen Wollmantel, dessen Kapuze er zurückgeworfen hatte, sahen Strümpfe und Seehundsschuhe hervor; nichts davon roch gut. Ein Schwert, mit dem er sich gegürtet haben mußte, als er den Lärm hörte, hing von seiner Mitte. Seiner Form nach zu schließen, war es für einen Wikinger geschmiedet worden. Waren die Leute hier tatsächlich so hinter der Zeit zurückgeblieben, oder konnten sie sich nichts Neues leisten?

„Wollt ihr uns auch eure Namen und den eures Stammes nennen?" befahl er mehr, als er bat. Herausfordernd: „Ich bin Haakon Arnorssohn, und dies ist meine Heimstätte Ulfsgaard."

„Das wissen wir", antwortete Eyjan, „weil wir gefragt haben, wer der wichtigste Mann in dieser Gegend sei." Mit fast den gleichen Worten wie gegenüber seiner Tochter berichtete sie von ihrer Suche bis zum gestrigen Tag – nur daß sie behauptete, Liri sei unfruchtbar geworden, und verschwieg, daß der Grund für ihre Flucht ein Exorzismus gewesen war. Inzwischen hatten die Männer des Haushalts soviel Mut gefaßt, daß sie näher schlurften, und die Frauen und Kinder, daß sie den Eingang blockierten. Die meisten waren jünger als Haakon und durch lebenslange Unterernährung klein gewachsen. Einige wackelten auf krummen Beinen oder in Schmerzen durch Rheumatismus und Knochendeformierungen einher. Die Nacht ließ sie in ihren geflickten Kleidern erschauern. Ein Gestank quoll aus dem Haus hervor, den der beißende Rauch nicht ganz überdecken konnte: die Ausdünstung niemals gebadeter Körper, die auf engstem Raum zusammengedrängt leben müssen.

„Könnt ihr uns irgend etwas berichten?" schloß Eyjan. „Wir werden dafür bezahlen ... nicht mit Gold von diesen unseren Ringen, es sei denn, ihr wünscht es, sondern mit mehr Fisch und Seewild, als ihr selbst fangen könnt."

Haakon dachte nach. Der Wind jammerte, die Leute flüsterten und machten Zeichen in die Luft, die nicht alle das Kreuz darstellten. Endlich hob er den Kopf und fuhr die Geschwister an: „Wo habt ihr von mir erfahren? Von den Skraelingen, wie?"

„Von den was?"

„Von den Skraelingen. Unseren häßlichen, kleinen Heiden, die in den letzten hundert Jahren vom Westen her nach Grönland eingesikkert sind." Er schnaubte: „Sie kamen zusammen mit frostigen Sommern, verdorbenen Feldern. Ich glaube, daß nicht Gottes Fluch auf uns liegt; ihre Zauberer haben das Unglück über uns gebracht!"

Tauno spannte sich im Körper wie im Geist an. „Aye“, antwortete er. „Wir haben eine Gruppe von ihnen getroffen, und deine Tochter Bengta, Haakon. Willst du dein Wissen gegen Neuigkeiten von ihrem Befinden verkaufen?“

Ein Schrei gellte auf. Haakon zeigte die Zähne in seinem Bart und sog zwischen ihnen die Luft ein. Dann stampfte er den Speerschaft auf die Erde und röhrte: „Genug! Seid still, ihr Hunde!“ Als wieder Ruhe eingetreten war, sagte er leiste: „Kommt mit hinein, und wir werden miteinander sprechen.“

Eyjan zupfte Tauno am Ellenbogen. „Sollen wir?“ fragte sie in der Meersprache. „Draußen können wir einem Überfall entkommen. Zwischen Wänden sitzen wir in der Falle.“

„Ein unvermeidliches Risiko“, entschied ihr Bruder. Zu Haakon gewandt: „Forderst du uns auf, deine Gäste zu sein? Werden wir dir heilig sein, solange wir unter deinem Dach weilen?“

Haakon schlug das Kreuz. „Bei Gott und St. Olaf schwöre ich es euch, wenn ihr eure eigene Harmlosigkeit bezeugt.“

„Das tun wir, auf unsere Ehre“, antworteten sie, die einem Eid ähnlichste Formel, die das Feenvolk kannte. Sie hatten die Erfahrung gemacht, daß Christen es als Hohn auffaßten, wenn seelenlose Wesen wie sie das Heilige anriefen.

Haakon führte sie über die Schwelle. Eyjan erstickte beinahe, als der Gestank sie mit voller Wucht traf, und Tauno zog die Nase kraus. Die Inuit waren nicht reinlich, aber die Gerüche in ihren Wohnquartieren zeugten von Gesundheit und Überfluß. Hier dagegen ...

In einer Kuhle des Lehmbodens brannte ein klägliches Torffeuer. Es spendete das einzige Licht, bis Haakon befahl, ein paar Seifensteinlampen mit Tran zu füllen und anzuzünden. Danach wurde seine Armut deutlich. Das Haus verfügte nur über einen einzigen Raum. Die Bewohner hatten schlafen gehen wollen; Strohsäcke waren auf den Bänken ausgebreitet, die die Wände umgaben, in dem Alkovenbett, das dem Herrn des Hauses gehören mußte, und auf dem Boden für die Niedrigen. Die Gesamtzahl war etwa dreißig. So mußten sie liegen und sich ihr gegenseitiges Schnarchen anhören, wenn das hastige Liebesspiel des einen oder anderen Paares, das noch Kraft dazu hatte, vorbei war. Am Ende des Raums war eine Art Küche errichtet. Geräuchertes Fleisch und Stockfisch hingen von den Dachbalken, dazwischen war Flachbrot auf Stangen aufgespießt, und der Vorräte waren es erschrekkend wenige angesichts dessen, daß der Wind bald den Winter heranblasen würde.

Und dennoch war es ihren Vorfahren gar nicht so schlecht gegangen. Da gab es einen Hochsitz für den Herrn und die Herrin, reich geschnitzt, auch wenn die Farbe abgeblättert war, der zweifellos aus Norwegen stammte. Darüber schimmerte ein Kruzifix aus vergoldeter Bronze. Kunstvoll gearbeitete Zederntruhen standen herum. So verfault und rußig die Wandbehänge auch waren, sie mußten einmal schön gewesen sein. Die Waffen und Werkzeuge, die zwischen ihnen hingen, waren immer noch erfreulich anzusehen. Von allem war mehr vorhanden, als diese paar Bewohner benutzen konnten. Tauno flüsterte Eyjan zu: „Ich vermute, die Familie und das Gesinde haben früher in einem besseren Haus gelebt, in einer richtigen Halle, sind aber ausgezogen, als sie für eine Handvoll Menschen zu schwer zu heizen war, und haben diese Hütte gebaut."

Sie nickte. „Aye. Sie hätten die Lampen heute abend nicht in Gebrauch genommen, wären wir nicht da. Ich glaube, sie bewahren das Fett für die Hungersnot auf, die sie erwarten." Sie erschauerte. „Huh, ein lichtloser Grönlandwinter! Mehr Leben hatte das ertrunkene Averorn."

Haakon nahm den Hochsitz ein, und in einer Art, die anderswo längst aus der Mode gekommen war, winkte er seinen Besuchern, sich auf die Bank ihm gegenüber zu setzen. Er befahl, Bier zu bringen. Es war schwach und sauer, kam jedoch in silbernen Bechern. Er erklärte, er sei Witwer. (Aus ihrem Benehmen ihm gegenüber schlossen sie, daß eine schlampige Frau mit dickem Bauch ein Kind von ihm trug.) Drei Söhne und eine Tochter waren noch am Leben – so glaubte er; der älteste Junge hatte auf einem Schiff angeheuert, das nach Oslo fahren wollte, und er hatte seit Jahren nichts mehr von ihm gehört. Der zweite war verheiratet und auf einem kleinen Bauernhof. Der dritte, Jonas mit Namen, war noch hier, ein drahtiger, spitznasiger Jüngling mit glattem, hellem Haar, der Tauno mit der Wachsamkeit eines Fuchses und Eyjan mit schlecht verhehlter Lüsternheit beobachtete. Die übrigen waren arme Verwandte und Mietlinge, die für Unterkunft und Essen arbeiteten.

„Was meine Tochter betrifft ..."

Unruhe kam auf; unter den dicken, unruhigen Schatten wurde gemurmelt. Augen schimmerten weiß, Angst konnte durch den Rauch gerochen und gefühlt werden. Haakons Stimme, die fest geklungen hatte, bellte auf: „Was könnt ihr von ihr berichten?"

„Was kannst du vom Seevolk berichten?" fragte Tauno zurück.

Der Norweger versuchte, listig zu sein. „Etwas ... vielleicht."

Im trüben Licht wurde gejapst und gehustet. „Das bezweifle ich", flüsterte Eyjan ihrem Bruder ins Ohr. „Ich glaube, er lügt."

„Ich fürchte, du hast recht", antwortete er ebenso leise. „Aber gehen wir auf sein Spiel ein. Hier liegt ein Geheimnis."

Laut sagte er: „Wir trafen sie auf See, nicht weit von hier, zwischen Inuit ... Skraelingen, nennt ihr sie nicht so? Sie und ihr kleines Kind sahen gut aus." Sie sahen besser aus als alle hier Versammelten, dachte er. Wahrscheinlich hatte Haakon dafür gesorgt, daß sie ausreichend zu essen bekam, als sie heranwuchs, weil er wollte, daß sie ihm starke Enkel schenkte, oder weil er sie liebte. „Doch ich warne dich, es wird dir nicht gefallen, was sie uns aufgetragen hat. Halte dir vor Augen, daß wir nichts dafür konnten. Wir waren nur sehr kurze Zeit mit ihr zusammen, und wir verstehen nicht einmal, was sie mit ihren Worten gemeint hat."

Die Knöchel des Vaters standen weiß um das Heft seines Schwerts. Jonas, sein Sohn, der neben ihm auf einer Bank saß, umfaßte gleicherweise seinen Dolch.

„Nun?" schnauzte Haakon.

„Es tut mir leid. Sie verfluchte dich. Sie sagte, alle sollten dies Land verlassen, wenn sie nicht durch einen ... einen Tupilak, was das auch sein mag, sterben wollten, den einer ihrer Zauberer gemacht hat, um irgendeine Sünde von dir zu bestrafen."

Jonas sprang auf die Füße. „Haben sie ihr die Seele aus dem Leib genommen, den sie gestohlen haben?" schrie er durch den sich erhebenden Lärm.

Stöhnte Haakon? Durch nichts anderes ließ er sich anmerken, daß er eine Wunde empfangen hatte. „Seid ruhig!" verlangte er. Der Aufruhr nahm zu. Er erhob sich, zog sein Schwert, schwang es und sagte mit flacher Stimme: „Setzt euch hin. Haltet den Mund. Wer es nicht tut, wird bald einer weniger sein, den ich durch den Winter füttern muß."

Stille trat ein, nur daß der Wind um die Wände pfiff und an der Tür schnüffelte. Haakon steckte die Klinge in die Scheide und schleppte seinen kümmerlichen Körper wieder auf den Hochsitz. „Ich mache euch beiden ein Angebot", erklärte er, jedes Wort betonend. „Ein ehrlicher Handel. Ihr habt uns erzählt, daß ihr zur Hälfte menschlich seid, aber wie richtige Meerleute unter Wasser atmen und beinahe ebenso gut schwimmen könnt. Seid unsere Waffen! Ich nehme an, ihr könnt unter Wasser auch kämpfen."

Tauno nickte.

„Und Zauberei braucht ihr nicht zu fürchten, da ihr selbst der Außenwelt angehört", fuhr Haakon fort.

Eyjans Körper wurde steif. Jonas setzte hastig hinzu: „Oh, er meint nicht, *ihr* seid böse."

„Nein", stimmte Haakon zu. „Es ist wahr, ich möchte ein Geschäft mit euch abschließen." Er beugte sich vor. „Hört. Es gibt tatsächlich ... eine Schar, die Seevolk sein muß ... um eine Insel im Westen. Ich habe sie erst vor kurzem gesehen, ehe unser Unglück begann. Ich war draußen beim Fischen. Sturli und Mikkel waren bei mir" – er wandte sich an seine erstaunten Hausgenossen –, „aber ihr erinnert euch, daß der Tupilak sie später erwischte. Wir waren ... beunruhigt über das, was wir sahen, waren nicht sicher, was Christen tun sollten, und wir meinten, am besten sei es, Frieden zu halten, bis wir einen Priester fragen konnten. Ich meine einen gebildeten Priester, nicht Sira Sigurd aus dieser Pfarrei, der keine Zeile lesen kann und die Messe durcheinanderbringt. Ich weiß, daß er es tut; ich bin in der Kirche von Ostri Bygd gewesen und habe gut achtgegeben, was getan und gesungen wurde. Das Volk hier herum gleitet schnell in die Unwissenheit zurück, abgeschnitten, wie wir die meiste Zeit gewesen sind ..." Sein Gesicht zuckte. „Aye, sie gleiten ab ins Heidentum."

Er brauchte eine Minute, um wieder ruhig zu werden. „Also gut", sagte er. „Wir wollten uns Rat vom Bischof in Gardar holen und inzwischen über unsere Entdeckung schweigen, damit nicht irgendwer eine Dummheit oder Schlimmeres beging. Aber dann kam der Tupilak, und wir ... ich bekam nie mehr eine Gelegenheit, nach Gardar zu reisen." Er suchte den Blick seiner Gäste. „Natürlich kann ich nicht beschwören, diese Wesen seien eure Verwandten. Aber sie sind erst vor kurzem hier eingetroffen, so daß es wahrscheinlich ist, nicht wahr? Ich bezweifle, daß ihr die Insel allein finden könnt. Das Meer ist weit zwischen hier und Markland. Für euch würde es zumindest eine lange, gefährliche Suche bedeuten, doppelt gefährlich des Tupilaks wegen. Ich kann nach Sternen und Sonnenstein steuern und euch auf dem kürzesten Weg hinbringen. Aber ... niemand aus Vestri Bygd kann in See stechen und am Leben bleiben, solange der Tupilak nicht vernichtet ist."

„Erzähl uns von ihm", drängte Eyjan mit kehliger Stimme.

Haakon lehnte sich zurück, schob seinen Bierkrug über den Tisch, winkte, der ganzen Runde von neuem einzuschenken, und sprach in schnellen Sätzen:

„Am besten fange ich mit dem Anfang an. Der Anfang ist, daß Männer Grönland entdeckten und besiedelten. In jenen alten Tagen fuhren sie noch weiter, verweilten zwar nicht in Vinland, obwohl es heißt, daß dort gut zu wohnen sei, reisten jedoch etliche Zeit später bis nach Markland und holten Bauholz für dieses beinahe baumlose Land. Und jedes Jahr kamen Schiffe aus dem Ausland, um Eisen und Leinen und solche Waren gegen unsere Häute, Felle, Eiderdaunen, Walknochen, Walroßelfenbein, Narwal-Stoßzähne einzutauschen ..."

Tauno konnte ein Grinsen nicht ganz unterdrücken. Er hatte schon gesehen, daß Narwal-Stoßzähne in Europa als Horn des Einhorns verkauft wurden.

Haakon runzelte die Stirn, fuhr aber fort: „Wir Grönländer waren nie reich, aber es ging uns gut, unsere Anzahl wuchs, bis die Landhungrigen weiter nordwärts zogen und diese dritte unserer Siedlungen gründeten. Aber dann verschlechterte sich das Wetter, langsam zuerst, dann immer schneller ... Sommerkälte und Herbsthagel ließen uns kaum noch etwas von unserer Ernte übrig; Stürme, Nebel und Eisberge gab es auf See. Weniger und weniger Schiffe kamen an, der Gefahr und der Aufstände zu Hause wegen. Jetzt können Jahre zwischen der einen und der nächsten Lieferung von draußen vergehen. Ohne das, was wir zum Leben und zur Arbeit brauchen und hier nicht selbst erzeugen können, werden wir ärmer, rückständiger, weniger wettbewerbsfähig. Und ... die Skraelinge rücken heran."

„Sie sind doch aber friedlich, nicht wahr?" fragte Eyjan leise.

Haakon spuckte einen Fluch aus, Jonas spuckte auf den Fußboden. „Sie sind schlau wie Trolle", grollte der ältere Mann. „Durch ihre Zauberkünste können sie leben, wo Christen es nicht können, aber es bringt Gottes Zorn auf Grönland herab."

„Wie kann ein Mädchen, so schön wie du, von einer so abscheulichen Brut Gutes sprechen?" setzte Jonas hinzu. Er sandte ein Lächeln in Eyjans Richtung.

Haakon fuhr mit der Hand durch die Luft. „Was mein Haus betrifft", sagte er, „so ist die Geschichte schnell erzählt. Etwa zwanzig

Jahre lang hat eine Bande von Skraelingen nicht weit nördlich von Vestri Bygd ihr Lager gehabt, gejagt und gefischt. Sie kamen, um mit uns zu handeln, und manchmal besuchten Norweger sie auch dort. Ich hielt das nicht für gut, hatte aber keine Möglichkeit, es zu verbieten, wenn sie uns anboten, was wir brauchten. Doch sie verlockten unser Volk zur Sünde – vor allem unsere jungen Männer, denn ihre Frauen kennen keine Scham, spreizen die Beine für jeden, und das mit Wissen und Zustimmung ihrer Ehemänner ... und mehrere Jünglinge suchten auch, die Skraeling-Tricks bei der Jagd zu lernen, ebenso Skraeling-Künste wie das Bauen von Schneehütten und das Abrichten von Hunden zum Schlittenziehen ..."

Schmerz klang in seiner Stimme mit. „Vor vier Jahren verheiratete ich meine Tochter mit Sven Egilsson. Er war ein netter Bursche, und sie ... lebten glücklich miteinander, nehme ich an, auch wenn sein Besitz nicht groß war. Der Hof lag ganz am Rand der Siedlung, näher bei den Skraelingen als bei den Höfen von Christenmenschen, eine oder zwei Familien ausgenommen. Sie hatten zwei Kinder, die am Leben blieben, einen Jungen und ein Mädchen, und einen Knecht, der ihnen bei der Arbeit half.

Im letzten Sommer traf uns wirkliche Not. Die Heuernte mißriet, wir mußten den größten Teil unseres Viehbestands schlachten, und trotzdem wären wir verhungert, hätten wir uns nicht aus dem Meer ernähren können. Ein entsetzlicher Winter folgte. Als ein Schneesturm tagelang gewütet hatte – nein, über eine nicht festzustellende Zeit der fast sonnenlosen Nacht, aus der hier der Winter besteht –, konnte ich nicht anders, als mit einigen Männern nach Norden zu ziehen, um nachzusehen, wie es meiner Bengta ging. Wir fanden Sven, meinen Enkel Dag und den Knecht tot unter notdürftig aufgeschichteten Steinhügeln, denn die Erde war zu hart gefroren, als daß man ein Grab hätte ausheben können. Bengta und die kleine Hallfrid waren ... verschwunden. Es war überhaupt kein Heizmaterial mehr da. Spuren – Schlittenkufen, Hundekot – verrieten, daß ein Skraeling dagewesen war und sie mitgenommen hatte.

Wahnsinnig vor Kummer und Zorn führte ich meine Männer zu den Steinhütten, wo diese Geschöpfe im Winter hausen. Die meisten von ihnen waren fort, jagten, trieben sich herum, was weiß ich. Auch Bengta war nicht da. Diejenigen, die wir antrafen, behaupteten, sie sei aus freien Stücken gekommen, habe ihr Kind lebend mitgebracht – sie sei mit einem ihrer Männer gekommen, sei zu ihm auf seine schmutzige Lagerstatt gekommen, obwohl er bereits eine Gefährtin hatte ... Wir schlachteten sie ab. Eine einzige Alte ließen wir übrig, damit sie die Nachricht weitergeben konnte, im Frühling würden wir den Rest wie das Ungeziefer, das sie sind, vernichten, gäben sie unsere gestohlenen Mädchen nicht zurück."

Die Schatten wuchsen, als das Feuer niederbrannte. Feuchte Kälte biß und biß. Eyjan fragte entsetzt in Haakons mühsames Schnaufen hinein: „Ist dir niemals der Gedanke gekommen, daß sie vielleicht die Wahrheit gesprochen haben? Es gab doch keine Spuren von Gewalttätigkeit an den Toten? Ich würde sagen, Hunger und Kälte, als die Vorräte zu Ende waren, brachten sie um, oder eine Krankheit, wie ihr sie selbst über euch bringt, weil ihr im Schmutz lebt. Dann kam Minik – der Inuk, der Mann – vorbei, machte sich Sorgen um sie, und sie suchte bei ihm Zuflucht. Ich bin überzeugt, sie sind schon vorher Freunde gewesen."

„Aye", gestand Haakon. „Sie fühlte sich immer von Skraelingen angezogen, plapperte Worte ihrer Sprache ebenso früh wie Norwegisch, hörte ihren Geschichten zu, wenn sie herkamen, das liebe, vertrauensselige Mädchen ... Aber er hätte sie ja hierher zu mir bringen können, oder nicht? Ich hätte ihn belohnt. Nein, er muß sie mit Gewalt entführt haben. Später – was ihr in dem Boot gehört habt, ist der Beweis dafür – hat der verdammte alte Hexenmann einen Zauber über sie geworfen. Gott sei ihr gnädig! Sie ist ebenso verloren und verstrickt wie ein Reisender, der in einen Elfenhügel gelockt wird ... für ihre Verwandten verloren, für ihre Erlösung verloren, sie und meine Enkelin, alle beide – wenn wir sie nicht zurückholen können ..."

„Was geschah dann?" fragte Tauno nach einer Weile.

„Natürlich verließen sie die Stelle und zogen an einen anderen Ort in der Wildnis. Zu Beginn des Frühjahrs entdeckten unsere Jäger einen von ihnen, fingen ihn und brachten ihn gebunden zu mir. Ich hing ihn über ein kleines Feuer, um ihn zu zwingen, mir zu sagen, wo sie waren, aber er sprach nicht. Deshalb ließ ich ihn frei – nur daß ich ihm ein Auge nahm, um zu beweisen, daß ich es ernst meinte mit dem, was ich sagte – und gab ihm die Botschaft mit: Wenn sie mir nicht meine Tochter und meine Enkelin schickten und, damit ich Gerechtigkeit an ihnen üben könne, die Neidlinge, die sie schändeten, werde kein Mann in Vestri Bygd ruhen, bis auch der letzte dieser Trolle erschlagen sei, denn wir alle haben Frauen, die wir beschützen müssen. Ein paar Tage danach kam der Tupilak."

„Und was ist das?" fragte Tauno. Sein Rückgrat prickelte.

Haakons Gesicht verzerrte sich. „Als Bengta noch ein Kind war, erzählte sie mir eine Geschichte über einen Tupilak, die sie von den Skraelingen gehört hatte. Ich hielt es bloß für ein Schauermärchen, von dem sie Alpträume bekommen könne. Dann tröstete *sie mich* und versprach mir, nicht schlecht zu träumen. Oh, sie war die liebevollste Tochter, die ein Mann sich wünschen kann, bis ...

Nun gut. Ein Tupilak ist ein Seeungeheuer, das durch Hexenkunst gemacht worden ist. Der Zauberer baut einen Rahmen, zieht ein Walroßfell darüber, stopft das Ganze mit Heu aus und näht es zusammen, fügt Fangzähne und Klauen dazu und ... und singt darüber. Dann bewegt es sich, sucht das Wasser, belauert die Feinde des Zauberers. Dieser Tupilak greift weiße Männer an. Er durchbohrt ihr Boot oder bringt es zum Kentern oder kriecht über den Rand. Speere, Pfeile, Äxte, nichts nützt gegen ein Wesen, das kein Blut hat, das nicht richtig lebendig ist. Er frißt die Mannschaft ... Die wenigen, die entkamen, haben es bezeugt.

Diesen ganzen Sommer konnten wir nicht aufs Meer fahren. Wir können nicht fischen, wir können keinen Seehund, keine Vögel mehr jagen, keine Eier auf den Brutinseln mehr sammeln; wir können keine Bitte um Hilfe nach Ostri Bygd senden. Männer sind über Land davongezogen. Wir haben nichts wieder von ihnen gehört. Vielleicht haben die Skraelinge sie abgefangen, obwohl es ebenso wahrscheinlich ist, daß sie vom Weg abgekommen und in dieser zerklüfteten, gefrorenen Wüste verhungert sind. Die im Süden sind es gewöhnt, lange Zeit keine Nachricht von uns zu erhalten, und jedenfalls haben sie auch eigene Schwierigkeiten. Und wenn sie ein oder zwei Boote schickten, würde der Tupilak sie überfallen.

Wir haben kaum noch genügend Vorräte, um den Winter zu überstehen. Im nächsten Jahr werden wir sterben."

„Oder ihr zieht weg", schlug Tauno dem verzweifelten Mann vor. „Jetzt verstehe ich, was Bengta gemeint hat. Ihr müßt gehen, müßt euch eine neue Heimat im Süden suchen. Ich nehme an, der Angakok wird das Ungeheuer zurückrufen, wenn ihr es tut."

„Wir werden zwischen euch vermitteln, wenn ihr es wünscht", bot Eyjan an.

Einige der Männer fluchten, andere brüllten. Jonas zog sein Messer.

Haakon saß da wie aus Feuerstein ausgehauen und erklärte: „Nein. Hier ist unsere Heimat. Hier sind unsere Erinnerungen, die Gräber unserer Väter, unsere Freiheit. Denen im Süden geht es nicht viel besser als uns hier; sie können uns aufnehmen, aber nur als Knechte, zu einem erbärmlichen Leben. Nein, sage ich. Statt dessen werden wir die Skraelinge verfolgen, bis sie gegangen sind."

Von neuem beugte er sich vor, die linke Hand auf dem Knie zur Faust geballt, die rechte mit gekrümmten Fingern wie die Klauen eines Grönland-Falken erhoben. „Jetzt kommen wir zu unserem Handel", sagte er zu den Kindern des Wassermanns. „Bringen wir morgen die Boote zu Wasser. Der Tupilak wird es merken und kommen. Während wir ihn vom Boot aus bekämpfen, greift ihr ihn von unten an. Er kann erschlagen, zumindest in Stücke geschnitten werden. In der Geschichte, die Bengta hörte, wurde ein tapferer Mann mit einem Tupilak fertig. Er erfand den Kajak, versteht ihr, damit er absichtlich kentern und an die Unterseite des Dings gelangen konnte. Vielleicht ist das nur ein Altweibermärchen. Doch wie dem auch sei, kein Mann von uns kann mit diesen Paddelbooten umgehen. Außerdem zeigt die Geschichte, was die Skraelinge für möglich halten, und sie müssen es ja wissen, richtig?

Befreit uns von unserem Dämon, und ich werde euch zu eurem Volk führen. Andernfalls ..." – Haakon lächelte mit schmalen Lippen – „... wäre ich gar nicht überrascht, wenn das Ungeheuer euch für Norweger ansähe und tötete. Ihr gehört zur Hälfte unserer Rasse an. Seid ehrlich gegen eure Rasse, und wir werden ehrlich gegen euch sein."

Wieder herrschte ängstliche Stille. Tauno und Eyjan tauschten einen Blick. „Nein", sagte der Bruder.

„Was?" entfuhr es Haakon. Er versuchte zu höhnen: „Habt ihr Angst? Wo ihr doch Mitkämpfer haben werdet? Dann flieht bei Tagesanbruch aus diesen Gewässern."

„Ich glaube, daß du uns belügst", erklärte Tauno. „Nicht über deine Bluttat an den Inuit und auch nicht über ihre Rache. Das nicht – aber über dieses Seevolk. Es klingt falsch, was du sagst."

„Ich habe die Gesichter beobachtet", fiel Eyjan ein. „Deine eigenen Gefolgsleute schlucken dieses Garn nicht."

Jonas faßte seinen Dolch. „Nennt ihr meinen Vater einen Lügner?"

„Ich nenne ihn einen verzweifelten Mann", antwortete Tauno. „Aber ..." – er wies auf das Kruzifix über dem Hochsitz – „... nimm dies Zeichen deines Gottes in deine beiden Hände, Haakon Arnorssohn. Küsse deinen Gott auf die Lippen und schwöre bei deiner Hoffnung, nach deinem Tod zu Ihm zu gelangen, daß du uns, deinen Gästen, die völlige Wahrheit gesagt hast. Dann werden wir mit dir hinausfahren."

Haakon blieb sitzen. Er glotzte.

Eyjan stand auf. „Am besten gehen wir, Tauno", seufzte sie. „Gute Leute, es tut uns leid. Aber warum sollten wir unser Leben für nichts aufs Spiel setzen, in einem Streit, der nicht unserer ist und in dem ihr noch dazu im Unrecht seid? Ich gebe euch den Rat, tut, was Bengta gesagt hat, und verlaßt dieses Land eures Unglücks."

Haakon sprang auf. Sein Schwert fuhr aus der Scheide. „Ergreift sie!" rief er.

Tauno zog das Messer. Das Schwert sauste herab und schlug es ihm aus der Hand. Frauen und Kinder kreischten. Aus Angst davor, was geschehen konnte, wenn die Geschwister entkamen, warfen die Männer sich auf sie.

An Taunos Arme und Beine hängten sich je zwei. Er schleuderte sie herum. Eine Keule traf seinen Kopf. Er brüllte auf. Die Keule schlug zweimal, dreimal zu. Todespein und Sternschnuppen schossen durch seine Welt. Er brach zusammen. Zwischen von Lumpen umhüllten Beinen erhaschte er einen Blick auf Eyjan. Sie stand mit dem Rücken zur Wand. Speere hielten sie fest, das Schwert schwebte über ihr, Jonas hatte ihr den Dolch an die Kehle gesetzt. Tauno fiel ins Nichts.

9

Der Tag brach als trübes rotes Glimmen durch die Wolken, fiel als stählerner Schein auf die Finsternis und die Kabbelwellen des Fjords. Ein scharfer Wind blies. Tauno fragte sich, ob um diesen Ort ständig der Wind heule. Er erwachte auf dem Stroh, wo man ihn hingelegt hatte, und sah Haakon als Schatten über sich aufragen. „Aufstehen!" rief der Häuptling. Im Dunkel des Hauses waren gedämpfte Männerstimmen, das Weinen von Säuglingen, das Jammern älterer Kinder zu hören.

„Wie fühlst du dich?" fragte Eyjan von der anderen Seite des Raums her. Wie er hatte sie die Nacht auf dem Fußboden verbracht, Hände und Füße gefesselt, den Hals an einen Pfosten festgebunden.

„Steif", antwortete er. Nach ein paar Stunden Schlaf klopften seine Schläfen nicht mehr so stark wie in dem Augenblick, als er zuerst das Bewußtsein wiedererlangt hatte. Aber Blut verklebte sein Haar, Durst seinen Mund. „Und du, meine Schwester?"

Sie lachte heiser auf. „Dieser Lümmel Jonas kam vor Tagesanbruch gekrochen und wollte mich befummeln, wagte es dann aber doch nicht, mir die Beine loszubinden. Es wäre mir auch so möglich gewesen, aber es hat mir ein gewisses Vergnügen bereitet, so zu tun, als könnte ich es nicht. Soll ich weitererzählen?" Sie benutzten die Sprache ihres Vaters.

„Nur wenn du ihn über dir haben willst und wahrscheinlich die anderen auch noch. Wir sind seelenlos – sind Tiere –, die benutzt werden können, wie die Menschen es für richtig halten – weißt du das nicht mehr?"

Haakon hatte sich so ausgedrückt, als er sie binden ließ: „Nie hätte ich Hand an einen Menschen gelegt, den ich meinen Gast genannt habe, nicht einmal an einen Skraeling. Aber ihr seid keine Menschen. Bricht ein Mann sein Wort, wenn er ein Schaf schlachtet, das er aufgezogen hat? Sünde wäre es, wenn ich euch *nicht* zwingen würde, meine Leute zu erretten." Er setzte hinzu: „Morgen wirst du uns im Kampf gegen den Tupilak helfen, Tauno. Eyjan bleibt als Geisel zurück. Wenn du siegst, lassen wir euch beide frei. Den Eid will ich dir auf das Kreuz leisten."

„Können wir einem Verräter selbst dann glauben?" fuhr sie dazwischen.

Seine Mundwinkel verzogen sich nach oben. „Welche Wahl habt ihr denn?"

An diesem Morgen standen auf seinen Befehl Männer, in Hemden und Hosen gekleidet, die Waffen gezogen, im Kreis herum, während er Tauno losband. Der Sohn des Wassermanns erhob sich, lockerte seine verkrampften Glieder, ging zu Eyjan hinüber und küßte sie. Jonas trat von einem Fuß auf den anderen. „Gehen wir", sagte der Jüngling, den Mund voll mit Käse und Schiffszwieback, „gehen wir und bringen wir die Sache hinter uns."

Tauno schüttelte den Kopf. „Zuerst Essen und Wasser für meine Schwester und mich. Und zwar soviel, wie wir brauchen."

Haakon runzelte die Stirn. „Es ist besser, vor dem Kampf wenig oder gar nichts zu essen."

„Nicht für Wesen unserer Art."

Ein braunhaariger Mann mittleren Alters, der Steinkil hieß, lachte laut auf. „Richtig. Haakon, du weißt doch, wie die Seehunde schlingen."

Der Anführer zuckte die Schultern. Er mußte sich beherrschen, sich sein Entsetzen nicht anmerken zu lassen, als er sah, wieviel Pfund Fleisch seine Gefangenen verzehrten. Als sie fertig waren, bellte er Tauno an: „Wirst du jetzt kommen?" Dann ging er auf die Tür zu.

„Noch einen Augenblick", sagte Tauno.

Haakon fuhr herum. „Hast du vergessen, was du hier bist?"

Tauno gab ihm seinen starren Blick zurück. „Hast du vergessen, was Führerschaft ist ... sogar hier?"

Dann kniete der Liri-Prinz neben seiner Schwester nieder, nahm sie in seine Arme und murmelte in den frischen Duft ihres Haars und ihres Körpers: „Eyjan, mein Los ist das bessere. Wenn ich sterbe, wird es auf saubere Art sein. Du aber – hier sind Frauen, Kinder und alte Leute, die dich bewachen. Kannst du dir ihre Ängste zunutze machen oder sie irgendwie überlisten und ...?"

„Ich werde es versuchen", antwortete sie. „Aber, oh, Tauno, die ganze Zeit werde ich an dich denken! Wenn wir heute nur zusammen ausziehen könnten!"

Sie sahen sich in die Augen, als sie das „Lied des Abschieds" sangen:

Liebende leiden, und schwer fällt das Scheiden,
Wenn sie voll Wehmut und dunkler Gedanken.
Wir aber woll'n uns nicht trennen mit Tränen.
Fröhlich, mit festem Sinn, Hoffnung im Herzen
Laß uns so lachen, wie einst wir es oft getan.
Liebster, ich leihe dir gerne mein Glück,
Doch bitt' ich dich, bringe es recht bald zurück mir.

Noch einmal küßte er sie, und sie ihn. Er stand auf und ging nach draußen.

Elf kräftige Männer und Burschen kamen mit. Sie konnten zwei der drei Boote bemannen, die Haakon von alters her besaß. Jonas hatte mehr Leute von den benachbarten Höfen herbeiholen wollen. „Wenn es uns mißlingt und wir sterben", sagte er, „ist dieses Haus aller Kraft beraubt."

Haakon verweigerte ihm den Wunsch. „Wenn es uns mißlingt, werden alle vernichtet. Eine Flotte von Booten könnte den Tupilak nicht überwinden. Das ist schon versucht worden, wie du weißt ... Drei konnten entkommen, während er die übrigen zerstörte. Diesmal liegt unsere Hoffnung hauptsächlich in dem Meermann begründet, und er ist allein. Außerdem ...“ – für einen Augenblick durchbrach der Stolz seine Verzweiflung – „... bin ich Vogt des Königs für diese Grafschaft, und meine Aufgabe ist es, Leben zu schützen, nicht, es in Gefahr zu bringen. Wenn unsere kleine Zahl siegt, werden wir in den Sagas weiterleben, solange es Menschen in Grönland gibt.“

Während die Boote ins Wasser gezogen wurden, zog Tauno sich aus und badete. Er würde keine Waffen erhalten, bis der Angriff erfolgte. Die meisten der Männer fürchteten ihn beinahe ebensosehr wie das Ungeheuer. Zwar hatten sie ihn niedergeschlagen und gebunden, aber er blieb ein unheimliches Wesen, und vielleicht hätte sie ein weniger unbeugsamer Wille als der Haakons niemals dazu gebracht, sich in Taunos Gesellschaft aufs Meer zu wagen.

Schweigend nahmen sie ihre Plätze ein. Ruder knarrten in den Dollen, platschten ins Wasser, das zurück an die Planken schlug und die Boote stampfen ließ. Gischt sprühte Salz auf die Lippen. Die heimatlichen Wiesen fielen achtern zurück; der Fjord wurde breiter, dunkel und schaumgestreift erstreckte er sich zwischen den nackten Klippen. Unter den niedrigen Wolken flog eine Schar schwarzer Lummen dahin. Ihre Schreie gingen im schwermütigen Singen des Winds unter. Die Sonne war eine trübe, wärmelose Scheibe, die sich kaum über die Berge erhob. Es war, als strahlten die Schneegipfel und die Gletscher dahinter Kälte aus.

Jeder Mann hatte ein Ruder, auch Tauno. Er saß bei Haakon im Bug. Vor ihm waren Jonas und Steinkil; das letzte Paar in diesem Boot waren schmierige Zwerge, deren Namen er weder wußte noch wissen wollte. Das zweite Boot hielt sich ein paar Faden nach Steuerbord an ihrer Seite. Er legte sich mit aller Kraft in die Riemen, froh darüber, sich bewegen und aufwärmen zu können, so düster die Aussichten auch waren. Nach kurzer Zeit sagte Haakon: „Immer mit der Ruhe, Tauno. Wir kommen mit dir nicht mit.“

„Stark wie ein Bär, ha?“ warf Steinkil über die Schulter zurück. „Nun, vielleicht hätte ich lieber einen Bären an Bord.“

„Verspotte ihn nicht“, legte sich Jonas unerwartet ins Mittel. „Tauno, es ... es tut mir leid. Glaube mir, daß wir unser Wort halten werden. Mein Vater ist ein Mann von Ehre. Ich versuche, einer zu sein.“

„So wie diese Nacht bei meiner Schwester?“ höhnte Tauno.

Haakon ließ einen Schlag aus. „Was ist das?“

Jonas warf Tauno einen bittenden Blick zu. Dieser dachte schnell nach und meinte: „Oh, das hat doch jeder gemerkt, wie er nach ihr verlangte.“ Er empfand keinen echten Zorn über die versuchte Vergewaltigung. Solche Dinge bedeuteten ihm und Eyjan wenig; wenn sie weniger Partner gehabt hatte als er Partnerinnen, dann lag es nur daran, daß sie zwei Jahre jünger war. Sie kannte den kleinen Zauber, der eine Empfängnis verhütete, wenn es nicht ihr Wunsch war. Er selbst hätte zu gern mit Jonas' Schwester Bengta geschlafen, sollte sich ihm diese unwahrscheinliche Gelegenheit bieten – und das Begehren hatte ihn um so stärker gepackt, als er und seine eigene Schwester immer mehr Mühe hatten, sich auf ihrer langen Reise einander zu versagen, ihrer Mutter wegen, der so etwas ein Greuel gewesen war ... Außerdem konnte es ihnen nichts schaden, wenn der Junge so erbarmungswürdig dankbar dreinblickte wie eben jetzt.

„Eine Todsünde“, schimpfte Haakon. „Reiß dir diesen Wunsch aus dem Herzen, mein Sohn. Beichte und – bitte Sira Sigurd, dir eine richtige Buße aufzuerlegen.“

„Halte es ihm nicht vor“, drängte Steinkil. „Sie ist der schönste Anblick, den ich je gehabt habe, und herausfordernd gekleidet.“

„Ein Gefäß der Hölle.“ Haakons Worte kamen abgehackt heraus. „Hütet euch, hütet euch. In unserer Einsamkeit verlieren wir den Glauben. Es graut mir, daran zu denken, wo unsere Nachkommen enden werden, falls wir nicht ... Wenn wir mit dem Tupilak fertig sind – wenn wir das geschafft haben, so ... dann will ich meine Tochter suchen ... Warum hat sie es getan?“ Er schrie beinahe. „Ihren Gott zu verleugnen ... ihr Blut, ihr Volk ... aye, ein Haus um sie, gewebte Kleider an ihrem Körper, Essen und Trinken und Werkzeuge und Sitten des weißen Mannes, alles, für das wir generationenlang gekämpft haben, um es behalten zu können ... die Hure eines Wilden zu spielen, der sie vergewaltigt hat, in einer Schneehütte zu hocken und rohes Fleisch zu verschlingen ... Welche Macht des Satans konnte sie dazu bewegen?“

Er merkte, daß sie von dem anderen Boot zu ihm herüberstarrten, kniff die Lippen zusammen und ruderte.

Sie waren eine Stunde unterwegs gewesen und hörten schon den Donner der Brandung, wo die offene See auf das Vorland traf, als ihr Feind sie fand.

Ein Mann in dem zweiten Boot heulte auf. Tauno sah Schaum um einen riesigen braunen Rumpf. Er rammte das andere Boot, das sich aufbäumte und einen Sprung tat. „Stoßt ihn weg!“ brüllte Haakon. „Benutzt eure Speere! Rudert, ihr Memmen! Bringt uns dort hinüber!“

Er und Tauno zogen die Ruder ein und stellten sich geduckt hin. Der Sohn des Wassermanns faßte nach unten, zog aus der Bilge einen Gürtel, an dem, wie er verlangt hatte, drei Messer in Scheiden hingen, und band ihn um. Doch über Bord ging er noch nicht. Er sah sich das Ding an, dem sie sich näherten. Sein Sehvermögen war diamantscharf geworden, seine Ohren bereit, jedes Spritzen und Stoßen und Fluchen und Beten aufzunehmen; seine Nasenlöcher sogen tief den Wind ein, der seine Lungen füllen und sein klopfendes Herz beruhigen sollte. Sein Wille schmolz dahin vor dem, was er sah, bis Eyjans Bild ihm neuen Mut verlieh.

Der Tupilak hatte einen Ruderschwanz angehakt, auf dem an einem Querholz Bärenklauen befestigt waren. Sein Gewicht war geringer als das eines lebenden Tiers, aber das Boot lag immer noch schräg, so daß die Männer Mühe hatten, auf den Füßen und an Bord zu bleiben. Zwei Speere steckten in dem zerknitterten Fell, die grotesk hin und her schwankten, und dazu die abgebrochenen Hälften von zwei weiteren aus früheren Kämpfen. Kein Blut rann aus den Wunden. Am Ende eines langen, peitschenden Halses befand sich der Kopf eines Hais mit aufgerissenem Maul und glasig starrenden Augen. Ein Ruck des Ungeheuers, das Boot schaukelte, ein Mann fiel vor die Kiefer, sie bissen zu. Jetzt spritzte Blut, und Gedärm trieb im Wasser. Der Wind blies den Dampf ihrer Wärme fort.

Ein Ruderer achtern in Haakons Boot jammerte vor Entsetzen. Steinkil beugte sich vor, ohrfeigte ihn und kehrte dann unbewegt an sein Ruder zurück. Sie kamen von hinten heran. Haakon spreizte die Beine weit und schlug mit einer Hacke zu. Tauno wußte, daß er die Walroßhaut aufreißen wollte, um die Innereien aus Heu und verwesten Leichen herauszulassen ...

Die Flossen eines Mörderwals peitschten aus dem brodelnden Wasser auf den Bug hinab. Holz splitterte. Haakon taumelte. Tauno tauchte.

Er brauchte den Bruchteil einer Minute, um seine Lungen zu leeren, das Wasser hereinzulassen und seinen Körper auf Unterwasseratmung umzustellen. Die eisig grünen Strudel rings um ihn trübten und verkürzten die Sicht ... er sah aufgewühltes Chaos über und vor sich ... Kampflärm krachte Schlag auf Schlag gegen seine Trommelfelle. Die Fluten waren vergiftet von dem Geschmack nach Eisen und nach Menschenblut. Der Tote sank an ihm vorbei, drehte sich langsam auf seinem Weg zu den Aalen.

„Wir werden das Ding beschäftigt halten, so lange wir können, während du von unten angreifst“, hatte Haakon gesagt. „Es wird nur eine kurze Frist sein.“

Tauno, nun bereit, nahm eine Klinge zwischen die Zähne und schnellte sich nach vorn. Im Angriff verlor er sowohl seine Furcht als auch sein Selbst. Es gab keinen Tauno, keinen Tupilak, keine Schar von Männern mehr; es gab nur noch die Schlacht.

Die Boote waren Schatten auf der splitternden hellen Decke seiner grünen Welt, die zerbrachen und sich neu bildeten. Deutlicher war der Tupilak, die Ausbuchtung seines Bauchs ... Tauno sah, daß er mit Lederriemen zusammengenäht war, er nahm einen Geruch von Moder und faulendem Fleisch wahr. Klauen ragten hinten aus dem Ruderschwanz. Tauno schoß an ihm vorbei.

Das Messer war jetzt in seiner Hand. Seine Beine beförderten ihn vorwärts, während er schnitt. Ein langer Riß in der Naht folgte der Klinge. Tauno stieß sich außer Reichweite eines Fußes, der nach ihm trat.

Als er sich, begleitet von einem Strom Luftblasen, in einem Bogen herumschwang, sah er Knochen von Seeleuten herausfallen. Der verstandeslose Tupilak wütete gegen die Norweger. Tauno warf einen kurzen Blick auf den peitschenden Schwanz. Der Lärm schüttelte ihn.

Wieder schwamm er nahe heran – halte den Unterwasseratem an gegen den Grabesgestank, schneide die Naht weiter auf, fasse die Ecke, reiße die Haut weit zurück –, ein Hieb traf ihn über die Rippen, er verlor sein Messer, seine Beine konnten ihn gerade noch davonstoßen.

Das Ungeheuer schrie. Die Haifischschnauze fuhr suchend hin und her. Flossen und Schwanz schickten den riesigen Rumpf auf Tauno zu. Ihm schoß der Gedanke durch den Kopf, daß Inuit bei einem solchen Kampf klug genug gewesen wären, dem Tupilak viele Harpunen mit nachschleppenden Luftblasen in den Körper zu stoßen und ihn so zu behindern. Nun, wenigstens war der Menschenfresser langsam und unbeholfen. Tauno konnte in Kreisen um ihn herumschwimmen. Doch nahe an ihn herangehen, das war ... etwas, das getan werden mußte.

Das Fell löste sich flappend von dem Rahmenwerk, das – ja! – hier und da auseinanderzufallen begann. Aber die Füße und der Schwanz bewegten sich immer noch, die Kiefer schnappten noch. Tauno setzte sich auf den Rücken, wo nichts ihn erreichen konnte. Er klammerte sich mit den Schenkeln fest, ungeachtet der Seepocken, die seine Haut aufrissen. Er zog ein zweites Messer und machte sich an die Arbeit.

Rings um den gewaltigen Rumpf konnte er nicht greifen. Aber als er losließ, schlug der halb abgetrennte Schwanz nur noch schwach. Wie dunkle Fetzen zog Schwindel an Taunos Augen vorüber. Er mußte sich zu einer kurzen Ruhepause zurückziehen.

Besaß der Tupilak ein dumpfes Wissen, oder wurde er getrieben, den Fluch zu erfüllen? Er wälzte sich wieder auf die Boote zu.

Wenn das Ungeheuer die Boote versenkte, ob es ihren Untergang überdauerte oder nicht, würde dann Eyjan jemals freigelassen werden? Tauno hörte, wie die schwere Masse sich gegen die Planken warf, und erhob sich, um es sich über Wasser anzusehen.

Das zweite Boot trieb vollgeschlagen dahin, hilflos, bis die vier Männer es ausschöpfen und ihre im Wasser liegenden Ruder von neuem ergreifen konnten. Der Tupilak schlug wieder und wieder auf Haakons Boot ein, dessen Vordersteven gebrochen war und dessen Planken sich von den Spanten lösten. Hals und Kopf des Tupilaks bogen sich auf der Suche nach Beute über den Rand. Wo war der Vogt? Sein Sohn Jonas hieb tapfer mit einer Axt zu – Steinkil, neben ihm, ebenso. Während Tauno hinsah, kam Steinkils Hand zu nahe an die Zähne. Sie schlossen sich, Blut sprudelte. Steinkil warf sich zurück, umklammerte das Handgelenk, wo seine rechte Hand gewesen war.

Haakon zeigte sich; er mußte bewußtlos im Boot gelegen haben. Gesicht und Brust waren scharlachrot verschmiert, der letzte Farbtupfer unter einem wolfsgrauen Himmel. Irgenwie entdeckte er Tauno. „Willst du Hilfe, Meermann?“ rief er.

Unter einer Ruderbank holte er den Anker hervor, mit hölzernem Schaft, aber mit Ring, Stock und Flunken aus Eisen, aus alten Zeiten stammend. Festgemacht war er mit einem Lederkabel an dem, was vom Vordersteven noch übrig war. Jonas hatte sich zurückgezogen, als Steinkil verkrüppelt wurde. Die anderen beiden duckten sich hinter ihm. Haakon taumelte nach achtern. Das zahngespickte Maul gähnte weit. Er wuchtete den Anker hoch und ließ ihn fallen. Eine Flunke traf das rechte Auge und blieb in der Augenhöhle stecken.

Haakon wurde von den Kiefern gepackt. Schon zerfetzt, riß er sich los. „Männer, schwimmt!“ rief er. „Tauno, töte ihn ...“ Seine Stimme brach.

Der Sohn des Wassermanns hatte neue Kraft gewonnen und schoß wie ein Pfeil vorwärts. Ohne auf die Klauen zu achten, stieß er mit dem Messer zu. Aus dem Augenwinkel sah er, daß Haakons Männer in die Bucht zurückschwammen. Der Tupilak verfolgte sie nicht. Tauno verletzte ihn zu schwer.

Das Ungeheuer tauchte, als Tauno es tat, und versuchte, ihn zu ergreifen. Aber er mußte ein Grönlandboot mit sich schleppen und konnte sich kaum besser bewegen, als wenn das Meer ringsum gefroren gewesen wäre.

Taunos Messer bissen. Jedes Stück, das er losschnitt, kehrte in das Reich des Todes zurück, aus dem der Angakok es heraufbeschworen hatte.

Schließlich trieb eine leere Hülle auf dem Wasser, und ein Haikopf sank nach unten in die Finsternis. Die Wellen reinigten sich selbst. Als Tauno, jetzt Luft atmend, das zweite Boot erreichte, fühlte er den Wind auf seiner Stirn wie einen herben Segen.

Obwohl das Fahrzeug wieder in einen benutzbaren Zustand versetzt worden war, konnte er nicht an Bord gehen. Für einen so gesplitterten und gesprungenen Rumpf war es mit neun Männern schon überladen – neun, denn mit Hilfe von treibenden Planken waren sowohl Haakon als auch Steinkil hinübergebracht worden. Tauno hielt sich am Rand fest. Die noch Unverletzten starrten ihn benommen an, zu nichts anderem mehr fähig als Entsetzen. Steinkils verbundener Stumpf sah aus, als werde der Mann am Leben bleiben. Auf Haakon traf das nicht zu. Vom Brustbein bis zum Schritt war er aufgerissen. Sein langer Körper lag in Blut und Eingeweiden zwischen zwei Ruderbänken.

Doch er hielt sich mit aller Willenskraft bei Bewußtsein. Seine und Taunos Augen trafen sich, verdämmerndes Blau mit heißem Bernstein. Der Liri-Prinz konnte eben noch ein heiseres Flüstern verstehen: „Meermann, ich danke dir ... ehre meinen Eid, Jonas ... Meermann, vergib mir meine Lüge über dein Volk.“

„Du mußtest an das deine denken“, antwortete Tauno tröstend.

„Und meine Tochter ... Sie wird mit dir reden ... Ich habe kein Recht, darum zu bitten ... aber wirst du sie suchen und ...“ Haakon rang nach Atem. „Bitte sie – aber wenn sie nicht will, sag ihr, daß ...

ich meine Bengta niemals verstoßen habe ... und im Fegefeuer werde ich für sie beten ...“

„Ja“, sagte Tauno, „Eyjan und ich werden das tun.“

Haakon lächelte. „Vielleicht habt ihr doch Seelen, ihr Seevolk.“

Bald danach starb er.

10

Feensinne fanden Spuren, die von Sterblichen nie entdeckt worden wären. Tauno und Eyjan brauchten nur zwei Tage – doch sie reisten auch während des größten Teils der langen Spätherbstnächte –, um das neue Lager der Inuit zu entdecken.

Es lag in einem kleinen Tal, das sich an eine Bucht mit hohem Ufer schmiegte. Von der Wiese wand sich ein Pfad zum schimmernden Wasser hinunter. Eine frische Quelle sprudelte aus einem Rasen, der trocken geworden war, aber sich unter den Füßen immer noch weich anfühlte. Zwergbirken und -weiden standen verstreut und hielten ihre letzten paar gelben Blätter fest. Überall erhoben sich Berge, graublau, wo kein Schnee lag. Durch eine Kluft im Osten blitzte das geheimnisvolle Grün des Inlandeises. Eine von einem Dunstkreis umgebene Sonne sandte vom Westen her Strahlen durch die funkelnde, atemlose, boreale Luft.

Hunde bellten, als die beiden hohen Gestalten in ihren Fischhauthemden näher kamen, fingen dann den Geruch auf und verstummten; sie schlichen sich aber nicht weg wie die Hunde der weißen Männer. Jäger kamen heraus mit Harpunen, Messern und Bogen; ihre Haltung war nicht prahlerisch. Frauen setzten ihre Arbeit fort und forderten die Kinder auf, dicht bei ihnen zu bleiben; niemand äußerte Furcht oder Haß.

Alle schienen sich zu Hause zu fühlen und sich des Überflusses zu erfreuen, den eine gute Jagd eingetragen hatte. Fleisch von Seehund und Eisbär kochte über Feuern und sandte würzige Düfte aus. Weiteres Fleisch war der Sicherheit wegen auf Stangen gehängt. Die größeren Felle wurden sauber abgekratzt, und die Frauen hatten begonnen, die kleineren zu kauen, um sie geschmeidig zu machen. Es standen Steinhütten für den Winter da, aber bis jetzt benutzten die Familien noch ihre spitzen Zelte. Als Tauno und Eyjan an einem von diesen vorbeikamen, sahen sie eine halb fertiggestellte Arbeit, einen in Elfenbein geschnitzten Moschusochsen. Er war wunderschön.

Sie hoben die Handflächen und riefen: „Frieden! Ihr wißt doch, wir waren in eurem Umiak. Wir sind eure Freunde."

Waffen sanken oder fielen zu Boden. Bengtas Mann ergriff das Wort: „Wir konnten euch nicht richtig erkennen. Die Sonne blendete uns. Jemand schämt sich."

Bengta selbst eilte herbei, um die Geschwister zu begrüßen. „Ihr werdet uns doch nicht an die Norweger verraten, nicht wahr?" flehte sie in ihrer Muttersprache.

„Nein", antwortete Tauno. „Aber wir haben eine Botschaft von ihnen."

„Und schlechte Neuigkeiten für dich, Liebes", setzt Eyjan hinzu. Sie faßte Bengtas beide Hände. „Dein Vater ist tot. Der Tupilak zerriß ihn, als er und Tauno mit ihm kämpften. Aber er ist gerächt, das Ungeheuer ist tot, und ehe er starb, segnete er dich."

„O – o – oh ..." Lange Zeit stand die junge Frau bewegungslos. Ihr Atem bildete eine Dampfwolke in der knisternden Kälte, bis er sich in einem Himmel verlor, der die Farbe ihrer Augen hatte. Rauch hatte ihr Haar gedunkelt, das sie jetzt nach Art der Inuit in einem Knoten trug. Aber sie stand aufrecht und gesund da, in Pelzen, die eine Königin sich hätte wünschen mögen. „Oh, Vater, ich hätte nie gedacht ... " Sie weinte. Eyjan umarmte und tröstete sie.

Minik hatte dem Gespräch zugehört. Unbeholfen klopfte er ihre Schulter. „Entschuldigt sie", sagte er in seiner eigenen Sprache. „Sie ist ... nicht so bewandert im richtigen Benehmen ... wie jemand hofft, daß sie es zu angemessener Zeit sein wird. Kuyapikasit, meine erste Frau, wird für euch Essen kochen und Bettzeug ausrollen." Er lächelte, verhalten, weil er ihretwegen Kummer empfand.

Panigpak, der Angakok, trat ebenfalls aus dem Kreis der Zuschauer hervor. Beunruhigung lag auf seinem verrunzelten Gesicht. „Jemand glaubt, er habe etwas über einen Tupilak gehört", begann er das Gespräch. Auch wenn Tauno hoch über ihn emporragte, waren Blick und Haltung des Schamanen ruhig.

„Du hast richtig gehört", erwiderte Tauno. Er und Eyjan hatten sich vorher überlegt, was sie den Inuit sagen wollten. So berichtete er jetzt kurz und bündig von dem Kampf.

Entsetztes Stimmengewirr erhob sich unter den Leuten. Panigpak war am schlimmsten getroffen. „Ich bin ein Narr“, stöhnte er. „Ich habe diese Gefahr über dich gebracht, der du uns nie ein Leid angetan hast.“

„Wer konnte es vorhersehen?“ tröstete Tauno ihn. „Und, höre, da ist noch mehr.

Als wir zurückkehrten, sandte Jonas Haakonssohn seine Knechte aus, um die Männer von Vestri Bygd zu einem Thing zusammenzurufen, einem Treffen, wo Entscheidungen gefällt werden. Er hatte meine Schwester angehört, als sie ihm Rat gab, und sprach nun, wie sie vorgeschlagen hatte. Die übrigen hörten auf mich. Wir flößten ihnen Angst ein, verstehst du, auch wenn sie glaubten, wir seien von der Großen Natur ...“ – das war der Begriff der Inuit, der dem Wort „Gott“ am nächsten kam – „... zu ihrer Rettung geschickt worden.“

Tauno fuhr fort: „Wir erkannten bald, daß hauptsächlich Haakons Führereigenschaften sie veranlaßt hatten, an jenem Ort zu bleiben. Sie schlugen unsere Warnung nicht in den Wind. Wir hatten nämlich von weisen Meeresbewohnern gehört, daß dieses Land immer ungeeigneter für sie werden wird, bis diejenigen, die dort bleiben, verhungern müssen.

Sie erklärten sich dafür, nach dem Süden zu ziehen. Sie alle. Dazu müssen sie als erstes die Gewißheit haben, daß ihre Boote nicht angegriffen werden. Diesen Auftrag haben meine Schwester und ich erhalten: euer Versprechen einzuholen, daß ihr ihnen im Sommer den Weg freigebt. Danach gehört das ganze nördliche Land euch.“

Die Leute brüllten, tanzten, sprangen umher, und doch schienen sie eher aufgeregt als fröhlich zu sein und fröhlich eher aus dem Grund, daß die Fehde beendet war, als daß sie den Sieg davongetragen hatten. „Ich will, ich will!“ schluchzte Panigpak. „Ja, mein Sendling wird so bald wie möglich aufbrechen, um mit Sedna um ruhiges Wetter und viele Fische zu verhandeln. Und mein Sendling wird ebenfalls fragen, ob sie, die die Tiefen beherrscht, etwas von eurem Volk weiß.“

„Dann, Bengta“, sagte Eyjan leise, „mußt du über deine eigene Zukunft und die deines Kindes eine Entscheidung fällen.“

Haakons Tochter machte sich von ihr los. Die Tränen hatten Rinnen durch den Ruß auf ihrem Gesicht gezogen; die Haut leuchtete hell wie Weißdornblüten. Aber sie weinte nicht mehr, sie hielt den Kopf hoch erhoben, ihr Norwegisch klang wie eine Glocke: „Das habe ich letztes Jahr getan, als ich für uns beide Minik wählte.“

Die Besucher betrachteten sie erstaunt. Sie ballte die Fäuste und erwiderte ihren Blick. Schweigen senkte sich auf die Inuit herab.

„Ja“, sagte sie. „Habt ihr gemeint, er habe mich der Lust wegen entführt? Niemals würde er eine Frau zwingen oder täuschen; er weiß gar nicht, wie man das macht. Und wir waren einmal Spielgefährten. Er hätte Hallfrid und mich zu meinem Vater gebracht. Ich bat ihn, es nicht zu tun, und aus Erbarmen gab er nach. Aus Erbarmen! Er hatte bereits eine gute und tüchtige Frau – und sie hieß mich ebenfalls willkommen. Wenige Inuit wollen zwei Frauen, weil sie sich notfalls eine leihen können. Ich denke, ihr aus dem Feenreich versteht, daß das eine saubere Hilfe unter Freunden ist. Ich? Ich verstand mich auf keine der vielen Künste, die eine Inuk-Frau beherrschen muß. Ich konnte nur schwören, ich wolle versuchen, sie zu erlernen. Gebt mir Zeit, und ich hoffe, daß ich ihm eines Tages keine Last mehr sein werde.“

„Dann liebst du ihn?“ murmelte Eyjan.

„Nicht so, wie ich Sven liebte“, erwiderte Bengta. „Aber Minik liebe ich auf andere Weise – für das, was er ist.“

Es war nicht klar, wie gut ihr Mann dem Wasserfall von Worten hatte folgen können. Doch er errötete und sah auf verschämte Weise erfreut aus.

„Meine Hoffnung und die Hallfrids liegt bei ihm“, fuhr Bengta fort. „Wo sonst ist Hoffnung für uns? Ich habe mit diesen Leuten mein ganzes Leben gesprochen, jede Stunde, die es mir möglich war. Wie euch ist auch mir klargeworden, daß der Fimbul-Winter auf dem Weg ist. Sie haben mir erzählt, wie sie Jahr für Jahr die Gletscher größer werden sehen, und das Meer friert jedes Jahr früher und taut später auf. Als ich endlich in einem schlechtgebauten Haus saß, ohne Feuer, zusammen mit drei Leichen, und mein Kind, schwach vor Hunger, in meinen Armen weinte, war ich überzeugt, wir müßten sterben. Wir in Vestri Bygd konnten uns an unser Elend klammern, bis es uns umbrachte, oder nach Süden ziehen, uns den beiden anderen Siedlungen – wenn die Bewohner aushalten – anschließen und Bettler sein. Die Inuit hingegen ... Seht euch um! Sie haben etwas getan, wozu die Norweger immer zu stur sein werden, sie haben gelernt, wie man in diesem Land leben kann, das schließlich meine Heimat ist – und gut leben kann.

Wenn du an meiner Stelle wärst, Eyjan, hättest du nicht freudig die Gelegenheit ergriffen, dich ihnen anzuschließen?“

„Natürlich“, antwortete Eyjan. „Aber ich bin auch keine Christin.“

„Was bedeutet mir die Kirche?“ rief Bengta. „Das Gefasel eines zittrigen Dummkopfes. Ich nehme das Risiko der Höllenflammen auf mich, ich, die ich durch das Eis der Hölle gegangen bin.“

Ihr Stolz fiel von ihr ab. Plötzlich bedeckte sie die Augen und stöhnte: „Aber daß ich den Tod meines Vaters verschuldet habe ... dafür werde ich lange Buße tun.“

„Warum?“ fragte Eyjan. „Als du davonliefst, überfiel er unschuldige und hilflose Leute. Ich zweifle, ob du je geahnt hast, daß dieser strenge Mann eine so heftige Liebe für dich empfand. Als die Bluttat geschehen war – hatten die Verwandten der Erschlagenen da nicht das Recht, Rache zu nehmen und der Bedrohung ein Ende zu bereiten?“

„Der Tupilak war mein Werk!“ schrie Bengta. „Mir ist das eingefallen, als sie mich, um Frieden zu haben, zurückschicken wollten. Ich habe Panigpak zugesetzt, bis er ihn machte. Ich war es!“

Sie sank auf die Knie. „Ich habe ihm und allen anderen gesagt ... was sie auch täten, das Kämpfen und Töten werde mit den schlechter werdenden Jahren immer schlimmer werden, solange die Norweger im Land blieben ... aber wenn wir sie vertrieben, auch wenn es einigen von ihnen das Leben kostete – auch für diese würde es eine Gnade sein –, und ich glaubte es! Heilige Maria, Mutter Gottes, bezeuge, daß ich es geglaubt habe!“

Eyjan hob sie auf und nahm sie von neuem in die Arme. Tauno sagte langsam: „Ich verstehe. Du wolltest, daß deine Verwandten, die du in deiner Jugend geliebt hast, das Land verließen, bevor es zu spät war. Und im nächsten Frühling hätte der Angakok, was auch geschehen mochte, sein Geschöpf zurückgerufen und auseinandergenommen, nicht wahr?“

„J – j – ja“, stammelte sie an Eyjans Brust. „Doch dann tötete es meinen Vater!“

„Wir sagten dir doch, er hat dich vor seinem Tod gesegnet“, erklärte Tauno. Er fuhr sich mit den Fingern durch die Locken. „Und doch ... seltsam ... wie seltsam ... daß der Tupilak nicht aus Haß, sondern aus Liebe gesandt wurde.“

Schließlich hatte sich Atitak, Miniks zweite Frau, soweit beruhigt, daß sie bei der Zubereitung eines Festmahls helfen konnte. In dieser Nacht traten die Nordlichter in solchem Überfluß auf, daß sie die Hälfte des Himmels bedeckten.

11

Der Sommer war vergangen, es war wieder Herbst. Das dänische Heidekraut blühte purpurn, die Beeren der Eberesche leuchteten, die Espen zitterten im Goldschmuck. Vom Mond der Jäger herab tönte das einsame Wanderlied der Gänse. Am Morgen dampfte der Atem, und gefrorene Pfützen knirschten unter den Füßen.

Sonnenschein und Wolkenschatten jagten sich auf den Flügeln eines kalten Windes über das Land. Das Asmild-Kloster schenkte dem keine Beachtung. Viereckig, unter Eichen, deren letzte Blätter fielen, schienen seine Ziegelsteine vor der Heide, die sich dahinter erstreckte, doppelt rot zu sein. Das Kloster blickte über einen kleinen See auf Viborg – die Türme der Kathedrale und das Türmchen der Kirche von den Schwarzen Brüdern, die Mauern einer Schutzburg –, als sei die Marktstadt dort drüben unwirklich. Das galt nicht für die Schwestern selbst, die viele Werke der Nächstenliebe verrichteten, aber hier hatten sie ihren Zufluchtsort, dessen Harmonie die Welt nicht stören konnte.

Wenigstens hatte es so den Anschein gehabt.

Drei kamen von Viborg geritten, wie durch hin- und hergehende Botschaften zuvor ausgehandelt worden war. Sie machten in ihren guten, aber schlichten Kleidern und den Pferden von bester Rasse einen höchst ehrbaren Eindruck. Vor dem Nonnenkloster stieg der schlanke junge Mann mit dem flächsernen Haar ab und half der hübschen Frau, die offensichtlich älter war als er, mit gebotener Höflichkeit aus dem Sattel. Sein Diener, der sich um die Tiere kümmerte, war ein stämmiger Bursche, der auch den Leibwächter zu spielen hatte, und seine eigenen Manieren waren schicklich. Die beiden ersteren baten um Einlaß und traten mit der schuldigen Ehrerbietung ein.

Trotzdem empfing die Priorin sie unfreundlich. „Ich muß dem Befehl des Bischofs gehorchen. Doch die Heiligen sind Zeugen, daß dies äußerst ungewöhnlich ist. Wisset, ich werde beten, daß es Euch nicht gelingen möge, uns unseres schönsten Juwels zu berauben."

„Das ist nicht unser Ziel, Ehrwürdige Mutter", antwortete Niels Jonsen in seinem sanftesten Ton. „Ihr werdet Euch aus unserm Briefwechsel erinnern, daß wir beide eine Ehrenschuld bezahlen."

„Wenig genug ist mir zum Lesen gegeben worden, und das so, als sei es ein Palimpsest", fauchte die Priorin. „Ich bin nicht so unschuldig, daß ich nicht merke, wenn mit allen Mitteln intrigiert worden ist ... da wurden Geschäfte gemacht, Druck ausgeübt, Köder ausgehängt – ja, sogar unter den Herren der Kirche!"

„Das sind schwere Anschuldigungen, Ehrwürdige Mutter", warnte Ingeborg Hjalmarstochter. Die Priorin wurde sich bewußt, daß sie tatsächlich zuviel gesagt hatte, und erbleichte. Ingeborg lächelte. „Ich verstehe. Ihr habt das Mädchen liebgewonnen, habe ich recht? Dann wird es Euch sicher freuen, daß sie jetzt eine Wahl hat, die ihr zuvor nicht freistand, und wenn sie sich dafür entscheidet hierzubleiben – was gut sein kann –, dann geschieht es aus echter Frömmigkeit."

„Ihr sprecht von Frömmigkeit, Ihr? Ich habe Nachforschungen anstellen lassen. Eure Anwesenheit besudelt dieses Haus."

„Mir ist immer gesagt worden, Zorn sei eine der Todsünden", warf Niels ein, die eigene Stirn gerötet. „Sollen wir mit unsern geschäftlichen Angelegenheiten fortfahren, Ehrwürdige Mutter?"

Also geschah es nach dem Willen des Bischofs. Niels und Ingeborg wurden in den Hof geführt. Niemand sonst blieb da, um zuzuhören, obwohl bestimmt einige der Nonnen außer Hörweite aus den Fenstern spähten.

Margrete, deren Körper Yria gewesen war, trat unter die Arkaden des Klosters und blieb stehen. Noch keine Novize, trug sie ein Gewand mit Schleier, das dem schwarzen Habit der Augustinerinnen ähnelte. Obwohl sie ein paar Zoll gewachsen war und sogar diese formlose Tracht nicht ganz verbergen konnte, wie Brüste und Hüften sich rundeten, war es doch, als stehe dort ein Kind mit großen Augen in einem zarten Gesicht, die Lippen schüchtern ein wenig geöffnet.

Ingeborg trat zu ihr und ergriff ihre Hände. „Margrete, meine Liebe", grüßte sie sie. „Ihr kennt uns nicht, aber Ihr wißt von uns. Wir sind Eure Freunde, gekommen, Euch zu helfen."

Das Mädchen wich zurück. „Man hat mir gesagt, ich müsse Euch sehen", flüsterte sie.

„Ha! Was hat man Euch sonst noch über uns erzählt?" schnaubte Niels. „Ihr seid ein Besitz, den sie nicht gern aufgeben wollen. Der Handel mit den Pilgern ..."

Ingeborg sandte ihm über die Schulter ein Stirnrunzeln zu. „Still", verwies sie ihn. „Jetzt ist nicht die Zeit, sich herumzustreiten." Zu Margrete: „Alles, was wir von Euch wollen, ist, daß Ihr uns zuhört und nach Eurem Belieben Fragen stellt. Wir treffen uns ohne Zeugen, weil es Personen gibt, die zu Schaden kommen könnten, würde die Geschichte sich verbreiten. Ihr müßt schwören, daß Ihr selbst kein Wort verraten werdet, es sei denn, es wäre eine Sünde, wolltet Ihr schweigen, weil Ihr mit Eurem Wissen etwas Schlechtem entgegentreten könntet. Ihr sollt keine Sünde begehen, das verspreche ich Euch. Ich will Euch von denen erzählen, denen Euer Wohlergehen so sehr am Herzen liegt, daß sie dafür ihr Leben aufs Spiel gesetzt haben – von Euren Brüdern und Eurer Schwester, Margrete."

„Ich habe keine", stammelte die Jungfrau. „Nicht mehr."

„Wollt Ihr sie verleugnen? Hört, Ihr würdet heute im Meer leben, falls Ihr nicht längst gestorben wäret, wie ein Tier stirbt, wenn sie Euch nicht an Land gebracht hätten. Setzt Euch." Ingeborg drückte Margrete auf eine Bank. „Paßt auf."

Ein Windstoß fuhr in den Hof, kalt und frech. Eine Wolke segelte über ihnen dahin wie ein weißes Banner. Krähen lachten.

Die Geschichte von den Kindern des Wassermanns war schnell erzählt, denn Niels und Ingeborg milderten sie sehr ab. Anfangs wurde Margrete noch bleicher, doch später stieg ihr, deutlich sichtbar, das Blut in die Wangen.

„Das Ergebnis ist folgendes", schloß Niels. „Die weltlichen und geistlichen Herren, die mit dieser Angelegenheit in Berührung gekommen sind, wissen nur soviel, daß ich das einem Kameraden gegebene Gelübde erfüllen möchte und daß mein Beichtvater mir Absolution erteilt hat. Der Bischof von Roskilde hat mir große Hilfe geleistet; wir sind in gewisser Art Freunde geworden. Außerdem bringen Stiftungen in meinem Namen, aus ... hm ... Dankbarkeit gegenüber den Heiligen ... der Kirche im Ganzen sehr viel Gold ein, ohne gefährliche Aufmerksamkeit zu erregen. Der Bischof stimmt auch zu, daß es nur recht und billig ist, wenn Ihr ein Erbe von Eurer Familie erhaltet – denn natürlich weiß er inzwischen, daß sie, die Halbblutgeschwister, die Unternehmung angeführt haben, obwohl ich mich gehütet habe, ihn mehr erfahren zu lassen.

Nun, Euch erwartet in Kopenhagen ein Vermögen. Bischof Johan hat eine Familie gefunden – der Mann ist ein reicher Kaufmann –, die Euch gern adoptieren, für Euch sorgen, eine gute Heirat für Euch zustandebringen will. Wenn Ihr möchtet, könnt Ihr gleich mit uns kommen."

„Ich habe die Familie kennengelernt“, setzte Ingeborg hinzu. „Es sind gute, freundliche, verständige Menschen. In ihrem Heim herrscht Friede.“

„Leben auch“, lächelte Niels. „Ihr werdet viel Freude dort haben.“

„Sind sie fromm?“ erkundigte sich Margrete.

„Der Bischof hat sie ausgesucht, nicht wahr?“

Das Mädchen saß eine Weile stumm da, in Kälte und Wind. „Vor so etwas bin ich gewarnt worden“, sagte sie schließlich, den Blick auf das Kopfsteinpflaster gerichtet. „Mutter Ellin war ganz und gar dagegen ...“

„Seid Ihr glücklich hier?“ forschte Ingeborg.

„Was ist aus ihnen geworden ... aus Tauno und Eyjan?“

Margrete bemerkte den schmerzlichen Ausdruck der beiden anderen nicht. „Wir wissen es nicht“, antwortete Niels. „Seit mehr als einem Jahr haben wir nichts mehr von ihnen gehört.“

Ingeborg legte dem Mädchen einen Arm um die Schultern. „Seid Ihr glücklich hier?“ wiederholte sie. „Wenn Ihr es wirklich und wahrhaftig seid, dann bleibt. Ihr könnt Euer Erbe dem Kloster übereignen oder sonst damit tun, was immer Ihr wollt. Wir sind nur gekommen, um Euch Eure Freiheit zu geben, Liebes.“

Margrete sog scharf die Luft ein. Mit den Händen umklammerte sie die Knie. „Die Schwestern ... sind ... freundlich. Ich ... lerne viel ...“

Ingeborg nickte. „Aber Ihr teilt Taunos Blut.“

„Ich sollte bleiben. Mutter Ellin sagt, ich muß!“

„Solche, die im Rang über ihr stehen, sagen, Ihr braucht es nicht“, erinnerte Niels sie.

„Oh, ich hätte so gern Kinder ...“ Die leichte Gestalt beugte sich vor und weinte.

Ingeborg versuchte, sie zu umarmen. Margrete entzog sich ihr, stand auf, wich an eine Säule zurück und schlang die Arme um den Stein. Schluchzen schüttelte sie. Der Mann und die Frau warteten.

Schließlich wandte die Jungfrau sich um. Immer noch schluchzte sie hin und wieder auf, aber sie hatte eine innere Ruhe gewonnen. Sie sprach: „Ich muß darum beten, recht geführt zu werden, aber ich glaube, ich werde gehen. Doch am besten wird es sein, nicht mit Euch. Könnt Ihr mir eine andere Begleitung für ... oh ... nächste Woche besorgen?“

„Wir können solange in Viborg bleiben“, bot Niels an.

Margrete stand steif vor ihnen und preßte heraus: „Nein, bitte nicht. Ich darf Euch beide nicht öfter sehen, als unbedingt notwendig ist. Denn ich bin ein lebendes Zeichen von Gottes Gnade, und Ihr – ich habe von Eurem Lebenswandel gehört – oh, bessert ihn, heiratet! Meidet auch diese Halbblutwesen, Eures Seelenheils wegen, falls Ihr sie nicht dazu bewegen könnt, sich taufen zu lassen. Aber ich glaube nicht, daß Ihr das könnt, und ja, sie waren sehr gut zu mir, ich werde für sie beten, wenn der Priester es mir erlaubt – aber Christenmenschen dürfen keinen Umgang mit Unreinheit und seelenlosen Dingen aus dem Heidentum haben, nicht wahr?"

Viertes Buch

Die Vilja

1

Panigpak sagte, sie müßten warten, bis Schnee gefallen sei und Iglus gebaut werden könnten. Diese Zeit kam bald. Während dreier Nächte und des kurzen Hellerwerdens dazwischen, das die Tage waren, fastete der Angakok. Danach ging er allein in die Berge, während die Männer ein großes Haus bauten, in dem alle Platz finden würden. Sie verkleideten es mit den Häuten, aus denen die Zelte bestanden hatten, aber auf ein Sims gegenüber dem Eingang legten sie ein Bärenfell.

Als sich das Volk nach dem Dunkelwerden dort versammelt hatte, wurde Panigpaks Name dreimal gerufen, bevor er eintrat. „Warum seid ihr hier?“ fragte er. „Diese Person kann euch nicht helfen. Ich bin nur ein alter Narr und Lügner. Nun, wenn ihr es so haben wollt, will ich versuchen, euch mit meinen dummen kleinen Tricks die Augen zu verblenden.“

Er trat an das Sims und zog sich nackt aus. Die anderen hatten sich bereits bis zum Gürtel oder ganz entblößt, denn die Hitze in dem Iglu war erstickend. Lampen ließen den Schweiß schimmern, die Augen glitzern; das Geräusch des Atmens hörte sich wie eine Brandung an. Panigpak setzte sich, und ein Mann namens Ulagatok band seine Arme und Beine mit Lederriemen zusammen, die ins Fleisch schnitten. Panigpak stöhnte vor Schmerz, äußerte aber sonst kein Wort.

Der Helfer legte eine Trommel und eine getrocknete Seehundshaut nahebei, ehe er zu der Menge auf dem Fußboden zurückkehrte. „Löscht die Lampen“, sagte er. „Bleibt, wo ihr seid, was auch geschehen mag. Jetzt zu ihm zu gehen, bedeutet den Tod.“

Finsternis hüllte sie ein. Nur ein winziges Flämmchen brannte, das den Angakok jedoch nicht sichtbar machte. Er begann zu singen, eine hohe, rhythmische Weise, lauter und lauter. Die Trommel dröhnte, die trockene Haut rasselte – Geräusche, die von überall im Dunkel kamen, manchmal von hier, manchmal von dort, manchmal von irgendwoher, über ihren Köpfen, manchmal aus dem Boden heraus. Nach und nach stimmten die Versammelten mit ein. Der Gesang ergriff Besitz von ihnen, sie verloren sich darin, schwankten hin und her, wanden sich in wirrem Durcheinander, sprachen mit Zungen, heulten und kreischten. Der Wahnsinn ergriff auch Tauno und Eyjan, bis selbst sie mit ihren Feenaugen nicht erkennen konnten, wann oder wie Panigpak verschwand.

Er war fort. Der Gesang ging weiter, endlos wie die Winternacht. Die Inuit waren neben sich, außer sich.

Jetzt, sagte ihnen ihr Glaube, schwamm der Angakok durch die Felsen zur Unterwelt und unter dem Wasser hinaus. Er durchquerte das Reich der Toten; er überwand einen Abgrund, in dem sich in Ewigkeit eine Scheibe aus Eis drehte und ein Kessel voller Seehunde kochte; er kam an einem Wachhund vorbei, größer als ein Bär, der bellte und nach ihm schnappte; er schritt auf einer Brücke, die wie eine Messerklinge war, über eine bodenlose Kluft. So gelangte er endlich vor die riesige, einäugige, feindselige Sedna, die von einigen Mutter des Meeres genannt wird.

Es war, als sei die Zeit bis zum Vorabend des Jüngsten Tages fortgeschritten, als Ulugatok rief: „Ruhe! Ruhe! Der Schatten reift." Er wagte nicht, hier den richtigen Namen zu nennen – ein Mann mußte ein Schatten, seine Annäherung ein Reifen sein, damit die Geister ihn nicht hörten und erschlugen. Er erstickte die einzige Flamme, denn es würde Panigpak töten, sollte ihn jemand sehen, bevor er die Haut wieder überwarf, die er zurückgelassen hatte, als er hinabfuhr.

Die absolute Lichtlosigkeit rief ein Gefühl des Drehens, Fallens, des hilflosen Davongetragenwerdens auf einem Sturmwind hervor, dessen Tosen von einem unsichtbaren Himmel widerhallte. Dann begann die Trommel von neuem, und die Seehundshaut rasselte. Ulugatok stimmte ein langes Zauberlied an, dessen Worte keiner sonst kannte. Vielleicht war sein hauptsächlicher Zweck, Ruhe zu bringen. Er hörte nicht auf, bis die einzigen Laute dem Weinen geängstigter Kinder entstammten.

Die müde Stimme Panigpaks ließ sich hören: „Zwei von uns müssen diesen Winter sterben. Aber wir werden reichlich Fleisch finden, Schwärme von Fischen werden kommen, Frühling und Sommer werden mild sein, die Nachbarn werden weggehen. Ich habe auch eine

Nachricht für unsere Gäste, doch ich muß sie ihnen später mitteilen, allein. Es ist getan."

Ein Mann tastete sich durch die Finsternis, holte aus einer nahe gelegenen Hütte Feuer, kehrte zurück und entzündete die Lampen. Panigpak saß auf dem Sims, von den Riemen gebunden. Ulugatok trat zu ihm und löste die Fesseln. Der Angakok fiel nach hinten und lag für eine Weile ohne Bewußtsein. Als er die Augen öffnete, sah er Tauno und Eyjan unter denen, die ihn umstanden. Er versuchte ein schwaches Lächeln. „Es war nichts", murmelte er. „Nur Lügen und Blendwerk. Ich bin ein alter Schwindler, und keine Weisheit ist in mir."

Die Inuit sprachen über solche Dinge nicht, sobald sie vorbei waren. Mit sehr viel Scheu suchte Panigpak die Geschwister auf, nachdem er sich ausgeruht und gegessen hatte. Alle drei gingen zum Strand hinunter.

Das Wetter war klar und kalt. Nach einem flüchtigen Blick auf die Welt glitt die Sonne weit weg im Süden wieder unter den Horizont. Ihre Strahlen färbten zwei Eisberge, die durch das graue Wasser pflügten, stählern und blau. Glattes Eis bildete sich entlang der Küste, doch war es noch zu dünn, als daß man darauf hätte reisen können. Eissturmvögel glitten durch die Luft; ihre Rufe drangen schwach an die Ohren jener, die auf dem schneebedeckten Kies am Strand standen.

„Nichts im Meer ist vor ihr in den Tiefen verborgen", sagte Panigpak ernster, als es seine Gewohnheit war. „So wußte sie auch von eurem Volk, Tauno und Eyjan. Jemand mußte sie zwingen, ein Wort auszuwürgen, wie er sie zwingen muß – wenn er kann –, die Seehunde in einer Jahreszeit freizugeben, wenn es für unsere Jagd zu wenige sind. Sie ist nicht freundlich, diese Sedna."

Tauno faßte des Angekoks Schulter. Das Schweigen dehnte sich aus.

Eyjan verlor die Geduld, warf ihre rötlichen Locken zurück und fragte: „Und wo sind sie?"

Die Runzeln in Panigpaks Gesicht spannten sich an. Er starrte in die Ferne und berichtete leise: „Es ist schwer zu verstehen. Es ist etwas geschehen, das sogar sie verwirrt. Ihr müßt diesem Dummkopf bei seinem Bericht helfen, denn ihr werdet viel begreifen, das er nicht begreifen kann. Während nun trockenes Land jenseits von Sednas Wissen liegt, hat sie doch Namen für viele Teile entlang den Küsten. Ich glaube, sie hat sie von ertrunkenen Seeleuten gehört. Ich erinnere mich an den Klang der Namen – man vergißt nichts, was man an diesem Ort erfahren hat, aber meinem unwissenden Selbst bedeuten sie nichts, obwohl sie zweifellos euch etwas sagen werden."

Nach dem, was er an sie weitergab, konnten die Fragesteller einen Großteil der Geschichte Stück für Stück zusammensetzen. Das Liri-Volk hatte sich in Norwegen ein Schiff verschafft, wahrscheinlich mit Gewalt. Sie wollten nach Markland oder Vinland fahren – die Norweger hierzulande wußten nicht mehr, welche Region westlich von ihnen wo lag –, als ein Sturm sie traf. Es mußte derselbe gewesen sein, dessen Randzone die *Herning* beschädigt hatte. Das andere Fahrzeug hatte seine volle Kraft und Dauer auszuhalten. Es wurde nach Europa zurückgetrieben. Aus dem Unterricht, den ihr Vater ihnen erteilt hatte, besaßen Tauno und Eyjan genug geographisches Wissen, um zu erkennen, daß Vanimen ins Mittelmeer eingefahren war. Von der Stelle, wo seine Reise endete, wußten sie nichts, aber Panigpak nannte ihnen Namen – die Insel Zlarin, das Festland von Dalmatien –, über die sie später Nachforschungen anstellen konnten. Anscheinend war das Seevolk dort angegriffen worden und zu Fuß geflohen.

Was nun folgte, war verwirrend und beängstigend. Diejenigen, die noch am Leben waren, mußten in der Umgebung geblieben sein, denn sie erschienen immer noch am Meeresufer: einzeln oder zu wenigen auf einmal und nur für kurze Zeit. Ansonsten sah Sedna nichts mehr von ihnen. Und irgend etwas hatte sie verändert, sie waren anders als früher, auf eine Weise, von der sie nicht sprechen konnte, die aber sie, die Mutter der Meere, mit bösen Vorahnungen erfüllte.

Taunos Gesicht war finster. „Schlimm ist das", meinte er.

„Vielleicht nicht", erwiderte Eyjan. „Vielleicht haben sie einen Zauber entdeckt, der ihnen ein neues Leben auf dem Land ermöglicht."

„Wir müssen sie finden und es in Erfahrung bringen. Dafür brauchen wir die Hilfe von Menschen."

„Aye. Nun, wir wollen ja sowieso nach Dänemark. Yrias wegen."

Panigpak betrachtete die Geschwister mit Augen, die eine Lebensspanne voll Leid gesehen hatten. „Vielleicht", sprach er leise, „kann euch jemand ein wenig Hilfe anderer Art geben."

In einer ruhigen Nacht füllten die Sterne die Jettschale des Himmels so dicht, bis sie beinahe hinter ihnen verborgen war. Nur das silberne Band, das sich darüber hinzog, war noch zu sehen. Bei diesem Licht, vom Schnee zurückgeworfen, konnte Bengta Haakonstochter, die jetzt

Atitak war, leicht einen Abhang über dem Tal entlangwandern. Atem wehte weiß, als sie sprach, doch an dem Wolfsfell ihrer Parka-Kapuze setzte er sich nicht als Reif ab. Schritte knirschten; dann brach ihre Stimme die Stille.

„Mußt du so bald schon aufbrechen? Wir wären glücklich, euch bei uns zu behalten – und das nicht, weil ihr uns solche Mengen an Fischen und Seehunden bringt, sondern um eurer selbst wegen."

Tauno, der an ihrer Seite ging, seufzte: „Wir haben Verwandte in weiter Ferne, die in bitterer Not sein mögen und die uns fehlen. Auch mit den uns versprochenen Kajaks – mit ihnen werden wir bestimmt schneller vorankommen als schwimmend – wird die Reise Wochen und Wochen dauern. Denke daran, daß wir unterwegs jagen und schlafen und oft gegen ungünstige Winde ankämpfen müssen. Wir haben uns nach der Sache mit dem Tupilak gut ausgeruht. Um die Wahrheit zu sagen, wir haben uns hier länger aufgehalten, als nötig war. Bald werden die Inuit wieder auf Wanderschaft gehen. Schließen wir uns ihnen an, können wir kaum vor dem Frühling nach Hause zurückkehren."

Die Frau streifte seine sternenbeschienene Nacktheit mit einem Blick, nahm seine Hand in ihren Handschuh und wagte die Frage: „Warum bist du dann überhaupt geblieben? Eyjan ist ruhelos, das weiß ich. Du warst es, der geraten hat, noch zu warten."

Er blieb stehen, sie auch. Er wandte ihr das Gesicht zu, faßte in die Kapuze, streichelte ihre Wange und antwortete: „Deinetwegen, Bengta."

Er hatte als Teil von Miniks Haushalt gelebt, und Minik hatte sie ihm gern geliehen. Sie hatten sich nur dann getrennt, wenn sie stillschweigend übereingekommen waren, daß Bengta wieder einmal eine Nacht mit ihrem Mann und Tauno mit der ersten Frau Kuyapikasit verbringen solle, um niemandes Gefühle zu verletzen. (Eyjan verhielt sich nicht wie eine Frau, sondern wie ein Jäger, der nach Lust und Laune von Familie zu Familie wechselte. Sie hatte jeden Mann im Lager genossen.)

Bengta stand ganz still. Er konnte sie kaum hören: „Ja, es war wundervoll. Wenn du gehen mußt, wirst du dann später zurückkommen?"

Er schüttelte den Kopf. „Ich fürchte, nein."

Sie ließ den Kopf hängen. „Dein Wassermannherz ..." Sie sah wieder hoch. „Aber was an mir hat dich gehalten? Daß ich einer Frau deiner Rasse ähnlicher bin als jede Inuk? Europa ist doch voll von weißen Frauen."

„Es gibt wenige so schöne, Bengta."

„Ich glaube, ich kenne den Grund", begann sie, „obwohl du ihn vielleicht selbst nicht kennst ..." und brach ab.

„Was?"

Sie biß sich auf die Lippe. „Nichts. Ich habe mich versprochen." Sie machte sich auf den Weg bergab. „Komm, gehen wir zurück, suchen wir unsere Lagerstatt auf."

Der Schnee kreischte unter ihren gleitenden Füßen. „Was hast du gemeint?" fragte er rauh.

„Nichts, nichts!"

Er faßte ihren Ellenbogen. Durch Pelz und Leder fühlte sie diesen Griff und zuckte zusammen. „Sag es mir." Seine Lippen zogen sich zurück, daß die Zähne im Sternenlicht schimmerten.

„Ich dachte", platzte sie heraus, „ich dachte, daß ich die Frau bin, die Eyjan am nächsten kommt ... und es wird eine lange Reise werden, auf der du niemanden hast als sie ... Vergib mir, Tauno, Geliebter! Natürlich habe ich mich getäuscht."

Sein Gesicht wurde ausdruckslos, seine Stimme flach. „Dabei gibt es nichts zu verzeihen. Wie können deine Phantasien ein Wesen beleidigen, das keine Seele hat?"

Plötzlich blieb er wieder stehen, zog sie an sich, lächelte und küßte sie mit größter Zärtlichkeit.

Auf den Fellen ihrer Lagerstatt, im Dunkel der Hütte flüsterte sie: „Möge der Samen in meinem Leib deiner sein. Es könnte sein; ich habe nachgerechnet. Minik ist ein lieber Mann, und ich möchte auch von ihm Kinder. Aber mögen mir seine Götter eine Erinnerung an meinen Tauno schenken."

Der Tag war ein Flüchtling geworden, der sich kaum blicken ließ, bevor die Dunkelheit ihn wieder verjagte. Feenaugen konnten auch in der Nacht sehen, aber die Geschwister brachen unter der Sonne auf, weil die Inuit ihnen dann besser Lebewohl sagen konnten.

Die ganze Schar war da und so weit aufs Eis hinausgekommen, als es sicher zu sein schien. Hinter ihnen war das Land weiß, außer dort, wo ein Felsen oder eine Klippe sich erhob. Vor ihnen erstreckte sich die See, gräulich, kabbelig, lärmend. Niedrige Wolken zogen vor einem stechenden Wind dahin.

Panigpak löste sich aus der Versammlung und ging dahin, wo Bruder und Schwester warteten. In der Hand hielt er eine Knochenscheibe, leicht nach innen gebogen. An ihrem Rand war ein Loch, durch das eine Schlinge aus Seehundshaut gezogen war. Sie hatte vielleicht anderthalb Zoll Durchmesser.

„Sehr habt ihr uns geholfen", erklärte er. „Tauno vernichtete den Tupilak, den die Dummheit dieser Person erzeugt hatte. So errang er die Verehrung unserer Feinde, und wir haben Frieden. Eyjan ..." – er schüttelte den grauen Kopf, lachte, zwinkerte heftig – „... Eyjan, wenn ich zu alt geworden bin, um noch von Nutzen zu sein, und fortgehe, um allein auf dem Eis zu sitzen, wird die Erinnerung an dich mich wärmen."

„Oh, ihr habt alles, was wir getan haben mögen, überreichlich vergolten", sagte Tauno, während seine Schwester mit ihren Lippen die Stirn des Angakoks streifte. Sie hatte ihrem Bruder erzählt, er sei nicht stark, aber süß.

„Unter Freunden rechnet man nicht nach", meinte Panigpak. Wenn er jemals mit den Norwegern hätte verhandeln müssen, dann hätte er nicht gewußt, was zu sagen. „Jemand möchte euch gern ein Abschiedsgeschenk machen."

Er reichte Tauno die Scheibe, und dieser nahm sie in seine Handfläche und betrachtete sie. Zeichen waren in ihrer Höhlung eingeritzt und geschwärzt, damit sie sich von dem gelblichen Weiß abhoben: Ein Vogel mit dunklem Kopf und gebogenem Schnabel, der an einem zunehmenden Mond vorbeiflog. Ein unheimliches Gefühl überlief ihn. In seinem Inneren empfand er die kühle Berührung eines Zaubers.

„Ihr werdet fremde Länder aufsuchen", sagte Panigpak. „Ihre Bewohner verständigen sich vielleicht in Sprachen, die euch unbekannt sind. Wer immer dieses Amulett trägt, wird verstehen, was er hört, und kann in derselben Sprache antworten."

Eyjan berührte die Scheibe mit den Fingerspitzen. „Mit solchen Dingen ist immer Vorsicht geboten", murmelte sie. „Euer Zauber gleicht nicht dem unsrigen. Was müssen wir darüber wissen?"

„Es ist tiefgehende Magie", antwortete der Angakok ebenso leise. „Sie zu bewerkstelligen, hat die armseligen Kräfte jemandes bis zum äußersten erschöpft. Ich mußte damit beginnen, den Grabhügel meines Vaters zu öffnen und ein Stück von seinem Schädel zu entnehmen – oh, er ist nicht zornig; er empfindet unter den Schatten ein undeutliches Vergnügen darüber, daß er helfen konnte ...

Das Amulett verbindet Geist mit Geist. Hütet euch davor, lange auf das Siegel zu blicken – ja, tragt es am besten unter der Kleidung oder mit der leeren Seite nach außen –, denn eine Seele kann hineingezogen werden, wenn sich in ihr der Wunsch regt, die Welt zu verlassen, und das ist der Tod." Er machte eine Pause. „Sollte dies geschehen, kann der gefangene Geist das Amulett wieder verlassen und in den eingehen, der es trägt, wenn diese Person es wünscht. Aber wer möchte schon zur Hälfte ein Fremder werden?"

Tauno schloß hastig die Hand um das Ding.

Eyjans Finger bogen seine zurück. Sie hing es sich auf die Weise um den Hals, die Panigpak ihnen geraten hatte. „Ich danke dir", sagte sie mit etwas schwankender Stimme.

„Es ist nichts", antwortete er. „Es ist nur das, was ein alter Dummkopf anbieten kann."

Als noch ein paar Worte gewechselt und die letzten Umarmungen ausgetauscht waren, nahmen die Kinder des Wassermanns ihre Kajaks auf und wanderten davon. Das Eis brach unter ihnen, und auf die freie Stelle ließen sie ihre Boote hinab. Sie stiegen ein, banden ihre Mäntel fest, lösten die Paddel. Winkend und rufend schossen sie südwärts davon. Die Inuit und Bengta blickten ihnen nach, bis nichts mehr von ihnen zu sehen war.

2

Auf dem Heimweg traf Tauno eine Schar Grönland-Wale, die die Stirn der Welt umrundeten, und hörte ihr Wanderlied. Das war nur wenigen Meerleuten je zuteil geworden, denn diese Herren der großen Wasser kamen selten in die Nähe des Landes – und wenn einer sie aufgesucht hätte, was hätte er dann zu ihnen in ihrer Majestät sagen sollen?

Tauno war auf der Jagd. Eyjan war anderswo und hatte seinen versiegelten Kajak ins Schlepptau genommen. Das taten sie abwechselnd, damit ein unbemanntes Fahrzeug nicht abtrieb und verlorenging. Wenn sie die verkrampften Glieder durch fröhliches Tollen in den Wellen lockerten, achteten sie darauf, in der Nähe zu bleiben; wenn sie in den Kajaks schliefen, banden sie die Boote und sich aneinander. Es war mühsam, und sicher hätten sie gemeinsam besser jagen können, aber im großen und ganzen reisten sie schneller und bequemer, als wenn sie geschwommen wären.

Er war in der Hoffnung auf einen großen Fisch getaucht. Kleinere lohnten die Mühe, sie zu töten, kaum, dazu brauchten ihre Körper für Wärme und Arbeit zuviel Brennstoff. Deshalb erreichte ihn der Klang leichter als durch die Luft, und er nahm ihn mit Sehnen, Blut und Knochen ebenso wie mit den Ohren auf. Durch das kalte, flutende Graugrün kam ein Pulsieren. Schwach zuerst, doch Tauno steuerte in seine Richtung. Als er erkannt hatte, was es war, setzte er den Weg fort, denn das Vorüberziehen der Wale würde viele Wesen aufstören, und er konnte unter ihnen Beute finden. Dann begannen die Wale zu singen.

Beinahe hilflos schwamm Tauno dahin, Meile um Meile weiter, als es seine Absicht gewesen war, bis er sie endlich sah – ihre Rücken, die sich wie Schären erhoben, ihre Bäuche und die nach unten gerichteten, gewaltigen Mäuler, jede Flosse größer als ein Mann, Schwänze, die Dünungen und Strudel erzeugten, als sie stetig dahinzogen, Gestalten, größer als die meisten Schiffe. Der langsame Donner dieser hundertfältigen Bewegung stellte einen Teil der Musik dar, die dröhnte und trillerte, nach unten und nach oben in Bereiche stieg, die keine menschliches Ohr hätte aufnehmen können. Der Gesang ergriff Tauno von innen, machte aus ihm ein Gefäß für sich selbst, für seine Macht und sein Mysterium.

Er kannte wenig von der Sprache, und Eyjan hatte das Amulett. Von der Rasse seines Vaters war keiner viel klüger, weil diese Sprache auch nicht die entfernteste Ähnlichkeit mit irgendeiner hatte, die die Menschen oder das Feenvolk benutzten. Die Laute stellten keine Wörter dar, sondern Strukturen oder Ereignisse, jeder einzelne so voll von Bedeutungen – und keine davon genau zu umschreiben – wie eine ganze Bibliothek oder der Rückblick auf ein Leben, wenn der Tod naht. Taunos Verstand trug ein doppeltes Erbe in sich, und er war ein Poet. Später dichtete er eine Nachschöpfung von einem Fragment, das er gehört hatte. Aber er erkannte voller Sehnsucht, daß das, was er dann hatte, nur eine Scherbe war, durch Zufall abgesplittert von einem Ganzen, auf dessen Form und Inhalt es nicht einmal einen Hinweis gab.

Leitbulle: Alles Leben kommt aus den Gezeiten.
Sie folgen dem Mond, der im leeren Raum
Umkreist diese Welt und auf seiner Bahn

Die Meere faßt und zu sich emporzieht.
Mehr Kraft hat der Mond als die ferne Sonne ...
Die Sonne, der Mond und die Erde, sie tanzen
Durch endlose Tiefen und Sternenstrudel.
Alte Kühe: Ja, sie kreisen, sie kreisen
Wie die bleibenden Gedanken
An ein Kalb, das starb,
Als seine Mutter
Es nicht entwöhnte
Und von ihrer Seite
Nicht schwimmen ließ.
Junge Bullen: Schwer erschüttert das Meer
Der Sturm im Winter,
Doch warme Wünsche
Erweckt sein Tosen.
Auch der Sommer sieht uns
Suchen nach einander.
Wir lieben, wir leben
Und lachen voll Lust!
Junge Kühe: Seid ihr das belebende Licht,
Seid ihr der Wind und der Regen,
Zeugende Wogen,
Wir sind das Meer und der Mond,
Wir sind die Gezeiten, die ewig
Erneuern eure Mutter.
Kälber: Helle, salzige Luft,
Über uns Flügel, unter uns Schuppen,
Milchweißer Schaum – neu, neu!
Alte Bullen: Die Jahre sind an uns vorübergezogen,
Aus Tiefen des Himmels zu Tiefen der See.
Das härteste Riff einmal glätten die Wogen,
Die Zeit schwemmt hinweg unsern Stolz, unser Weh.
Wir suchen nach Weiden auf unseren Wegen,
Wo Orkas lauern mit gierigem Schlund,
Auf uns ruht der weiten Gewässer Segen,
Doch sinken auch wir einmal tot auf den Grund.
Unsre Rasse ist alt, doch auch wir müssen gehen;
Der letzte Gesang der Wale verklingt.
Die Erde wird selbst nur so lange bestehen,

Bis einmal die letzte Flut sie verschlingt.
Alte Kühe: Doch wir haben gelebt.
Junge Bullen: Doch wir leben.
Kälber: Doch wir werden leben.
Junge Kühe: Doch wir gebären Leben.
Alte Bullen: Es ist genug.
Leitbulle: Vorwärts!

Den Pentland Firth durchziehen schreckliche Strömungen, und es gibt Stellen, wo ihre Heftigkeit noch schlimmer wird. Man muß an den Merry Men of Mey vorbei und zwischen Swalchie und den Wells of Swona hindurch und dann rund um die Bores of Duncansbay. Bevor sie sich an dieses Wagnis machten, suchten sich die Kinder des Wassermanns eine geschützte Stelle an der Caithness-Küste, wo sie ihre seemüden Kajaks überholen und ihre seemüden Körper ausruhen konnten.

Rötliche Klippen erhoben sich zu beiden Seiten eines Meeresarms, der kaum mehr war als eine Spalte darin. An seinem Ende lag ein Streifen Sand, dahinter sumpfiges, aber weiches Grasland. Dann führte ein V-förmiger Abhang nach oben. Ein Fußpfad wand sich durch Felsblöcke und spärliche Kräuter, doch es war deutlich zu sehen, daß an diesen Ort wenige Besucher kamen, und im Winter sicher gar keine.

Es war hier nicht so kalt, wie man hätte meinen können, und den Reisenden kam die Luft nach dem was sie in den letzten Wochen erlebt hatten, beinahe balsamisch vor. Sonnenlicht fiel nicht herein, so daß die Wellen wie trübes Silber im Schatten heranliefen. Aber seine Widerspiegelung von draußen, vom offenen Meer her verlieh den Felsen etwas Wärme, und sie wiederum strahlten diese Wärme nach unten ab. Der Wind war nur ein Pfeifen, das weiter oben dahinzog. Tauno und Eyjan zogen die Kajaks über die Hochwassermarke. Auf dem Gras breiteten sie ihre neuen Seehundfelle aus. Tran half Feuerstein und Stahl, mit weiter oben gesammelten Zweigen ein Feuer zu entfachen, das mit Treibholz von unten genährt wurde. Außer dem Fleisch hatten sie einen Alk, den sie braten, und Fische, die sie roh essen konnten.

„Ah“, sagte Tauno. „Das riecht gut.“

„Ja, das tut es.“ Eyjan sah unverwand auf den Bratspieß, den sie, vor dem Feuer hockend, drehte. Tauno zog die Knie unter das Kinn und blickte auf den Firth hinaus.

„Genieße dieses Wetter, solange es andauert", meinte er, als das Schweigen zwischen ihnen schon zu lange gedauert hatte. „Es wird nicht lange anhalten."

„Nein, das wird es nicht."

„Nun, wir brauchen bei unseren Ausbesserungsarbeiten ja nicht herumtrödeln."

„Nein. Da hast du recht."

„Schließlich haben wir schon ... wieviel? ... zwei Drittel des Weges zurückgelegt?"

„Vielleicht ein bißchen mehr."

Eine Weile fand keiner von beiden mehr zu sagen. Es wurde langsam Nacht.

Eyjan stach mit einem spitzen Hölzchen in den Vogel. Als sie sich vorbeugte, flog das offene Haar, das sie über ihren Busen hatte fallen lassen, zur Seite und enthüllte weiße Haut und rosige Brustwarzen. „Der Braten ist gleich fertig", sagte sie. „Du kannst schon anfangen, die Fische zu säubern."

„Ja." Tauno richtete schnell seinen Blick auf die Fische und beschäftigte sich mit ihnen. Jede Bewegung ließ seine Muskeln spielen.

„Wir brauchen bei der Überholung unserer Kajaks aber auch nicht hastig vorzugehen", meinte sie Minuten später. „Eine Atempause hier wird uns guttun."

„Ja, darüber sprachen wir schon. Trotzdem sollten wir genug Zeit auf Bornholm haben, weil es lange dauern mag, bis Niels von uns hört und kommen kann."

„Auch darüber sprachen wir schon."

„Denke daran, laß mich mit den Menschen verhandeln. Inuit-Kleidung wirkt in Europa bei einem Mann nicht zu ausländisch, aber bei einer Frau ..."

„Ja, ja, ja!" fauchte sie. Die Röte lief ihr über die Wangen und die Kehle hinunter bis zu ihren Brüsten.

„Ich bitte um Verzeihung", sagte er mit undeutlicher Stimme und hob seine goldenen Augen zu ihren grauen empor.

„Oh, macht nichts", erwiderte sie eilig. „Ich bin nervös. Mein Magen knurrt."

Tauno brachte ein Grinsen zustande. „Meiner auch. Das ist nicht das Meer, was du hörst."

Dieser Wortwechsel entschärfte die Spannung ein wenig. Trotzdem verhielten sie sich sehr schweigsam, während sie das Fleisch zubereiteten, und als sie es dann aßen, tauschten sie nur ein paar Worte darüber aus, wie gut es schmecke und wie angenehm das Feuer sei.

Als sie fertig waren, holte Tauno weiteres Holz und schürte das Feuer. Es wurde früh Nacht, der Streifen Himmels war schwarzblau geworden, ein tiefes Violett erfüllte die Nische. Sie setzten sich auf entgegengesetzten Seiten des Feuers nieder, um sich an dem roten, gelben, blauen Flackern mit der Kohlenglut im Inneren, dem gemütlichen Knistern und dem Geruch des Rauchs zu erfreuen.

„Ich glaube, wir sollten uns zur Ruhe begeben“, bemerkte Tauno, „aber ich bin noch nicht schläfrig. Leg du dich hin, wenn du möchtest.“

„Ich bin auch noch nicht schläfrig“, antwortete Eyjan.

Beide blickten in die Flammen.

„Ich möchte wissen, wie es Yria geht“, sagte sie schließlich ganz leise.

„Wir werden es erfahren.“

„Es sei denn, Niels und Ingeborg ist ein Unglück widerfahren.“

„In dem Fall können wir irgend jemand anders aufspüren.“

„Ich hoffe so sehr, es hat sie kein Übel befallen“, flüsterte Eyjan. „Beinahe wünschte ich mir, ich glaubte an einen Gott, der ihnen helfen würde, wenn ich zu ihm betete.“

„Oh, sie sind zäh“, meinte Tauno. „Ich freue mich richtig darauf, sie wiederzusehen.“

„Ich auch. Niels ist ... ich mag ihn lieber als jeden anderen Menschen, den ich gekannt habe.“

„Und sie ...“ Plötzlich gab Tauno ein Schnauben von sich, kniff die Augen zusammen und wedelte mit der Hand vor der Nase herum. „Mit einem Mal kommt der ganze Rauch zu mir her.“

Eyjan hob das Gesicht zu ihm empor. Der Halbmond warf ein frostiges Licht auf seine grünlichen, hellen Locken und ließ die breiten Schultern glänzen, bis zu denen der Feuerschein nicht reichte. „Komm hier herüber“, lud sie ihn ein.

Er erstarrte. Dann tat er es. Sie saßen nebeneinander, ihre Seiten berührten sich. So hielten sie die Handflächen der Hitze entgegen und sahen geradeaus. Über die Klippen jagte die Zeit dahin.

„Was werden wir tun, wenn wir auf Bornholm auf Nachricht warten?“ fragte Eyjan schließlich.

Tauno zuckte die Schultern. Die Bewegung übertrug sich von seinem Arm auf ihren, und er mußte heftig schlucken, bevor er antworten konnte: „Es uns bequem machen, natürlich, abgesehen von der Jagd nach Nahrung. Das haben wir uns dann verdient."

Ihre bronzefarbene Mähne streifte ihn, als sie nickte. „Ja, wir haben viel geleistet, nicht wahr? ... Du und ich."

„Es bleibt uns noch viel zu tun."

„Zusammen werden wir es schaffen."

Irgendwie drehten sich ihre Köpfe einander zu, irgendwie trank jeder von ihnen des anderen Atem, sog seinen reinen Duft ein, und ihr Mund war einen Zoll von seinem entfernt. Sie wußten nicht, wer von ihnen zuerst die Arme ausstreckte.

„Ja, ja", schluchzte sie, als der Kuß endete. „Oh, ja, jetzt!"

Er zog sich zurück. „Unsere Mutter ..."

Sie warf sich gegen ihn. Hinter der Weiche fühlte er ein Herz, das noch schneller klopfte als seins. Ein Lachen stieg aus ihrer Kehle auf. „Zu lange haben wir uns darüber Gedanken gemacht. Wir sind Meerleute, Tauno, Geliebter." Sie sprang auf die Füße, zog an seiner Hand. Der Feuerschein beleuchtete ihre Schönheit. „Da drüben, auf dem Rasen, haben wir ein Bett ... erst jetzt erkenne ich, wie sehr ich mich nach dir gesehnt habe."

„Und ich mich nach dir." Er stolperte hoch. Beinahe zerrte sie ihn weg und auf den Rasen hinunter ...

Der Mond war hinter den Klippen untergegangen. Kleine Sterne glitzerten.

Eyjan stützte sich auf einen Ellenbogen hoch. „Es hat keinen Zweck, nicht wahr?" fragte sie bitter. „Nichts hat irgendeinen Zweck."

Tauno blieb liegen und bedeckte sein Gesicht mit einem Arm. „Meinst du, ich bin froh darüber?" murmelte er.

„Nein, natürlich nicht." Eyjan schlug sich mit der Faust auf den Schenkel. „Die Christen können uns exorzisieren!" rief sie. „Warum, im Namen der Gerechtigkeit, können wir die Christen nicht exorzisieren?"

„Es gibt keine Gerechtigkeit. Es tut mir leid." Tauno rollte sich auf die Seite und kehrte ihr den Rücken zu.

Sie setzte sich hoch, sah ihn an, fuhr ihm mit der Hand über die Seite, ließ sie auf seiner Hüfte ruhen. „Mach dir keine Vorwürfe, mein Bruder", stieß sie hervor. „Es gibt schlimmere Flüche. Wir beide haben eine Welt, in der wir leben können."

Er antwortete nicht.

„Wir werden Kameraden bleiben – Waffenbrüder“, sagte sie.

Die mühsame Reise, die hinter ihnen lag, wurde zum Segen. Er schlief.

Er erwachte und sah andere Sternbilder. Das Feuer war erstorben, die Kälte hatte zugenommen. Sein Körper hatte die Nahrung zu Wärme verbrannt, jetzt quälte ihn der Hunger von neuem. Er streckte sich und lächelte. Die Erinnerung strömte zurück wie eine Springflut. Er schnappte nach Luft.

Gleich darauf bemerkte er, daß Eyjan nicht da war. Er runzelte die Stirn, erhob sich, hielt Ausschau. In dieser engen Kluft konnte sie sich nicht vor ihm verstecken. Wo war sie dann? Mit Feensinnen suchte er. Sie war nicht wieder ins Wasser gegangen. Also der Fußpfad ... aye, ihre Spur, schwach, aber unverkennbar, sandte ihm Schauer durch das Blut.

Er blieb stehen. Er erriet, weshalb sie hinaufgeklettert war, aber er konnte sich irren, oder es konnte ihr in dieser christlichen Wildnis eine Gefahr begegnen. Sein Entschluß war gefaßt. Er legte den Messergürtel um, ergriff die Harpune und stieg ihr nach.

Der Mond war untergegangen. Von der Höhe aus senkte sich ein mit Heidekraut bewachsener Abhang in Moorland hinab. Rauhreif und weiße Schneeflecke tupften das Grau. Tauno lief schnell den Pfad entlang, der der Küste folgte, bis er südwärts in ein flaches Tal abbog. Dies beschützte ein Feld, das der Heide abgerungen war für eine magere Ernte von Hafer und Gerste, aber hauptsächlich für die Schafe, die im Sommer umherstreiften. Tauno sah ihren Pferch, die Heuschober, zwei sich zusammendrängende Häuschen. Dahinter erhoben sich ein Wikinger-Grabhügel und die Überreste eines piktischen Turms.

Die Spur führte dorthin. Tauno folgte ihr. Als er näher kam, bellten ein paar Hunde, und wie immer winselten sie und flohen, sobald sie ihn gerochen hatten.

Ein leiseres Geräusch zog seine Aufmerksamkeit auf sich. Er duckte sich, schlich näher, bis er durch die offene Tür eines Schuppens blicken konnte. Eine Frau – alt durch schwere Arbeit, obwohl sie einen Säugling in ihren Armen wiegte – stand darin und weinte. Zwei halberwachsene Töchter waren zu ihren Füßen niedergesunken. Sie zitterten vor Kälte, keine von den dreien trug mehr als ein Hemd, das hastig übergeworfen sein mußte.

Tauno drang zur Hütte vor. Unter den niedrigen Sparren eines Torfdaches schimmerte Licht durch Ritzen in den Fensterläden. Er legte sein Ohr gegen eine Wand, strengte alle Sinne an.

Sie sagten ihm, daß vier menschliche Männer drinnen waren, die laut schnauften, und Eyjan, die jaulte wie eine Katze. Während Tauno horchte, schrie einer der Kerle auf. Sofort war Eyjans Stimme zu hören: „Du bist der nächste, Roderick!"

Taunos Knöchel wurden weiß um den Harpunenschaft.

Nun, dachte er lange Zeit später, er hatte sich bei niemandem als sich selbst dafür zu bedanken, und welche Bedeutung hatte es denn überhaupt? Gelächter rasselte in seiner Kehle, als er sich vorstellte, was der Kleinbauer und seine Söhne sich gedacht haben mochten, als sie nackt aus der Nacht kam und an ihre Tür pochte. Das Amulett befähigte sie, ihnen alles vorzuschnurren, was sie wollte: wahrscheinlich, sie sei von Elfenart, aber keine tödliche Gefahr für Leben oder Seele, sie fürchte das Kreuz nicht, sie könne den Namen Christi aussprechen. Weiter hatten die Männer ihr Glück bestimmt nicht auf die Probe gestellt.

Tauno kehrte ins Lager zurück. Als Eyjan im Morgengrauen eintraf, tat er, als würde er schlafen.

3

Jetzt, wo der Vodianoi fort war, wurde der Winter für die Vilja eine Zeit völliger Einsamkeit. Im Wasser gab es nichts als Fische, die niemals Gesellschaft für sie und obendrein zu dieser Jahreszeit schläfrig waren und sie selten mit ihrer schimmernden Sommer-Anmut erfreuten. Die Frösche quakten nicht in der Dämmerung, sondern schliefen, tief im Schlamm verborgen. Schwäne, Gänse, Enten, Pelikane waren davongezogen; was an Vögeln in der Nähe des Sees blieb, waren keine Schwimmer oder Taucher, und ihre Rufe klangen dünn über den Schnee und die blattlosen Zweige hin.

Die Vilja trieb im Wasser und träumte. Weiß und schlank war sie im trüben Licht. Ihr Haar bildete eine bleiche Wolke um sie. Große Augen von der Farbe des Himmels, wenn ihn leichter Nebel verhüllt, bewegten sich nicht, zwinkerten nicht, richteten sich niemals auf irgend etwas, das ein lebendes Wesen vielleicht gesehen hätte. Auch die sanfte Rundung ihres Busens hob sich nicht.

So war sie Tage, Wochen, Monate dahingetrieben – sie rechnete es nicht nach, denn für sie hatte die Zeit aufgehört zu sein –, als das Wasser aufgerührt wurde, weil jemand kam. Als die Wellen stärker wurden, erwachte sie zum Bewußtsein. Sie streckte sich, stieß sich ab und schoß in einem Bogen auf das Ufer zu. Auch wenn die Wellen, die sie hervorrief, nur schwach waren, fühlte der Neuankömmling sie doch und schwamm auf sie zu. Erst nur ein schwankender Schatten, nahm er bald feste Formen an. Wärme strahlte von ihm aus, Kraft, Leben. Seine Bewegungen erzeugten Strömungen, Strudel, liebkosende Wirbel; Blasen tanzten aufwärts.

Er und sie hielten einen Schritt voneinander an. Sie blieben auf dem Wasser liegen und betrachteten sich.

Er war nicht nackt wie sie; außer Stirnband und Messergürtel trug er ein Tuch um die Lenden. Hoch von Gestalt, mit heller Haut, goldenem Haar, grünen Augen unterschied er sich kaum von gewöhnlichen Männern bis auf seine Bartlosigkeit, die Schwimmhäute zwischen den Zehen und die Fähigkeit, unter Wasser zu atmen. Doch für jemanden aus der Halbwelt waren die äußerlichen Kennzeichen ohne Bedeutung neben seiner flammenden Persönlichkeit. In ihm war eine menschliche, eine christliche Seele.

„Oh, willkommen, sei mir willkommen“, murmelte die Vilja, als sie Mut gefaßt hatte. Ihre Stimme, die seine Wassermann-Ohren deutlich erreichte, bebte ebenso wie ihr Lächeln.

Streng erwiderte er: „Was glaubst du, warum ich hier bin?“

Sie wich zurück. „Du ... du bist nicht er ... die Erinnerung ist wie Nebel, aber vor einem und noch einem Herbst – hast du da den Vodianoi vertrieben?“

„Der, der ich damals war, hat es getan“, antwortete die tiefe Stimme.

„Du hattest Angst vor mir.“ Die Vilja mußte kichern. „Vor mir! Du!“

Die Vorstellung rief Heiterkeit bei ihr hervor. Sie breitete die Arme für ihn aus. „Du hast erfahren, daß ich dir nichts zuleide tun würde? Wie mich das froh macht! Laß mich dich erfreuen.“

„Sei ruhig, böser Geist!“ brüllte er.

Verwirrt wich sie vor seinem Zorn zurück. „Aber, aber ich würde dir wirklich nichts tun“, stammelte sie. „Wie könnte ich das? Warum sollte ich das wollen, ich, die ich niemanden zum Freund habe?“

„Tentakel der Dunkelheit ...“

„Wir würden glücklich zusammen sein, im Sommer im grünen Wald, im Winter im Wasser. Ich könnte mich an deiner Brust wärmen, und du hättest mich als kühlen Wasserfall, als deine mondbeschienene Blätterkrone ...“

„Genug! Du ziehst Männer zur Hölle hinunter!“

Die Vilja erschauerte und verstummte. Wenn sie weinte, so trank der See ihre Tränen.

Der Mann beruhigte sich. „Oh, vielleicht weißt du selbst nicht, was du bist“, sagte er. „Vater Tomislav fragt sich, ob Judas wirklich erkannte, was er tat, bis es zu spät war.“

Er hielt inne und beobachtete sie wachsam. Als sie sah, daß sein Zorn verraucht war, vergaß sie ihren Kummer auf ihre quecksilbrige Art sofort, wagte ein ganz kleines Lächeln und fragte: „Judas? Sollte ich ihn kennen? ... Ja, vielleicht habe ich einmal von ihm gehört – aber es ist mir wieder entfallen.“

„Vater Tomislav“, sagte er, als schlage er mit einer Axt zu.

Sie schüttelte den Kopf. „Nein.“ Stirnrunzelnd, den Finger an der Wange: „Ich meine ja. Jemand Liebes, ist er das nicht? Aber es ist schwer, sich hier unten zu erinnern. Alles ist so still. Vielleicht, wenn du mir erzähltest ...“ Sie fuhr zusammen. Ihre Augen wurden noch größer. „Nein!“ schrie sie, die Hände erhoben, als wolle sie einen Schlag abwehren. „Bitte, erzähle es mir nicht!“

Er seufzte, so gut das unter Wasser ging. „Armer Geist, ich glaube, du sprichst die Wahrheit. Ich werde fragen, ob ich für dich beten darf.“

Die Entschlossenheit kehrte zurück. „Trotzdem, heute bist du eine Verlockung zur Verdammnis“, erklärte er. „Männer, die im vergangenen Jahr zum ersten Mal wieder im See gefischt haben, konnten dich durch die Dämmerung gleiten sehen. Einige hörten dich nach ihnen rufen, und es kam sie hart an, sich soviel Süße zu verweigern. Sie werden in immer größerer Zahl erscheinen. Du darfst keine einzige Seele an dich ziehen. Ich bin gekommen, um mich dessen zu vergewissern.“

Sie zitterte, denn dies war der Mann, der den Vodianoi besiegt hatte.

Er zog sein Messer, faßte es an der Klinge und streckte es ihr als eine Art Kreuz entgegen. „Um des Mannes willen, der mich getauft hat, will ich dich nicht töten“, klangen seine Worte. „Es mag sein, daß sogar du irgendwie gerettet werden kannst. Aber gewiß ist, daß niemand verdammt werden darf ... durch deine Schuld.

Du wirst keine Christen mehr verlocken, Nada. Auch keine mutwilligen Streiche mehr spielen, keinen Wind erheben, der die Wäsche einer Frau vom Rasen weht, oder ihr das Kind aus der Wiege stehlen, wenn ihr in der Mittagspause bei der Ernte die Augen zufallen ..."

„Ich habe sie doch nur für ein Weilchen lieb", flüsterte sie. „Ich gebe sie immer bald wieder zurück. Ich habe keine Milch für sie."

Er beachtete das nicht, sondern fuhr fort: „Du wirst in Hörweite von Menschen nicht mehr singen; es erzeugt Träume, die man besser schlafen läßt. Verschwinde aus unserem Gesichtskreis. Sei für die Kinder Adams – die geborenen und die adoptierten –, als habe es dich nie gegeben.

Andernfalls werde ich selbst dich jagen. Ich werde einen Wermutzweig bei mir haben, dessen Geruch du nicht ertragen kannst, und dich damit einmal und zweimal schlagen. Tust du zum dritten Mal, was dir verboten ist, komme ich und bringe einen priesterlichen Segen mit und Weihwasser, um dich in die Hölle zu schicken.

In der Hölle wirst du brennen, du Ding aus Blättern und Nebel und Strömungen. Feuer wird dich ohne Ende verzehren, und niemals wird dich ein Tautropfen, niemals eine Schneeflocke in deiner Qual erreichen. Hast du verstanden?"

„Ja", schluchzte sie und entfloh.

Er blieb im See, bis von ihr nichts mehr zu sehen und zu hören war, bis es wirklich den Anschein hatte, sie habe sich in nichts aufgelöst.

4

Früher im Jahr, zu der Zeit, in der die Skipper es liebten, ihre Schiffe auslaufen zu lassen – noch vor dem Äquinoktium –, verließ ein Schiff Kopenhagen mit dem Ziel Bornholm. Nach einer rauhen Fahrt über die Ostsee legte es in Sandvig am Nordende der Insel an, wo sich Klippen zu der Befestigung erheben, die Hammerhaus genannt wird. Die Mannschaft bekam Landurlaub. Die Fahrgäste mieteten sich Pferde und ritten zu einer bestimmten unbewohnten Bucht.

Der Himmel war blaß, und ein pfeifender Wind trieb große graue Wellen vor sich her. Wenn sie vom Strand zurückfluteten, hörte sich das Rasseln der Kieselsteine wie eine riesige Mühle an. Möwen flogen umher und schrien. Auf dem Sand lagen Büschel braunen Tangs verstreut. Er roch nach den Tiefen und war mit Bläschen besetzt, die zerplatzten, wenn man darauf trat. Hinter den Dünen und dem harten Gras lag ein Moor mit weiten Flächen Heide und einem Bauta-Stein, errichtet von einem lange vergessenen Volk.

Die Kinder des Wassermanns wateten ans Ufer und begrüßten ihre Gäste. Sie waren unbekleidet bis auf ihre Waffen, den Talisman und das, was von ihren goldenen Armreifen noch übrig war. Taunos feuchtes Haar schimmerte grünlich-golden, das von Eyjan bronzerot, mit dem gleichen schwachen Unterton von Seealgen.

Ingeborg und Niels eilten ihnen in die Arme. „Gnade Gottes, es war eine lange Zeit“, stammelte der junge Mann, während die Frau sich nur festhalten und weinen konnte.

Als Ingeborg sich ein wenig beruhigt hatte, trat Tauno einen Schritt zurück, hielt sie an den Oberarmen fest und sah sie sich genau an. „Ich stelle fest, daß es dir wohlergangen ist“, sagte er. „Nicht nur, daß du gut gekleidet bist und die Male eines harten Lebens verschwunden sind. Du hast auch eine Art von Frieden in dir, habe ich recht?“

„Jetzt, wo du hier bist“, antwortete sie mit schwankender Stimme.

Er schüttelte den Kopf. „Nein, als ich dich umarmte, hatte ich das Gefühl, daß du nicht mehr ständig damit rechnest, von der Welt getreten zu werden. Dann hast du Erfolg gehabt?“

Sie nickte. „Dank Niels.“

„Hm“, machte Tauno. „Ich habe so eine Ahnung, daß Niels *dir* viel zu danken hat.“

Ingeborg hatte ihn noch genauer gemustert als er sie. „Und du hast eine schwere Zeit hinter dir, nicht wahr!“ murmelte sie. „Du bist hohlwangig ... und *ich* habe dich zittern gefühlt. Ist eure Suche vergeblich gewesen?“

„Wir haben sie noch nicht beendet. Aber hier wollen wir uns erst einmal ausruhen.“ Von neuem zog er sie an sich. „Du hast mir gefehlt, wirklich.“

Sie umfaßte ihn so fest, daß das Blut aus ihren Fingernägeln zurückwich.

Es war ihnen aber doch nicht ganz entgangen, was währenddessen zwischen Eyjan und Niels vor sich gegangen war. Die Tochter des Wassermanns hatte ihn wohl zärtlich geküßt, doch gleich darauf gefragt: „Wie steht es mit Yria?“

„Margrete“, berichtigte Niels zusammenzuckend. „Sie ist nichts anderes mehr als Margrete.“ Er suchte nach Worten. „Wir haben ihren Anteil sicher zu ihr gebracht. Das war nicht leicht; der Schatten des Henkers lag über uns, nachdem die Junker Gold gerochen hatten, bis wir einen Hafen fanden. Doch das gelang uns, und heute lebt sie bei einer Familie, die für ihr Wohlbefinden sorgen wird. Aber ... sie ist nicht undankbar gegen euch ... nur frömmer als die meisten. Verstehst du? Sie ist glücklich, aber am besten wäre es, ihr suchtet sie nicht selbst auf.“

Eyjan seufzte. „Wir haben nichts anderes erwartet. Dieser Schmerz ist aus uns herausgelaugt. Wir haben für Yria getan, was wir konnten; soll sie in Zukunft ganz und gar Margrete sein.“

Sie sah ihn sich an, wie er dort stand und seine Locken im rauhen Wind flatterten, bevor sie weiterforschte: „Wie ist jetzt deine Stellung in der Welt? Welche Pläne hegst du für dein Morgen?“

„Mir geht es gut“, versicherte er ihr. „Wenn eure Suche noch nicht beendet ist – und wenn ich euch dabei oder sonst irgendwie helfen kann –, brauchst du es mir nur zu sagen.“ Seine Stimme brach: „Auch dann, wenn es bedeutet, dir für immer Lebewohl zu sagen.“

Sie lächelte und küßte ihn von neuem. „Laß uns jetzt noch nicht von Abschied sprechen. Während wir auf euch warteten und sonst kaum etwas anderes zu tun hatten ...“

Ingeborg sah, welchen Ausdruck Taunos Gesicht annahm. Sie küßte ihn, er zog sie an sich; ihre Hand wanderte, und plötzlich lachte er.

„... haben wir auf der anderen Seite jenes Landvorsprungs eine Hütte für euch gebaut“, sagte Eyjan. „Sie kann bald warm und vom Feuer erhellt sein. Wohin wir danach auch gehen werden, schöne Erinnerungen geben eine leichte Fracht ab.“

Als alle vier den Strand verließen, gingen sie und ihr Bruder hinter den Menschen, um sie mit ihren Körpern vor dem Wind abzuschirmen, der vom Meer her blies.

5

Obwohl ihm noch viel zu lernen blieb, gewann Niels schnell an Weltklugheit. Er war eine Partnerschaft mit einem älteren Mann eingegangen, der zu dem Geld, das Niels in die Handelsschiffahrt stecken konnte, die Erfahrung mitbrachte. Wenn dieser Kaufmann in einigen Jahren so alt war, daß er sich zurückziehen wollte, und der jüngere das ganze Geschäft übernahm, würde ihre Gesellschaft so gut dastehen, wie es außerhalb der Hanse möglich war, und mit ihr konkurrieren können. In der Zwischenzeit kam er durch das Geschäft wie auch durch seine merkwürdige Allianz mit dem Bischof von Roskilde in Verbindung mit vielen Arten von Menschen. Außerdem hatte Niels Stellungen für seine Brüder und Schwestern gefunden, nach dem Gesichtspunkt ausgewählt, daß sie Zufriedenheit, Wohlstand und die Gunst mächtiger Männer gewinnen sollten. (Seiner Mutter ermöglichte er einfach ein Leben der Muße, das sie bald ihrem Garten und guten Werken widmete.)

Folglich konnte Niels herausfinden, was er nicht wußte, und was er nicht selbst tun konnte, von anderen tun lassen.

Natürlich ließ sich das nicht immer über Nacht bewerkstelligen, besonders dann nicht, wenn der seltsame Grund für ein Vorhaben geheimgehalten werden mußte. Sein Plan war: Tauno und Eyjan sollten zu Schiff nach Dalmatien reisen und mit Briefen von Kirche und Krone versehen werden, die ihnen nach ihrer Ankunft den Weg ebneten. Dazu war erforderlich, Identitäten zu erfinden, die einen einleuchtenden Grund dafür abgaben, daß sie ein Fahrzeug mieteten. Er mußte sich mit äußerster Vorsicht vorantasten, um bei niemandem Argwohn zu erregen. Dazu waren Wochen nötig, seine Anwesenheit in Kopenhagen – und auch die der Geschwister, damit sie sich besprechen konnten und die beiden Übung darin erhielten, sich wie richtige Sterbliche zu benehmen.

Außerdem hätten weder er noch Ingeborg Taunos und Eyjans Abwesenheit ertragen, da sie nun wieder in Dänemark waren.

„Ah, ah, ah“, seufzte die Frau. „Das war wundervoll. Du bist immer wundervoll.“

Warm, feucht, duftend, zerzaust drückte sie sich so eng sie konnte an den Sohn des Wassermanns. Er umschlang sie mit einem Arm, legte ein Bein über ihre Beine und spielte mit dem, was er von ihr erreichen konnte. Eine Wachskerze warf einen weichen Schein und die Schatten von Ungeheuern in das Schlafzimmer.

„Liebe mich noch einmal, sobald du kannst“, flüsterte sie.

„Wird es dir nicht weh tun?“ fragte Tauno, denn er hatte die Kraft seines Vaters in den Lenden.

Ingeborgs leises Lachen kündete mehr von Verlangen als von Fröhlichkeit. „Das kann mir gar nicht weh tun." Plötzlich hielt sie den Atem an, und er spürte, wie sie zusammenzuckte.

„Was ist denn?" rief er.

Sie barg ihr Gesicht an seiner Schulter. Ihre Finger gruben sich in sein Fleisch. „Wenn du nicht da bist, *das* tut weh." Ihre Stimme bebte. „Nie ist es weniger als ein Schmerz, der mir durch und durch geht; oft ist es wie ein Messer, das umgedreht wird. Gib mir alles von dir, Geliebter, solange du es noch kannst. Hilf mir heute nacht vergessen, daß du bald wieder gehen wirst. Dann wird Zeit genug für das Erinnern sein."

Tauno runzelte die Stirn. „Ich dachte, du und Niels, ihr wäret glücklich zusammen."

Ingeborg hob die Augen. Kerzenlicht zitterte auf den Tränen, die in ihnen standen. „Oh, wir mögen uns gern. Er ist freundlich, sanft, großmütig ... und, ja, er hat eine Begabung für die Liebe ... aber mit dir ist er nicht zu vergleichen! Und er ist auch nicht du in all deiner Schönheit und deinem Glanz. Es ist ein Unterschied, als ob ... als ob man auf einer Sommerwiese liegt und über sich die Wolken dahinziehen sieht – oder ob man mit dem Wind fliegt, der sie treibt, mit der Sonne, die sie leuchten läßt. Ich verstehe nicht, wie deine Mutter deinen Vater verlassen konnte."

Tauno biß sich auf die Lippe. „Anfangs war sie froh, unter der Wasseroberfläche bei ihm sein zu können, doch als die Jahre vergingen, empfand sie es bis ins Mark hinein, daß sie nicht dem Feenreich angehörte. Immer hat eine solche Verbindung Unglück gebracht, einem oder allen beiden. Ich fürchte, ich habe das Unglück für dich bereits heraufbeschworen."

„Nein!" Sie löste sich von ihm, setzte sich auf und starrte ihn entsetzt an. „Geliebter, nein!" Sie bezwang sich. „Sieh dich doch nur um. Sieh mich hier in einem schönen Haus, gutgenährt, gutgekleidet, kein billiges Stück Ware mehr. Und das alles ist im Grunde dein Werk, Tauno."

„Nicht meines allein." Er blieb ausgestreckt liegen, den Blick zur Decke gerichtet. „Außerdem hast du von hoffnungsloser Sehnsucht gesprochen – was deine Seele, wie ich vermute, in Gefahr bringen könnte ... Aye, am besten verweile ich hier nicht lange, so sehr ich wiederum dich vermissen werde."

„Wirklich?" rief sie und beugte sich über ihn. Ihr Haar fiel herab und war wie eine Liebkosung. „Dann bin ich nicht schlecht für dich gewesen?"

„Nein, Ingeborg", sagte er sehr sanft und sah ihr gerade in die Augen. „Du hast mir mehr gegeben, als du je wissen wirst. Deshalb sollte ich gehen, ehe ich dir eine Wunde zufüge, die die Ewigkeit nicht heilen kann."

„Aber die heutige Nacht gehört uns!"

„Und der Morgen auch, ja, und weitere Morgen." Er zog sie an sich.

Niels kam mit finsterem Gesicht aus der Kirche nach Hause. Eyjan, wie eine Dame gewandet, begrüßte ihn an der Tür, sah es und führte ihn schweigend in ein Nebenzimmer, wo sie ungehört sprechen konnten. „Was ist geschehen?" fragte sie.

„Heute wollte Vater Ebbe, mein Beichtvater, wissen, warum meine Hausgäste niemals zur Messe kommen", teilte er ihr mit.

„Oh, er hat von uns gehört?"

„Wie wäre das zu vermeiden gewesen? Dienstboten und Nachbarn klatschen." Niels hakte die Daumen in den Gürtel und richtete den düsteren Blick auf den Fußboden. „Ich habe erklärt ... ihr hättet geheime Geschäfte zu erledigen, denen es schadete, würde man euch erkennen ... und deswegen besuchtet ihr irgendwo anders eine Kapelle. Er sagte nichts mehr, aber seine Miene wurde ernster, als ich es an ihm kenne. Zweifellos weiß er, daß ich mit dir schlafe und Ingeborg mit Tauno ..., und das in der Fastenzeit, in der Fastenzeit ..., obwohl weder Ingeborg noch ich es ihm gebeichtet haben. Aber vor Ostern müssen wir es tun, damit wir zur Kommunion gehen können."

„Wäre das so gefährlich? Ihr beiden lebt doch offen zusammen, ohne verheiratet zu sein."

Er blickte hoch und lächelte schief. „Das ist nichts Ungewöhnliches. Er läßt uns dafür ein paar Aves sprechen, weil er die guten Werke, die wir mit unserem Geld tun, in Rechnung stellt. Aber wenn wir ihm sagen, daß wir wieder Bettgefährten von euch ... von euch Halbblutwesen sind ... und das ohne die Entschuldigung, es sei kein anderer Partner vorhanden – sondern aus freiem Willen, ohne Zwang ... Ich fürchte, er wird uns befehlen, euch auf der Stelle fortzuschicken. Sollten wir uns weigern ... eine Exkommunikation würde nicht nur unsere Seelen und unsere Sicherheit in diesem Leben gefährden, sondern es uns auch unmöglich machen, euch zu helfen."

„Die Lösung ist doch nicht schwer", meinte Eyjan ungerührt. „Gesteht, daß ihr mit uns schlaft, aber verschweigt, was wir sind. Außerdem können Tauno und ich mit zum Gottesdienst kommen – ich bezweifele, daß die Bilder sich von uns abwenden werden –, wenn du uns auseinandersetzt, wie wir uns in der Kirche zu verhalten haben."

Er wich vor ihr zurück. „Nein!" würgte er entsetzt hervor. „Du weißt nicht, was du sagst!"

Ungeduldig schüttelte sie ihren roten Kopf. „Gut möglich. Wenig von deinem Christentum hat in meinen Augen Sinn." Sie zupfte an ihrem Gewand und murmelte einen Fluch. „Könnte ich dieses stinkende Ding nur abwerfen und mich in den Wellen baden ..."

„Meine Schuld ist bereits groß genug." Niels' Stimme bebte. „Doch sollte ich das Sakrament mit einer nicht gebeichteten Sünde nehmen – wenn der Satan mich so sieht, züngeln schon seine Höllenflammen nach mir."

Das beunruhigte Eyjan doch. Sie trat vor und faßte seine Hände. „Das dürfen wir euch nicht antun, Tauno und ich. Wir werden unsern Weg nach Süden fortsetzen – morgen in aller Frühe aufbrechen ..."

„Nein." Seine Worte überstürzten sich. „Ich soll meine beiden liebsten Freunde verleugnen? Niemals! Bleibt."

Als inspiriere ihn ihre Anwesenheit, fuhr er, mit einem Mal beinahe glücklich, fort: „Paß auf. Ich werde dafür sorgen, daß wir erst kurz vor Ostern die Absolution erhalten, und ihr reist gleich danach ab. Ich glaube, dann wird Vater Ebbe die Buße nicht zu hart werden lassen. Er predigt gern darüber, was ein Mann seinen Schiffsgefährten schuldig sei."

Eyjan bemühte sich, das zu verstehen. „Angenommen, du stirbst, bevor du diesen Ritus ausführen kannst – oder angenommen, er verlangt, du dürfest uns niemals wiedersehen, und das wäre nicht deine Absicht – wärst du dann nicht verdammt?"

Niels sann auf Spitzfindigkeiten. „Vielleicht, vielleicht auch nicht. Ich werde es riskieren. Und ich werde versuchen, später zu bereuen, doch nie wird es mir leid tun, daß ich dich geküßt habe." Er sah ihre hohe, volle Gestalt mit einem Blick an, wie ihn ein zurückgekehrter Flüchtling haben mag, wenn er Schritt für Schritt über heimatlichen Boden geht. „Nein, ich werde mich nach dir sehnen, wachend und träumend, bei jedem Herzschlag, der mir bleibt, und ich werde um einen Tod und ein Begräbnis auf See beten, Eyjan, auf deiner See."

„Für solche Gedanken ist es zu früh." Sie schlang ihm die Arme um den Nacken. „Vergiß sie. Uns bleiben noch viele Küsse, die wir uns geben können, Niels."

Dann lachte sie. „Mit dem Essen dauert es noch geraume Zeit, und hier steht ein Ruhebett. Ja, nehmen wir uns, was an unserm Weg liegt, bevor die Ebbe es aus unserer Reichweite spült."

„Gute Neuigkeiten", teilte der junge Mann Tauno mit. „Endlich haben wir christliche Namen für euch beide."

„Aber ihr habt uns doch bereits welche gegeben", antwortete sein Kamerad erstaunt.

Sie waren aus Kopenhagen hinausgeritten, weil sie allein sein wollten und weil es ein schöner Frühlingstag war. Der Gemeindeanger, den sie überquerten, prangte in frischem Gras. In der Ferne bildeten die jungen Blätter einen grünen Nebel über einem Stück Wald. Vor dem blauen Himmel zogen heimkehrende Störche dahin, Vorboten des Sommers, Glücksbringer. Der Wind war frisch, geräuschvoll, mit feuchten Düften gefüllt. Die Hufe waren auf dem weichen Boden fast nicht zu hören.

Niels fuhr sich mit den Fingern durch das Haar. „Du wirst dich erinnern, daß das nur die besten Namen waren, die uns in aller Eile eingefallen sind. Ich habe nun verlauten lassen, sie seien falsch, von euch nur deswegen benützt, weil ihr in geheimen Angelegenheiten reist. Jetzt sind wir bereit, vor die Öffentlichkeit zu treten ..." – er grinste – „... weil wir eine angemessene Verkleidung zur Hand haben. Am besten besprechen du und ich es zuerst, weil du notwendigerweise die Rolle des Mannes spielen mußt."

Taunos Reittier scheute. Er brachte es wieder unter Kontrolle, aber Niels schalt ihn, daß er den Zaum zu scharf angezogen habe. „Das Reiten ist auch eine Kunst, die du lernen mußt, wenn du zurechtkommen willst", warnte der Mensch.

„Erzähl schon", brummte der andere.

„Aye. Hauptsächlich hat es so lange gedauert, weil wir etwas aussuchen mußten, das euch nicht in Schwierigkeiten bringt. Wir wollen schließlich nicht Gefahr laufen, daß irgendwer, der euch begegnet, erklärt, er kenne euren Landstrich gut, habe jedoch nie von euch gehört. Auch bestimmte Dokumente sind ratsam, aber leichter zu beschaffen; mein Sektretär ist ein schlauer Schurke.

Also, du wirst Herr Carolus Brede sein, ein Landedelmann aus einer abgelegenen Ecke in Skania – das ist das dänische Gebiet jenseits des Sunds, wußtest du das? Ein Teil davon ist dicht bewaldet und hat wenig Verkehr. Du bist zwar nicht reich, aber von guter Herkunft. Einer deiner Vorväter war ein Edelmann im Dienst der Königin Dagmar geliebten Angedenkens, als sie vor hundert Jahren aus Böhmen kam, um König Waldemar den Siegreichen zu heiraten. Du hast erfahren, daß es noch weiter südlich in Kroatien Verwandte von dir gibt, und dich entschlossen, selbst nachzusehen, ob das stimmt und ob daraus irgenwelche Vorteile zu gewinnen sind. Das hast du geheimgehalten, um Agenten der Hanse nicht mit der Nase darauf zu stoßen, daß durch bestimmte Abkommen ein Handelsverkehr über Land quer durch das Deutsche Reich entstehen könnte, denn vielleicht hätten sie sogar versucht, dich zu ermorden, um es zu verhindern. Obwohl die Chance nicht groß ist, wie jeder vernünftige Mann erkennen wird, ist sie doch ein genügender Anreiz für meine Gesellschaft, etwas aufs Spiel zu setzen und dich mit einem Schiff und einer Mannschaft zu versorgen. Außerdem verlasse ich mich darauf, daß meine Leute mit irgendeiner Fracht zurückkommen, die sich hier gut absetzen läßt. Es liegt nun in meinem Interesse, dich mit königlichen und episkopalen Empfehlungsbriefen zu versehen, und du wirst sie schon aus dem Grund bekommen, weil die dänischen Herren neugierig sind, mehr über die Kroaten zu erfahren."

Tauno lachte und schüttelte den Kopf. „Bei den Gebeinen meiner Mutter, hast du dich verändert!" rief er. „Aus all diesen eleganten Wörtern höre ich den einfachen Matrosen der *Herning* nicht mehr heraus. Sie reißen mich mit sich fort wie ein Strudel."

Niels runzelte die Stirn. „Du wirst lernen müssen, sie und viele andere selbst zu gebrauchen. Andernfalls wirst du dich verraten, und das wird dich ... und Eyjan wahrscheinlich das Leben kosten."

Über den Knöcheln der Hände, die die Zügel hielten, spannte sich die Haut. „Ja, und was ist mit ihr? Als was wird sie reisen?"

„Als Frau Sigrid, deine verwitwete Schwester, die dich mit dem ausgesprochenen Ziel einer Pilgerreise begleitet und dem unausgesprochenen, eine bessere Heirat abzuschließen, als sie es in Dänemark könnte."

Tauno sah ihn durchbohrend an. „Meine Schwester? Warum nicht meine Frau?"

Niels gab ihm den Blick zurück. Unsichtbare Funken flogen. „Würdet ihr beiden das wirklich wollen?"

Der Liri-Prinz peitschte sein Pferd zum Galopp an.

Regen goß in Strömen vom Himmel, trommelte auf den Dächern, verwandelte die Straßen der Stadt in Flüsse. Blitze zuckten, Donner rasselte auf riesigen Rädern vorbei, Wind heulte.

Ein Kachelofen heizte den Hauptraum von Niels Jonsens Haus; Kerzen warfen Licht auf Täfelungen, Wandbehänge, geschnitzte Möbel. Ingeborg hatte die Dienstboten entlassen und die Türen geschlossen, damit sie den Unterricht fortsetzen konnte, den sie Eyjan im Benehmen einer vornehmen Dame erteilte.

„Natürlich bin ich selbst keine, aber ich habe diese Art beobachtet, ich habe mich darin geübt, sie nachzuahmen. Und du gehst zu stolz."

„Hör auf!" rief die Tochter des Wassermanns aus. „Du hast mich schon ganz vollgestopft mit diesem Unsinn." Sie brach ab, beruhigte sich, lächelte. „Verzeih mir. Ich weiß, du tust für uns, was du kannst. Aber hier drinnen ist es so heiß und so eng, die Wolle klebt und kratzt und erstickt meine Haut. Ich kann es nicht mehr aushalten."

Ingeborg sah sie eine Weile an. Bis auf das Rütteln des Sturms an den Fensterläden war es ganz still. Schließlich sagte sie: „Du mußt es aushalten. Es ist das Los der Frauen, und du wirst eine Frau sein, solange eure Reise dauert. Vergiß das nie, oder du wirst Tauno dem Tod ausliefern."

„Aber können wir nicht für heute Schluß machen?"

„Aye, das ist vielleicht am besten."

„Laß mich ein- oder zweimal Luft holen, ehe wir uns weiter mit deiner Welt befassen", bat Eyjan. Mit Bewegungen, die jetzt schon recht geschickt waren, zog sie ihre Kleider aus und warf sie heftig zu Boden. Nackt ging sie an ein Schränkchen und goß sich einen Becher Met ein. „Möchtest du auch etwas?"

Ingeborg zögerte, und dann antwortete sie: „Ja, bitte. Aber hüte dich davor, dich zu betrinken. Das ist etwas für Huren und Schlampen – und Männer."

„Ist in eurer christlichen Welt alles für Männer?"

„Nein, das nicht." Ingeborg nahm das Glas, das Eyjan ihr reichte, und setzte sich auf einen Sessel. „Wir lernen es, wie wir ihnen eine ganze Menge abschmeicheln können."

„Im Meer hatte es niemand nötig, einem andern etwas abzuschmeicheln." Eyjan schubste einen Sessel an den richtigen Platz und setzte sich ihrer Gastgeberin gegenüber.

„Aber wir auf dem Land sind mit dem Fluch Evas belastet. Wie oft habe ich das Wort Gottes gehört: *Du sollst mit Schmerzen Kinder gebären; und dein Verlangen soll nach deinem Manne sein, und er soll dein Herr sein.*" Ingeborg umklammerte die Armlehnen ihres Sessels. Sie würde niemals Kinder gebären.

Eyjan sah es und versuchte unbeholfen, sie zu trösten. „Du hast es besser getroffen als viele, nicht wahr? Niels ist ein Mann, mit dem angenehm zu leben ist, und ich habe festgestellt, daß er in verschiedenen Dingen deinen Rat sucht; du bist nicht bloß sein Spielzeug."

„Das ist wahr. Und trotzdem bin ich eine ausgehaltene Frau, mit der keine ehrbare Ehefrau etwas zu tun haben will, wenn es sich irgend vermeiden läßt. Und natürlich auch kein ehrbarer Mann. Sie grüßen mich wohl höflich, diese Kaufleute und Edelleute und Schiffskapitäne, aber mit dem Grüßen ist auch Schluß. Was sie mit Niels besprechen, erfahre ich hinterher von ihm oder auch nicht. Und er ist vielbeschäftigt, muß viel von zu Hause fort sein. Ich kann seine Stellung nicht beeinträchtigen, indem ich mich mit irgendwem unter unseren Dienstboten anfreunde. Oh, weniger einsam war es in meiner Hütte am Strand." Ingeborg lachte auf. „Auch wenn du für das, was du hast, Eyjan, kein Dankgebet sprechen wirst, sei froh darüber."

„Dann erhoffst du dir vom Schicksal nichts Besseres mehr?" fragte die Prinzessin von Liri leise.

Die Frau zuckte die Schultern. „Wer weiß? Mir ist durchaus klar, wieviel Glück ich gehabt habe, und ich habe schon vor Jahren gelernt, immer Obacht zu geben, um mir die nächste günstige Gelegenheit, die sich bieten mag, nicht entgehen zu lassen."

„Als Niels' angetraute Frau ..."

Ingeborg schüttelte heftig den Kopf. „Nein. Er hat es mir angeboten, aber ich habe gesehen, wie erleichtert er war, als ich es ablehnte. Was soll er auch mit einer früheren Hure, die keine verwandtschaftlichen Beziehungen hat und ihm nicht einmal Söhne schenken kann? Nein, wenn er heiratet, gehe ich ... oh, ruhig, in allen Ehren, und seine schützende Hand bleibt mir erhalten, solange wir beide leben, und vielleicht können wir hin und wieder der alten Zeiten wegen miteinander schlafen – doch gehen werde ich."

Sie kämpfte mit sich, bevor sie es herausbrachte: „Wenn er je heiratet. Seine Leidenschaft für dich mag in ihm zu stark werden. Mit mir kann er offen darüber sprechen; oft ist es geschehen, daß ich ihn in meine Arme genommen habe, während er um dich weinte; aber eine andere ... Erspare ihm das, Eyjan, wenn es dir irgendwie möglich ist."

„Wie?" fragte sie. „Eure Wege sind nicht die meinen." Nach einem Augenblick: „Ist diese unsterbliche Seele, die du hast, es wirklich wert, das Leben einer Frau führen zu müssen?"

Ingeborg erschauerte. „Gott verzeihe mir", flüsterte sie, „ich weiß es nicht."

Der Frühling kam stürmisch mit Blumen und Vogelgesang, eine Jahreszeit der Liebe, eine Jahreszeit des Vergessens und des Abschiednehmens. Die Kogge *Brynhild* zog ihr Segel auf, warf die Leinen los und legte mit der Flut ab. Bis sie außer Sicht war, standen Ingeborg und Niels am Kai und winkten.

Dann: „Wenigstens haben wir sie für diese Zeit gehabt", sagte sie.

Seine Faust war geballt, als wolle er zuschlagen, sein Blick verlor sich am Horizont. „Sie hat mir versprochen zurückzukommen", murmelte er. „Zumindest noch einmal, um mir zu berichten, wie es ihr geht. Wenn sie kann. Wenn sie am Leben bleibt."

„In der Zwischenzeit hast *du* deine Arbeit", stellte Ingeborg scharf fest. „Ich ... sollte mehr über meine eigene Nase hinaussehen, als ich es bisher getan habe." Sie nahm seinen Arm. „Es hat keinen Sinn, hier herumzustehen. Komm, gehen wir nach Hause."

Auf Deck sah Tauno Land, Wasser und Segel vorüberziehen, trank in tiefen Zügen die Luft und sagte: „Endlich sind wir aus diesem Stinkloch heraus! Es war höchste Zeit. Ich hatte schon das Gefühl, ich finge an zu verfaulen."

„Geht es uns hier besser?" entgegnete Eyjan. „Diese beiden hängen an uns."

„Ja, sie haben sich als treu und zuverlässig erwiesen."

„Mehr als das. Was sie uns von sich selbst gegeben haben – wo können wir das jemals finden?"

„Bei Leuten unserer eigenen Art."

„Wenn sie noch so sind, wie wir sie in Erinnerung haben. Und selbst wenn ..." Eyjan verstummte. Nach einer Pause, in der das Schiff weiter aufs Meer hinausfuhr, bis kein Turm von Kopenhagen mehr zu sehen war, schloß sie: „Dies wird eine lange Reise werden, mein Bruder."

Als die Tage zu Wochen wurden, merkten die Männer der *Brynhild*, daß an ihren Passagieren irgend etwas unheimlich war. Zunächst einmal waren Herr Carolus und Frau Sigrid kurz angebunden und geradezu launisch. Sie konnten Stunden hintereinander über die Wellen hinweg oder hinauf zu den Sternen blicken. Oder sie schlossen sich in ihren Kabinen ein und gaben Befehl, es solle ihnen weder Fleisch noch Getränk gebracht werden. Dazu kam, daß mehrere Matrosen den Eindruck hatten, er oder sie sei gelegentlich bei Nacht heimlich über Bord gesprungen. Keiner hatte sie je wieder hinaufklettern sehen. Doch hatte der Schiffseigner den merkwürdigen Befehl gegeben, daß ständig eine Strickleiter am Heck nachgeschleppt werden sollte, falls ein Matrose ins Meer fiele – als ob Seeleute schwimmen könnten! Ob das nun etwas zu bedeuten hatte oder nicht (und Kapitän Asbern Riboldsen hielt seiner Mannschaft vor, sie seien ein abergläubischer und einfältiger Haufen), die beiden nahmen niemals am gemeinsamen Gebet teil. Sie behaupteten, sie zögen es vor, ihre Andacht allein zu halten. Aber wen beteten sie an? Es wurde gemunkelt, man habe einen Zauberer und eine Hexe an Bord genommen.

Doch mangelte es an schlüssigen Beweisen. Carolus und Sigrid taten vor Zeugen nichts Anstößiges, und das Schiff geriet auch nicht in nennenswerte Schwierigkeiten. Gleichzeitig bewiesen ungünstige Winde und Windstillen, daß niemand das Wetter verhexte. Zudem waren Niels Jonsen und sein Partner als feine Kerle bekannt, die arme Seeleute bestimmt nicht hinterrücks mit dem Bösen in Verbindung bringen würden. Niels hatte die Mannschaft warnen lassen, dies werde eine völlig andere Fahrt als alle, von denen sie schon gehört hätten, abenteuerlich wie ein Würfelspiel in einer Kneipe in Visby ... aber gut bezahlt, sehr gut bezahlt.

So sehr sich die Männer auch den Kopf zerbrachen, im ganzen verlief die Reise friedlich: durch die Nordsee und den englischen Kanal, um die Bretagne, den Golf von Biscaya hinunter, an den iberischen Küsten entlang – wo mit aller Wachsamkeit nach maurischen Kreuzern aus Afrika Ausschau gehalten werden mußte – und durch die Tore des Herkules. Hier nahm Kapitän Asbern einen Lotsen an Bord, der ihnen den weiteren Weg zeigen sollte. Eine große Hilfe war, daß Herr Carolus die Sprache dieses Abenteurers aus Mallorca kannte (woher bloß?). Und so erreichte gegen Mittsommer die Kogge Dalmatien und segelte die Küste hinauf.

6

Mit Pferden und Dienern, die sie in Schibenik gemietet hatten, schlugen Herr Carolus und Frau Sigrid die Straße nach Skradin ein. Der Satnik hatte eine Botschaft von der Stadt zur Burg vorausgeschickt, und der Zhupan stellte eine militärische Eskorte für seine vornehmen Besucher. Der Zug bot einen prächtigen Anblick, als er sich in die Berge hinaufwand, Metall schimmerte, Federn und Mäntel wehten in vielen Farben, Hufe klapperten, Harnische klirrten unter einem wolkenlosen Himmel. Die Wärme lockte starke, süße Düfte aus den Tieren, den reifenden Getreidefeldern und Heuwiesen zur Rechten, dem hohen grünen Wald zur Linken.

Trotzdem zog Tauno die Nase kraus. „Puh, dieser Staub!“ sagte er in dänischer Sprache, die sich für solche Dinge besser eignete als die von Liri. „Mein Inneres hat sich in ... in eine ganze Ziegelei verwandelt. Kannst du glauben, daß sich Seevolk freiwillig an Land ansiedelt?“

Eyjan, auf einem Zelter neben seinem Wallach reitend, sah ihn aus dem Schleier, der ihre Mähne verbarg, steif an. „Vielleicht ist es nicht freiwillig gewesen“, antwortete sie. „Was hast du nun eigentlich herausgefunden?“ Ihm als Mann war natürlich die Aufgabe zugefallen, mit den Leuten zu sprechen; Panigpaks Geschenk hing unter seinem Hemd. Die Kroaten waren so begierig auf eine Unterhaltung mit diesem Fremden gewesen, daß Tauno bisher kein Augenblick geblieben war, Eyjan ins Bild zu setzen.

„Wenig“, gestand er. „Ich wagte es nicht, immer wieder auf diese Frage zurückzukommen, weißt du, denn mit unseren angeblichen Geschäften hat sie ja nichts zu tun. Und ich bin nicht geschickt darin, jemandem die Würmer aus der Nase zu ziehen. Ich konnte nur so nebenbei bemerken, ich hätte Gerüchte gehört und sei neugierig. Die Leute wichen dem Thema aus. Mir schien es weniger daran zu liegen, daß es ihnen unheimlich vorkommt, sondern daß die Mächtigen hier es totschweigen möchten.“

„Aber hast du eine Bestätigung erhalten, daß dort, wohin wir wollen, Seevolk lebt?“

„Aye, und auch, daß sie manchmal zu zweit oder dritt an die Küste kommen und schwimmen. Das müßten sie natürlich ihrer Gesundheit wegen tun, aber es heißt, sie verrichten nützliche Arbeiten wie das Vermessen von Untiefen und das Erkunden von guten Fischgründen. Vor kurzem ist auch eine Anzahl von Männern im Dienst des Herzogs – oder wie der Titel hier lautet – auf Schiffen davongesegelt. Ein Krieg braut sich zusammen; mir ist nicht klargeworden, warum oder wer der Feind ist." Tauno zuckte die Schultern. „Unser zukünftiger Gastgeber kann uns zweifellos mehr erzählen."

Eyjan betrachtete ihn forschend. „Hinter diesem sauren Gesicht, Bruder", sagte sie leise, „zitterst du vor Erwartung, sie wiederzusehen."

„Du nicht?" fragte er überrascht. „Es ist eine mühsame Suche gewesen ..." – er schlug die Augen nieder, und seine Stimme sank zum Flüstern herab – „..., und diese letzte Reise war der einsamste Teil davon."

Nun mußte Eyjan das Gesicht abwenden. „Ja. Auf der *Herning* und später in Dänemark hatten wir zwei, die uns liebten."

„Aber unser eigenes Volk ..."

„Warten wir's ab." Mehr wollte sie nicht sagen. Tauno fühlte sich richtig erleichtert, als der Kapitän der Wachen an seine Seite ritt und ihn in ehrerbietiger Faszination in ein Gespräch verwickelte.

Obwohl es in der Luftlinie von Schibenik nach Skradin nicht weit war, machte die Straße viele Windungen, um die Wälder zu umgehen, und der Aufbruch war etwas verzögert worden. So stand die Sonne schon niedrig, als die Gesellschaft das Dorf erreichte. Goldene Strahlen fielen durch kühle Luft, und die Schatten waren lang. Während die Kinder des Wassermanns eine Straße zur Burg hinaufritten, warfen sie interessierte Blicke nach allen Seiten, und ihre Herzen klopften schneller. Die Häuser waren aus Holz, mit Grassoden oder Stroh gedeckt wie im Norden, aber die Bauart und die fröhliche Bemalung, die die meisten zeigten, waren ebenso ausländisch wie die Kirche mit ihrem Zwiebelturm am anderen Ende der Stadt. Die Menschen, die stehenblieben und sich den Zug ansahen, waren oft groß und blond, hatten aber runde Schädel und hohe Wangenknochen. Ihre Tracht war auf eine Art geschnitten und ausgeschmückt, die es zu Hause nicht gab. Sie schienen gut genährt zu sein, und sie wichen nicht ängstlich vor den Soldaten zurück, sondern die Männer unter ihnen grüßten sie mit fröhlichen

Zurufen. Wie überall in Dalmatien hielten sich die Frauen bescheiden im Hintergrund. Mehrere trugen schwerere Lasten, als es im Land der *Brynhild* üblich war.

Plötzlich fuhr Tauno im Sattel zusammen. Sein Blick wanderte von einem Gesicht mit Kopftuch, unter dem sich eine grünliche Locke hervorstahl, zu bloßen Füßen mit Schwimmhäuten unter dem Rock. „Raxi!" schrie er und riß an den Zügeln.

„Tauno, bist du es, Tauno!" rief die Frau in ihrer alten Sprache. Dann fuhr sie zurück, bekreuzigte sich immer wieder und wieder, und ein Strom hrvatskanischer Worte entrang sich ihr: „Nein! Gott, erbarme Dich, Jesus, erbarme Dich, ich darf nicht, Maria, hilf mir ..." Sie drehte sich um, rannte blindlings um eine Ecke und war außer Sicht.

Tauno wollte abspringen und ihr nachlaufen. Eyjan faßte sein Handgelenk. „Bleib hier, Dummkopf!" fauchte sie.

Er schüttelte sich, holte Atem, gewann die Ruhe zurück und trieb sein Pferd wieder an. „Sie sind schon ein überraschender Anblick", bemerkte der Kapitän der Wachen. „Aber Ihr braucht Euch nicht vor ihnen zu fürchten, mein Herr. Sie sind jetzt gute Christen, gute Nachbarn, treue Untertanen des Königs. Tatsächlich denke ich daran, eine meiner eigenen Töchter mit einem jungen Burschen von ihnen zu verheiraten."

Iwan Subitsch hieß seine Gäste zusammen mit einem Priester willkommen, und das war nicht der Burgkaplan, sondern ein robuster, bäuerlich gekleideter Graubart, den der Zhupan als Vater Tomislav vorstellte. Während ein Imbiß vorbereitet wurde und Frau Sigrid sich in dem ihr zur Verfügung gestellten Zimmer ausruhte, besprachen diese beiden sich mit Herrn Carolus.

Das geschah hoch oben im Wachturm, wo ein Raum einen herrlichen Ausblick auf die Landschaft gewährte. Im Westen war die Sonne hinter dem Wald, der den See verbarg, untergegangen. Das Licht berührte immer noch die Flügel der Schwalben und der Fledermäuse, die unter einem violetten Himmel hin und her flitzten. Dünne Nebel webten über den Feldern. Näher schimmerten die sich vereinigenden Flüsse, weiter nord- und ostwärts die Gipfel der Svilaja. Es war draußen sehr still geworden.

Die Dämmerung machte Iwans Narbengesicht weicher, aber es lag Eisen in seiner Stimme, als er, steif auf seiner Bank sitzend, den Austausch von Höflichkeiten mit den Worten beendete: „Ich habe nach

Tomislav geschickt, Gospodar Carolus, weil er mehr als alle anderen über die Meerleute weiß – vielleicht mehr als sie selbst –, und wie ich den mir überbrachten Berichten entnahm, habt Ihr über sie Nachforschungen angestellt."

„Das war freundlich von Euch, Herr", erwiderte Tauno voller Unbehagen. Er netzte seine Lippen mit einem Schluck Wein. „Ihr hättet Euch weder soviel Mühe machen noch mich so genau beobachten lassen müssen, aber jedenfalls danke ich Euch."

„Nichts ist zuviel Mühe für einen Edelmann aus dem Ausland, der Verbindungen mit uns anknüpfen möchte. Doch vielleicht ist es Euch gefällig, Gospodar, mir zu erzählen – denn es scheint doch mit dem Zweck Eures Besuchs gar nichts zu tun zu haben –, warum Ihr Euch für das Seevolk so interessiert?" Wie ein Peitschenknallen: „Ich kann mir nicht vorstellen, aus welchem anderen Grund Ihr zu diesem abgelegenen Ort gekommen seid."

Taunos freie Hand fand Trost am Heft seines Messers. „Nun, wir haben in unseren nördlichen Gewässern eine Rasse der gleichen Art."

„Pah!" entfuhr es Tomislav. „Hört mit dem Unsinn auf, alle beide! Iwan, was Ihr tut, ist abscheulich. Wenn Ihr diesen Mann als venetianischen Spion verdächtigt, sagt es gerade heraus wie ein ehrlicher Mensch."

„O nein, o nein", protestierte der Zhupan hastig. „Wir haben jedoch einen neuen Krieg, und in den letzten beiden Jahren hat sich soviel Unheimliches ereignet ... Es ist meine Pflicht, vorsichtig zu sein, Gospodar Carolus. Und um Euch die Wahrheit zu gestehen, Ihr müßtet Eure hrvatskanischen Verwandten besser kennen, als Ihr behauptet, wenn man bedenkt, wie vollkommen Ihr die Sprache beherrscht."

„Macht ihn das zum Feind?" schnaubte der Priester. „Hört, die Meerleute haben nichts Böses getan, und dazu leisten sie uns noch unschätzbare Dienste. Und bestimmt lächelt Gott auf unser Land, weil so viele reine christliche Seelen zu ihm gekommen sind." Seine Stimme veränderte sich, sie sank beinahe zum Flüstern herab, und es klang ein Schluchzen in ihr mit. Tauno sah, daß ihm Tränen in die Augen traten. Doch Freude stieg aus dem Herzen des Priesters auf: „Wenn Ihr ein Zeichen haben wollt, Iwan, bedenkt, daß die Vilja verschwunden ist. In diesem Frühling ist sie nicht aus dem Wasser gestiegen, um in den Wäldern zu spuken. Niemand hat eine Spur von ihr gefunden. Wenn ... wenn sie wirklich der Geist ... einer Selbstmörderin war ... verurteilt umzugehen ... dann muß Gott ihr verziehen und sie ins Paradies heim geholt haben – und aus welchem anderen Grund wohl, als daß Er erfreut über die Rettung des Seevolks war?"

Tauno fühlte sein Herz wie einen Stein in der Brust, als er langsam fragte: „Dann ist es wahr, was die Leute hier glauben? Sie sind getauft worden und haben alle Erinnerungen an das, was sie waren, verloren?"

„Ganz so ist es nicht", antwortete Tomislav. „Durch einzigartige Gnade ist ihnen ihr früheres Leben geblieben und so auch die Kenntnisse und Fähigkeiten, mit denen sie unseren armen Landsleuten helfen können. Es ist eine lange, aber eine wundervolle Geschichte."

„Ich ... würde sie gern hören."

Die Menschen betrachteten Tauno ein Weile stumm, und währenddessen nahm die Dunkelheit zu. Iwans Blick verlor an Mißtrauen, Tomislavs gewann noch an Freundlichkeit.

Endlich meinte der Zhupan : „Nun, ich sehe keinen Grund, warum Ihr sie nicht hören solltet. Wie ich annehme, habt Ihr Euch das meiste davon schon selbst zusammengereimt. Auch glaube ich, daß Ihr uns die wirklichen Gründe für Euer Hiersein verschwiegen habt, aber ich hoffe sehr, daß sie harmlos sind."

„Sie sind noch besser als nur harmlos", fügte Tomislav hinzu. „Andrei – der früher Vanimen war – erzählte mir von seinen Kindern, die er zurücklassen mußte ... Ihr braucht nicht mehr zu sagen, Carolus, bis Ihr selbst die Überzeugung gewonnen habt, daß Ihr uns vertrauen könnt. Laßt mich Euch helfen zu begreifen, daß Ihr unter Freunden seid. Hört Euch die Geschichte an. Fragt mich, was Ihr wollt."

Auch an Land konnte Tauno sich mit der Lautlosigkeit einer Schlange bewegen, wenn er wollte. Niemand sah ihn aus seinem Zimmer gleiten, einen Gang und eine Treppe hinunter, in Schatten und Nebel des Hofes hinaus, durch ein offenes Tor, wo zwei Schildwachen sich schläfrig auf ihre Piken stützten. Als er erst einmal zwischen den Häusern der Dorfbewohner war, ging er aufrecht, denn niemand war wach, und kein Hund würde es wagen zu bellen. Der Himmel war klar und voller Sterne. Die Abendkühle dämpfte den Gestank menschlicher Behausungen soweit, daß er die Gerüche fand, die er suchte. Es waren die Düfte eines Wassers, das größer und tiefer als ein Taufbecken war.

Schon lebten mehrere Meerleute in menschlichen Haushalten. Er ging an diesen Häusern vorbei. Auch zog er es nicht in Betracht, die

Siedlung am Seeufer aufzusuchen, die andere, die jetzt Fischer waren, mit den Kindern Adams teilten. Ein paar kleine Wohnstätten, die nach frischem Holz rochen, waren am Rand Skradins für den Rest der Neuankömmlinge errichtet worden. Das waren hauptsächlich Meerfrauen ... nein, Menschenfrauen, dachte er, sterbliche Frauen, denen es der Anstand verbot, auf Abenteuer auszugehen.

Eine bestimmte Mischung kühler, fleischlicher Düfte führte ihn zu einer Tür, an die er klopfte. Die Ohren drinnen hatten ihre Feenschärfe behalten. Eine Stimme rief: „Wer ist da? Was wollt Ihr?"

„Ich bin es, Tauno, Vanimens Sohn", antwortete er. „Laß mich ein, Raxi, die ich in Liri geliebt habe."

Er hörte Geflüster, Schritte, Herumhantieren. Es schien endlos lange zu dauern, bis der Riegel klickte und die Querstange zur Seite schwang. Zwei standen hinter der Tür. Sie hatten Hemden übergeworfen, aber er erkannte sie sofort: Raxi, das lustigste Mädchen seines Stammes, und die schlanke blauhaarige Meiiva, die die besondere Freundin seines Vaters gewesen war.

Er merkte selbst, wie unsicher sein Lächeln war, als er die Arme ausbreitete. Das Mädchen keuchte auf, sprang zurück, begrub das Gesicht in den Händen. Ihre ältere Gefährtin blieb ruhig, doch es kostete sie Mühe zu sagen: „Willkommen, Tauno. Wir freuen uns, daß ihr noch lebt, du und Eyjan – und endlich hergekommen seid ... Aber du mußt dich bedecken."

Tauno blickte nach unten. Als er sein Bett verließ, hatte er sich nicht damit aufgehalten, die Kleider bis auf den Messergürtel wieder anzulegen; der Talisman hing immer um seinen Hals. „Aber wir sind doch allein, Meiiva", erwiderte er in einer Verwirrung, die zur Hälfte aus Furcht bestand, „und ihr kennt beide diesen Körper gut."

„Ich bin nicht mehr Meiiva, Tauno, und sie, meine Schwester in Gott, ist nicht mehr Raxi. Wir sind Jelena und Biserka." Die Frau drehte sich um. „Warte hier. Ich hole dir etwas zum Anziehen." Die Tür schloß sich.

Bald darauf öffnete sie sich wieder um einen Spalt, und sie reichte ihm einen Mantel hinaus. Er gürtete ihn und roch mit einiger Erregung, daß er seinem Vater gehörte. Als Meiiva – Jelena – ihn in das bescheidene Häuschen einließ, unter dessen Dachbalken er den Kopf beugen mußte, hatte sie an dem Feuer im Herd eine Tonlampe angezündet. „So ist es besser", meinte sie und berührte tatsächlich seinen Ellenbogen. „Du brauchst dich nicht zu schämen, du mußt ja alles noch lernen. Setz dich, mein Lieber, ich will dir einen Schluck Met eingießen."

Benommen ließ er sich auf einer Truhe nieder. Biserka hatte sich in die entgegengesetzte Ecke gekauert. Der Blick, den sie zu ihm herüberschickte, war ... ängstlich? Sehnsüchtig? Er konnte nicht klug daraus werden, aber er hörte, wie schnell ihr Atem ging.

„Warum bist auch du hier?" fragte er ihre Hausgenossin.

„Andrei, dein Vater, mein Mann, ist in den Krieg gezogen", erklärte Jelena. „Der Schicklichkeit wegen – wie auch, um uns gegenseitig zu helfen –, habe ich Biserka eingeladen, in der Zwischenzeit bei mir zu wohnen. Sie ist unverheiratet und ... nun ..." Die Offenheit früherer Zeiten war verschwunden, es kam sie schwer an zu enden: „Sie hat bei einer Familie gelebt, aber der älteste Sohn fing an, Verlangen nach ihr zu zeigen, und er wäre nicht die beste Partie, die sie machen kann."

„Du, Raxi?" rief Tauno. „Und ich wollte heute nacht vor allen anderen zu dir kommen!"

Jelena seufzte, doch ihre Wangen glühten in dem trübgelben Licht. „Ich weiß. Mögen die lieben Heiligen mir helfen, mich zu erinnern, was du bist, damit ich dir keine Vorwürfe mache, sondern dir den Weg hinauf weise." Sie hatte drei Becher mit Met gefüllt und reichte ihm einen. „Verbanne fleischliche Gedanken, Tauno. Dies ist nicht Liri, wir sind nicht mehr, was wir einst waren; Gott sei gepriesen."

„Auch hier gibt es ein paar liederliche Personen!" entrüstete sich Biserka. Sie drückte sich gegen die Wand, bekreuzigte sich und setzte schnell hinzu: „Frag mich nicht nach ihren Namen."

„Ganz gewiß wirst du keine unter uns finden, die wir Meerleute waren", erklärte Jelena, vor Tauno stehend. „Wir sind eben erst neugeboren. Wie bete ich darum, daß wir die Seelen, frisch aus Gottes Hand erhalten, niemals beflecken werden!" Sie hielt inne, sah an ihm vorbei und überlegte: „Aber wir werden es tun, fürchte ich. Uns unserer eigenen Tugend sicher zu sein, das wäre an sich eine Todsünde: Stolz. Aber möge uns immer die Gnade zuteil werden, daß wir bereuen, wenn wir fallen, und uns weiter bemühen." Ihr Blick wurde scharf und durchbohrte ihn. „Wenn irgendein Mann uns zwingen wollte, sollte er daran denken, daß wir immer noch mit scharfen Waffen umgehen können."

„Dann erinnert ihr euch an euer früheres Leben?" murmelte er.

Sie nickte. „Ja, auch wenn es uns seltsam und undeutlich vorkommt, wie ein Traum, der lang und lebhaft war, jetzt aber verblaßt.

Wir sind erwacht, siehst du. Dort vor dem Altar erwachten wir aus dem Halbleben der Tiere zum ewigen Leben.“ Plötzlich begann sie, die so stark wie Vanimen gewesen war, zu weinen. „Oh, dieser Augenblick, dieser einzigartige erste Augenblick mit Gott! Wie können wir anders ... als ständig darauf zu hoffen ... daß uns diese Seligkeit für immer im Himmel zuteil wird?“

Ein abnehmender Mond war über die östlichen Berge gestiegen, als Tauno den Wald betrat. Er hatte nicht viel Zeit gebraucht, denn er war den ganzen Weg über die bebauten Felder gerannt; Halme und Ähren hatten ihm aus Rache für das Zertrampeln Striemen zugefügt. Doch es war spät geworden, als er sich endlich von den Frauen losmachen, seines Vaters Mantel vor der Tür abwerfen und davonstürzen konnte.

Es war nicht etwa so, daß sie ihn verfluchten. Voller Freundlichkeit hatten sie ihm zugesetzt, er möge doch ebenfalls das Geschenk einer unsterblichen Seele annehmen. Sie hatten sich auch nicht ganz und gar verändert, doch die einmal so köstlichen Körper beherbergten jetzt eine Fremdheit, die größer war als jene, die ihn vom Stamm Adams trennte. Es lag daran, daß sie – so dachte er irgendwo in seinem verwirrten Verstand –, daß sie zu Trägerinnen des Verhängnisses geworden waren. In ihnen lag die Zukunft, die keinen Platz für das Feenreich mehr enthielt. Er jagte nicht nur dahin, um die Verzweiflung abzuarbeiten, in der seine Suche geendet hatte. Er floh vor dem Unsichtbaren, während die Sterne herabblickten und zischten: „Da ist er, da läuft er, da ist seine Spur, der wir folgen werden.“

Sein Atem ging schwer, als er einen Unterschlupf fand. Das war unter einer Eiche, denn sie verbreitete Dunkelheit und trug Misteln in ihren Zweigen. Endlich schritt er hinaus in die Wildnis, auf den See zu, den er in der Ferne wahrnahm. Er wollte in seinen Wassern baden, wollte seine Lungen mit ihrer Sauberkeit füllen, vielleicht einen Fisch fangen und roh verzehren wie ein Seehund oder Mörderwal. Dadurch würde er neue Kraft gewinnen, so daß er zu der Burg und allem, was dort geschehen mochte, zurückkehren konnte.

Auf beiden Seiten des Wildpfades, dem er folgte, warfen Bäume Schatten, hielt Unterholz tiefere Finsternis umfangen. Mondlicht drang in Streifen durch die Kronen und schimmerte auf Dämpfe, die dicht über dem Boden strömten und wirbelten. Hier war es einen Hauch wärmer als draußen auf freiem Feld, feucht, nach schlafenden Pflanzen duftend. Es raschelte schwach, ein Luftzug, eine geisterhafte

Eule, das Trippeln winziger Füße. Einmal schrie weit weg eine Wildkatze, und der Laut verschmolz mit der Musik, die die vielen Blätter ringsum erzeugten.

Ein gewisser Friede senkte sich auf Tauno herab. Hier war ein Überbleibsel seiner Welt, der wilden Welt, die völlig in sich abgeschlossen war, liebte, tötete, zeugte, litt, starb, geboren wurde, die phantastische Zauber kannte, aber niemals versuchen würde, die Mysterien dahinter zu erforschen und zu zähmen oder sich einen Blick in die Ewigkeit selbst zu erzwingen. Hier waren Spuren des Feenreichs ..., der Geisterknochen sandte Namen in sein Bewußtsein, als habe er sie schon immer gekannt ... Leschi, Kikimora, auch eine gleitende Ruhelosigkeit, voll Scheu vor ihm und doch ...

Aber was nahm seine Nase außerdem wahr? Nein, diese Empfindung erhielt er auf andere Weise, sie stieg aus seinem Blut auf, teils Furcht und teils unaussprechliches Verlangen. Seine Pulse jagten; er beschleunigte den Schritt.

Der Pfad bog um ein Röhricht, und da begegneten sie sich.

Für eine Zeit außerhalb der Zeit blieben beide stehen. Ein Mensch wäre hier so gut wie blind gewesen, doch sie sahen sich weiß vor den sie umgebenden vielschichtigen Schatten, als habe sich der andere aus dem Nebel erhoben, der ihnen um die Füße wallte. Sie war viel bleicher als er; es war, als ströme das flüchtige Mondlicht durch dünngeschabten Alabaster, doch wenn sie sich bewegte, war es, als kräusele sich Wasser. Sehr schön war sie in ihrer Nacktheit mit den schlanken, makellosen Linien von Taille, Hüften, Schenkeln, jungfräulichen Brüsten, mit ihrem zartgeschnittenen Gesicht und den riesigen, leuchtenden Augen. Ihr Haar bildete in der Luft schwebend eine Wolke um sie. Keine Farbe war an ihr außer den leisesten Andeutungen von Blau und Rosa, wie auf Schnee unter den Vorläufern der Morgenröte.

„Oh", hauchte sie. Entsetzen packte sie. „Oh, aber ich darf doch nicht!"

Er wiederum erinnerte sich daran, was er heute und in früheren Zeiten von seinem Vater gehört hatte. Er rief: „Eine Rousalka!" Dabei riß er sein Messer aus der Scheide. Er wagte es nicht, ihr den Rücken zu kehren.

Sie verschwand hinter dem Buschwerk. Er blieb angespannt, mit verzerrtem Gesicht stehen, bis er zu dem Schluß kam, sie sei fort, und die Klinge wieder einsteckte. Der Eindruck, den sie hinterlassen hatte, wehte überall in der Luft, so sanft, frisch, mädchenhaft, daß es einen um den Verstand bringen konnte. Aber er wußte wenig von solchen Wesen; ihre Spuren mochten eine Zeitlang verweilen ...

Wirklich?

Aber er konnte ja den Talisman fragen. Er brauchte sich nur zu entspannen, in hrvatskanischer Sprache an das zu denken, was er gesehen hatte, und das Wissen in sich einfließen zu lassen. Er lockerte Muskel für Muskel, bis er alles wußte und rufen konnte: „Vilja, bleib. Bitte.“

Sie lugte um das Gebüsch. Tauno konnte kaum ein Auge, den Schimmer einer Wange, die Zartheit eines Ellenbogens erkennen. „Bist du ein Christ?“ flötete sie schüchtern. „Es ist mir verboten, Christen in die Nähe zu kommen.“

Also war sie keine Bedrohung; sie war nur schön. „Ich bin nicht einmal ein Sterblicher“, erklärte Tauno mit rasselndem Lachen.

Sie stahl sich näher heran und blieb auf Armeslänge vor ihm stehen. „Irgendwie habe ich das gefühlt“, flüsterte sie. „Möchtest du dich wirklich mit mir unterhalten?“ Sie wurde fröhlicher, sie trillerte: „Oh, wundervoll! Ich danke dir, ich danke dir.“

„Wie ist dein Name?“ Er mußte seinen Mut zusammennehmen, bevor er erklären konnte: „Ich heiße Tauno. Ich bin zur Hälfte ein Wassermann, zur Hälfte ein Mensch, gehöre aber ganz und gar dem Feenreich an.“

„Und ich ...“ Sie zögerte länger als er. „Ich glaube, ich bin ... ich war Nada. Ich nenne mich Nada.“

Er streckte ihr die Hand entgegen. Sie kam auf Zehenspitzen näher. Ihre Hände umschlossen einander. Nadas waren nachtkühl und irgendwie nicht ganz fest. Tauno fürchtete, wenn er richtig fest zugriffe, würden seine Finger sich begegnen. Deshalb hielt er seine Hand so lokker, wie er nur konnte. Beide erbebten.

„Was bist du?“ fragte er, denn er wollte es von ihren eigenen Lippen hören.

„Eine Vilja. Ein Ding aus Nebel und Wind und halb erinnerten Träumen – und so froh über deine Freundlichkeit, Tauno!“

Begehren, lange nicht befriedigt, wuchs in ihm. Er versuchte, sie an sich zu ziehen. Sie entfloh, sie wehte aus seiner Umarmung und verhielt zitternd außerhalb seiner Reichweite. Furcht und Kummer spiegelten sich in ihrem Gesicht, das jung anzusehen, aber innerlich alt geworden war. „Nein, Tauno, ich bitte dich. Um deiner selbst willen. Ich gehöre der lebenden Welt nicht mehr an. Du würdest sterben, du auch, wenn du es versuchtest.“

Tauno fiel ein, wie Herr Aage aus seinem Grab gestiegen war, um die geliebte Frau Else zu trösten ... sie nur in ihrem Elend zu trösten ... und was daraus entstanden war. Da wich Tauno vor Nada zurück.

Sie sah es. Ihre Einsamkeit wollte sie überwältigen, doch dann straffte sie die Schultern (gleich unter der Kehle befand sich eine so rührende Höhlung) und sagte mit bebendem Lächeln: „Aber wegzulaufen brauchst du ja nicht, nicht wahr, Tauno? Können wir nicht ein Weilchen zusammenbleiben?"

Das taten sie bis zum Morgen.

7

Andrei Subitsch, Kapitän der Königlichen Marine von Magyarország und Hrvatska – er, der einmal Vanimen, König von Liri, gewesen war –, wandte sich von dem Fenster ab, aus dem er geblickt hatte. Es war in Schibenik in einem der oberen Stockwerke des bürgermeisterlichen Palastes. Wenn ein Offizier wie er Sonderurlaub vom Kriege nahm und infolge einer Botschaft des Zhupans nach Süden kam, konnte er jede Wohnung erhalten, die er verlangte. Der Tag war vergangen, während er und Eyjan miteinander sprachen. Türme standen dunkel vor dem tiefblauen Dämmern über den sie verbindenden Wällen und Befestigungen. Fackeln hüpften durch die Straßen. Glocken riefen zur Vesper. Andrei schlug das Kreuz.

„Und nun wissen wir beide, was dem anderen widerfahren ist", seufzte er. „Doch was wissen wir wirklich?" Groß, in einem goldbestickten Kaftan schritt er über den Teppich, und sein Gang zeugte von mehr Festigkeit als seine Stimme. „*Warum* wollte Tauno sich nicht die Mühe machen, diesen kurzen Weg zurückzulegen und mich zu begrüßen?"

Eyjan, die saß, blickte auf den Saum ihres Gewands hinab. „Ich weiß es nicht", erwiderte sie. „Nicht genau. Er sagte, es habe keinen Zweck, du seist nicht mehr der Vater, den er gesucht habe. Aber er spricht in letzter Zeit mit niemandem mehr viel, jedenfalls nichts, was seine Gedanken enthüllt."

„Nicht einmal mit dir?" fragte Andrei und nahm auf dem Sessel ihr gegenüber Platz.

„Nein.“ Ihre im Schoß liegenden Hände ballten sich zu Fäusten. „Ich kann nur vermuten, daß seine Bitterkeit gegenüber den Christen ihn vergiftet hat.“

Andrei richtete sich auf. Seine Stimme klang heiser. „Hat irgendwer euch beiden etwas Böses getan?“

„Nein. Ganz im Gegenteil.“ Die roten Locken flogen, die grauen Augen blickten zu ihm empor. „Wir mußten Iwan bald gestehen, daß wir ihn anfangs belogen hatten, denn wir konnten ja nicht gut an der beabsichtigten Täuschung festhalten, nachdem unsere Leute uns erkannt hatten. Aber er trug es uns nicht nach. Er erwies uns statt dessen noch mehr Gastfreundschaft, und das seinem Kaplan zum Trotz, der entsetzt ist, daß zwei Wesen wie wir unter jenem Dach wohnen. Auch tut Iwan wirklich sein Bestes, um unser Geheimnis nicht über das Dorf hinausdringen zu lassen, damit wir, wenn wir wollen, ohne Gefahr nach Dänemark zurückkehren können.“

„Natürlich hofft er, euch zu bekehren.“

„Natürlich. Aber er bedrängt uns deswegen nicht und läßt auch nicht zu, daß Vater Petar es tut.“ Eyjan lächelte ein bißchen. „Lieber als ihn sehe ich Vater Tomislav, ja, ich suche ihn sooft wie möglich auf. Er ist ein lieber Mann. Nicht einmal Tauno bringt es fertig, ihn geringschätzig zu behandeln.“ In ganz anderem Ton fuhr sie fort: „Daran ist irgend etwas seltsam. Ich weiß nicht, was oder warum ... aber Tauno ist sehr sanft mit Tomislav ... beinahe in der Art, wie man sich verhält, wenn jemand bald sterben muß und es selbst nicht weiß ...“

„Wie spielt sich sein tägliches Leben ab? Und deins?“

Eyjan zuckte die Schultern. „Da jeder weiß, daß ich eine Meerfrau bin, brauche ich mich nicht an die Einschränkungen zu halten, die für kroatische Frauen gelten. Ich kann schwimmen oder durch die Wälder streifen, vorausgesetzt, es bekommt mich kein Mann zu sehen. Doch unter Sterblichen halte ich es für das beste, die Dame zu spielen. Dann verbringe ich viel Zeit damit, die Sprache zu lernen, weil Tauno das Amulett hat. Oft singen die Dienerinnen und ich zusammen; hin und wieder schließt sich uns Iwans Frau oder sein Sohn an.“ Sie verzog das Gesicht. „Ich fürchte, der junge Luka beginnt, mich zu gern zu haben. Ohne es zu wollen, würde ich Leid über das Haus bringen.“

„Tauno?“

„Woher soll ich das wissen?“ entgegnete Eyjan schroff. „Er verschwindet tage- und nächtelang hintereinander in der Wildnis. Kommt er zurück, grunzt er, er sei auf der Jagd gewesen, und ist kaum höflich zu den Leuten. Ich sagte schon, daß ich den Verdacht habe, er haßt den christlichen Glauben für das, was er seinem Volk angetan hat. Aber warum er mich meidet ..."

„Hm". Andrei stützte das Kinn in die Hände und ließ lange seinen Blick auf ihr ruhen. „Könnte er eine Liebste irgendwo in einer entfernten Hütte gefunden haben? Ich bin sicher, daß keiner von euch einen Partner in Skradin haben kann."

„Nein", bestätigte sie knapp. „Das können wir nicht."

„Und in einem Einzelbett wird einem die Zeit lang. Ah, da fällt mir ein ... Wenn er kein sterbliches Mädchen verführt hat, nun, dann gibt es auch noch Wesen aus dem Feenreich in dieser Gegend ..." Entsetzt erkannte Andrei, wohin ihn dieser Gedanke führte. Wieder bekreuzigte er sich. „Jesus verhüte es!"

„Was macht es schon, wenn er, der seelenlos ist, sich mit einer Elfe paart?" spottete Eyjan.

„Ich will nicht, daß mein Sohn unwiderruflich verlockt wird. Er könnte sterben, bevor er errettet ist." Andreis Augen richteten sich auf sie. „Du auch, meine Tochter."

Eyjan schwieg.

„Was habt ihr für Pläne?" forschte er.

Ihre unglückliche Stimmung verriet sich in ihren Worten. „Ich weiß es nicht, denn Tauno hält sich ja ständig von mir fern. Wir hatten unsern dänischen Freunden versprochen, sie wieder aufzusuchen, wenn es uns möglich sei. Danach ... Grönland?"

„Kein geeigneter Ort für euch, die ihr Besseres kennengelernt habt." Andrei zögerte. „Luka Subitsch wäre ein rücksichtsvoller Gatte."

Eyjan wurde ärgerlich. „Niemals werde ich die Bande tragen, die sie den Frauen hier auferlegen!"

„Aye, in Dänemark wärest du freier, und es gefällt mir, was du über diesen Niels Jonsen erzählt hast. Laß dich taufen, heirate ihn, sei glücklich."

„Mich taufen lassen. So werden ... wie du?"

„Ja, altern und in wenigen Jahren sterben und in der Zwischenzeit keusch und fromm leben. Aber du wirst im Segen Gottes und danach in Seiner Gegenwart leben. Erst wenn du dieses Angebot Jesu Christi angenommen hast, kannst du wissen, wie unermeßlich großzügig es ist."

Mit den Augen ebenso wie mit seinen Worten redete Andrei ihr zu: „Ich verstehe, du fürchtest den Verlust deiner wilden Freiheit, du meinst, daß du dann lieber aufhören möchtest zu sein. Ich gebe dir meinen Eid darauf – nicht beim Allerhöchsten, noch nicht –, bei meiner Liebe zu deiner Mutter und zu dir, Eyjan Agnetestochter, daß du in der Menschlichkeit Erlösung finden wirst. Es wird dir sein, als kämest du allein aus einer Winternacht in einen vom Feuer erhellten Raum, wo diejenigen, die deinem Herzen am nächsten stehen, bei einem Festschmaus sitzen."

„Und wo ich keine Sterne mehr sehe, keinen Wind mehr spüre", protestierte sie.

„Das Feenreich hat seine Schönheiten", räumte er ein. „Aber wäre es nicht am klügsten, du gäbest sie auf, solange sie zum Teil noch so sind, wie du sie gekannt hast? Oh, Eyjan, Kind, erspare dir die Qual, die Halbwelt untergehen zu sehen und den gleichen Zusammenbruch in der eigenen Brust zu spüren. Denn die Halbwelt wird verderben. Was in Liri geschehen ist, war nur ein Vorgeschmack von dem, was dem ganzen Feenreich widerfahren wird. Die Magie stirbt aus in der Schöpfung. Ein weiser Mann hat mir das nachgewiesen, und ich möchte es an dich weitergeben – obwohl mich jedes Wort wie ein Messer durchbohrt –, wenn du hierbleiben willst, bis ich zur Flotte zurückkehren muß.

Triff deine Entscheidung so, daß du denjenigen, die dich lieben, wie auch dir selbst Elend ersparst. Verlasse ein Feenreich, wo du kein Glück finden kannst, was du auch tust, wohin du dich auch wendest. Nimm die göttliche Liebe Christi an, die ehrliche Liebe Niels' und der Kinder, die du ihm gebären wirst, und eines Tages werden wir uns alle im Himmel wiedersehen."

Er sah an ihr vorbei in weite Fernen und fügte leise hinzu: „Auch Agnete."

Wie ähnlich ist er doch Tauno, dachte sie.

Im Sommer, wenn die Bäume sie mit ihrem Schatten vor der Sonne schützten, konnte eine Vilja bei Tag unterwegs sein. Nada tanzte in einem Wirbel flatternden Haares durch den Wald. Sie duckte sich unter Büschen, setzte über Stämme, sprang hoch, faßte einen Ast und schaukelte daran, und schon eilte sie weiter. Ihr Lachen perlte: „Komm, komm doch, Schlafmütze!" Ihre schlanke Gestalt verschwand im Grün. Tauno blieb stehen, um Atem zu holen, und sah sich nach ihren Spuren um. Plötzlich legte sie ihm von hinten die Hände über die Augen, küßte ihn zwischen die Schulterblätter und war gleich wieder fort.

So kühl ihre Berührung gewesen war, sie brannte lange in seinem Bewußtsein. Er stolperte weiter. Für ihn unsichtbar, sandte sie ihm Brisen, die ihm zufächelten.

Endlich konnte er nicht mehr. An einem dunkelbraunen, von Moospolstern umgebenen Tümpel hielt er an. Bäume drängten sich heran, hohe Eichen, schlanke Buchen, dunkler Wacholder. Sie schlossen den Himmel aus, sie bildeten ein grünes Dunkel, getupft mit Sonnenflekken. Schmetterlinge flatterten umher. Es war warm hier, die Luft schwer von Düften der Reife. Ein Eichhörnchen keckerte und sauste nach oben, dann war es verschwunden, und das mächtige Schweigen des Sommers herrschte wieder ungebrochen.

„Hallo-o!" rief Tauno. „Du hast mir die Luft aus den Lungen gerannt." Bogengänge aus Blättern verschluckten seine Stimme. Er wischte den Schweiß ab, der ihm in die Augen stach und seine Lippen salzte, warf sich auf den Bauch und trank. Der Tümpel war kalt, das Wasser schmeckte nach Eisen.

Er hörte ein Kichern. „Du hast ein wohlgeformtes Hinterteil", rief Nada. Er rollte sich auf den Rücken und sah sie auf einem Ast über ihm sitzen und mit den Beinen schlenkern. Wenn sie ins Licht gerieten, flammten sie golden auf, und dann verwandelten sie sich im Schatten wieder zu Weiß.

„Komm her, wenn du dich traust, und ich werde dir deins dafür versohlen", forderte er sie heraus.

„Nein." Sie schnitt ihm ein Gesicht. „Das würdest du nicht tun. Ich kenne dich, du großer Schwindler. Ich weiß, was du wirklich tun würdest."

„Was denn?"

„Nun, mich streicheln und liebkosen und küssen – was sowieso eine bessere Idee ist." Nada glitt mehr als sie sprang zur Erde. Brombeeren wuchsen unter dem Baum. Sie pflückte so viele, wie sie in ihren kleinen Händen fassen konnte, ehe sie sich neben Tauno kniete, der jetzt saß.

„Armer Liebster, du bist wirklich müde", meinte sie. „Überall naß und bestimmt schwach in den Knien. Hier, ich will dich mit neuer Kraft füttern."

Ihre eigene Haut war trocken, ihr Atem ging leicht, sie hätte sofort wieder davoneilen können. Sie schlief nicht, wenn er es tat, und sie nahm sich nichts von den Beeren, die sie ihm in den Mund steckte. Die Toten haben keine solchen Bedürfnisse.

„Sie waren köstlich, ich danke dir", sagte er, als er alle gegessen hatte. „Aber wenn ich noch länger hier draußen bleiben will, brauche ich kräftigere Nahrung. Fisch aus dem See oder, wenn du mir suchen helfen willst, ein Reh."

Sie zuckte zusammen. „Ich mag es nicht, wenn du tötest."

„Ich muß."

„Ja." Ihr Gesicht erhellte sich. „Wie der große schöne Luchs, der du bist."

Sie strich mit ihren Fingern über ihn hin. Nun berührte er sie mit Liebkosungen, die überallhin wanderten. Fest zufassen konnte er nicht. Sie war zu unstofflich. Er fühlte gerundete Weichheit, die ihm willig entgegenkam, aber sie besaß keine Wärme, und er hatte immer den Eindruck von einer Zartheit wie Distelflaum.

Woraus sie bestand, wußte er nicht, und sie auch nicht. Die Gebeine von Nada, Tomislavs Tochter, ruhten auf einem Kirchhof in Schibenik. Ihre Seele wohnte in einem Bild dieses Körpers, geschaffen aus ... Mondlicht und Wasser vielleicht. Es war eine milde Verdammung.

Trotzdem eine Verdammung, überlegte er: für ihn ebenso.

„Du tust dir selbst weh", rief sie. „Oh, tu es nicht."

Er riß den Blick von ihr los. „Verzeih mir", sagte er mit rostiger Stimme. „Ich weiß, meine trübe Stimmung quält dich. Vielleicht solltest du umherlaufen, bis ich damit fertig geworden bin."

„Und dich allein lassen?" Sie rückte nahe an ihn heran. „Nein." Nach einer Weile: „Außerdem bin ich selbstsüchtig. Du nimmst mir meine Einsamkeit."

„Die Schwierigkeit ist nur, daß ... ich dich begehre ... und zu spät gefunden habe."

„Und ich begehre dich, Tauno, Geliebter."

Welche Bedeutung hatte das für sie, fragte er sich. Sie war als Jungfrau gestorben. Natürlich hatte sie gewußt, wenn vielleicht auch nur, weil sie es bei Tieren gesehen hatte, was ein Mann mit einer Frau tut, aber hatte sie es jemals richtig verstanden? Danach war es nicht mehr ihre Art zu grübeln, sie war ein Geist des Waldes und des Wassers, ihr Herz bestand aus Luft. Welche Wünsche mochten sich in ihr regen? Hatte sie überhaupt welche?

Zumindest den Wunsch nach seiner Gesellschaft – hatte das ihn gefangengenommen, die Anbetung, die sie ihm von Anfang an gezollt hatte? Sie war so ganz und gar anders als Eyjan. Vielleicht war er zu ihr geflohen, ohne es selbst zu wissen. Aber andere Frauen hätten ihm ebenfalls Zuflucht geboten, und sie konnten seinen Lenden Ruhe geben, und ihre Freundschaft würde dauern. Statt dessen tollte er mit einem Geist umher. Ingeborg ...

Tauno und Nada hielten sich umschlungen. Ihr Kopf ruhte an seiner Brust; er konnte ihr Haar kaum fühlen. Die von Schmerz durchzogene Freude, die er bei ihr fand, gab ihm seine Ruhe zurück. Natürlich konnte es nicht immer so weitergehen, aber über die Zukunft wollte er sich keine Gedanken machen. Vorausplanung war kein Teil seines Feenerbes, und seine menschliche Hälfte verleugnete er. Mit Nada hatte er Schönheit, Frohsinn, gemeinsames ehrfürchtiges Schweigen unter den Sternen, und er verlor sich selbst, er fand beinahe zum Frieden mit allem, was auf dieser Seite des Himmels war.

„Du bist müde“, sagte sie schließlich. „Leg dich hin. Schlafe ein bißchen. Ich singe dir ein Wiegenlied.“

Er gehorchte. Die einfache Melodie, die ihr ihre Mutter wahrscheinlich nie vorgesungen hatte, rann über ihn hin wie ein Bach und trug alle Sorgen mit sich fort.

Er war zufrieden. Sollten Fleisch und Blut bis auf später warten. Die Vilja würde ihn niemals verraten.

Der Sommer ging in den Herbst über. Zuerst waren die Felder voll von Bauern, die sich über ihre Sicheln beugten oder nachfolgten, um zu rechen, zu binden, aufzustellen, wegzufahren und nachzulesen. Sie werkten von vor Sonnenaufgang bis nach Sonnenuntergang, damit kein Unwetter sie beraube, und fielen todmüde in Schlaf. Es wurde noch schwerer gearbeitet als sonst, denn alle Zeichen deuteten auf einen frühen und harten Winter hin. Als die Ernte endlich eingefahren war, feierten alle ein titanisches Fest. In der Zwischenzeit sahen die Sterne jede Nacht weiter entfernt aus, und die Luft wurde schnell kalt.

In einer dieser dunklen Nächte wanderten Tauno und Eyjan am Flußufer entlang. Sie hatte darauf bestanden, sie müßten sich aussprechen. Er hatte mürrisch nachgegeben, aber gesagt, zwischen Wänden fühle er sich gefangen.

Ein Leuchten über den östlichen Berggipfeln kündigte den Mondaufgang an. Bald würde es der Vollmond sein, der den Herbstanfang bedeutete. Der Große Wagen stand niedrig am Himmel von Dalmatien und sah riesengroß aus; höher blinkte der Polarstern, um dem Volk aus dem Norden den Heimweg zu zeigen. Frösche und Grillen waren verstummt. Nur das Murmeln des Flusses war zu hören. Verfrühter

Rauhreif lag auf dem vertrockneten Gras. Tauno fühlte es unter den Füßen, denn er hatte seine Kleider abgeworfen, sobald sie außer Sicht von Skradin waren. Eyjan hatte es nicht getan. Der Kapuzenmantel und das wallende Gewand taten ihr Bestes, ihre Gestalt zu verbergen.

Nach einer oder zwei Meilen ergriff sie das Wort. „Kapitän Asbern suchte mich auf, als ich in Schibenik war. Er warnte mich, daß die *Brynhild*, wenn sie nicht bald ausläuft, bis zum Frühling im Hafen liegen müsse. Schon jetzt würden nur wenige Schiffsherren zu einer so langen Reise aufbrechen."

„Ja, das wußten wir", erwiderte er.

„Aber hast du wenigstens einmal darüber nachgedacht?" Eyjan schwieg eine Weile, und nichts war zu hören außer ihren Schritten. Dann fuhr sie fort: „Ich habe in letzter Zeit eine Menge über das Leben der Menschen gelernt, während du dich nicht zu derlei herabgelassen hast. Für Niels würde es einen hohen Verlust bedeuten, wenn ein Schiff und eine Mannschaft ein ganzes Jahr oder länger fort wären. Und dieser elende Krieg ... Vater zurück zu der Belagerung von Zadar, wo er getötet werden kann, ohne dich überhaupt gesehen zu haben ... Außerdem ist mir gesagt worden, unsere Dokumente gäben uns keinen zuverlässigen Schutz vor den Venetianern. Einer ihrer Kaperkapitäne könnte zu dem Schluß kommen, der König von Dänemark und seine Bischöfe seien zu weit weg, um eine Bedrohung zu sein. Je später wir segeln, desto schlechter sind unsere Aussichten."

„Dann lassen wir doch das Schiff fahren", meinte er. „Was haben wir denn in Dänemark verloren?"

Das beunruhigte sie. „Und was haben wir hier verloren?" Sie griff nach seiner Hand. Sie blieben mitten im Schritt stehen. „Tauno, was ist es, das dich im wilden Wald festhält?"

Er beantwortete die erste Frage. „Nun, es ist wahr, wir haben unsere Verwandten gefunden, und sie haben sich als eine beliebige Gruppe von Sterblichen erwiesen. Du mußt die Rolle der Frau Sigrid wirklich satt haben. Also reise ab, wenn du es wünschst."

Sie sah ihm forschend ins Gesicht. Es war völlig leer, während das ihre zuckte. „Und du nicht?"

„Noch nicht. Aber geh du nur und bringe Ingeborg und Niels meine Grüße."

„Du hast versprochen, wenigstens für eine Weile zu ihr zurückzukehren."

„Das werde ich, das werde ich, wenn es an der Zeit ist", erwiderte er gereizt.

„Du hast dich verändert, Tauno – auf gewisse Weise mehr als sonst jemand aus Liri."

„Nur daß das, was ich jetzt bin, bereits in mir lag wie das Auftauen in einem gefrorenen Teich. Genug. Ich habe keine Lust, über mich zu reden."

Als er ihr Gesicht sah, wurde seine Stimmung weicher. „Aye, grüße Ingeborg von mir, wenn du zurückkehrst", bat er. „Sag ihr, daß ich ihre Treue, ihren weisen Rat, ihre geduldige Hilfe nicht vergessen habe und auch nicht, wie lieb sie war, wenn wir beieinanderlagen. Ich wünschte, es wäre mir gegeben, eine sterbliche Frau so zu lieben, wie Vater unsere Mutter liebte." Er seufzte. „Aber es ist nicht so."

Sie drehte das Gesicht weg, aber sie fragte nicht, wer es sei, den er lieben könne.

„Doch was ist mit dir?" fuhr er fort. „Wohin willst du gehen, wenn du ein paar Wochen oder Monate mit Niels verbracht hast?"

Sie nahm ihren Mut zusammen. „Vielleicht gehe ich überhaupt nicht mehr weg."

„Wie?" rief er erstaunt. Nach einer Minute: „Nun ja, du wirst seine Buhle sein, solange er jung ist. Ich verstehe, daß du das gern möchtest. Er würde dir deine Freiheit lassen, und wenn er alt wird ..."

„Ich werde mit ihm alt werden."

Ihm verschlug es die Sprache, und Eyjan drängte: „Du solltest auf Vater hören. Er hat recht, der Glaube ist *wahr*, und wir sind nicht verdammt, wir müssen uns nur entschließen, das anzunehmen, was er uns verspricht ... und das Feenreich ist zum Untergang verurteilt, Tauno ... Ich wollte unbedingt noch heute nacht mit dir sprechen, weil ich morgen Vater Tomislav in seiner Gemeinde aufsuchen und ihn bitten will, mir mehr zu erzählen. Willst du nicht mitkommen?"

„Nein!" brüllte er, riß sich von ihr los und hob die Faust drohend gen Himmel. „Eyjan, das kann nicht dein Ernst sein ..."

„Ich bin mir noch nicht ganz sicher, aber ..."

„Vor einem Gott kriechen, der zerbricht, was er geschaffen hat ... Odin hat wenigstens niemals behauptet, gerecht zu sein."

Ihre eigene Kraft erwachte und straffte ihren Rücken. Sie sah ihn an. „Sei froh, daß Gott nicht gerecht ist", sagte sie. „Er ist gnädig."

„Wo war die Gnade für Nada?" Er fuhr herum und rannte davon. Sie wollte ihm folgen, doch dann blieb sie stehen, wo sie sich befand.

Der Mond, weit im Westen stehend, ließ den See immer noch im Glanz erzittern, aber der Himmel im Osten wurde weiß. Dort waren die Sterne über den Baumwipfeln verschwunden, und wie ein bronzener Schimmer schwebte ein früher Habicht in den Lüften. Über der Erde lag frostige Stille.

Tauno und Nada standen Seite an Seite am Ufer. Die Vilja war ernster gestimmt als sonst. „Du bist immer gut zu mir“, flüsterte sie. „Aber, oh, heute ist die Freundlichkeit irgendwie von dir gewichen. Ich fühle es, ich fühle es so wie früher den Sonnenschein.“

„Wie könnte ich zu dir anders als freundlich sein?“ Seine Stimme klang spröde.

Sie war so in Gedanken versunken, daß sie es nicht merkte, sie drückte nur die Finger, die er mit den ihren verflochten hatte. „Du bringst mir die Erinnerung an Dinge wie Sonnenschein zurück“, versicherte sie ihm. „Wenn du bei mir bist, habe ich keine Angst mehr, mich zu erinnern. Ich weiß, du sorgst dafür, daß es mir nicht weh tut.“

„Und du, du hilfst mir zu vergessen.“

„Was? Aber du möchtest doch nicht vergessen, oder? Dein wundervolles Meer, über das du mir gar nicht genug erzählen kannst! Ich dagegen war nichts anderes als ein törichtes Mädchen, das in großes Leid hineinstolperte und sich ertränkte. Ja, das habe ich getan. Heute traue ich mich, daran zu denken, obwohl ich nicht verstehe, wie ich jemals in solche Verwirrung geraten konnte.“ Sie lächelte. „Und wegen eines Jungen! Du bist ein Mann.“

„Ein Wassermann.“

„Was auch immer, Tauno, Liebster. Weißt du, was aus Mihajlo geworden ist? Ich hoffe, er ist guter Dinge, dort, wo er sein mag.“

„Ja, ich hörte, es gehe ihm gut.“

Es begann sie zu beunruhigen, daß er unverwandt hinaus auf das Wasser starrte. „Du bist von etwas Neuem verwundet worden“, sagte sie. „Kann ich dir helfen? Wie wünsche ich, daß ich es kann.“

Überrascht, wie er war, denn sie hatte noch nie soviel Beobachtungsgabe gezeigt, ließ er sich die Worte entschlüpfen: „Vielleicht muß ich bald abreisen. Meine Schwester, von der ich dir erzählt habe, ist der Ansicht, wir sollten es, und ich fürchte, sie hat recht.“ Tief aus der Kehle: „Soweit sie die Dinge überschauen kann.“

Nada wich vor ihm zurück, eine Hand auf den offenen Mund gelegt, um einen Aufschrei zu ersticken, die andere abwehrend von sich gestreckt. „Nein, nein, nein! Tauno, warum? Bitte, nein!“

Sie brach zusammen und weinte. Bis zu dieser Nacht hatte er sie nie weinen sehen.

Er kniete nieder und nahm sie in seine Arme. Die schlanke Gestalt schmiegte sich an ihn, er streichelte das offene Jungfrauenhaar, er schwor, er habe unüberlegt gesprochen, und nie, aus keinem Grund, werde er sich je von ihr trennen. Dabei wußte er die ganze Zeit, daß er ebenso wahnsinnig war wie sie damals, als sie ihr körperliches Leben beendete.

8

Am Festtag des Apostels Matthäus wurde die Tochter Andreis und Agnetes von Vater Tomislav in seiner Kirche getauft. Der Name, den sie sich erwählt hatte, war Dragomir. In Dänemark war daraus Dagmar geworden, was bedeutet: Tagmädchen.

Groß stand sie vor dem Altar, in Weiß gekleidet wie zu ihrer Hochzeit, die rötlichen Locken eingeflochten und bedeckt, wie es sich für eine Frau im Haus Gottes schickt. Neben ihr standen ihr Vater, für diesen Augenblick noch einmal aus dem Krieg zurückgekehrt, seine Frau Jelena, Iwan Subitsch und seine Frau. Das dunkle kleine Gebäude war voll von Bewohnern der Zadruga und den Verwandten aus Liri, so viele sich nur hineindrängen konnten. Ganz vorn stand Luka mit einem Ausdruck hoffnungsloser Sehnsucht. Hinten stand Tauno. Einige hatten gesagt, es sei nicht richtig, ihn hereinzulassen, aber der Priester hatte erwidert, er sei ihr Bruder, und bei diesem Ritus könne viel Unvorhergesehenes geschehen. Vielleicht – wer konnte es wissen? – löste der Anblick durch plötzliche Gnade das Siegel in seiner Brust. Tauno hatte die Arme verschränkt. Sein Gesicht war ausdruckslos.

Kostbar war der Weihrauch, der die Luft erfüllte, ein Geschenk des Zhupans. Glühend war das Gebet, das Tomislav eigens für diesen Anlaß sprach, und leuchtend sein Gesicht, als er zum Niederknien aufforderte, das Wasser nahm und auf Eyjans Stirn das Kreuz zeichnete. „Ich taufe dich im Namen des Vaters und des Sohnes und des Heiligen Geistes. Amen."

Dagmar keuchte und wäre beinahe gefallen. Andrei legte die Arme um sie und hielt sie aufrecht. Den Blick zum Himmel gerichtet, flüsterte er: „Agnete, freue dich."

Dann war es schnell vorbei. Dagmar vergoß Tränen, aber nur, weil sie keine andere Möglichkeit hatte, ihre Seligkeit zu äußern. Das Schluchzen verstummte, als sie sich erhob, und nachdem sie alle umarmt hatte, schritt sie in aufrechter Haltung hinaus.

Das Wetter war für die Jahreszeit zu kalt geworden. Der Wind trieb Wolken über einen bleichen Himmel und seufzte in Blättern, die schnell die Farbe wechselten. Schatten kamen und gingen. Leute, die an der Tür gewartet hatten, drängten sich herbei, um Dagmar zu segnen und in der Christenheit willkommen zu heißen. Sie hatten ein bescheidenes Festmahl vorbereitet. Am Morgen mußten die Besucher abreisen – sie zum Hafen, wo die *Brynhild* zum Segeln bereit war.

Tauno, der den, der sein Vater gewesen war, kaum gegrüßt hatte und in der Kirche nicht niedergekniet war, stand abseits unter einer Kiefer. Es dauerte einige Zeit, bis Dagmar sich von den Menschen, die ihr Glück wünschten, freimachen und zu ihm treten konnte. Niemand folgte ihr, denn er stand da wie ein böses Vorzeichen, in grober Kleidung und mit einem Speer bewaffnet.

Sie blieb vor ihm stehen und hielt ihm ihre Hände entgegen. Er rührte sich nicht. Ihr Schleier und ihr Gewand flatterten wild und drückten den Stoff gegen Hüften und Busen. Trotzdem war sie jungfräulich. Vielleicht lag es an einer inneren Feierlichkeit, die kein Wesen aus dem Feenreich je kennenlernen würde.

Da er weiterhin schwieg, holte sie Atem und sagte: „Ich danke dir, daß du gekommen bist. Ich wünschte, ich wüßte, was ich sonst noch sagen könnte."

„Ich mußte meiner Schwester doch Lebewohl sagen", antwortete er. „Sie war mir teuer."

Ihre Lippen zitterten. „Aber ich *bin* deine Schwester!"

Er schüttelte den Kopf. „Du bist eine Fremde. Aye, wir, die wir einen Mutterleib geteilt haben, teilen auch Erinnerungen. Doch Dagmar ist keine Meerfrau; sie ist eine Heilige."

„Nein, das darfst du nicht glauben. Dieser Tag heiligt mich wie ein Kind, das durch die Taufe in die christliche Herde aufgenommen wird ... aber ich werde immer wieder straucheln ... wenn ich auch hoffe, daß ich dann bereuen und Verzeihung erlangen werde."

„Da hat nicht Eyjan gesprochen", stellte er trocken fest.

Sie ließ den Kopf hängen. „Dann weist du die Erlösung von dir?“ Er lehnte sich auf seinen Speer. „Wenigstens kannst du mich nicht daran hindern, für dich zu beten, Tauno.“

Er verzog das Gesicht. „Ich habe nicht den Wunsch, dir Schmerz zu bereiten.“

„Ich wäre so froh, wolltest du mit mir nach Hause kommen.“

„Nein. Ich habe hier ein bestimmtes Versprechen zu erfüllen. Aber warum wartest du nicht bis zum Frühling? Jetzt könnte es eine stürmische Fahrt werden.“

„Wir stehen in Gottes Hand. Ich muß zu meinem rechtmäßigen Mann, damit er nicht in seinen Sünden stirbt.“

Tauno nickte. „Du bist wahrhaft Dagmar. Nun, grüße sie beide von mir, und möge das Glück mit euch allen schwimmen.“

Er drehte sich um und ging in den Wald. Sobald er außer Sicht war, rannte er wie gehetzt los.

Nada war nicht auf der Lichtung, wo sie und Tauno sich für gewöhnlich trafen, und auch nirgendwo in der Nähe. Er strengte seine Sinne an, die von Feenart waren, fand jedoch nur die denkbar schwächste Spur. Oft war sie unterbrochen, und er mußte in weitem Umkreis suchen, bis er sie wieder aufnehmen konnte. An dem dauernden Hin und Her und anderen Merkmalen erkannte er, daß sie wie verrückt umhergetobt sein mußte, und das machte ihm Angst.

Er brauchte zwei Tage und Nächte, bis er sie entdeckte. Das geschah am Abend des Äquinoktiums. Bis dahin war er außer sich und taumelte vor Müdigkeit.

Die Kälte hatte zugenommen und fraß sich durch die windstille Luft. Der Himmel war niedrig und eintönig grau. Sie stand am Ufer des Sees, der sich stählern vor einem braun und gelb gewordenen Wald erstreckte. Nur hier und da war ein blutfarbener Ahorn oder ein dunkles Immergrün zu sehen, viele Äste waren schon ganz kahl. Sie stand da – winzig, verloren, ein bleicher Hauch.

„Nada, oh, Nada“, rief er und stolperte auf sie zu. Seine Stimme war heiser vom vielen Rufen während seiner Suche.

„Tauno, Geliebter!“ Sie eilte in seine Arme. Er legte sie mit äußerster Vorsicht um ihre Zartheit. Sie fühlte sich beinahe so gefroren an wie der Tag und zitterte an seiner Brust. Ihre Tränen vermischten sich, als sie sich küßten.

„Wo bist du gewesen?“ fragte er. „Was ist los?“

„Ich hatte Angst ...“ hauchte sie.
Er fuhr zusammen. „Wovor?“
„Daß du nicht zurückkommen würdest ...“
„Liebling, du wußtest doch, ich würde zurückkommen ...“
„... bevor ich untergehen muß.“
„Untergehen?“
„Ich hätte mich nicht fürchten sollen. Es tut mir leid. Ich hätte dir vertrauen sollen. Aber ich konnte nicht besonders gut denken, es war so trostlos.“ Sie drückte sich noch enger an ihn. „Du bist hier.“
Erschreckt fragte er in ihre Distelflaumlocken: „Was hast du gemeint? Was mußt du tun?“
„Untergehen. Im See oder einem Fluß. Wußtest du das nicht?“ Sie strebte von ihm fort, ganz sacht, aber doch deutlich genug, daß er es merkte. Er gab sie frei, und sie trat einen Schritt zurück, um ihn anzusehen. Was in ihren großen Augen an Blau gelegen hatte, war fast verblaßt.
„Im Winter ist die Sonne auf dem Wasser nicht zu hell für mich“, berichtete sie ihm, „aber der kahle Wald bietet mir keinen Schutz mehr vor ihr. In den Tiefen finde ich Schatten. Sicher hast du davon gehört.“
„Ja ...“ Er blickte nach Osten. Der Speer, den er fallen gelassen hatte, lag zwischen ihnen. „Ja, aber ...“
„In früheren Jahren konnte ich länger wachbleiben. Dieser Herbst geht sofort in den Winter über.“ Ein totes Blatt trieb von seinem Zweig vor ihre Füße.
„Wann mußt du gehen?“
Sie schlang die Arme um ihre Schultern vor Kälte. „Bald. Heute. Wirst du im Frühling hier sein, Tauno?“
Er löste seinen Gürtel. „Ich werde bei dir bleiben.“
Sie schüttelte den Kopf. Jetzt, da er zitterte und stammelte, hatte sie eine seltsame Klarheit gewonnen (und sah sie nicht durchscheinender als je aus, wie ein Nebelgeist?). „Nein, Liebster. Ich werde in Träumen dahintreiben. Du könntest mich selten aufwecken und nie für lange. Und in dieser Grabesstille gibt es nichts, was du in deinem Meer gewohnt warst. Du würdest wahnsinnig werden.“
Er fuhr fort, seine Kleider abzulegen. „Ich kann von Zeit zu Zeit an Land gehen.“
„Ich glaube, das wäre schlimmer, als wenn du während der ganzen dunklen Zeit dort bliebest.“

Eine Weile sah die Vilja den Sohn des Wassermanns unverwandt an. Sie war weise geworden, die kleine Nada, in dieser Dämmerung ihres Jahres.

„Nein“, entschied sie endlich. „Warte auf meine Rückkehr. Das ist mein Wunsch.“ Nach einer weiteren Pause: „Aber warte nicht in den Wäldern. Gehe zu den Menschen ... denn wir haben in diesen Bergen keine Elfenfrauen wie die, von denen du mir erzählt hast ... und wie oft habe ich dein Verlangen gesehen, das ich niemals stillen kann. Meine Träume dort unten werden glücklicher sein, wenn ich weiß, du bist mit einem lebendigen Menschen zusammen.“

„Ich will keinen.“

Entsetzen packte sie. Sie duckte sich wie unter einer Peitsche und jammerte: „Oh, Tauno, was habe ich dir angetan? Geh, solange du es noch kannst. Komm *niemals* zurück!“

Er ließ das letzte Kleidungsstück fallen. Sein Messer lag über dem Speerschaft, und er trug nichts mehr als den Geisterknochen. Sie wich noch weiter zurück und bedeckte die Augen. „Geh, geh“, flehte sie. „Du bist zu schön.“

Wie sich hohe Wellen vereinigen, traf ihre Verzweiflung auf seine und überwältigte ihn. „Bei den Netzen Rans“, stieß er hervor, „du bist mein! Ich mache dich dazu.“

Er sprang vor und packte sie. Sie entzog ihren Mund seinen wilden Küssen. „Es ist der Tod für dich!“ schrie sie.

„Wieviel besser ist es zu sterben ... dann ist alles vorbei ...“

Sie kämpften miteinander. Er war sich unklar bewußt, daß er zu wild mit ihr war, aber er war besessen. „Nada“, hörte er sich selbst rasen, „ergib dich, sei gut zu mir, das ist es, was ich will, und du wirst dich erinnern ...“

Sie hatte sich aus seinem Griff gelöst, sie war ihm entschlüpft wie der Wind. Er verlor das Gleichgewicht und stürzte auf das welke Gras. Als er den Kopf hob, sah er sie mehrere Schritte entfernt. Sie stand weiß vor dem farblosen Wasser und Himmel, den dunklen Bäumen, der gnadenlosen Kälte, in der sich um sie keine Atemwolke zeigte. Von ihrer rechten Hand hing der Talisman.

Er richtete sich auf und taumelte in ihre Richtung. Sie glitt zurück. „Ich kann dir leicht davonlaufen“, warnte sie. „Lieber ist mir, wenn ich es nicht tun muß.“

Er hielt inne und blieb schwankend stehen. „Ich liebe dich“, entrang es sich ihm.

„Ich weiß“, sagte sie mit unendlicher Zärtlichkeit. „Und ich liebe dich.“

„Ich wollte dir nichts antun. Ich wollte nur einmal, ein einziges Mal, wirklich mit dir zusammen sein – wenn wir uns für immer trennen müssen.“

„Es gibt einen dritten Weg.“ Ganz ruhig war sie geworden; sie lächelte. „Du hast mir von diesem Ding erzählt. Ich werde hineingehen, und dann kannst du mich immer bei dir haben.“

„Nada, nein!“

„Kann ich mir mehr Glück erhoffen, als an deinem Herzen zu liegen? Und vielleicht wird eines Tages ...“ Sie brach ab. „Bleib stehen, wo du bist, Tauno“, bat sie. „Laß mich dich ansehen, so lange ich kann, und das soll das Hochzeitsgeschenk sein, das du mir gibst.“

Er konnte nicht einmal weinen.

Zuerst richtete sie ihre Augen ebensooft auf ihn wie auf das Stück Knochen aus eines toten Mannes Schädel, das sie in der Hand hielt. Aber langsam ergriff der Vogel aus der anderen Welt Besitz von ihr, bis sie schließlich nur noch auf ihn schaute, der über den zunehmenden Mond flog. Tauno sah, wie ihre jungfräuliche Gestalt immer geisterhafter wurde, bis er die Wildnis durch sie erkennen konnte, bis sie nur noch ein ganz schwacher Schimmer in der sich herabsenkenden Dunkelheit war. Und dann war sie verschwunden. Der Talisman fiel zu Boden.

Er blieb noch eine Viertelstunde auf dem gleichen Fleck stehen, bis er es fertigbrachte hinzugehen. Er nahm das Amulett auf, küßte es und hängte es wieder dahin, wohin es gehörte.

9

Auf der Heimfahrt stellte die Mannschaft der *Brynhild* fest, daß sich Frau Sigrid sehr verändert hatte. War daran der Entschluß Herrn Carolus, ihres Bruders, schuld, in Kroation zu bleiben? Zwei oder drei Seeleute glaubten immer noch, sie springe des Nachts über Bord, um sich in den Wellen zu vergnügen. Doch gab es keinen Augenzeugen dafür, und die meisten hielten es für ausgeschlossen. Sie sprachen von ihrer Frömmigkeit; jetzt schloß sie sich den anderen zum Gebet an, und sie war darin die eifrigste Person an Bord. Stunden verbrachte sie auf den Knien vor dem Bild der Jungfrau unter dem Achterdeck, und oft flossen ihr dabei Tränen über die Wangen. Gleichzeitig war sie auch nicht mehr kurz angebunden und hochmütig, sondern gewann sich durch ihr sanftes Wesen und ihre Bereitschaft, auch den Niedrigsten unter ihnen anzuhören, schnell die Liebe aller. Für einige wurde sie fast zur Beichtmutter.

Kapitän Asbern hatte seine Bedenken gehabt, so spät im Jahr noch Segel zu setzen. Er fuhr vorsichtig, so nahe an der Küste, wie ratsam war, und strebte beim ersten Anzeichen von Sturm auf den nächsten Hafen zu. Folglich erreichte er Dänemark erst kurz vor Weihnachten. Aber sie waren jeder Gefahr entgangen und hatten nicht mehr Mühsal gehabt, als Seeleute gewohnt sind.

Am Festtag Adams legte die *Brynhild* um die Mittagszeit in Kopenhagen an. Als der Hafenmeister erfuhr, wem sie gehörte, schickte er ihrem Eigentümer durch einen Jungen Nachricht.

Schneeflocken trieben dünn aus einem bereits dämmrigen Himmel. Die Luft war mild und feucht. Zwischen den Mauern und Arkaden, unter den überhängenden Galerien bewegte sich kaum Verkehr, aber erhellte Fenster, aufsteigender Rauch, würzige Düfte, Lachen und Singen verrieten, daß die Leute in den Häusern sich darauf vorbereiteten, den Geburtstag Unseres Herrn zu ehren. Diese zwölf Tage würden inmitten der finsteren Höhle, die der Winter war, wie eine riesige Kerze brennen.

Matsch spritzte unter den Hufen der Maultiere, die der Mann und die Frau ritten. Vor ihnen gingen zwei bewaffnete Fackelträger, in hohen Stiefeln gegen den Dreck geschützt. Die Flammen flackerten und sprühten Funken und warfen kurzlebige Sterne zwischen die Schneeflocken.

„Wir haben nur noch für ein paar kurze Worte Zeit, bevor wir dein Haus erreichen“, erinnerte sie ihn. „Die ganze Geschichte zu erzählen, wird Tage dauern.“ Sie dachte nach. „Nein, Jahre – oder eine Lebensspanne –, um es recht zu verstehen.“

„Wir werden diese Lebensspanne haben, wir beide“, meinte Niels glücklich.

Ihre Hand schloß sich fester um die Zügel, als nötig war. „Es wird nicht leicht sein. An diesem ersten Abend ... ich fürchte ... Wie ... was ... soll ich Ingeborg sagen? Hilf mir nachdenken, was sie am wenigsten verwunden wird.“

Er fuhr zusammen. „Ich hatte es vergessen."

„Mach dir keine Vorwürfe. Freude wird so leicht selbstsüchtig. Früher hätte ich derlei vergessen."

„Eyjan ..."

„Ich bin Dagmar."

Er bekreuzigte sich. „Konnte ich dein eigenes Wunder vergessen? Gott verzeihe mir!"

„Es wird nicht leicht für uns sein". wiederholte sie. „Du mußt mit mir notwendigerweise mehr Geduld haben als die meisten Männer mit ihren Frauen, weil ich in Fleisch und Geist zur Hälfte eine Meerfrau bin."

„Und zur anderen Hälfte eine Heilige", antwortete Niels. Eine Andeutung seines alten Grinsens blitzte auf. „*Das* wird mich hart ankommen."

„Nein, sag so etwas nicht", bat Dagmar. „Wahrscheinlich wirst du feststellen, daß ich starrköpfig und aufbrausend bin und daß es mir an der richtigen weiblichen Demut fehlt, so sehr ich mich auch darum bemühen will." Sie streckte die Hand nach ihm aus. „Aber, oh, Niels, niemals werde ich in meiner Liebe zu dir nachlassen."

Er wurde ernst, faßte ihre Hand und sah sie durch Schnee und trübes gelbes Licht forschend an. Endlich fragte er leise: „Liebst du mich wirklich, Dagmar? Du magst mich gern, ja, das weiß ich, und ich habe kein Recht, mehr zu verlangen. Aber ..."

„Ich gebe mich dir, wenn du mich haben willst", sagte sie in völliger Aufrichtigkeit. „Mein innerstes Herz mußt du dir noch gewinnen, aber ich bete darum, daß es dir gelingt, und auch bei dieser Suche werde ich an deiner Seite sein."

10

Ingeborg Hjalmarstochter war eine jütische Frau von ungefähr dreißig Wintern. Im zeitigen Frühjahr kam sie in Hornbaek an, einem Fischerdorf an der Nordküste von Seeland, auf dem Küstenweg einen Tagesritt von Kopenhagen entfernt. Von den Männern, die vor ihr dagewesen waren, ein Häuschen für sie gekauft und es hübsch eingerichtet hatten, stammte die Nachricht, sie sei eine begüterte Witwe, die einen

Zufluchtsort suche, abseits des städtischen Lebens und unter einfachen Leuten, zu denen sie selbst gehört habe, bevor sie eine vorteilhafte Heirat machte.

Die Einwohner nahmen sie in einiger Verlegenheit auf, doch das legte sich bald. Sie war nicht hochmütig, sie sprach freundlich in ihrem komischen Dialekt und war immer zu Hilfe bereit, wo es not tat, sei es mit einem bißchen Geld oder ein paar Stunden Arbeit. Aber niemand lernte sie richtig kennen, und schließlich hörten die unverheirateten Männer auf, ihr den Hof zu machen. Sie besuchte ihre Nachbarn nicht und lud sie auch nicht öfter zu sich ein, als es ihr frommte, sie klatschte nicht und erzählte kaum etwas von ihrer Vergangenheit. Allein in ihrem Häuschen, tat sie die Arbeit in Küche und Garten selbst und ging auch auf dem Markt einkaufen. Jeden Tag, wenn das Wetter es erlaubte, wanderte sie Meilen am Strand entlang oder in den Wald. Das war kein solches Wagnis mehr, wie es dies früher gewesen war; der Königsfriede herrschte von neuem für eine Weile in dieser Gegend. Trotzdem hätte keine andere Frau es sich getraut. Als der Gemeindepriester ihr davon abriet, antwortete sie mit einem so traurigen Lächeln, wie er es noch nie gesehen hatte, daß ihr nichts mehr zu fürchten übriggeblieben sei.

Die Zeit verging. Rauhe Winde und peitschende Regen wichen Blüten, die Dorfbewohner pflügten und bestellten ihre Felder, Boote wurden zu Wasser gelassen. Die Blüten fielen ab, die Äpfel rundeten sich, in den Furchen sproß zartes Grün, der Wald füllte sich mit Vogelgesang. Auf Einar Brandsens Dach war seit langem ein altes Wagenrad befestigt, auf dem eine Storchenfamilie nistete, Sommer für Sommer. Man glaubte, daß sie jedem hier Glück brächten, und tatsächlich sahen die vorüberziehenden Monate Geburten, Konfirmationen, Heiraten, große Fischfänge, fröhliche Feste. Aber natürlich sahen sie auch Krankheit, Tod, Begräbnisse, und ein Ertrunkener wurde an seinem eigenen Strand angespült.

So verging die Zeit, wie sie es immer getan hatte, bis ein neuer Fremdling eintraf.

Er kam westwärts vom Sund her, wahrscheinlich aus Kopenhagen, denn sein Pferd war vom Besten und seine Kleider, wenn auch derb für die Reise, waren es ebenfalls. Er war sehr groß, schien jung zu sein und trug keinen Bart. Sein gelbes Haar hatte eine merkwürdige Unterwassertönung. Das ausländisch wirkende Gesicht war hohlwangig. Seine herrenhafte Haltung ließ es merkwürdig erscheinen, daß er keine Diener oder Leibwachen mitbrachte.

Es ging auf den Mittsommer zu, und die Sonne stand noch über dem Kattegat und warf eine Brücke aus geschmolzenem Gold über das Wasser. Im Osten jenseits des Kanals glühten ihre fast waagerechten Strahlen auf Wolken, die sich wie Berge über Skania auftürmten. Dessen Küste dämmerte blau am Rand des Horizonts. Sonst war der Himmel ganz klar, überall von Schwingen durchkreuzt. Weit draußen lagen still ein paar Schiffe, wie Spielzeuge, deren Segel ebenfalls das Licht einfingen. Das Klatschen einer sanften Brandung und das Schreien der Möwen waren beinahe die einzigen Laute, die durch die kühle Abendluft klangen. Seetang und Algen mischten ihre Gerüche in die der Felder und des Gemeindeangers zur Linken des Reiters, und der Wälder, die sich als dunkler Wald hinter ihnen erhoben.

Gänsejungen kreischten vor Begeisterung, als sie ihn entdeckten, und rannten auf den Weg. Ein bißchen steif fragte er sie, wie er Frau Ingeborgs Haus finden könne. Sein Dänisch war dem ihrigen ähnlich, aber doch nicht ganz das gleiche. Konnte er eine andere Art von Jüte sein, oder war er ein richtiger Ausländer? Die Stimmen der Kinder klangen wie das Summen von Bienen, als er weiterritt.

Auf der Straße von Hornbaek war er gegen die Erwachsenen, die ihn grüßten, kaum gesprächiger. „Ich bin ein Freund, der nur für ihre Ohren bestimmte Nachrichten bringt. Morgen wird sie euch erzählen, was sie für richtig hält. Inzwischen laßt uns bitte allein."

Landbewohner wie diese entsetzten sich nicht darüber, daß er und sie die Nacht zusammen verbringen würden. Einige kicherten, einige zeigten Neid, ein paar Klügere erkannten, daß es hier nicht um ein Abenteuer ging; das Benehmen des Fremden war alles andere als lüstern.

Ingeborgs Häuschen stand nahe dem Ende seiner Reihe, ein einfaches Bauwerk aus Holz, silbrig vor Alter, mit Moos in den Ritzen, einem niedrigen Strohdach voller Flechten und Wildblumen, mit Tauen gegen die Stürme aus dem Norden gesichert. Der Neuankömmling stieg ab, löste das Bündel, das hinter seinem Sattel festgebunden war, nahm es unter den gleichen Arm, der den Speer hielt, und gab einem Mann eine Münze, damit er sein Pferd in einen Stall bringe. Die Zuschauer glotzten. Er klopfte an die Tür.

Sie öffnete sich, sie sahen, wie überrascht Ingeborg war, hörten sie aufschreien. Der Fremde trat sofort ins Innere und schloß ihnen die Tür vor der Nase. Eine Minute später wurden die Fensterläden zugezogen, und es war nichts von innen zu hören.

Ein Torffeuer auf dem Herd spendete nur wenig Licht, aber sie hatte verschwenderisch mehrere Wachskerzen angezündet. Sie beleuchteten den neu gesetzten Ofen, Tisch, Sessel, Schemel, wollene Wandbehänge, blitzende Küchengeräte. Rauch wirbelte zu den mit Vorräten beladenen Dachbalken hoch und verschwand in flackernden Schatten. Die Katze, die bisher ihre einzige Hausgenossin gewesen war, hatte es aufgegeben, Aufmerksamkeit zu erheischen, und schlief auf den Binsen, mit denen der Lehmfußboden bestreut war. Das Feuer füllte den Raum mit Wärme und Duft, als wolle es die hereingebrochene Nacht vertreiben.

Tauno und Ingeborg saßen auf einer Truhe, deren mit Kissen belegter Deckel eine Bank mit Rückenlehne abgab. Ein Weinkelch, den sie sich hatten teilen wollen, stand auf einem Wandbrett neben ihm, aber es war kaum daraus getrunken worden, und das Essen, das sie auf den Tisch gestellt hatte, blieb unberührt. Denn nachdem der Sturm von Küssen, Umarmungen, Liebkosungen, Lachen, Tränen, leidenschaftlichen Worten der Freude sich in ihr gelegt hatte, erzählte er ihr seine ganze Geschichte.

„... Ich kam über Land in der Hoffnung, etwas zu finden, das mir Hoffnung geben würde. Aber die Reise war nur langsam, mühselig und gefährlich. Nun, hier und da gab es Überbleibsel des Feenreichs, anders als alles, wovon ich je gehört hatte. Früher einmal hätte ich viel Zeit darauf verwendet, sie kennenzulernen. Jetzt hatte ich keine Lust, mich irgendwo lange aufzuhalten. Vor ein paar Tagen kam ich in Kopenhagen an. Niels und Dagmar hießen mich willkommen, aber in ihrem Haus gefiel es mir noch weniger – es ist zu voll von Heiligkeit; kein Ort für meine Nada. Ich habe ihnen nichts über sie erzählt. Statt dessen kaufte ich ein, was ich brauchte, um einen guten Eindruck zu machen, und kam sofort hierher. Aye, sie haben mich gebeten, dich zu grüßen und zu baldiger Rückkehr zu überreden. Sie hätten es gern, wenn du unter Menschen gingst, Vergnügen hättest, irgendeinen freundlichen Witwer heiratetest, der eine Mutter für seine Kinder sucht."

Ingeborg lehnte sich an ihn. Sein Arm lag um ihre Mitte, ihrer über seinem Rücken. Mit den Fingern kämmte sie sein Haar. Aber sie sah ihn nicht an, sie starrte in das dunkle Loch, das die offene Tür zum Hinterzimmer bildete. Ein zweiter Sturm hatte sich in ihr durch seine Erzählung erhoben und war ebenfalls erstorben. Immer noch zitterte sie ein wenig, schluckte, sprach mit einer Stimme, die vom Weinen rauh und unsicher war; ihre Augen waren rot, sie schnupfte auf, Salz lag auf ihren Wangen und ihrer Oberlippe. Doch sie brachte es fertig, ruhig zu fragen:

„Wie ist es mit dir und ihr?“

Auch er blickte in die Ferne. „Seltsam“, antwortete er, nicht lauter. „Ihre Nähe ... wie ein süßes Getränk, das brennt ... oder die Erinnerung an eine tote Geliebte, bevor das Leid verblaßt ist, obwohl mehr als eine Erinnerung: eine Anwesenheit ... Empfindet ihr Christen so für eure Toten, die im Himmel sind?“

„Ich glaube nicht.“

„Im Wachen habe ich sie bei mir wie meinen eigenen Herzschlag.“ Tauno schlug sich aufs Knie. „Das ist alles – das, und eine deutlichere Vorstellung von Vergangenem, als ich je gehabt habe – es schmerzt!“ Er beherrschte sich. „Aber es tröstet auch. Es ist ihre Anwesenheit, sagte ich; sie ist nicht fortgegangen. Und wenn ich schlafe, oh, dann kommt sie in meinen Träumen zurück. Es ist wie im Leben; wir sind zusammen, genauso wie früher, denn es ist wirklich Nada, die in dem Amulett ist.“

Ingeborg nahm ihre letzte Kraft zusammen: „Kannst du dich in diesen Träumen richtig mit ihr vereinigen?“

Er ließ die Schultern hängen. „Nein. Wir streifen in ihrem Heimatland umher oder in Ländern und Meeren, wo ich gewesen bin, die ich für sie heraufbeschwören kann. Sie sieht sie sich staunend mit großen Augen an ... bis der Kummer sie so überwältigt, daß sie mir alles versagen muß, was mehr ist als ein Kuß. Ich versichere ihr, dies seien nur Träume, und sie behauptet, das seien sie nicht, es träfen sich Schatten außerhalb von Zeit und Raum. Sie sei ein Geist, sagt sie mir, und wenn ich mich in ihr verlöre, würde ich ihren Tod teilen.“

„Oh, tu es nicht!“ Die Knöchel an Ingeborgs Hand, die seine Schulter faßte, wurden weiß. Sie sprach es nicht aus, daß er sterben würde wie eine ausgeblasene Kerzenflamme.

Schweigen.

„Hab keine Angst, ich werde es nicht tun“, sagte er.

„Gesegnet sei Nada für ihre Rücksicht ...“ Die Frau holte krampfhaft Atem. „Doch, Tauno, du, den ich selbst liebe ... du wirst doch nicht so weitermachen? Jahr für Jahr, Jahrhundert für Jahrhundert nur für das leben, was du verloren ... nein, was du niemals wirklich besessen hast?“ Sie drehte sich zur Seite, damit sie ihn ansehen konnte.

Ihr Mund verzog sich. „Gott hat dir keine Seele gegeben. Wie kann Er dich als Gefangenen in der Hölle lassen?“

„Es ist nicht ...“

Sie faßte ihn mit beiden Händen. „Wirf das Ding in die See, in den Abgrund!“ schrie sie. „Diese Nacht noch!“

„Niemals.“ Vor dem Ausdruck seines Gesichts verstummte sie.

Plötzlich lächelte er. Er nahm sie in die Arme, berührte ihre Stirn mit seinen Lippen und sprach mit sanfter Stimme: „Liebe Freundin, fürchte dich nicht. Alles wird gut werden. Ich habe es nicht so gemeint. Du hast gelitten, und das erweckte meinen eigenen Schmerz. Aber er wird bald ein Ende nehmen. Darauf gebe ich dir mein Ehrenwort.“

Sie konnte ihn nur anstarren und hauchen: „Was willst du tun?“

„Folgendes“, erklärte er sachlich. „Erinnerst du dich, was ich dir über den Talisman erzählte, nachdem wir von Grönland zurückkehrten? Der Angakok hatte es zuvor Eyjan und mir gesagt. Weise aus dem Feenreich, die ich auf dem Rückweg von Kroatien traf, bestätigten mir, er habe die Wahrheit gesprochen, und fügten meinem Wissen neues hinzu.

Nada wohnt in dem Talisman. Aber sie ist nicht für ewig darin eingeschlossen. Sie kann herauskommen, in einen lebenden Körper eingehen, wenn diese Person sie einlädt.

Ich will das tun. Nada und ich werden eins werden, in einer tieferen Bedeutung, als ich sie gesucht habe. Ich habe es nur hinausgeschoben, weil ich mich überzeugen wollte, wie es dir in Dänemark geht ...“

Sie schrie, wilder als zuvor, und wich vor ihm zurück.

Er erhob sich, stellte sich vor sie, nahm ihre Schläfen zwischen seine Handflächen und redete ihr angstvoll zu: „Finde Frieden. Nada hat ihn gefunden. Sie ist bereit, dieses Wagnis zusammen mit mir zu unternehmen.“

Ingeborg erschauerte, und es dauerte lange, bis sie halbwegs wieder sprechen konnte. Aber ansehen konnte sie ihn nicht. „Suche jemand anders dafür“, wimmerte sie. „Du kannst es, wenn du dich bemühst.“

Er runzelte die Stirn und ließ sie los. „Ich habe daran gedacht, aber Nada lehnte es ab, und das mit Recht. Es ist eine Sache, die die Seele gefährdet, denn sie ist verdammt.“

„Aber ein verzweifeltes Mädchen ... oder eine Heidin, oder ... Sie würde doch nur gewinnen! Dich ... zum Mann ... und was sonst noch?“

„Die Alterslosigkeit der Vilja, ihre Macht über Luft und Wasser, während sie den Körper, der die Sonne liebt, behalten würde. Und, aye, Nadas süßen, flüchtigen Geist. Dicsc Frau würdc der Halbwelt angehören."

„Du könntest viele finden, die mit beiden Händen zugreifen würden."

„Und sie von Gott losreißen und sie wer weiß was für einem Schicksal ausliefern, wenn der Körper am Ende vergeht? Das ist etwas, das kein Zauberer für mich in Erfahrung bringen konnte." Tauno schüttelte den Kopf. „Nada will nicht. Und nachdem sie mir erklärt hat, welches Übel daraus entsteht, könnte ich es nicht mehr zulassen, ohne meine Ehre zu verlieren."

Ingeborg hob flehend Gesicht und Hände. „Aber was wird aus dir werden?"

„Auch das ist unbekannt, weil ich aus dem Feenreich bin", antwortete er. „Aus diesem Grund möchte ich lieber noch ein paar Tage und Nächte mit dir, alte Freundin, verbringen."

„Hast du ... hast du gar keine Angst? Du wirst nie mehr Tauno sein."

Er richtete sich zu seiner vollen Höhe auf; sein Schatten war riesig. „Ich *bin* Tauno Krakentöter", erklärte er stolz. „Sollte ich mich fürchten, mein Weib zu mir zu nehmen?"

Sie saß stumm da, bis er sie berührte und murmelte: „Es ist spät geworden. Laß uns zu Bett gehen, ja? Aber in dieser Nacht ... nach allem, was zwischen uns geschehen ist ... ich bin müde bis ins Mark. Laß uns einfach schlafen. Du verstehst, nicht wahr, Ingeborg? Du hast immer verstanden."

Das andere Zimmer war ihr Schlafzimmer.

Als sie sich, sobald er gleichmäßig atmete, von seiner Seite gestohlen hatte, entzündete sie einen Holzspan an dem mit Asche bedeckten Feuer und brannte damit eine Wachskerze an. Mit ihr kehrte sie zurück. Sie gab ihr genug Licht, daß sie sehen konnte.

Er brauchte keine Decken; er lag auf seiner rechten Seite auf dem Strohsack, unbekleidet. Die Muskeln seines ganzen Körpers bildeten dunkle Höhlungen, die sich bewegten, wenn sein Brustkorb sich hob und senkte. Eine Haarlocke war ihm in die Stirn gefallen, eine andere kräuselte sich neben dem Kinn. Blinde Ruhe lag auf seinem Gesicht. In seine Armbeuge kuschelte sich die Katze und schnurrte.

Selbst nackt – sie fühlte die Binsen unter ihren Füßen, hörte sie rascheln, fing eine Spur ihres süßen Geruchs auf, der den Bruchstellen entströmte –, so trat sie vorsichtig neben das Bett. Sie hatte das Kruzifix von der Wand genommen. Von seinem Holzpflock hing der Talisman.

(„Leg ihn ab", hatte sie gedrängt. „Dieses eine Mal, damit du dich in deinen eigenen Träumen ungestört ausruhen kannst."

„Sie würde sich einsam fühlen."

„Dir ist anzusehen, daß die Natur sich rächt. Würde Nada nicht wollen, daß du dich erholst?")

Länger als ein paar Herzschläge lang durfte sie ihn nicht betrachten. Er konnte aufwachen. Sie faßte das Amulett an seinem Lederriemen, schlüpfte wieder hinaus und schloß die Tür hinter sich. Draußen konnte sie unbesorgt stehenbleiben und im Licht der Kerze, die sie mit der linken Hand hielt, das Ding in ihrer Rechten ansehen.

Alles andere wich zurück. Das Knochenstück war leicht und doch so schwer wie die Welt. Das dunkle Elfenbein wurde zu einem ganzen Himmel, der sein Dach über sie spannte, und vor der Sichel des Monds flog der dunkelköpfige Vogel dahin. Sie war das Meer. Es schloß sie von jedem Geräusch ab, es erzeugte eine Stille, die durch sie niederschneite, sie mit Kühle durchdrang, bis es in der Schöpfung nichts mehr gab außer einem großen Horchen, und das war sie selbst.

Als die Stille vollständig war, hörte sie in ihrem Geist wie ein ersterbendes Echo: ... Wer bist du? Was willst du? ... Ich bin Ingeborg, deine Schwester, die ihn ebenfalls liebt.

Sie stellte die Kerze auf einen Leuchter, schob sich den Lederriemen über den Kopf, strich ihr Haar beiseite, bis das Knochenstück auf ihrem Busen lag. Sie teilte ihre Brüste, damit es an ihrem Herzen ruhen konnte. Ihre Hände umschlossen es.

Deutlich entstand in ihr ein Lied der Sehnsucht: ... Ingeborg. Ja. Du hast gehabt, was ich wohl nie haben werde. Ich freue mich, dich kennenzulernen. Er denkt immerzu an dich. (Überraschung) Was, das wußtest du nicht? Nun, er tut es.

(Später) ... Doch er ist dein, Nada.

.... Er sollte es nicht sein. Wenn ich es vorausgesehen hätte, wäre ich vor ihm geflohen ... hoffe ich. ... Aber jetzt kann ich es nicht mehr.

... Natürlich nicht.

(Später, schüchtern) ... Ingeborg?

... Ja?

… Ich habe Angst, Ingeborg. Nicht um mich, wirklich nicht. Um ihn. Du weißt, was er tun will.

… Aye. Was meinst du, warum ich mit dir spreche?

… Aber … du? (Entsetzt) Nein! Das darf ich nicht!

… Warum nicht?

… Ich bin verdammt.

… Und?

… Nicht du auch noch. Ich könnte es nicht.

… Nicht einmal, wenn es mein sehnlichster Wunsch ist? fragte Ingeborg in das Weinen hinein.

… Es kann nicht sein. Du hast den Himmel zu erwarten.

… Was bedeutet mir der Himmel ohne ihn?

… Wir wissen nicht, was aus uns werden wird … aus dir – mir … am Jüngsten Tag.

Ingeborg hob den Kopf. Kerzenlicht glühte feurig auf ihr.

… Kümmert es dich?

… Es sollte. Deinetwegen.

… Nada, komm zu mir. (Mit der Kraft des Lebendigseins.) Wir werden das Weib Tauno Krakentöters sein.

Doch es war ein Augenblick, da Ingeborg auf die Knie fiel. Die Binsen waren zur Seite gerutscht, und sie spürte den kalten Lehmboden. „Maria“, flüsterte sie, „es tut mir leid, wenn du meinetwegen weinst.“

Sie schritt aus dem schlafenden Dorf hinunter an den Strand. Die dänischen Nächte waren kurz geworden, aber sie waren immer noch dunkel. Im Osten hatten Gewitterwolken ihren Zorn anderswo entladen, und der Geist der Morgendämmerung ließ die Sterne erblassen. Am ganzen übrigen Himmel leuchteten sie tausendfach um die Milchstraße. Unter der kristallenen schwarzen Schale, die sie festhielt, glomm das Kattegat quecksilbern.

Sie watete hinaus. Die Brandung, nicht vom Wind angetrieben, war schwach, und sie war bald im Wasser, das nur leise um sie plätscherte. Weder die Kälte noch die zahllosen scharfen Steine taten ihr weh. Statt dessen nahm sie eine Salzströmung wahr, die weiter draußen auf sie wartete. Als das Wasser ihre Brustwarzen küßte, ließ sie sich sinken.

Sie konnte in der Tiefe nicht atmen wie die Meerfrauen, und das war ein Mangel, aber sie brauchte es auch nicht zu tun. Sie schwamm, sie trieb dahin, sie gab dem Wasser die Liebkosungen zurück, die es über ihren ganzen Körper schickte. Das Licht hier unten genügte ihr, lange braune Schlingpflanzen mit flatternden Blättern zu erkennen, die von den Felsen oben herabhingen, Fische, die wie silberne Meteore vorbeiflitzten, den Übergang von seichten Gewässern zu Tiefen und endlosen Mysterien. Sie konnte die Gezeiten hören, wie sie, der Bahn des Monds folgend, um die Welt rollten, sie konnte die Delphine Neuigkeiten von einer Korallenküste erzählen hören, sie konnte über gewaltige Entfernungen hinweg die Musik der großen Wale hören. Jenseits davon erspürte sie Glanz, Melodien, Zauber aus den Reichen, die dem Feenvolk vorbehalten blieben.

Sie erinnerte sich, Ingeborg zu sein, und sie erinnerte sich, Nada zu sein, aber jetzt war sie beide und war keine von beiden. Was da schwamm, war ein Geschöpf der Halbwelt, das lieben und lachen und kämpfen und leiden konnte, das viele Fähigkeiten besaß, die den Kindern Adams für immer versagt sind, das aber Gott ebensowenig erkennen konnte, wie ein Albatros oder der Wind, der seine Schwingen breitet. Frei geworden, ganz geworden, fühlte sie um so deutlicher, wie voller Freude sie war. Sollte ihr Geschick sie ereilen, wenn die Nornen es bestimmten. Diese Stunde gehörte ihr.

Bald, ehe die Leute erwachten, wollte sie zurückkehren und Tauno wecken.

11

Niels Jonson kaufte für Herrn Carolus Brede, seinen Gast, eine Jacht, klein genug, um einhändig gesegelt werden zu können, aber gut genug für die Hochsee gebaut. Beladen wurde sie mit Werkzeugen, Waffen, Tauen, Stoff und vielem anderen an Ausrüstung und Vorräten. Das Gerücht ging, er wolle unter der Nase der Hanse einen heimlichen Handel mit den Wenden beginnen. Aber als alles fertig war, schickte er nur drei Männer und zwei zusätzliche Pferde nach Hornbaek. Er und Carolus steuerten das Boot nach Norden, nicht nach Süden, den Sund hinauf und westlich an der seeländischen Küste vorbei. Fru Dagmar kam auch mit, obwohl sie ein Kind erwartete.

Sie ließen die Siedlung hinter sich. An einem unbewohnten Strand, der durch eine hohe Fichte gekennzeichnet war, warfen sie Anker und warteten. Fischerboote waren in Sicht, doch würde die Nacht sie vor ihnen verbergen.

Sie kam spät, denn es war Johannisabend, wenn die Sonne weder lange noch tief unter den dänischen Horizont versinkt. Der Himmel war violett und so hell, daß nur wenige Sterne schienen, und diese klein und verstohlen. Das Wasser glänzte wie gehämmertes Silber, ständig bewegt von kühler Luft, die den Duft wachsender Pflanzen vom Land herantrug. Man konnte die Bäume dort hinten zählen oder die Handlinien der Geliebten lesen. Auf fernen Hügeln glühten die Sonnenwendfeuer rot; Jünglinge und Jungfrauen umtanzten sie.

Schwapp, schwapp, machte das Wasser an den Planken. Aus weiter Ferne tönten Vogelrufe. Die Brandung murmelte. Nur wenige Geräusche brachen sonst noch die Stille.

Dann kam eine Schwimmerin an die Oberfläche und grüßte leise in einer fremden Sprache. Tauno erwiderte ebenso. Sie kam näher; er beugte sich vor und half ihr an Bord. Schimmernde Tropfen perlten von ihrem nackten Körper.

Sie sahen, daß Ingeborgs Körper voller gerundet war als früher, denn seine Muskeln gaben ihm die Bewegungen einer Katze. Sonnenlicht hatte ihn überall gebräunt. Das Wetter hatte braunes Haar in dunklen Bernstein verwandelt. Doch auf all das kam es kaum an, verglichen mit der Fremdartigkeit, die von ihr ausstrahlte. Ja, es war noch Ingeborgs Gesicht, doch irgendwie verändert, wie flüssig geworden, sowohl scheu als auch kühn, sorglos und weise blickte es in die Welt, wie eine Löwin es tun mag. Aber es lag auch etwas von Otter, Seehund und in weiten Fernen beheimateter Seeschwalbe in diesem Blick.

Tauno und sie umarmten sich für Minuten, Mund auf Mund. „Wie hast du die Tage verbracht?“ fragte er endlich.

„Gut“, lachte sie. „Ich habe mich nicht nur in dem geübt, was du mich vor deiner Abreise gelehrt hattest, ich habe auch ein oder zwei eigene Tricks erfunden. Aber ich habe dich sehr vermißt. Hoffentlich enthält die Kabine ein solide gezimmertes Bett.“

„Was?“ scherzte er. „Du hast keine hübschen jungen Männer verführt?“

Schnell wie ein Schatten breitete sich Ernst über sie. „Ich will keinen anderen als dich, Tauno“, sagte sie wie eine liebende Jungfrau.

Sie hatten Dänisch gesprochen. Ihre Worte betrübten Fru Dagmar ebenso wie ihr Benehmen. Sie trat vor. „Ich habe Kleider für euch zurechtgelegt“, verkündete sie. „Kommt, ich zeige euch, wo sie sind.“

Brauen hoben sich über funkelnden Augen. „Wozu brauchen wir sie? Sie werden ja doch wieder ausgezogen, noch ehe es Tag wird." Die Lustigkeit verging so schnell, wie sie gekommen war. Arme schlangen sich um die Frau. „Oh, Blut meines Liebsten, wie schön ist es, dich wiederzusehen." Sie trat zurück: „Und du wirst Mutter werden! Das läßt dich von innen heraus leuchten, wußtest du das?"

„Ich wollte, ich könnte mich auch über euch freuen", antwortete Dagmar traurig. „Aber ich kann nur beten."

Tauno zupfte Niels am Ärmel. „Sie hätte zu Hause bleiben sollen, deine Dame", sagte er, so daß nur der Mann es hören konnte. „Sie ist für das hier zu fromm."

„Aber nicht weniger mutig als früher", erwiderte ihr Mann. „Sie hat noch ein kleines bißchen Hoffnung, daß wir euch hierbehalten und auf diese Weise vielleicht zum Schluß eure Erlösung erringen können. Ich selbst wünsche mir das auch." Er lächelte betrübt. „Nicht zuletzt eurer Gesellschaft wegen, meine Schiffsgefährten. Nach euch werde ich bei allen Freunden, die ich auf der Erde finden kann, das Gefühl haben, es mangele ihnen an Salz."

Sein Blick fiel auf die lebensprühende Partnerin seines Freundes, verweilte, suchte hastig seine Frau.

Tauno seufzte. „Erspart euch und uns ein langes Abschiednehmen", bat er. „Wir werden euch ebenso vermissen. Aber fort müssen wir, und es ist unwahrscheinlich, daß ihr uns jemals wieder begrüßen könnt."

Die Frauen hörten das. „Ja, ein schnelles Lebewohl ist das beste", sagte jene, die sich aus den Tiefen erhoben hatte. „Geht gleich nach Hause und seid glücklich in eurem Leben."

„Habt ihr euch entschlossen, wohin ihr wollt?" erkundigte Niels sich.

„Nein. Wie können wir das, wenn es ins Unbekannte geht?" antwortete Tauno. „Westwärts, vielleicht nach Vinland oder noch weiter. Dort liegen ganze Reiche der Natur, von Feenvolk bewohnt, und es muß dort auch Menschen geben, unberührt vom Christentum, zu denen wir kommen können". Er grinste. „Vielleicht werden wir Götter." Als er sah, daß Dagmar zusammenzuckte und sich bekreuzigte: „Nicht daß wir es anstreben, aber es könnte doch sein. Alles kann geschehen, und das ist der Grund, warum wir gehen."

„Um so viele Wunder kennenzulernen, wie es in der uns zugemessenen, unbekannten Spanne möglich ist", fügte seine Buhle begeistert hinzu.

„Aber einmal wird sie ein Ende haben!“ rief Dagmar.

Tauno nickte. „Aye, das Feenreich ist zum Untergang verurteilt, und es ist das Werk von solchen wie Niels und dir, das das Ende bringen wird.“ Er schlug Niels auf die Schulter, küßte Dagmar auf die Wange. „Trotzdem lieben wir euch.“

„Und wir lieben euch“, sagte Dagmar unter Tränen. „Müssen wir euch in Ewigkeit betrauern?“

„Nein. Nicht mehr als diese ganze Welt ...“ – die Frau machte eine weite Handbewegung über Meer, Land, Himmel und die helle Nacht ringsum – „... so schön sie war, wie ihr euch erinnern werdet. Wir möchten nichts anderes sein als wir sind: Teil der ganzen Schöpfung.“

„Ingeborg ... Nada ...“ Die Verwirrung ließ Dagmar ihren Kummer etwas vergessen. „Wer bist du?“

„Beide und keine. Ein Kind des Leids, dessen Mutter bei der Geburt starb. Mögest du das Kind der bleibenden Freude sein ... Ich brauche einen Namen für mich. Darf ich mich Eyjan nennen?“

Dieses Mal war es die sterbliche Frau, die die Frau aus dem Feenreich umarmte.

Die Jacht hatte ein Boot im Schlepptau, das Niels und seine Frau an Land brachte. Er ruderte, als eine Rahnock in die Höhe rasselte. Tauno setzte das Segel und nahm das Steuer. Seine Gefährtin rief einen starken Wind herbei. Das Fahrzeug schoß davon, nordnordwestlich über das Kattegat, um Kap Skagen zu umrunden und den Ozean zu gewinnen. Über seinem Mast flog, auf den Schwingen das Licht der noch verborgenen Sonne, ein Zug wilder Schwäne dahin.

Epilog

Im Mai des Jahres Unseres Herrn 1312 starb Pawel Subitsch der Königsmacher. Sein Sohn Mladen folgte ihm als Ban und versuchte, die Rückeroberung von Zadar abzuschließen. Doch er hatte keinen Erfolg und mußte die Belagerung aufheben. Ebenso versagtge er im Niederhalten der Fehden zwischen den hrvatskanischen Clans. Wieder zogen die Katschitschi als Piraten an der dalmatinischen Küste entlang, wieder versuchten die Nelipitschi und ihre Verbündeten, die Macht der Subitschi und Frankapani zu brechen. 1322 kam es zum Bürgerkrieg. Venedig schloß ein Abkommen mit den Nelipitschi und nahm Schibenik und Trogir sofort, Split und Nin bald darauf ein. Dunkel waren jene Jahrzehnte.

Doch Vater Tomislav, mit weiß gewordenem Bart und Händen, die die Gicht unbrauchbar gemacht hatte, konnte vor eine Versammlung treten, die den verwitweten, besiegten, ergrauenden Kapitän Andrei einschloß und predigen:

„Also hat Gott die Welt geliebt, daß Er seinen eingeborenen Sohn gab, auf daß alle, die an Ihn glauben, nicht verloren sind, sondern das ewige Leben haben.

Des Heilands Worte, als Nikodemus, der Pharisäer, ihn befragte. Warum wohl hat Er sich die Mühe gemacht zu argumentieren? Es wäre doch leichter gewesen, einfach zu sagen: ‚Ihr wißt, welche Wunder ich bereits getan habe. Hört auf, mich zu belästigen. Fallt nieder und betet mich an, bevor ich euch mit einem Blitz niederschmettere.‘ Aber Er tat Sein Bestes, um das Mysterium zu erklären, weil Er wollte, daß die Menschen aus freien Stücken zu Ihm kamen, nicht aus Angst vor Ihm, sondern weil sie den Weg nach Hause zu ihrem Vater suchten.

Gott liebt uns. Vergeßt das nie. Ich glaube, er schickt uns weniger Prüfungen, als wir durch unsere Dummheit selbst über uns bringen. Sei dem, wie es mag, haltet fest an dem Wissen, daß Er sich um euch kümmert. Ganz gleich, was geschieht, wir sind nicht verlassen. Niemand ist verlassen. Jesus hatte Umgang mit Zöllnern, Sündern und Heiden. Heutzutage haben wir Schismatiker, Häretiker, Juden, Türken, Heiden, Venetianer – und Er liebt sie alle ebenso, wie Er euch liebt. Wir irrenden Menschen finden oft keinen anderen Ausweg als den Kampf; aber müssen wir hassen?"

Ein Sonnenstrahl fiel durch eines der schmalen, unverglasten Fenster, und der alte Priester mußte sich die Augen wischen.

„Also hat Gott die *Welt* geliebt ... Ich fasse das so auf, daß damit gemeint ist: Alles, was Er je geschaffen hat, und es gibt nichts, was Er nicht geschaffen hat. Wenn ihr Trost braucht, denkt daran. Denkt daran, wie sogar der Staub unter euren Füßen geliebt wird. Wir haben erlebt, daß Er Meerleuten Seelen gab; Er ... Er vergab einem armen kleinen Schatten und hob sie zum Himmel empor. Laßt uns daraus Mut schöpfen.

Ich denke, daß Er nichts umsonst erschafft. Daß Satan selbst, wenn ihm Harmageddon und alles, was darauf folgt, zeigt, daß er den falschen Weg gewählt hatte, bereuen mag und daß ihm vergeben wird. Daß am Jüngsten Tag nicht nur unsere Toten auferstehen werden, sondern alles, was je war, je lebte, zum Ruhm Gottes."

Vater Tomislav schwieg eine Weile, bevor er sagte: „Nun nehmt nicht an, daß dies unbedingt wahr sein muß. Ich bin der göttlichen Liebe gewiß, aber bei allem übrigen, was ich eben sagte, habe ich nur meine Gedanken schweifen lassen. Es ist nicht im Kanon enthalten. Es könnte Häresie sein."

Anmerkung des Autors

Nur Schottland und Rußland haben aus dem Mittelalter ein so reiches Erbe an Volkssagen wie Dänemark. Anderswo ist das meiste verlorengegangen. Es ist ein Jammer, daß so wenige Leute außerhalb dieses Landes Dänisch lesen können. Zweifellos bewundern Sie ebenso wie ich „Die Schlacht von Otterbourne“, aber der gleiche Stahl ist in „Marsk Stig“. Saftigen Humor finden wir sowohl in „Steh auf und schließ die Tür“ als auch in „Lave und Jon“, Grausamkeit und Düsternis in „Die Twa Corbies“ und „Valdemar und Tove“, Tod und Gericht in „Gesang bei der Totenwache“ und „Königin Dagmars Tod“, Liebe, die über den Tod hinausgeht, in „Schreiber Saunders“ und „Aage und Else“ (letzteres ebenfalls das Motiv von „Das Grab ohne Ruhe“ enthaltend). In „Tam Lin“ und „Germand Gladensvend“ können wir einen furchterregenden Blick auf das Übernatürliche werfen, einen poetischen in „Tom der Reimer“ und „Der Seejungfrau Prophezeiung“. Diese Aufzählung läßt eine Anzahl von Geschichten aus, die ebenso gut sind.

Das gilt besonders für Sagen, die sich mit der Anderen Welt, der Halbwelt, dem Feenreich, wie Sie es auch nennen wollen, beschäftigen. Hier besitzen die Dänen viele herrliche alte Verserzählungen. Ein Juwel unter ihnen ist „Agnete og Havmanden“ („Agnete und der Wassermann“; der Taufname ist eine Version von „Agnes“).

Zufällig ist diese Geschichte ziemlich jungen Datums; in seinem klassischen Essay über diese Sammlungen nennt Axel Olrik sie postmediäval. Er setzt hinzu, daß sie auch nicht einheimischen Ursprungs ist, sondern eine deutsche Quelle hat, die wiederum auf eine slawische Legende zurückgeht. Der nordische Sänger verlegte den Ort der Handlung nach England. Doch ansonsten war sein (oder ihr) Werk keine bloße Nacherzählung, sondern eine neue und ganz und gar dänische Schöpfung. Im neunzehnten Jahrhundert inspirierte sie Matthew Arnold, das schöne Gedicht „Der verlassene Wassermann“ zu schreiben.

In Anbetracht all dessen fühle ich keine Schuld, daß ich mir ein paar eigene Freiheiten genommen habe. Die Heimat Agnetes und ihres Liebhabers wurde nach Dänemark zurückverlegt, wohin sie gehört, und ihre Zeit – ein wenig willkürlich – ein paar hundert Jahre früher angesetzt. Im Gegensatz zur Sage lasse ich sie ihm ebenso Töchter wie Söhne gebären; schließlich klingt das wahrscheinlicher als sieben Jungen hintereinander.

Was die Glaubwürdigkeit der ganzen Erzählung betrifft: Fantasy-Romane gehen per definitionem von bestimmten Annahmen aus, die nicht der Wirklichkeit entsprechen. Der Hintergrund hier ist katholisch, aber die Religion entspricht nicht der Theologie des Thomas von Aquin. Vielmehr ist es die naive, halbheidnische Mythologie der Bauern und Seefahrer im frühen vierzehnten Jahrhundert, als sich Dänemark einer kurzen Ruhepause während einer langen Zeit der Kriege im In- und Ausland erfreute.

Ich habe versucht, bei den Menschen und ihrer Umgebung genau zu sein. Zwei Personen, Bischof Johan Kvag und Ban Pawel Subitsch, sind historisch.

Diejenigen, die Jugoslawien besucht haben, werden sich erinnern, daß Dalmatien beinahe baumlos ist. Doch im Mittelalter waren die Wälder dort ebenso berühmt wie die Zedern des Libanon zu Salomos Zeiten.

Das Klima war überall kälter als heute und wurde ständig schlechter. Einen Höhepunkt brachte die „kleine Eiszeit", die von etwa 1430 bis 1850 herrschte.

Bei der Beschreibung der Lage und des Schicksals der norwegischen Siedlungen auf Grönland bin ich in großen Teilen Farley Mowats Buch *Westviking* gefolgt. Seine Rekonstruktion ist widersprüchlich, ergibt aber in meinen Augen sehr viel Sinn. So hat es den Anschein, daß Angehörige der Dorset-Kultur Grönland schon sehr früh erreichten und dann von den Eskimos ersetzt oder vertrieben wurden. Es scheint keinen Zweifel daran zu geben, daß diese Eskimos später eintrafen als die Norweger, die keine Bewohner vorfanden (falls nicht möglicherweise ein paar Iren), als sie das südliche Ende der Insel betraten. Für die Anfangsszene im Vierten Buch, Kapitel 1, bin ich besonders Peter Freuchens Bericht über eine ähnliche Begebenheit in seinem *Arctic Adventure* verpflichtet.

Ich kenne keinen unmittelbaren Beweis, daß es vor dem Ende des vierzehnten Jahrhunderts die „Hulk" genannte Schiffsklasse oder an

Wanttauen festgemachte Webeleinen oder Krähennester an der Spitze des Mastes gegeben hat. Aber Seeleute sind immer sehr konservativ gewesen, nicht ohne Grund. Mir kommt es wahrscheinlich vor, daß solche neuen Erfindungen von Schiffseignern mit Pioniergeist hier und da schon Generationen früher in Gebrauch gewesen sind, bevor sie so weitverbreitet wurden, daß Maler sie abbildeten. Das gleiche gilt für andere Dinge wie zum Beispiel Brillen.

Für die freundliche Mitwirkung und Hilfe bei bestimmten technischen Fragen und guten Rat danke ich im besonderen Karen Anderson, Mildred Downey Broxon, Dorothy Heydt und Jerry Pournelle. Sie sind nicht für die Irrtümer und Ungeschicklichkeiten verantwortlich, die noch übriggeblieben sind.

Das Folgende befaßt sich mit Schreibweise und Aussprache. Unvermeidlicherweise ist das ein trockener Stoff; vielleicht möchten Sie sich damit befassen, vielleicht auch nicht.

Die dänischen Namen, die in der Geschichte wichtig sind, werden ungefähr wie folgt ausgesprochen:

Agnete: Ou-nie-te; Asmild: Äss-miel; Dagmar: Doa-mar; Ingeborg: Ing-eh-bor; Knud: Knuth (*th* wie im Englischen *this*); Kvag: Kvä; Margrete: wie im Deutschen; Ranild: Rän-iel; Roskilde: Ross-kiel-eh; Viborg: Vi-bor.

Im allgemeinen: Der Doppellaut *aa* kann – ungenau, aber zu erkennen – als offenes *o* wiedergegeben werden. Die Kombination von *a* und *e* würde im Dänischen als ein Buchstabe geschrieben werden, doch der Einfachheit halber wurden in diesem Buch zwei getrennte Buchstaben benutzt; die Aussprache ist *ä*. Das End-*e* ist nicht stumm, sondern wird ausgesprochen, wie Sie schon in einigen der oben erwähnten Namen festgestellt haben werden. Das *y* entspricht dem deutschen *ü*.

Ich habe Ihrer und des Druckers Bequemlichkeit wegen noch ein paar andere Schreibweisen abgeändert, vor allem die Nachsilbe, die „Sohn von" bedeutet und hier in ihrer modernen Form *-sen* wiedergegeben ist.

Noch mehr Freiheiten habe ich mir, um Fußnoten zu vermeiden, bei den kroatischen Namen erlaubt, obwohl dadurch zum Beispiel der Familienname „Subitsch" völlig anders geschrieben ist als in seiner eigenen Sprache.

Wir haben kein Äquivalent für das als Silbe gesprochene *r* wie in

„Hrvatska“, doch wenn Sie wollen, können Sie es als *-ör* wiedergeben.

Namen von Halbweltgeschöpfen und ihren Wohnorten können, da frei erfunden, vom Leser natürlich in jeder Art ausgesprochen werden, die ihm gefällt. Ich selbst stelle sie mir natürlich so vor, als habe ein Skandinavier sie transkribiert.

Poul Anderson

Nachwort

Wenn man die Vielzahl seiner Werke (es sind inzwischen mehr als vierzig Romane) betrachtet und sich an einer Würdigung des Gesamtwerkes von Poul Anderson versucht, sehe ich mich durchaus nicht auf der Seite der Bewunderer dieses Autors. Zu oft ist er, nach meinem Geschmack, weit hinter seinen Möglichkeiten zurückgeblieben, hat sich mit Konfektionsware begnügt, zu oft auch waren seine Romane nur mager mit Science-fiction-Elementen verfremdete Missionsarbeit für erzkonservative, bisweilen rückschrittliche Positionen. Das ist der eine Anderson. Aber es gibt noch einen zweiten Anderson, einen Anderson, der großartige Kurzgeschichten wie *Call Me Joe (Nennt mich Joe)* oder *The Man Who Came Early (Der Mann, der zu früh kam)* geschrieben hat, der gemeinsam mit Gorden R. Dickson die lustigen Geschichten über die Hokas – pelzige Außerirdische, die irdische Literatur und Metaphern wortwörtlich nehmen – veröffentlichte, der mit *Brain Wave (Die Macht des Geistes)*, seinem ersten Roman, ein Werk verfaßte, das mich beim ersten Lesen faszinierte und inzwischen nichts von dieser Faszination verloren hat.*

Fantasy als eigenständige Literaturform in der Nähe der Science-fiction hat schon früh Anziehungskraft auf Poul Anderson ausgeübt. Zwar haben mich persönlich weder die *Holger-Danske*-Romane noch *The Broken Sword (Das gebrochene Schwert)* in den Bann gezogen, aber man muß zugestehen, daß der traditionsbewußte Anderson, der das Erbe seiner dänischen Vorfahren in die amerikanische Fantasy einbrachte, eine Alternative zu den sonst tonangebenden schwertschwingenden Barbaren bot.

Eigenständiger noch der vorliegende Roman *Kinder des Wassermanns (The Merman's Children)*, der im Ganzen sehr europäisch wirkt und auf den reichen Schatz europäischer Sagen-, Märchen- und Le-

* *Brain Wave* und die Hoka-Abenteuer werden (ebenso wie *The High Crusade*) in der Reihe *Moewig Science Fiction* erscheinen.

gendentradition verweist, der zum größten Teil noch ungehoben ist oder von amerikanischen Autoren – die sich hier gern bedienen – recht oberflächlich aufgegriffen wurde. Überzeugend wird eine abendländische Welt dargestellt, die von der noch ungebrochenen geistlichen Macht der Kirche – die sich anschickt, die letzten noch übersehenen Winkel Europas zu christianisieren – und der nicht minder kraftvollen Handelsmacht der Hanse geprägt wird. Dieses Spannungsfeld ist nicht Thema des Romans, aber es ist präsent im täglichen Leben der meist einfachen Leute, die Anderson hier in den Mittelpunkt rückt: der unerfahrene junge Seemann Niels, die Prostituierte Ingeborg und all die anderen. Es ist ein reiches Buch mit vielen hübschen Einfällen und fesselnden Charakteren – man denke an den Wer-Seehund Hauau, an Vater Tomislav und die Vilja, die einst seine Tochter war, an die Freundlichkeit, die den Heimatlosen von den Inuit oder den Delphinen entgegengebracht wird, an den vom Riesenkraken bewachten versunkenen Schatz oder den untoten Tupilak ...

Dies alles bekommt den großen Atem, verdichtet sich zu einer weitgespannten Saga durch das im Zentrum des Ganzen stehende Geschick des heimatlos gewordenen Seevolks von Liri. Hier offenbart Anderson eine Sensibilität und einen Hang zur Tragödie, wie beides zuvor nur in seinen besten Kurzgeschichten und vielleicht in dem Roman *The Dancer from Atlantis (Die Tänzerin von Atlantis)* sichtbar wurde. Natürlich, der Roman ist pure Fantasy, und der Leser muß Dinge schlucken, die der Ratio entgegenstehen: die Kraft einer von Anderson in Anpassung an die damaligen Auffassungen bewußt naiv dargebrachten Religion, deren Bannsprüche das Wasser buchstäblich mit unerträglichem Glockengeläut erfüllen und die es vermag, Seelen in Körper zu legen, die vorher ohne Seelen waren. Wenn Anderson auf diese Weise einem noch mittelalterlichen, wundergläubigen Christentum das Feld überläßt, so teilt sich gerade durch derlei heute bizarr anmutende christliche Mystik der Fantasy-Charakter dieser Mystik mit. Anderson stellt das mittelalterliche Christentum neben das Feenreich und begreift sie beide als magisch. Wer hier also Frömmelei vermutet, sollte sich die Sache vielleicht noch einmal überlegen. ...

Wenn am Ende des Romans vom einst unbeschwerten Seevolk von Liri nur noch der halbmenschliche Tauno geblieben ist, der mit einem anderen Zwitterwesen, das zur Hälfte aus Ingeborg, zur Hälfte aus der Vilja Nada besteht, zu den letzten Reservaten des einst großen Feenreichs aufbricht, dann hat sich dem Leser ein überraschend romantischer, aber auch trauriger Poul Anderson präsentiert. Ein nachdenklicher gewordener Poul Anderson, glaube ich, der vielleicht mit diesem Roman sein bislang reifstes Werk vorgelegt hat.

Hans Joachim Alpers